Über dieses Buch

Ganz schön clever, wie Mrs. Fairchild ihrer Freundin Julia trotz des Revolvers im Genick zu verstehen gibt, daß ein Geiselgangster ihre Familie in Schach hält, ohne daß der Mann hinter ihr auch nur ein Wort davon mitbekommt. – Frauen haben offensichtlich ihre eigenen Methoden, Verbrechen zu vereiteln, aufzudecken oder auch zu begehen, wie die 18 Erzählungen dieser Krimisammlung aufs spannendste beweisen. Die Kriminalliteratur ist längst nicht mehr eine Domäne männlicher Autoren, und auch das »Personal« ist mittlerweile weiblich: Bei Margery Allingham, Charlotte Armstrong, P. D. James, Patricia Highsmith, Ruth Rendell und den 13 weiteren Autorinnen dieses Buches jedenfalls spielen die Frauen die Hauptrolle. Daß dabei auch MordsSchriftstellerinnen am Werk waren, versteht sich von selbst!

MordsFrauen
Kriminalgeschichten

Herausgegeben von Marie Smith

Deutscher
Taschenbuch
Verlag

Weitere »Crime Ladies«
im Deutschen Taschenbuch Verlag:
Amanda Cross: Albertas Schatten (11203)
Gefährliche Praxis (11243)
In besten Kreisen (11348)
Frances Fyfield: Schatten im Spiegel (11371)
Suzanne Prou: Die Freunde des Monsieur Paul (11251)
Die Schöne (11349)
Joan Smith: Schmutziges Wochenende (11387)
Rosamond Smith: Der Andere (11370)

Deutsche Erstausgabe
Juni 1991
2. Auflage August 1991
Deutscher Taschenbuch Verlag GmbH & Co. KG,
München

Titel der englischen Originalausgabe:
›More Miss Murder‹

(Siehe auch Quellenhinweise S. 319ff.)
Die Erzählungen wurden ins Deutsche übertragen
von Anette Grube, Sonja Hauser, Barbara Heller,
Jutta Hillebrand, Claudia Rackwitz, Uda Strätling,
Anne Vogt und Keto von Waberer
Umschlaggestaltung: Celestino Piatti
Umschlagbild: Rotraut Susanne Berner
Gesamtherstellung: C. H. Beck'sche Buchdruckerei,
Nördlingen
Printed in Germany · ISBN 3-423-11377-4

Inhalt

Kelly H. Blau
Was hast du bloß den ganzen Tag gemacht?

Fast hätte sie sich einreden können, daß das Gefängnis in Wirklichkeit keines war, daß es Einbildung war, daß die breiten Gitterstäbe, deren Schatten über ihre nackten Arme und den Fußboden fielen und immer länger wurden, in Wirklichkeit die Schatten waren, die ein harmloses Fensterkreuz der Küche eines harmlosen Einfamilienhauses warf. Jeden Augenblick würde Mutter rufen: »Shirley! Shirley! Beeilung, mein Schatz, sonst kommst du zu spät zur Schule!«

Ein Lächeln huschte über ihr Gesicht, als sie daran dachte, wie die Gummizüge der weißen Söckchen an den Knöcheln gekniffen hatten und wie sich die Wolle des Schottenrocks an ihren jungen Schenkeln gerieben hatte. Doch statt in blanken, braunen Mokassins steckten ihre Füße unter dem abgewetzten Stuhl nun in zu großen, ausgetretenen Turnschuhen, und der Schottenrock war in Wirklichkeit ein welker Baumwollkittel, der ihr in müden Falten zwischen den Knien herabhing.

Der Kaffee in dem klobigen Becher vor ihr schmeckte bitter; es war wiederaufgewärmter Kaffee vom Abend zuvor. Der widerliche Geschmack machte ihr klar, daß nicht die Mutter sie jeden Moment rufen würde, sondern daß ein neuer Tag im Gefängnis ihrer harrte. Wohl kamen sie zu Besuch: Mutter und die anderen. Die Mädchen trugen die Haare jetzt anders, und die Jungen auch. Doch die Jungen trugen jetzt nicht mehr die Football-Uniformen, die sie so interessant gemacht hatten. Sie lächelten sie unentwegt an, und sie war dann gezwungen, zurückzugrinsen – bis ihr das Gesicht schmerzte.

»Gut siehst du aus, Shirley!« behaupteten sie. Belanglose Worte troffen ihnen von den Lippen wie Wasser aus einem undichten Hahn, der einen zum Wahnsinn treibt, unaufhörlich, bis sie schließlich die falsche Munterkeit aufgab und sie dazu brachte, ihr Geseier anderswo loszuwerden. Jetzt im Augenblick war ihr eine Atempause vergönnt, kurz nur, ein Fingerhut voll Ruhe und Frieden, ehe man sie wieder scheuchte.

Wie jedesmal schrillte es ohne ausreichende Vorwarnung. Sie biß die Zähne zusammen und mahnte sich gleich darauf zur Vorsicht, sonst hätte Daddy umsonst für teures Geld die aufwendige Zahnbehandlung bezahlt. O Gott, dieses durchdringende Läuten! Unmöglich, es nicht zu beachten. Sie spülte ihren Becher aus und füllte am Becken einen Eimer mit Wasser. Erst mußte der Fußboden gewischt werden. Er mußte blitzen und glänzen. Essen müßte man von ihm können, sagten sie. Der Chef wollte es so. Glänzte der Boden nicht, sah er sie mit häßlich verzogenen Mundwinkeln an und sagte: »Shirley, was machst du bloß den ganzen Tag?«

Den Mop schieben, auswringen, schieben. Wie die Hausfrauen im Fernsehen. Schieben bis der Boden spiegelblank war. Zwischendurch wieder das Läuten. Es würde läuten, bis sie spurte. Eine weitere Pflicht, eine weitere Frage. Was hast du denn gemacht den ganzen Vormittag? Einsatz sollst du zeigen! Du mußt dich an den Ofen ketten, bis das Gesicht ganz wund ist vor Hitze, Plätzchen und Kuchen backen, bis dir speiübel ist von dem süßen Zeugs. Dir die Finger mit tausend Nadeln zerstechen, bis Blut den steifen Drillich endloser Stapel zerschlissener Arbeitshosen befleckt. Jetzt Bügelbrett und -eisen, Shirley. Wir dulden hier keine Knitterfalten. Spielt keine Rolle, ob der Schmerz die Knie lähmt. Alles muß gewaschen und gebügelt werden. Es ist deine Pflicht, Shirley.

Lieber Gott, ich bin zu jung, um hier festzusitzen!

Von weitem jetzt der Heulton. Erst dumpf noch, dann anschwellend und schließlich schrill wie eine Luftangriffssirene. Hierher! Hierher!

Aber erst muß doch der Boden glänzen! Schnell! Schieb den widerwärtigen Mop ein letztes Mal und dann stell ihn weg und gehorche dem Heulton.

In diesen Raum da, wo nicht einmal die geschlossene Tür das Heulen dämpft. Öffne sie, Shirley. Es sieht dort nicht einmal aus wie in einer Zelle. Bunte Vorhänge, bunter Teppich. Und auf dem Bett der Wärter mit dem Babygesicht, das dich bis in deine Träume hinein verfolgt. So nett, das Gesicht; vom ersten Augenblick an war ihr junges Herz ihm zugeflogen, hatte es geliebt. Da kam endlich einer, hatte sie geglaubt, der ihr an diesem Ort Trost spenden würde, der vielleicht sogar einen Ausweg böte. Doch hinter dem unschuldigen Kindergesicht verbarg sich Grausamkeit, verbarg sich Lust an der Unterdrükkung: Bade mich, Sklavin! Bediene mich und hüte dich, auch nur einen Augenblick lang erkennen zu lassen, daß es dir kein Vergnügen bereitet.

Stumm erfüllte sie seine Wünsche. Er hing an der Flasche, und sie hatte schnell gelernt, seine Abhängigkeit zu nutzen. Die Flüssigkeit lief ihm warm und tröstend durch die Kehle, er stierte trunken von ihr zur Decke und wieder zu ihr herüber, er brabbelte. Die Galle kam ihr hoch angesichts seiner Hilflosigkeit, der Gewißheit, daß er ihr wieder und wieder alles abverlangen würde und daß sie folgen müßte. Sein glucksendes Lachen hallte ihr noch im Flur nach.

Sie erreichte die Küche. Hier war sie erst einmal in Sicherheit, jetzt, da er versorgt war. Ob ihr Zeit blieb für eine Tasse Tee, ehe man wieder nach ihr verlangte? Nur einen Augenblick Ruhe. Sie wartete, bis das Wasser kochte, trat ans Fenster. Dort draußen war die Welt. Gelegentlich erhaschte sie einen Blick auf die normalen Leute, die ruhigen, gelassenen, heiteren Leute, die nichts ahnten und die der Frau, die hier gefangen gehalten wurde, kein Verständnis entgegenbrächten. Heute war nur ein alter Mann zu sehen, der einen schwarzen Hund spazieren führte. Das Tier zerrte gierig an der Leine. Armes Vieh. Ich weiß, was du empfindest: die zugeschnürte Kehle. Schlucken oder ersticken im Kampf um Freiheit.

So hilf mir doch jemand! So helft mir! Ich gehöre nicht hierher. Ich bin unschuldig. Ich wußte nichts davon!

Ein stummer Schrei breitete sich wellenförmig in ihrem Schädel aus, ein Arm fuhr hoch, um die Scheibe zu zerschlagen. Du mußt dem Mann zurufen! Er soll den Hund befreien! Dich befreien! Doch der Alte war bereits fort, und das despotische Pfeifen des Kessels ließ sie zusammenschrecken und zum Herd eilen.

Der heiße Tee brannte im Schlund, als sie hastig schluckte. Doch mußte sie dabei an ihre allererste Tasse Kaffee denken, und das Gefängnis um sie herum verblaßte. Es war nach dem Schulball gewesen: Sie und Buck waren anschließend noch auf eine Tasse Kaffee in ein Lokal gegangen, das die ganze Nacht auf hatte. Sie war sich zu erwachsen vorgekommen, um Buck einzugestehen, daß ihre Eltern ihr noch nie erlaubt hatten, Kaffee zu trinken. Der Kaffee hatte ihr die Tränen in die Augen getrieben, damals.

Sie meinte, das steife, kratzige Tüllmieder ihres rosa Ballkleides wieder an den Armen zu spüren. Ach, wie war die Welt mit sechzehn noch schön gewesen! Lange Locken hatte sie gehabt, sie waren ihr um die Schultern gefallen und hatten die Orchidee am Mieder umspielt. Sie als einzige hatte auf dem Ball eine Orchidee getragen, und Buck war ihr zu Füßen gelegen.

Sie war sehr beliebt gewesen. Die Jungen hatte alle mit ihr tanzen wollen, selbst die älteren und sogar Peggy MacCrackens Vetter, der immerhin schon aufs College ging. Sie standen an um die Ehre eines Tanzes mit ihr. Die Musik spielte und spielte, doch ihre Beine waren stark und fest gewesen, unermüdlich unter der gebauschten Tüllwolke. Wenn sie die Augen schloß, erklang die Musik von damals in ihren Ohren. Ein Lächeln entspannte ihre zusammengepreßten Lippen.

Dann die nächste Störung. Getrampel, polternde Stiefel und das derbe Lachen ihrer beiden weiteren Wärter rissen sie aus ihrem Tagtraum. Sie platzten in die Küche herein, riefen nach ihrer Mahlzeit und hinterließen überall drekkige Fußstapfen auf dem Fußboden. »Ey, gibt's heut' nichts zu essen?« Sie goß ihren Tee weg und begann wortlos, Brote zu schmieren, kämpfte gegen Tränen der Verärgerung an: Wie der Fußboden schon wieder aussah!

Sie nahmen am Tisch Platz und beachteten sie, die Gefangene, nicht weiter, die in der Küche hin- und hereilte. Nur wenn etwas fehlte. Die Situation glich einem Wettkampf: Wer würde mehr verschütten und krümeln können? Milch rann aus dem Pappkarton über die Vinyltischplatte, sickerte in die Risse, tropfte in Zeitlupe auf den Boden. Wut stieg in ihr auf, doch sie würgte sie hinunter. Nur nicht beschweren. Gleich würden sie gehen, ihren wie auch immer gearteten Beschäftigungen nachgehen, und sie hätte wieder den Fußboden zu wischen, das Geschirr zu spülen, die Fenster zu putzen, die

Betten zu – o Gott, die Betten! So spät schon, und die Betten immer noch ungemacht!

Die schmutzigen Spaghettibänder des Mops, die nach den Essensresten fingerten, erinnerten sie an eine ramponierte Kreppapierquaste; ihre war lila und orange gewesen. Wie Herbstlaub hatte sie in ihren hocherhobenen Händen geraschelt, wenn sie emporschnellte, lachend, vor Begeisterung kreischend bei den Touchdowns, ihre Mannschaft mit heiserer Stimme anfeuernd. Die hochgeworfenen Beine erregten die Aufmerksamkeit der Jungen auf der Reservebank mit ihren gewaltigen Schulterpolstern, die die Schlacht draußen auf dem Spielfeld ehrfürchtig auf Knien liegend verfolgten, die Helme in der Hand.

Eine Tür knallte. Sie machte vor Schreck einen Satz und stieß sich das Schienbein an der Tür des Küchenschranks. Der Chef durchquerte die Küche, ohne sie anzusehen.

Er kam im Dunkeln, die ewige Aktentasche umklammernd, im nach wie vor makellosen Anzug. Hatte er wirklich zu tun, oder kam er nur, um zu quälen? Er schaute sich in der Küche um, sein Gesicht eine verächtliche Maske.

Einst, als sie noch neu hier war, hatte er sie nicht verachtet. Er war gutmütig und sanft gewesen, hatte ihr sogar helfen wollen. Ja, aber damals war sie auch noch hübsch gewesen. Jetzt las sie in seinen Augen, wenn er sie überhaupt einmal ansah, nur Verachtung oder Gleichgültigkeit, und seine Gedanken galten ausschließlich den Menschen draußen – diesen wichtigen Menschen, die ihm Macht über diesen Ort garantierten und die Gelder, um alles in Gang zu halten. Das Geld war überaus wichtig. Sagte er. Sie wußte immer sofort, wenn es Gehaltserhöhungen gegeben hatte, denn dann lachte er, war fröhlich, und es war alles fast so wie am Anfang. Eine Zeitlang. Bis er wieder hungrig wurde nach mehr Macht oder beschloß, daß sein Reich größer sein müßte oder moderner. Dann sauste das Gitter wieder nieder.

Sie hielt den Atem an, aber heute stellte er die Frage nicht. Sie tat es in Gedanken für ihn. »Shirley, was machst du bloß den ganzen Tag?« Den ganzen Tag machen? Den ganzen Tag? Erneut verging ein Tag, rann die Zeit davon, lief ihr davon.

»Es regnet wieder«, sagte er und blickte auf die kleinen

Lachen herunter, die seine nassen Schuhe auf dem Fußboden hinterließen. Dann war er weg.

Endlich im Bett. Licht aus und dann die ersehnte, wohligweiche Dunkelheit. Die Wolldecke kratzte am Kinn; es war gut, ihre greifbare Gegenständlichkeit zu spüren. Ah, aber noch war es nicht überstanden. Ein Geräusch, und der Chef stand im Dunkeln an ihrem Bett. Er kam oft. Sie biß die Zähne gequält zusammen. Nicht jetzt, nicht schon wieder. Nicht schreien, nur nicht schreien! Sie lag steif wie ein Brett da und zwang sich, an Herbstnachmittage und Frühlingsnächte zu denken, an Kreppapierquasten und Orchideen.

Das bin nicht ich! Das bin *nicht* ich! tönte es in ihrem Kopf. Ich halte es nicht aus! Ich halte es nicht mehr aus! Ich gehöre nicht hierher! Lieber Himmel, was würde Mutter sagen, wenn sie das sähe, wenn sie wüßte, was sie mir hier antun? Sie kann doch nicht gewußt haben, daß es so sein würde, als sie zuließ, daß es mich holte. Ich muß hier raus! Ich muß wieder dahin, wo ich hingehöre, ehe es zu spät ist!

Sie stahl sich aus dem Bett und in die Küche. Keine Gitter mehr, keine verriegelten Türen. Sie vertrauten ihr, ihre allmächtigen Wärter. Sie kicherte wie ein aufgeregter Teenager, als sie den Flur hinunter in die Küche huschte.

Es war spät. Der Regen fiel wie ein Vorhang geradewegs auf die Straße herunter, als die Mutter des Chefs von ihrem Bridgeabend heim- und am Haus vorbeifuhr. Verschwommen sah sie durch die Windschutzscheibe in der Küche Licht brennen und beschloß, kurz hereinzuschauen. Wahrscheinlich war einer der Buben krank. Jedenfalls war bestimmt irgend etwas. Buck und Shirley lagen sonst immer um halb elf im Bett. Buck bestand darauf.

In der Küche war nur das dumpfe Hämmern des Regens auf dem Dach zu hören, das restliche Haus lag im Dunkel, war finster wie der Nachthimmel draußen. Die Neonröhre an der Küchendecke beleuchtete grell Schuljahrbücher und vergilbte Tanzprogramme, die wahllos auf dem Küchentisch herumlagen. Strahlende Tanzpaare starrten von einer Albumseite, die mit dem Staub einer gepreßten Orchidee bepudert war. Cheerleaders verrenkten sich in gespannter Erwartung des Spielbeginns. Brave Reihen verlegener junger Gesichter grinsten unter verblichenen Versen von geknickten Seiten.

Ein wildes Muster getrockneter Dreckspuren zierte den Küchenfußboden, die Besteckschublade neben dem Herd hing gefährlich weit offen. Mehrere Messer waren herausgefallen. Sie schimmerten matt in der stillen Küche.

Armer Buck. Er hätte besseres verdient als Shirley. Wie die sich hatte gehen lassen! Trug diese ollen, schäbigen Kleider und verschanzte sich, ja, *verschanzte* sich regelrecht hier im Haus! Man konnte nicht vernünftig mit ihr reden. Sie saß bloß da, rang die roten, schwieligen Hände und starrte einen an wie ein in die Enge getriebenes, gefangenes Tier. Lächerlich. Bucks hübsches Heim konnte man doch wahrlich nicht als Gefängnis bezeichnen!

Sie verzog die Lippen und kam sich etwas albern vor. Sicher hatten sie bloß vergessen, in der Küche das Licht auszudrehen. Trotzdem würde sie nur mal eben auf Zehenspitzen den Flur hinunter gehen und nach dem Rechten sehen –

Buck lag auf seinem Bett, Blut war in die Decke gesikkert, die sich um seine Taille wand, und hatte das lavendelfarbene Laken geschwärzt. Die beiden älteren Jungen lagen verrenkt in ihren Stockbetten, ihr Anblick im fahlen Nachtschein war grauenerregend. Nach dem Baby schaute sie gar nicht erst, sie brachte es nicht über sich, ins Kinderzimmer zu gehen.

Nachbarn riefen die Polizei. Sie fürchteten sich vor der Irren, die auf dem nassen Rasen herumrutschte und schrie. Was rief sie da bloß? Es klang wie: »Shirley! Shirley! O großer Gott, wo bist du nur, Shirley?«

Wahrscheinlich nur Kinder. Die Beamten zogen sich die Regenhäute um die Schultern, stiegen aus dem Streifenwagen und rannten unters Vordach des Stadions. Natürlich mußte der Hausmeister der Highschool ausgerechnet während eines Wolkenbruchs verdächtige Geräusche hören. Die Beamten stapften die Rampe hoch und spähten über das Spielfeld, auf dem die Kreidemarkierungen im Regen zu verlaufen begannen.

Shirley marschierte vor den Zuschauerrängen der

Heimmannschaft auf und ab, die Arme ausgestreckt, die Finger zum Siegeszeichen gespreizt. Die Beamten gingen langsam auf sie zu. Ihr Gesicht glänzte naß im Licht der Taschenlampen. Die Lichtkegel tasteten das verblichene Flanellnachthemd ab, das klitschnaß an ihrem mageren Körper klebte.

Noch während sie standen und starrten, ging die Frau ungelenk in die Hocke und sprang dann hoch in die Luft, Arme und Beine wie Schwingen weit ausgestreckt. Ihre Stimme übertönte den rauschenden Regen, eine junge, freudig erregte, sich überschlagende Stimme: »Yea Team! Yea! Yea!«

Margery Allingham
Schaumbad Nr. 3

An einem Nachmittag im September um fünf Uhr traf Ronald Frederick Torbay Vorbereitungen für seinen dritten Mord. Er ging bedachtsam ans Werk, weil er sich der Gefahren von Nachlässigkeit durchaus bewußt war.

Schon vor seiner ersten Ehe hatte er gewußt, daß eine Karriere als Mörder um so riskanter wurde, je länger man sie betrieb. Außerdem, darüber war er sich im klaren, stieg einem der Erfolg leicht zu Kopf.

Für einen Augenblick hielt er inne und betrachtete sich nachdenklich im Badezimmerspiegel des Hauses, das er erst kürzlich gemietet hatte.

Das Gesicht, das ihn ansah, war hager und blaß und gehörte einem Mann mittleren Alters. Das spärliche dunkle Haar zog sich von der hohen, schmalen Stirn zurück, die Augen waren blau und traten aus den Höhlen. Einzig der Mund war wirklich ungewöhnlich. Dieser schmale, waagrechte Schlitz war nahezu lippenlos, und ohne sich dessen bewußt zu sein, entspannte er ihn in einem angedeuteten Lächeln. Nicht einmal Ronald Torbay selbst konnte seinen eigenen Mund ausstehen.

Ein Geräusch aus der Küche unter ihm schreckte ihn auf, und er erhob sich hastig. Möglicherweise würde Edyth heraufkommen, um ihr lang und breit diskutiertes Schaumbad zu nehmen, bevor er es für sie vorbereitet hatte, und das durfte nicht sein.

Er lauschte mit angehaltenem Atem, aber alles war in Ordnung; sie war durch die Hintertür hinausgegangen. Er blickte aus dem Fenster und sah sie um die Ecke des Hauses auf dem kleinen, quadratischen Hof verschwinden, der sich in nichts von all den anderen Höfen in dieser langen Vorortstraße unterschied. Er wußte, daß sie Wäsche zum Trocknen aufhängen würde, und obwohl ihm dieses Manöver die Zeit verschaffte, die er benötigte, irritierte es ihn.

Von den drei unscheinbaren Frauen mittleren Alters, die er überredet hatte, ihn zu ehelichen und ihm anschließend ihre bescheidenen Besitztümer zu vermachen, hatte sich Edyth bald als die lästigste herausgestellt. Während ihrer sechswöchigen Ehe hatte er sie ein dutzendmal ermahnt, nicht soviel Zeit im Hof zu verbringen. Er haßte es, wenn sie sich allein draußen aufhielt. Sie war schüchtern und zurückhaltend, aber jetzt, da im Nachbarhaus neue Leute eingezogen waren, drohte ständig die Gefahr, daß eine überfreundliche Frau Bekanntschaft mit ihr schloß, und das war das letzte, was er zu diesem kritischen Zeitpunkt dulden konnte.

Auch seine früheren Frauen waren schüchtern gewesen. Er hatte große Sorgfalt darauf verwandt, den richtigen Typ auszuwählen, und er spürte, daß er vor allem dieser Sorgfalt seinen Erfolg verdankte. Mary, seiner ersten Frau, war der verhängnisvolle »Unfall« nahezu unbemerkt zugestoßen. Sie lebten damals in einem vergleichbaren Neubaugebiet wie ihr derzeitiges Domizil, allerdings im Norden Englands, nicht hier im Süden.

Der Ort war damals schnell gewachsen, der richterliche Beamte, der die Todesursache feststellen sollte, war in Eile, die Polizisten mitfühlend, aber sehr beschäftigt gewesen und die Nachbarn kaum neugierig – mit Ausnahme eines jungen Reporters der lokalen Presse, dessen Geschichte von den Nachrichtenagenturen übernommen worden war. Er hatte einen blumigen Artikel über die Nähe von Tragik und Glück geschrieben, einen Schnappschuß von der Hochzeit veröffentlicht und den Artikel mit dem typischen Understatement des Nordens übertitelt: ›Panne in den Flitterwochen‹.

Dorothys kurzer Ausflug in sein Leben und ihr abrupter Abgang daraus hatten ihm mehr Sorgen bereitet. Sie hatte ihn belogen, als sie behauptete, ganz allein auf der Welt zu sein. Nach der Beerdigung war ein lästiger Bruder aufgetaucht und hatte unangenehme Fragen bezüglich ihres kleinen Vermögens gestellt. Er wäre möglicherweise zu einer Plage geworden, wenn Ronald nicht hart mit ihm umgesprungen wäre. Es kam zu einer kurzen Gerichtsverhandlung, über die ebenso kurz in der Zeitung berichtet wurde. Wie auch immer, Ronald gewann den Prozeß anstandslos, und die Versicherung zahlte, ohne zu murren.

Das war vor vier Jahren gewesen. Jetzt, mit einem neuen Namen und einer neu erfundenen Vergangenheit, fühlte er sich bemerkenswert sicher.

Von dem Augenblick an, als er Edyth zum erstenmal gesehen hatte – sie saß allein an einem kleinen Tisch neben dem Fenster im Speisesaal eines Hotels am Meer –, hatte er gewußt, daß sie sein nächstes Objekt sein würde. In Gedanken nannte er seine Frauen stets »Objekte«.

Edyth hatte steif dagesessen, ordentlich und eine Spur streng ausgesehen, aber eine geheime Ängstlichkeit hatte sich auf ihrem Gesicht und ein unbefriedigter, halb erschrockener Ausdruck in ihren kurzsichtigen Augen abgezeichnet. Zudem trug sie eine Brosche mit echten Diamanten.

An jenem Abend noch hatte er sie angesprochen, der anfänglichen Brüskierung getrotzt und sie schließlich zum Reden gebracht. Danach hatte sich die Bekanntschaft genauso entwickelt, wie er es erwartet hatte. Seine Methode war altmodisch und hochromantisch, und nach einer Woche hatte er ihr hoffnungslos den Kopf verdreht.

Von Ronalds Standpunkt aus war ihre Vergangenheit ideal. Zwischen zwanzig und dreißig war sie Lehrerin in einem Mädcheninternat gewesen; anschließend war sie nach Hause zurückbeordert worden, um sich um einen gebieterischen Vater zu kümmern, dessen langwierige Krankheit zu ihrem einzigen Lebensinhalt wurde. Jetzt, mit dreiundvierzig, war sie allein, vergleichsweise gut gestellt und so orientierungslos wie ein Schiff ohne Ruder im Wasser.

Ronald war stets bemüht, sie im siebten Himmel zu belassen. Er widmete ihr seine ganze Aufmerksamkeit, und nach genau fünf Wochen heiratete er sie auf dem Standesamt der Stadt, in der sie beide Fremde waren. Am selben Nachmittag machten beide ihr Testament zugunsten des jeweils anderen und zogen in das Haus, das er billig hatte mieten können, weil die Feriensaison vorüber war.

Zwei Dinge besiegelten ihr Todesurteil früher, als Ronald ursprünglich geplant hatte. Das eine war ihre trotzige Verschwiegenheit bezüglich ihrer pekuniären Verhältnisse, das andere war ihr peinliches Interesse für seine Arbeit.

Ronald hatte ihr erzählt, daß er Teilhaber einer Kosmetikfirma sei, die ihn großzügig beurlaube. Diese Aussage akzeptierte Edyth ohne weitere Nachfragen, aber fast augenblicklich faßte sie den Plan, seinem Büro und der Firma einen Besuch abzustatten, und sagte, sie müsse sich neu einkleiden, um ihn nicht zu »blamieren«. Zugleich hielt sie ihre privaten Unterlagen unter Verschluß und weigerte sich standhaft, über sie zu sprechen, wie vorsichtig auch immer er das Thema aufs Tapet brachte. Ronald hatte es aufgegeben, sich über sie zu ärgern, und beschlossen zu handeln.

Er wandte sich vom Fenster ab und ließ das Badewasser einlaufen.

Das Bad war das einzige Zimmer, daß er neu gestrichen hatte. Über der Badewanne hatte er ein schmales Brett angebracht, auf dem ein altmodischer kleiner elektrischer Heizstrahler stand. Jetzt schaltete er ihn an und blieb davor stehen, bis die zwei Heizstäbe warm glühten. Dann ging er hinaus ins Treppenhaus.

Der Sicherungskasten für das ganze Haus befand sich im Boden des Wäscheschranks am Ende der Treppe. Vorsichtig öffnete Ronald die Schranktür und schaltete – mit einem Taschentuch in der Hand, um keine Fingerabdrükke zu hinterlassen – die Hauptsicherung aus.

Im Badezimmer erlosch das Glühen des Heizstrahlers; als er dorthin zurückkehrte, waren die Heizstäbe fast wieder schwarz. Beifällig beäugte er den Heizstrahler, und dann – noch immer mit dem Taschentuch in der Hand – versenkte er ihn vorsichtig im Badewasser. Er lag am Fußende der Wanne, wo er praktisch kaum Platz einnahm. Das weiße Kabel hing über den Badewannenrand, lief die Fußleiste entlang und unter der Tür durch zu einer Steckdose im Treppenhaus.

Als er den Heizstrahler aufgestellt hatte, hatte Edyth wegen seines etwas schludrigen Arrangements Bedenken geäußert. Doch er hatte ihr erklärt, daß sich das örtliche Bauamt dumm und kleinlich verhielt, wenn es darum ging, Steckdosen im Bad anzubringen, weil Wasser angeblich elektrizitätsleitend sei, und sie hatte zugestimmt, das Kabel unter dem Linoleum zu verlegen.

Im Augenblick war der Heizstrahler in der Badewanne

nicht zu übersehen. Wie er so komisch dalag, sah es auf jeden Fall so aus, als wäre er zufällig ins Wasser gefallen, aber niemand, der alle Tassen im Schrank hatte, konnte in die Wanne steigen, ohne ihn zu bemerken. Ronald stand still da, sein Mund schmaler als je zuvor. Die wunderbare Schlichtheit seines rasch zum Tode führenden und – was ihn anbelangte – vor allem todsicheren Planes jagte ihm einen Schauer des Entzückens über den Rücken – wie jedesmal.

Er drehte den Hahn zu, wartete und horchte. Edyth kam zurück. Er hörte, wie sie etwas auf dem Betonboden vor der Hintertür bewegte, und nahm die Tüte mit dem Badezusatz aus seiner Jackentasche.

Er las die Gebrauchsanweisung auf der Rückseite, als ihn ein leises Geräusch den Kopf drehen ließ, und zu seinem Entsetzen sah er seine Frau keine zwei Meter von sich entfernt stehen. Ihr adretter Kopf war plötzlich knapp über dem Dach der Spülküche vor dem Badezimmerfenster aufgetaucht. Sie reinigte die Regenrinne von welken Blättern und stand vermutlich auf einer Leiter. Es war typisch für den Mann, daß er nicht in Panik ausbrach. Die Tüte mit dem Badezusatz lässig in der Hand, trat er zwischen sie und die Badewanne und sprach leise.

»Was um alles in der Welt machst du da, Liebling?«

Edyth reagierte so vehement, daß sie beinahe von der Leiter gefallen wäre. »Mein Gott, hast du mich erschreckt! Ich hab' mir gedacht, ich mache hier ein bißchen sauber, bevor ich mich umziehe. Wenn es regnet, fließt die Regenrinne über und das Wasser auf die Treppe.«

»Sehr aufmerksam von dir, meine Liebe.« Er sprach mit der etwas bissigen Amüsiertheit, mit der er – wie er herausgefunden hatte – ihre dünne Haut aus Selbstsicherheit am besten zerstören konnte. »Aber vielleicht nicht der geeignete Moment, wo du doch weißt, daß ich dir hier dein Schönheitsbad vorbereite. Nicht wahr?«

Ihr entging die leichte Betonung des Wortes »Schönheit« nicht. Er sah, wie sie schluckte.

»Vielleicht hast du recht«, sagte sie, ohne ihn anzublicken.« Es ist sehr nett von dir, daß du dir solche Mühe gibst, Ronald.«

»Überhaupt nicht«, sagte er mit genau der richtigen Dosis männlicher, lässiger Unempfindlichkeit. »Ich werde dich heute abend ausführen, und ich möchte, daß du so hübsch wie möglich aussiehst. Sei ein gutes Mädchen und beeil dich. Der Schaum hält sich nicht ewig, und wie alle überaus hochwertigen Schönheitsmittel ist auch dieses teuer. Zieh dich im Schlafzimmer aus, schlüpf in den Bademantel und komm.«

»Gut, mein Lieber.«

Sie begann, die Leiter hinunterzusteigen, während er sich umwandte und den Inhalt der Tüte ins Wasser schüttete. Die stark nach Rosen duftenden Kristalle schwammen auf den Wellen, und als er den Hahn ganz aufdrehte, lösten sie sich in Tausende schillernder Blasen auf. Die Blasen wuchsen zu einer wohlriechenden, fedrigen Masse an und überfluteten die Ränder der Wanne.

Es war perfekt.

Er öffnete die Tür, um nach ihr zu rufen, und genau in diesem Augenblick erschien sie. Sie kam scheu herein, den blauen Bademantel fest um ihre dünne Gestalt gezurrt, das Haar unter einer häßlichen Badekappe versteckt.

»Oh, Ronald«, sagte sie und starrte auf den Schaum. »Wird das nicht eine arge Schweinerei geben? Ach du meine Güte! Der ganze Boden ist voller Schaum.«

Ihr Zaudern brachte ihn in Rage. »Das ist doch egal«, sagte er wütend. »Steig rein, solange noch Schaum da ist. Beeil dich. In der Zwischenzeit werde ich mich umziehen. Steig rein und leg dich hin. Das wird deine fahle Haut beleben.«

Er ging hinaus, blieb stehen, horchte. Sie verschloß die Tür, genau wie er es sich gedacht hatte. Lebenslange Gewohnheiten ändern sich nicht in der Ehe. Er hörte, wie der Riegel zuschnappte, und zwang sich, langsam zu gehen.

Er gab ihr sechzig Sekunden – dreißig, um ihre Sachen auszuziehen, und dreißig, um am Rand der rosigen Masse zu zögern.

»Wie ist es?« rief er vom Wäscheschrank aus.

Sie antwortete nicht sofort, und auf seiner Stirn brach der Schweiß aus. Dann hörte er sie.

»Ich weiß es noch nicht. Bin gerade erst reingestiegen. Aber es duftet wunderbar.«

Er wartete nicht bis zum letzten Wort; seine in das Taschentuch gewickelte Hand hatte die Hauptsicherung gefunden.

»Eins, zwei ... *drei*«, sagte er mit einem entsetzlichen Mangel an Sentimentalität und drückte den Schalter herunter. Als er die Sicherung einschaltete, hörte er aus der Steckdose hinter ihm ein kurzes Zischen, und dann war es still.

Es war so ruhig, daß Ronald seinen eigenen Puls hören konnte. Aus dem Badezimmer drang kein Laut.

»Edyth? Bist du noch da? Edyth?«

Keine Antwort, kein Geräusch.

»Edyth?« sagte er noch einmal.

Die Stille war vollkommen, und nach einer langen Weile richtete er sich kerzengerade auf und seufzte laut vor Erleichterung.

Fast augenblicklich stimmte er sich auf die Vorbereitungen für den zweiten Akt ein. Wie er sehr wohl wußte, war dieser höchst heikel. Die Leiche mußte aufgefunden werden, aber nicht sofort. Diesen Fehler hatte er nach Dorothys »Unfall« begangen, und der örtliche Polizeiinspektor hatte ihn doch tatsächlich gefragt, warum er so rasch beunruhigt gewesen sei; aber diesmal bewahrte er einen kühlen Kopf, und der gefährliche Augenblick ging vorüber.

Er hatte beschlossen, eine halbe Stunde zu warten, bevor er beginnen würde, laut gegen die Tür zu hämmern und anschließend nach einem Nachbarn zu rufen und zuletzt das Schloß aufzubrechen. Er hatte vor, aus dem Haus zu schlendern und eine Abendzeitung zu kaufen und diese Absicht von der Treppe vor dem Haus laut zu Edyth hinaufzurufen, so daß jeder, der vorüberkam, es hören konnte; aber als er auf die Treppe zuging, wußte er, daß er zuerst etwas anderes tun mußte.

Edyths lederne Schreibmappe, in der sie alle ihre privaten Unterlagen aufbewahrte, befand sich ganz unten in ihrer Hutschachtel. Sie hat doch tatsächlich geglaubt, daß ich von ihrer Existenz keine Ahnung habe, dachte er bitter.

Leise betrat er das Schlafzimmer und öffnete die Tür des Kleiderschranks. Die Mappe war noch an der gleichen Stelle, an der er sie das letztemal gesehen hatte; sie war prall und vielversprechend, und dankbar umschlossen sie seine Hände. Sie enthielt Bündel von Wertpapieren, ein oder zwei dicke Umschläge, deren rote Siegel von Anwälten kündeten und ganz oben, so daß er nur hinlangen mußte, lag eines dieser grauen Hefte, welche die Post als Sparbücher an ihre Kunden ausgab.

Er öffnete es mit zittrigen Fingern und überflog die Seiten. Die Summe entlockte ihm einen Pfiff. 7250 Pfund! Dann hatte sie sich etwas verringert, als sie fünfzig Pfund für ihre Aussteuer abgehoben hatte.

7200 Pfund. Er hielt das für die letzte Eintragung, aber als er umblätterte, bemerkte er, daß eine weitere Transaktion eingetragen war. Sie hatte vor noch nicht einmal einer Woche stattgefunden. Er erinnerte sich, daß das Sparbuch mit der Post zurückgekommen war, und für wie schlau sie sich gehalten hatte, es auf diese Weise einzuschmuggeln.

Er blickte auf die Worte und Zahlen, zuerst eher gelangweilt, dann, als sein Herz in plötzlicher Panik einen Sprung tat, traten seine Augen aus den Höhlen und wurden glasig.

Sie hatte fast alles abgehoben. Da stand es schwarz auf weiß: »4. September, Auszahlung: siebentausendeinhundertachtundneunzig Pfund.«

Sein erster Gedanke war, daß das Geld noch immer da sein mußte, in Hundertpfundnoten vielleicht, in einem der dicken Umschläge. In seiner Angst vergaß er alle Vorsicht und riß sie auf. Papiere, Briefe, Zertifikate fielen durcheinander zu Boden.

Der an ihn adressierte Umschlag gebot ihm Einhalt. Es war ein neuer Umschlag mit frischen Tintenklecksen darauf, sein Name in Edyths unerwartet sicherer Handschrift geschrieben – »Ronald Torbay, Esquire«.

Er riß ihn auf und starrte auf das einsame Blatt Banknotenpapier. Entsetzt und verwundert, stellte er fest, daß der Brief erst vor zwei Tagen geschrieben worden war.

Lieber Ronald,
falls Du jemals diesen Brief in Händen halten solltest, so fürchte ich, daß Du einen schrecklichen Schock erleben wirst. Lange Zeit habe ich gehofft, es wäre nicht nötig, ihn zu schreiben, aber mittlerweile hat mich Dein Verhalten gezwungen, ein paar unangenehme Möglichkeiten ins Auge zu fassen.

Leider bist Du, Ronald, in gewisser Hinsicht sehr altmodisch. Ist Dir nie in den Sinn gekommen, daß jede unscheinbare Frau mittleren Alters, die überstürzt eine Ehe mit einem Fremden eingeht, bezüglich des Themas *Bad* etwas argwöhnisch sein muß, so sie nicht völlig schwachsinnig ist?

Wie Du sicher weißt, bin ich eine gründliche Zeitungsleserin, und nachdem ich von zwei Frauen gelesen habe, denen kurz nach ihrer Eheschließung ein tödlicher Unfall im Schaumbad zustieß, begann ich mir einige Fragen zu stellen.

Ehrlich gesagt, wollte ich Dich nicht verdächtigen, denn lange Zeit habe ich geglaubt, verliebt in Dich zu sein; aber als Du mich überredet hast, an unserem Hochzeitstag mein Testament zu machen, konnte ich nicht anders, als mir diese Fragen zu stellen. Und als Du angefangen hast, den Wirbel um das Badezimmer in unserem Haus zu machen, dachte ich, daß ich besser etwas unternehme und zwar schnell. Auch ich bin altmodisch, Ronald, und deswegen bin ich zur Polizei gegangen.

Ist Dir aufgefallen, daß die Leute, die im Nachbarhaus eingezogen sind, nicht einmal den Versuch unternommen haben, mit Dir zu sprechen? Wir hielten es für das Beste, daß ich mit der Frau nur über die Gartenmauer reden sollte, und sie war es, die den Zeitungsartikeln nachgegangen ist, von denen ich ihr erzählt hatte. Sie hat sogar noch ein bißchen weitergesucht und Ausschnitte aus Provinzzeitungen gefunden, die jeweils einen Schnappschuß des Ehemannes bei der Beerdigung enthielten.

Sie sind nicht sehr scharf, aber sobald ich sie sah, erkannte ich es als meine Pflicht, dem vom Inspektor vorgeschlagenen Kurs zuzustimmen. Er erzählte mir, daß er nach einem Mann, auf den diese Beschreibung paßt, seit über drei Jahren sucht, seit dem Tag, an dem der Bruder Deiner armen zweiten Frau ihm die zwei Fotos vorgelegt hat.

Was ich versuche zu sagen, ist folgendes: Wenn ich Dir je abhanden kommen sollte, Ronald – aus dem Badezimmer, meine ich –, dann wirst du entdecken, daß ich über das Dach ausgestiegen bin und im Bademantel in der Küche des Nachbarhauses sitze. Ich war dumm genug, Dich zu heiraten, aber ich bin nicht so dumm, wie Du glaubst. Frauen mögen töricht sein, aber sie sind nicht mehr so blöd, wie sie es früher einmal waren. Wir blicken allmählich durch, Ronald, Deine Edyth.

P. S. Beim Durchlesen des Briefes ist mir aufgefallen, daß ich in meiner Nervosität vergessen habe zu erwähnen, daß die Leute im Nachbarhaus kein verheiratetes Paar sind, sondern Polizeiinspektor Barsford und seine Assistentin Richards. Sie haben mir versichert, daß es nicht genügend Beweise gibt, um Dich zu überführen, solange Du nicht den Versuch unternimmst, das Verbrechen noch einmal zu begehen. Deswegen zwinge ich mich, tapfer zu sein und meine Rolle zu spielen, denn Deine beiden armen anderen Frauen tun mir wirklich sehr leid, Ronald. Sie haben Dich bestimmt so faszinierend gefunden wie ich.

Den Schlitzmund zu einem widerwärtigen O verzerrt, blickte Ronald Torbay mit sorgenvollen Augen von dem Brief auf.

Im Haus war es still, und auch der Rasenmäher der Nachbarn war nicht mehr zu hören. In der Stille vernahm er ein plötzliches Poltern, als die Hintertür aufgebrochen wurde und schwere Schritte durch den Flur, über die Treppe auf ihn zukamen.

Craig Rice
Ein ruhiger Tag im Bezirksgefängnis

»Hör auf mit der Singerei, Artie«, rief eine Frauenstimme.

Artie, der erste Vertrauensmann, legte die Gitarre weg und trat in die Zelle, die den halben Raum der sogenannten »Präsidentensuite« einnahm. Sie war nicht abgeschlossen, weil ihre Insassin als Hauptzeugin lediglich in Schutzhaft gehalten wurde.

»Was ist los, Red?« fragte er mit sanfter Stimme. »Bist du nervös?«

Sie war hübsch und blaß, und sie war zu jung und schön zum Sterben. Sie saß eingehüllt in ihren Chenille-Bademantel auf der Kante des Bettes. Ihr Haar, das ihr den Spitznamen Red eingebracht hatte, hing offen auf ihre Schultern herab. Eine brennende Zigarette steckte zwischen ihren zitternden Fingern.

»Ich hatte gerade das Gefühl, daß ein Schatten über meinen Grabstein gefallen ist«, antwortete sie. »Vergiß es.«

Er täschelte ihr ungelenk die Schulter und sagte: »Schlaf lieber ein bißchen, solange du noch kannst.« Er wußte sofort, daß das genau die falsche Bemerkung gewesen war, aber jetzt konnte er sie nicht mehr rückgängig machen.

Sie sah ihn an, und dabei glänzten ihre Augen einen Moment lang vor Furcht. »Du brauchst mich nicht dran zu erinnern. Sie können mich nicht lebend wieder nach Detroit zurücklassen.«

»Hör auf damit, Red«, sagte er mit noch sanfterer Stimme. »Das habe ich damit nicht gemeint.« Es gelang ihm, wieder seinen normalen Tonfall zu treffen. »Ich wollte dir nur sagen, daß Aggie wieder kommt.«

»Ach du heiliger Strohsack!« Ein Lächeln breitete sich auf ihrem Gesicht aus, das auch wieder ein wenig Farbe bekam. »Na gut«, bemerkte sie nachdenklich, »das Gefängnis könnte schon mal wieder ordentlich auf Hochglanz gebracht werden.« Sie drückte ihre Zigarette in dem

Einmachglasdeckel aus, der als Aschenbecher herhalten mußte. »Artie, gibt's hier im Haus irgendwo was zu trinken?«

»Brauchst du denn einen Drink?« Er sah sie mit einer Mischung aus Bewunderung, brüderlicher Zuneigung, Mitleid und einem Hauch von Angst an. »Wir haben einem Kerl einen halben Liter Gin abgenommen. Das meiste davon ist noch da. Ich hol' die Flasche.«

Ihre Unterlippe zitterte fast ebenso wie ihre blassen Finger.

»Na komm, Kleines«, sagte er sanft, »du bist am sichersten Ort der Welt. Hier im Gefängnis. Alles wird wieder gut.«

Er grinste ihr aufmunternd zu, blieb an der Tür stehen und fing wieder zu singen an.

Der Sheriff sprach in leisem Ton;
sie war so schön und ach so jung.
Er sprach: »Heut nacht bist du noch ganz allein,
doch morgen wirst du schon am Galgen sein – «

Er wich der gefalteten Zeitschrift aus, die sie nach ihm warf, und sagte: »Mach nicht die Pferde scheu, Red. Nicht mal der Präsident hat einen besseren Leibwächter als du. Ich bin gleich wieder da.«

Im Bezirksgefängnis von Santa Maria ging es so zwanglos zu wie bei einem Schulausflug, und an den Wochenenden und den Feiertagen herrschte doppelt soviel Lärm wie gewöhnlich. Es war klein und nur mit dem Nötigsten ausgestattet und nahm den zweiten Stock der Polizeiwache ein. Die »Präsidentensuite« bestand aus zwei Zellen am hinteren Ende des Gefängnisses. Sie war Frauen, Jugendlichen und besonderen Gefangenen vorbehalten. Im Augenblick hatte Red sie ganz für sich allein.

Weil sie im engeren Sinne des Wortes eigentlich keine Gefangene war und Geld bei sich hatte, war die Zelle mit Laken, einem Kissen und einem Kissenbezug ausgestattet. Ihre teuren Kleider hingen ordentlich über Bügeln. Und weil Red ein netter Mensch war, lächelte ihr ein Strauß blauer Blumen aus einem Marmeladenglas auf einem improvisierten Tisch entgegen, der aus zwei Koffern und einem Brett bestand.

Artie kam, die Hand unter der hellbraunen Jacke versteckt, zurück. Die Zelle lag im Halbdunkel; Red saß noch immer auf der Bettkante. Er nahm die weiße emaillierte Tasse vom Waschtisch, schenkte großzügig ein, fügte ein wenig Wasser hinzu und gab sie ihr. »Ist ganz schön gemein«, sagte Red. »Erst landet man im Knast, und dann nehmen sie einem auch noch den Gin weg.«

»Dem geht er nicht ab«, versicherte Artie ihr. »Er ist ein Cousin zweiten Grades vom Bürgermeister, und er hat unten noch achtzehn Dollar gut.« Er fügte hinzu: »Behalt die Flasche lieber.«

»Vielleicht brauche ich sie wirklich noch«, sagte sie. Sie sah hoch zu ihm, zu seinen über einsachtzig, zu seinen kurzen blonden Haaren und dem zerfurchten Gesicht. Sie steckte die Flasche unter die Matratze des Bettes gegenüber, kippte den Inhalt der Tasse in sich hinein, rang nach Luft und keuchte: *»Wasser!«*

Artie beeilte sich, es ihr zu geben. »Halt beim nächsten Mal die Luft an.« Er schwieg einen Augenblick. »Red, du hast doch nicht wirklich Angst, oder?«

»Wer, ich?« erwiderte sie und wandte den Blick ab. Ihre Hände zitterten, als sie das Wasser trank, und sie verschüttete die Hälfte davon auf den Boden.

»Red, Kleines«, sagte er und nahm ihr die Tasse aus den Händen, »du brauchst bloß warten, bis sie dich nach Detroit zurückbringen, damit du deine Aussage machst. Dann ist alles vorbei.«

»Die werden mich nie in den Gerichtssaal lassen«, sagte sie mit sehr leiser Stimme.

»Red doch keinen Blödsinn«, antwortete Artie. »Man wird dich beschützen. Dir kann nichts passieren.«

Ihre Blicke trafen sich. Sie logen beide, und das wußten sie auch.

Sie sah weg, versetzte ihrem Kissen einen Knuff, zündete eine Zigarette an und sagte: »Laß uns doch von dir reden. Wie geht's mit dir weiter? Ich hab' deinen Anwalt gestern hier gesehen.«

»Mein Fall ist übernächste Woche dran«, antwortete Artie. »Das heißt, wenn der Richter bis dahin wieder gesund ist. Hier im Bezirk gibt's nur zwei Richter, und einer davon ist krank. Ursprünglich waren noch zweitausend Fälle vor mir, aber inzwischen sind's nur noch eintausendneunhundertvierundvierzig. Sobald der andere Richter Mandelentzündung, Magengeschwür, Beriberi oder was auch immer überstanden hat, bin ich als erster dran. Das wird eine kurze Verhandlung. Sie haben die Anklage auf Totschlag herabgesetzt, und mein Anwalt plädiert auf Notwehr.«

Er putzte sich die Nase und zündete sich eine Zigarette an. »Red«, sagte er, »ich liebe meine Frau. Sie hat mir jeden Tag geschrieben, als ich im Südpazifik war. Ich liebe meine Kinder. Sie bringt sie jeden Sonntag hierher mit. Ich hab' eine nette kleine Ranch, ich bin grade dabei, mir eine Spedition aufzubauen. Ich hab' diesen Kerl kennengelernt, er ist zu mir nach Haus gekommen, als meine Frau und die Kinder meine Schwiegermutter besucht haben, und wir haben ein paar Bier getrunken. Er ist durchgedreht und hat mich mit einer Pistole bedroht. Ich hab' versucht, sie ihm wegzunehmen, aber sie ist losgegangen.«

Red griff unter die Matratze, holte die Flasche hervor, schenkte fast drei Fingerbreit Gin ein und gab Artie die Tasse. Sie hatte das Gefühl, daß er jetzt moralische Unterstützung brauchte.

»Die lassen dich laufen«, sagte sie zu ihm. »Vielleicht zahlen sie dir sogar noch was.«

Damit entlockte sie ihm ein Lachen, und genau das wollte sie. Er schnippte die Asche von seiner Zigarette und sagte: »Teufel noch mal, so schlecht war's hier gar nicht, die elf Monate. Als Vertrauensmann hab' ich hier schalten und walten können, wie ich wollte. Ich geh' raus zum Einkaufen, mach' Botengänge, esse gut und schlafe gut. Könnte wirklich schlimmer sein.«

Sie sagte mit leiser, müder Stimme: »Ich wär' lieber hier als tot draußen auf der Straße.«

»Red, hör auf mit dem Gerede.«

»Sie werden mich erwischen, bevor ich die Aussage mache.«

»Ich hab' dir schon mal gesagt, du bist hier am sichersten Ort der Welt.«

Plötzlich schien das Gefängnis zu erbeben. Von unten herauf drang mindestens ebenso lauter und schriller Lärm wie aus dem Bronx Zoo zur Fütterungszeit.

»Das muß Aggie sein«, meinte Red.

»Kann gar niemand anders sein.« Artie grinste. Er stand auf, verschloß ihre Zellentür und sagte: »Tut mir leid, aber es ist nur für ein paar Minuten.« Er rief: »Hey, Pablo!«

Red machte es sich auf ihrem Bett bequem und hörte dem Krach zu. Aggie wehrte sich in zwei Sprachen gegen die Inhaftierung, und den Geräuschen nach zu urteilen waren beide Vertrauensmänner und Fred, der Nachtwärter, nötig, um sie festzuhalten.

Aggie war wahrscheinlich die beste Putzfrau von ganz Santa Maria. Aber sie war wahrscheinlich auch die lauteste Betrunkene. Sie war zufrieden, wenn man ihr eine Flasche in die Hand gab, doch sie war genauso zufrieden mit einem Eimer Wasser, einem Schrubber und Seife. Wenn das Gefängnis wieder einmal saubergemacht werden mußte, machte der Spruch die Runde: »Seht euch in den Kneipen um und bringt Aggie mit.«

Wenn Aggie ins Gefängnis kam, klang das immer, als spiele sich ein größerer Aufstand ab und als schlage gleichzeitig noch eine Bombe im nächsten Häuserblock ein. Am folgenden Morgen verurteilte der Richter sie dann jedesmal zu sechs Tagen, die sie in dreien abarbeiten konnte. Und Aggie füllte daraufhin fröhlich, wenn auch mit leichtem Kater, einen Eimer mit heißem Wasser und Seife und griff sich den nächsten Schrubber.

Red hielt sich die Ohren zu, als man Aggie in die Nachbarzelle schob und dort einsperrte. Aggie brüllte einfach weiter.

Artie schloß die Metallgittertür zu Reds Zelle auf und fragte: »Schläfst du?«

»Hab' so gut geschlafen, daß ich gar nichts mitbekommen habe«, antwortete Red mit fröhlicher Stimme.

Nun trat der kleine Pablo mit den traurigen Augen, der andere Vertrauensmann, zusammen mit Artie ein. »Das haben wir Aggie abgenommen«, sagte er mit ernster Stimme.

Sie reichten die Flasche mit feierlicher Geste herum.

Red lief ein Schauer den Rücken hinunter. »Können die denn nicht mal jemanden mit Champagner verhaften?«

»Mir ist Scotch lieber«, meinte Artie.

Sie gab ihm die Flasche. »Mach einfach die Augen zu und stell dir vor, es wär' Scotch.«

Es drang wieder Lärm aus der Nachbarzelle.

»Mein Gott, hat diese Aggie ein Organ«, sagte Pablo.

»Paßt mal auf, ich kann auch ganz nett brüllen«, verkündete Red mit grimmiger Miene. Sie hob die Stimme: »Ruhe!«

Es folgte einen Augenblick Stille, und dann brüllte jemand zurück: »Wer ist da, und warum haben sie dich eingelocht?«

»Ich bin die Mörderin mit der Axt; die ganzen Zeitungen sind voll von der Geschichte«, rief Red. »Und ich hab' die Axt mit hier dabei, die Axt, mit der ich sieben Leute zerhackt hab'. Die Polizei hat sie mir gelassen, weil ich den Bürgermeister kenn'. Und meine Zellentür ist nicht abgesperrt, und ich hab' 'nen Schlüssel zu deiner, und außerdem hab' ich's gern ruhig, wenn ich schlafe.«

Es folgte lange Stille, eine Stille, die vielleicht sogar die ganze Nacht andauern würde.

Artie und Pablo wünschten ihr mit einem Winken gute Nacht und gingen.

Das war um vier Uhr morgens.

Um acht brannte die Sonne bereits eineinhalb Stunden lang heiß herunter. Red wälzte sich ruhelos herum, spürte, wie eine Hand sanft ihre Schulter berührte, drehte sich um und schlug die Augen auf.

Es war Fred, der Nachtwärter. »Ich hab' jetzt Dienstschluß, Red. Ich wollte mich nur verabschieden und dir viel Glück wünschen.«

Sie war plötzlich hellwach, setzte sich auf und zog sich die Decke um die Schulter. »Was meinst du mit ›verabschieden‹?«

Fred sah verlegen drein. »Ich dachte, sie wollten dich heute hier abholen.«

»Das hat mir noch niemand gesagt«, antwortete sie. Sie mußte nicht in den Spiegel sehen; sie spürte, wie ihr Gesicht fahl wurde.

»Na ja«, sagte er, »na ja, nur für den Fall, daß sie es

doch tun. Viel Glück. Mach dir keine Sorgen, Red. Komm doch mal vorbei und besuch uns, wenn alles vorbei ist.«

»Na klar«, antwortete sie in herzlichem Tonfall. »Das ist ja keine große Sache.«

Er wußte, daß sie nie wieder nach Santa Maria zurückkehren würde, und sie wußte das auch.

Sie gaben sich die Hand. Sie sagte: »Fred, bitte bedank dich doch für mich bei deiner Frau, weil sie die Blumen geschickt hat.« Blumen für einen wandelnden und sprechenden Leichnam. »Wart noch einen Moment, ja?«

Sie griff nach ihrem Morgenrock, legte ihn sich um die Schultern, glitt vom Bett und kramte in ihrem Koffer herum, der unter ihrer Pritsche lag, bis sie etwas herauszog, das aussah wie eine Handvoll Seidenpapier. Sie setzte sich auf die Bettkante, entwirrte das Seidenpapier und holte eine Brosche heraus. Sie funkelte grün, gelb und weiß im Licht der frühen Morgensonne.

»Bitte gib ihr doch die von mir. Sie ist unecht, bloß Modeschmuck, aber ich finde sie hübsch. Dafür ist der Dank, den ich dir dazu mitgebe, echt.«

»Mensch, Red«, sagte Fred. Er kämpfte einen Augenblick gegen seine Gefühle an, wickelte die Brosche wieder in das Seidenpapier ein und steckte sie in die Tasche. »Mensch.« Er schwieg wieder eine Weile. »Sie wollte dir eigentlich noch ein paar Blumen schicken.«

»Sag ihr, die soll sie sich für meine Totenwache aufsparen«, sagte Red und versuchte, dabei nicht allzu ernst zu klingen. Sie ging zum Fenster hinüber und sah hinaus.

Fred blieb einen Moment stehen; in seinem Gesicht war die Unsicherheit deutlich abzulesen. Schließlich ging er zu ihr hinüber und legte ihr eine Hand auf den Arm. »Red«, sagte er, und rang dabei um Worte, »wenn – ich meine, wenn dir was passiert – na ja, weißt du, ich hab' Freunde, wir kriegen raus, wer's getan hat – «

Sie drehte sich um und lächelte ihn an. »Danke. Aber jetzt hau schon ab, mein Lieber. Ich muß noch ein bißchen schlafen.«

Sie konnte sich verschwommen an einen Spruch erinnern, den sie in der Schule gelernt hatte. Sie kramte in ihrem Gedächtnis herum und kam dann nur auf »Alles hat seine Zeit – der Schlaf und das Wachen«. Sie wußte, daß irgend etwas daran nicht stimmte, aber das war jetzt egal.

Sie lief in der Zelle auf und ab. Sie rubbelte ihr Gesicht sauber und legte frisches Make-up auf. Sie kämmte ihr wunderschönes rotes Haar, bis es ganz glatt und glänzend war. Sie malte sich die Lippen an und machte sich an die Augenbrauen. Dann zog sie eine taubengraue Hose, einen blaßgrünen Pullover und Sandalen in einem dunkleren Grünton an.

Halb neun. Plötzlich erinnerte sie sich voller Schuldgefühle an Aggie. Sie eilte in den großen Raum und rief nach Artie.

»Süßer, mach Aggies Tür auf. Sie muß um neun vor Gericht erscheinen, und vorher muß ich ihr noch das Gesicht waschen.«

»Das reicht noch«, sagte er und griff nach den Schlüsseln. Er sah sie anerkennend an. »Wir werden dich vermissen, Red.«

Wieder spürte sie, wie die Farbe aus ihrem Gesicht wich. »Wer sagt das?«

Artie wich ihrem Blick aus, während er die Tür zu Aggies Zelle aufschloß. Als Red sich Aggie angesehen hatte, ging sie wieder in die Nachbarzelle hinüber und holte einen Kamm, Make-up, Puder, einen Lippenstift, ein großes, flauschiges Handtuch, Mundwasser und den restlichen Gin. Nach dem fünften kräftigen Rütteln wachte Aggie auf.

»Na komm schon, Kleines«, sagte Red. »Du mußt in einer halben Stunde vor Gericht erscheinen.«

Aggie begann zu stöhnen. Zwei ordentliche Schlucke Gin aus der Emailletasse beruhigten sie wieder. Sie brachte die Augen so weit auf, daß sie sie nach dem vierten Blinzeln auch tatsächlich aufbehalten konnte, und sagte: »Red! Bist du denn immer noch da?«

»Tja, die haben mich noch nicht rausgeschmissen«, antwortete Red mit gespielter Fröhlichkeit. »Baby, sieh zu, daß du was hermachst vor Gericht. Wasch dir das Gesicht, dann leg' ich dir Make-up auf und richte dir die Haare.« Sie warf einen Blick auf Aggies Kleid und schüttelte traurig den Kopf.

Sie hatte eines, das ihr vielleicht paßte. Sie war genauso groß wie Aggie, und das Kleid würde sich in die Breite dehnen.

Um zwei vor neun war Aggie unterwegs nach unten. Die Haare waren gekämmt, das Gesicht geschminkt, sie roch ein wenig nach Mundwasser und Daphne Cologne und trug eine blaues Jerseykleid, das nie wieder die richtige Größe und Form haben würde.

Um zehn nach neun kam Aggie mit strahlendem Gesicht wieder herauf. »Sechs oder drei«, schrie sie. »Artie, wo ist der Schrubber?«

Red rief aus ihrer Zelle: »Artie! Pablo! Oder sonst wer!«

Artie kam schließlich zur Tür. »Hast du 'ne Maus gesehen oder was?« fragte er.

»Ich möchte Frühstück«, sagte Red.

»Hier in diesem Gefängnis wird das Frühstück um sechs Uhr dreißig serviert«, bemerkte Artie. »Aber weil du Frank gestern einen Dollar für Eier zugesteckt hast, läßt sich, glaube ich, was machen.« Er zwinkerte ihr zu. »Er hat ein Dutzend Eier im Kühlschrank. Und der Kaffee ist heut' morgen auch gut.«

Pablo brachte das Blechtablett herein. Die Eier waren genau richtig, der Toast hatte die richtige Farbe, und der Kaffee war so gut, wie Artie angekündigt hatte.

Sie lächelte Pablo an. Sie lächelte Pablo immer an. Aber heute bekam er sogar noch ein Lächeln mehr.

Pablo war klein und schlank und hatte schwarze Haare, und er war so etwas wie ein Lebenslänglicher. Frank, der Tageswärter, hatte Red erzählt, daß Pablo schon seit fast zwei Jahren eine dreißigtägige Haftstrafe wegen Trunkenheit verbüßte. Das war so etwas wie eine Routine geworden. Dreißig Tage Haft. Am nächsten Tag Vertrauensmann. Entlassung. Am nächsten Tag, manchmal sogar schon früher, wieder verhaftet.

Artie schwor, und Red glaubte ihm das auch, daß Pablo die Runde aus dem Gefängnis und wieder zurück einmal innerhalb von genau drei Stunden geschafft hatte.

Artie hatte ihr auch erzählt, wie Pablos Frau mit einem anderen Mann durchgebrannt war, wie Pablo seine Arbeit verloren hatte und zusehen mußte, wie die Bank ihm sein Haus wegnahm. Und das alles in einem einzigen Monat.

»Señorita Red«, fragte Pablo, »hätten Sie gerne, wenn ich gehe und Ihnen Zigaretten kaufe?«

Sie sah ihn mit gespielter Strenge an. »Das letzte Mal, als ich dir einen Vierteldollar gegeben habe, damit du mir Zigaretten kaufst, bist du zwei Tage weggewesen, und der Richter hat dir noch extra dreißig Tage aufgebrummt, als sie dich endlich gefunden haben.«

»Das war ein Irrtum«, sagte Pablo voller Würde. »Vielleicht könnten Sie mir fünfundzwanzig Cents leihen. Glauben Sie mir, es ist für einen guten Zweck.«

Sie sah ihn an, und ihr Blick wurde weicher. Schließlich hatte Pablo nur zwei Zuhause. Das Gefängnis und die Kneipe um die Ecke, das »Frisco Bar and Grill«. Sie zog ihren Geldbeutel unter dem Kissen hervor, nahm ein Fünfzig-Cents-Stück heraus und sagte: »Ich hoffe, du hast eine Menge Spaß mit deinem guten Zweck.«

Das war um zehn Uhr morgens.

Inzwischen wurde das Haus wie jeden Tag saubergemacht, und dazu wischte Aggie noch mit dem Schrubber in der Küche herum. Red stand am Fenster und sah hinaus auf das Dach der Bowlingbahn gleich nebenan. Sie hob den Blick zu den Bergen, von denen die kleine Stadt umgeben war, und entdeckte einen kleinen silbernen Fleck, der über das Blau des Himmels hastete. Sie fragte sich, ob sie wohl mit dem Flugzeug oder mit dem Zug nach Detroit gebracht würde.

Sie hörte, wie Artie in dem großen Schrank im Hauptraum herumsuchte und Akten sortierte. Sie hörte, wie ein Gefangener in der Küchenspüle mit den Blechtabletts herumklapperte. Das wird noch lange so weitergehen, auch wenn ich weg bin, dachte sie. Artie wird seine Akten sortieren, dann kommt sein Fall vor Gericht, und die Chancen stehen gut, daß er freigesprochen wird. Der Kerl in der Küche wird den Abwasch machen, seine Strafe absitzen und sich dann verdrücken. Aber da wäre sie längst schon weg, weit weg von hier.

Eine Stimme sagte: »Hey, Red.«

Sie drehte sich um. Es war Frank, der Tageswärter. Er wirkte sanft und hatte ein freundliches Gesicht, weiße

Haare und eine tödliche Rechte, wenn es nötig war. Er war einer von den Menschen, denen sie blind vertraut hätte.

»Der Chef ist auf dem Weg nach oben. Er will dich sehen. Ich hab' gedacht, ich sag' dir's, falls du dir noch die Nase pudern willst.«

»Gott danke es dir, Frank.« In diesem Augenblick hörte sie den Summer, der ihr anzeigte, daß jemand zu ihr heraufkam.

Sie saß mit gepudertem Gesicht auf der Bettkante, als Polizeichef Sankey eintrat, Frank dicht hinter ihm.

»Red«, sagte er, »ich meine, Miss – «

»Das ist schon in Ordnung«, erwiderte sie.

Er setzte sich auf das Bett gegenüber. Er war ein unruhiger kleiner Mann mit besorgtem Gesicht, rötlichen Haaren und einer randlosen Brille.

»Tja«, sagte er, »wir haben jetzt endlich Nachricht bekommen. Sie holen Sie heute Nachmittag mit dem Flugzeug ab. Die Papiere sind alle unterschrieben, alles ist vorbereitet.«

Sie wollte den Mund aufmachen, um etwas zu sagen, machte ihn wieder zu und preßte dann schließlich doch hervor: »Ich werde bereit sein.«

Er wirkte verlegen. Er sagte: »Man wird Sie natürlich gut beschützen. Sie müssen sich also keine Sorgen machen.« Er schwieg einen Augenblick und fügte dann hinzu: »Also dann: Viel Glück.«

Nachdem er weg war, tätschelte Frank ihre Schulter und beruhigte sie: »Alles wird gutgehen, Red.«

»Na klar.« Sie zwang sich zu lächeln. »Bloß, ich mag euer Gefängnis so gern, daß ich gar nicht mehr weg will. Außerdem fühle ich mich hier sicher.«

Er räusperte sich, wollte etwas sagen und überlegte es sich doch anders. Er tätschelte wieder ihre Schulter.

»Frank, ich hab' alles mit eigenen Augen gesehen. Ich bin in der Tür vom Blue Casino gestanden. Louie hat die Sache selbst erledigt, und ich stand gleich daneben. Ich hab' nur noch dran gedacht, wie ich am schnellsten wegkomme. Hab' ein paar Sachen in die Koffer geschmissen und dann das erste Flugzeug nach Kansas City genommen. Da habe ich dann das Auto gemietet und bin runter nach Süden gefahren. Ich hätt's leicht über die Grenze nach Mexiko geschafft, wenn ihr mich nicht erwischt hättet.«

»Vielleicht war das ganz gut so«, sagte Frank beruhigend. »Der Kerl hätte dich sicher verfolgen lassen. Und so wird er verurteilt, und du mußt dir keine Sorgen mehr machen.«

»Na klar«, sagte sie wieder. Sie seufzte. »Es war halt Pech, daß so ein Trottel die Straße langgekommen ist und gesehen hat, was sich da abspielt. Er ist nicht nahe genug rangekommen, um Louie identifizieren zu können, aber ich stand da mitten im Licht, und mich hat er deutlich gesehen. Die Polizei in Detroit hat Louie einfach mal vorsorglich aufgegriffen, und dann hat sie angefangen, sich nach mir umzusehen.«

Sie fuhr sich mit den Fingern durch das glänzende rote Haar. »Ich bin die einzige Zeugin, die sie haben. Freilich könnt' ich in den Zeugenstand treten und schwören, daß ich nichts gesehen habe, oder ich könnte schwören, daß es nicht Louie gewesen ist.«

»Das könntest du«, sagte Frank. »Aber – «

»Aber ich würde es nicht machen«, beendete sie den Satz für ihn. »Das heißt, vorausgesetzt, ich schaffe es überhaupt bis zum Zeugenstand.«

Artie trat in die Zelle, zündete sich eine Zigarette an und lehnte sich lässig gegen die Wand.

»Dieser Louie«, fragte Frank, »war das dein Freund?«

Damit brachte er sie zum Lachen, zum erstenmal an jenem Tag. »Ich habe keinen Freund gehabt. Ich habe das Blue Casino geleitet. Eine Spielhölle. Um die hab' ich mich gekümmert, und mein Partner hat den Nachtclub geleitet.« Sie grinste die beiden an. »Ich hab' mir meine Diamanten schon mit ehrlicher Arbeit verdient, Freunde.«

»Deswegen hast du uns also bei Siebzehn und Vier so in die Pfanne gehauen«, bemerkte Artie mit träger Stimme.

»Na ja«, sagte Frank und erhob sich, »bis zum Flugzeug hast du Geleitschutz, und im Flugzeug hast du einen Leibwächter, und abholen wird man dich wahrscheinlich in einem Panzerwagen.«

Artie drückte seine Zigarette aus und ließ sie auf den

Boden fallen. »Pablo macht hier drin sauber, wenn er wieder da ist. Er ist grad' mit dem Auto zum Kartoffelnholen.«

In diesem Augenblick brach unten im Hof die Hölle los. Red und Artie kamen ungefähr gleichzeitig beim Fenster an. Artie stieß ein lautes Geheul aus, rannte zur Treppe und rief dabei Frank zu, er solle den Summer betätigen.

Unterdessen hatte Pablo draußen Probleme. Der Wagen, mit dem gewöhnlich die Besorgungen fürs Gefängnis erledigt wurden, war direkt unter Reds Fenster abgestellt, und der Kofferraum stand offen. Den Lärm verursachten sechs weiße Hühner, die Krach für ungefähr hundert veranstalteten. Pablo versuchte, sie vom Kofferraum in einen Leinensack zu locken, aber die Hühner widersetzten sich der Festnahme. Als Artie am Schauplatz des Geschehens eintraf, um Pablo beizustehen, hatte sich schon ein ganz ordentliches Grüppchen von Zuschauern eingefunden.

Die Hühner wurden nun mit vereinten Kräften eher unsanft in den Sack gestopft und noch immer lauthals protestierend in den Wagen verfrachtet. Artie und Pablo stiegen ein und fuhren weg.

Frank, der den letzten Akt des Dramas von Reds Fenster aus beobachtet hatte, stieß einen tiefen Seufzer aus und sagte: »Manchmal habe ich das Gefühl, daß sie diesen Vertrauensmännern einfach zu viele Freiheiten lassen.«

»Aber keiner von ihnen macht dir irgendwelche Schwierigkeiten«, erinnerte Red ihn.

»Stimmt«, antwortete er, »abgesehen vielleicht von Pablo.« Er musterte sie fragend. »Hast du ihm etwa Geld gegeben?«

»Ich hab' ihm fünfzig Cents gegeben«, gestand Red. Und wie zur Verteidigung fügte sie hinzu: »Schließlich ist das mein letzter Tag hier.«

Frank schüttelte traurig den Kopf. »Das wären wieder mal dreißig Tage. Na ja, irgendwo muß er ja schlafen.«

Das war um elf.

Einige Zeit später kehrten Artie und Pablo mit triumphierender Miene zurück, und Pablo trug ein großes, in

Papier gehülltes Bündel. Die Hühner waren jetzt nicht nur still, nein, sie hatten abgesehen vom Verlust ihrer Stimme auch den ihrer Federn und einiger anderer Kleinigkeiten zu beklagen und waren sichere Kandidaten für die Pfanne.

»Abschiedsfest!« rief Artie fröhlich aus und machte sich auf den Weg in die Küche.

Red warf einen Blick auf ihre Koffer, auf die Kleider, die an der Wand hingen, und auf die Schminkutensilien, die ordentlich auf dem improvisierten Tisch bereitlagen, und begann halbherzig mit dem Packen. Aber dazu war später noch genug Zeit. Sie ließ sich auf das Bett fallen, nahm eine Zeitschrift in die Hand und versuchte zu lesen. Die Wörter verschwammen ihr vor den Augen und ergaben überhaupt keinen Sinn.

Pablo kam zur Tür herein. Er war völlig nüchtern und schritt würdevoll einher. Er hielt ein Paket in der Hand, das er Red mit noch größerer Würde entgegenstreckte.

»Für Sie«, sagte er. »Als Abschiedsgeschenk.«

Sie packte es aus. Es war eine Flasche des wahrscheinlich schlechtesten Weines der Welt. Das war also der wichtige Zweck gewesen, für den Pablo das Geld gebraucht hatte. Sie spürte, wie ihr heiße Tränen in die Augen stiegen.

»Danke, Pablo«, sagte sie mit einer Würde, die der seinen in nichts nachstand. Sie schob das Paket unter ihre Pritsche und griff unter die Matratze, um den letzten Rest Gin hervorzuholen. »Trinkst du zum Abschied noch was mit mir?«

Pablos dunkle Augen glänzten. »Wenn Sie darauf bestehen.«

Sie schwenkte die Emailletassen aus und teilte den Gin gerecht auf. Sie prosteten einander schweigend und mit großem Ernst zu.

»Wir werden Sie vermissen«, sagte Pablo ganz einfach und schlicht.

Das war um zwölf.

Artie brachte ihr ein bißchen später das Mittagessen.

»Kein Eintopf?« fragte sie, sah hoch und schnüffelte dabei. »Und keine Feuerbohnen?«

Artie grinste sie an, als er das Tablett absetzte. »Brathähnchen.« Er schüttelte nachdenklich den Kopf. »Dieser Pablo. Nicht genug, daß er Hühner stiehlt. Er muß sie noch dazu dem Polizeichef persönlich klauen.«

Er erzählte weiter. »Er wollte sie eigentlich hier raufbringen und rupfen, aber dann hatte ich einen Einfall. Wir haben sie in ein Restaurant gebracht, wo ich die Küchenhilfe kenne. Daraus folgt: kein Beweisstück.«

Es war ein Uhr, als er wiederkam, um das Tablett zu holen und Aggies Tür abzuschließen. Schließlich war sie Gefangene hier, und sogar im Gefängnis von Santa Maria galten bestimmte Regeln. Er blieb in Reds Zelle stehen.

»Ich helfe dir nach der Siesta beim Packen.«

Sie wandte das Gesicht ab. »Danke, Artie, ich komme schon zurecht.«

Er setzte sich auf das andere Bett. »Hör mal, Red. Man wird dich beschützen. Das ist keine große Affäre. Sobald du in Detroit bist, stecken sie dich zusammen mit einem Leibwächter in irgendein teures Hotel. Du machst deine Aussage, und damit ist die Sache gelaufen. Du brauchst keine Angst zu haben.«

»Wer hat hier Angst?« fragte sie in verächtlichem Tonfall, und es gelang ihr dabei, mit fester Stimme zu sprechen.

»Red«, sagte er zögernd, »Red. Darf ich dich küssen, nur einmal?«

Sie sah ihn überrascht an.

»Ich bin jetzt elf Monate da, Red. Ich würd' nur gern mal wieder eine Frau küssen.«

Sie lächelte und streckte ihm das Gesicht entgegen. Er küßte sie ganz sanft, fast wie ein kleiner Junge.

»Ohne dich wird's hier nicht mehr so sein wie früher, Red.«

Es wurde langsam still im Bezirksgefängnis. Frank war zum Mittagessen weg, und alle anderen schliefen. Alle außer Red. Sie lag mit geschlossenen Augen auf ihrer Pritsche und fragte sich, ob sie jemals wieder schlafen würde. Schließlich gab sie auf. Sie konnte genausogut das Packen hinter sich bringen.

Das Licht der Nachmittagssonne strömte durch die Fenster des Raumes für die Vertrauensmänner, als die große Tür zuknallte und Schritte auf der Treppe zu hören waren, die Artie aufweckten. Er schwang seine langen Beine vom Bett und ging in den großen Raum.

Das war um drei.

Frank und ein Fremder hatten soeben das obere Ende der Treppe erreicht.

»Detective Connelly von der Polizei in Detroit«, sagte Frank schnaufend und mit einem Kopfnicken zu dem Fremden hinüber. »Ist Red fertig zum Gehen?«

»Ich schau' mal nach«, sagte Artie.

Red saß auf ihrem Bett, den Koffer neben sich. Sie trug einen Hosenanzug in hellem Beige und einen kleinen grünen Hut. Ihr Gesicht war sehr bleich. Artie nahm den Koffer. Sie stand auf und folgte ihm in den großen Raum.

Pablo war aus dem Zimmer der Vertrauensmänner gekommen. Aggie stand mit dem Schrubber in der Hand dabei. Keiner sagte etwas.

Red schaffte es, den Detective aus Detroit müde anzulächeln.

»Fertig?« Er versuchte ebenfalls zu lächeln, sah aber nicht so aus, als wäre er besonders glücklich über seine Aufgabe. Sie nickte.

Frank sagte in herzlichem Tonfall: »Also Red, vergiß nicht, du mußt dir keinerlei Sorgen machen. Er bringt dich zurück, du machst deine Aussage, dieser Louie landet im Gefängnis oder auf dem elektrischen Stuhl, und damit ist die Sache erledigt.«

»Genau«, bestätigte Connelly mit falscher Zuversicht. »Genau so läuft die Angelegenheit.«

»Und Sie kommen wieder her und besuchen uns«, sagte Pablo. »Ich bin auf jeden Fall da.«

Das lockerte die Spannung etwas.

Außer einem »Auf Wiedersehen« gab es nichts mehr zu sagen. Dann ging Red, eingerahmt von Connelly und Frank, die Treppe hinunter, ohne sich noch einmal umzudrehen. Die beiden Vertrauensmänner blieben zurück und sahen ihr nach.

Schließlich gingen sie zu ihrer Zelle und sahen hinein. Es war noch ein schwacher Hauch von Zigarettenrauch, Gin und teurem Parfüm zu riechen. Artie strich eine Falte im Laken glatt.

»Es ist alles so ruhig«, murmelte er.

Pablo schaute unters Bett und holte das Paket hervor. »Sie hat's vergessen und dagelassen«, sagte er traurig und wickelte es aus. »Ich hab's für sie gekauft als Abschiedsgeschenk.« Tränen standen ihm in den Augen.

»Was bist du bloß für ein ungezogener Junge, Pablo«, meinte Aggie von der Tür aus.

Pablo sah schwermütig aus.

»Ich glaube, sie hätte gewollt, daß du sie aufmachst«, sagte Artie ganz sanft.

Pablo riß den Verschluß ab. Und sie reichten die Flasche mit dem schlechtesten Wein der Welt schweigend vom einen zum anderen.

Ruth Rendell
Die Wahrheit will ans Licht

Entlang der Strandpromenade, zwischen Pier und Altstadt, stand eine Reihe hölzerner Bänke. Es waren ihrer sechs. Sie standen in gleichmäßigem Abstand auf der Wiese, und man sah von ihnen auf die Dünen, die Piermauer und das Meer. Ein paar Leuten, unter ihnen Mrs. Jones, waren sie namentlich bekannt als Fisher, Jackson, Teague, Prendergast, Lubbock und Rupert Moore. Diese letztgenannte Bank, von der seltsamerweise sowohl der Vorname als auch der Familienname des Mannes, an den sie erinnerte, bekannt waren, wählte Mrs. Jones stets, um darauf zu sitzen.

Sie saß dort jeden Tag, genoß den Frieden und die Stille, blickte aufs Meer hinaus und dachte an die Vergangenheit. Am angenehmsten war es an milden Wintertagen oder an bewölkten Sommertagen, wenn die Feriengäste in ihren Autos blieben oder in den Ort bummelten, um Garnelen und Krabben und teueren Schnickschnack zu kaufen.

Mrs. Jones dachte, wie froh sie war, daß sie letztes Jahr, als Mr. Jones von ihr gegangen war, das Haus in der Altstadt gekauft hatte, wiewohl das bedeutet hatte, daß sie sich von ihrer Tochter trennen mußte. Sie dachte an ihren Sohn in London, an ihre Tochter in Ipswich, ihre guten, liebevollen Kinder, an ihre Enkel und manchmal auch daran, was für ein Glück es war, daß sie eine nicht zu verachtende Rente und eine eigene Pension bezog.

Aber meistens, während sie auf Rupert Moore zwischen Fisher und Teague saß, dachte sie an den ersten Mann in ihrem Leben, den sie auch jetzt noch, nach so langer Zeit, ihren Liebling nannte. Sie hatte sich so daran gewöhnt, ihn so zu nennen, daß der Kosename zu seinem eigentlichen Namen geworden war. Mein Liebling, dachte Mrs. Jones, wenn eine andere alte Frau John oder Charlie oder Tom gedacht hätte.

Hier fühlte sie sich ihm näher als überall sonst, und deswegen saß sie immer auf dieser Bank und nie auf einer anderen.

Am 15. Juli, dem St. Swithins-Tag, saßen Hugh und Cecily Branksome in ihrem Auto, das an der Promenade geparkt war, und blickten auf die graue, bewegte See. Oder vielmehr Hugh blickte auf die See, während Cecily auf Mrs. Jones blickte. Die Temperatur betrug ungefähr minus zehn Grad, zumindest laut Cecily, die es mit den Gezeiten hielt, oder plus zehn Grad, laut Hugh, der sich nicht daran hielt. Es regnete noch nicht, obwohl es ganz danach aussah, als würde es demnächst anfangen.

Hugh wünschte, sie wären an die Costa Brava gefahren, wo es zwar Hochhäuser gab, Fish and Chips und Stierkämpfe, aber zumindest hätte dort die Sonne geschienen. Aber Cecily hatte sich in den Kopf gesetzt, daß es höchst spießig und unpatriotisch wäre, den Urlaub im Ausland zu verbringen.

»Ich frage mich, warum sie immer dort sitzt«, sagte Cecily.

»Wer sitzt wo?«

»Die alte Frau. Sie sitzt immer auf dieser einen Bank. Auch gestern und vorgestern.«

»Ist mir nicht aufgefallen«, sagte Hugh.

»Dir fällt nie etwas auf. Während du gestern in der Kneipe warst«, sagte Cecily mit Nachdruck, »habe ich gewartet, bis sie gegangen ist, und dann habe ich die Inschrift auf der Bank gelesen. Auf der Metallplatte an der Rückseite. Weißt du, was draufsteht?«

»Natürlich nicht«, sagte Hugh und kurbelte das Fenster herunter, damit der Zigarettenrauch abzog. Eine eisige Brise blies ihm ins Gesicht.

»Mach das Fenster zu. Sie lautet: ›Rupert Moore stiftete Northwold diese Bank als Dank für seine Befreiung. Ich bin gefangen gewesen, und ihr seid zu mir gekommen. Matthäus, Kapitel fünfundzwanzig, Vers sechsunddreißig.‹ Wie findest du das?«

»Bemerkenswert.« Hugh glaubte, daß er wußte, was es hieß, im Gefängnis zu sitzen. Er sah auf seine Uhr. »Sie machen jetzt auf«, sagte er. »Wir können etwas trinken gehen, Gott sei Dank.«

Am nächsten Morgen fuhr er ohne sie zum Fischen hinaus. Vor dem Abendessen trafen sie sich in ihrem Zimmer; Hugh machte sich darauf gefaßt, sich – wie schon öfter – gewissen sarkastischen Fragen stellen zu müssen, ob er einen angenehmen Tag verbracht habe oder nicht. Er kam ihr zuvor, indem er sofort erzählte, daß sie nur eine kleine Makrele gefangen hätten, denn ihre Mißbilligung wäre größer, hätte er wirklich Spaß gehabt. Aber er wurde sogleich unterbrochen.

»Ich habe aus dem netten Mann mit dem Bart die ganze Geschichte über diese Bank herausgeholt.«

Hugh hatte ein miserables Gedächtnis, und für einen Augenblick wußte er nicht, von welcher Bank sie sprach, aber aufgrund ihrer Beschreibung erinnerte er sich an den netten Mann. Ein Wichtigtuer und Besserwisser, der in Northwold lebte und ständig in der Hotelbar herumhing.

»Er hat darauf bestanden, mich zu einem Drink einzuladen. Zu zwei Drinks, wenn man pingelig sein will.« Sie lächelte spitzbübisch und ordnete ihre Frisur, als ob der Besserwisser sie – mindestens – für ein Wochenende nach Aldeburgh eingeladen hätte. »Er heißt Arnold Cottle, und er hat gesagt, daß dieser Rupert Moore die Bank gestiftet hat, weil er seine Frau umgebracht hat. Er wurde vor Gericht gestellt und freigesprochen, und deswegen steht das mit der ›Befreiung‹ da und mit dem Gefängnis.«

»Du kannst nicht sagen, daß er seine Frau umgebracht hat, wenn er freigesprochen wurde.«

»Du weißt schon, was ich meine«, sagte Cecily. »Das war vor einer Ewigkeit, 1930. Ich meine, damals war ich noch ein Baby.« Hugh hielt es für klüger, sie nicht darauf hinzuweisen, daß man mit zehn kein Baby mehr war. »Er wurde freigesprochen, oder er kam beim Berufungsverfahren raus, irgend so was, und er ist hierher zurückgekehrt und hat die Bank gestiftet. Aber die Leute hier wollten keinen Mörder in ihrer Mitte und haben seine Fenster eingeworfen und ihm in der Straße nachgeschrien, und er mußte gehen.«

»Armer Kerl«, sagte Hugh.

»Na ja, da bin ich mir nicht so sicher, Hugh. Nach dem, was Arnold gesagt hat, war es ein ziemlich unappetitlicher Fall. Moore war noch ziemlich jung, sah sehr gut aus und arbeitete als Maler, obwohl er Privatvermögen hatte. Seine arme Frau war wesentlich älter und behindert. Er hat ihr Zyankali gegeben, das sie gegen die Wespen gekauft hatten. Er hat es ihr in den Kaffee getan.«

»Ich dachte, du hättest gesagt, er hätte sie nicht umgebracht.«

»Jedermann wußte, daß er es getan hat. Er ist nur rausgekommen, weil der Richter die Geschworenen in die falsche Richtung gelenkt hat. Man kann sich gar nicht vorstellen, daß jemand die Nerven hat, nach so einer Sache so was wie ein Denkmal aufstellen zu lassen, oder?«

Hugh ließ das Badewasser einlaufen. Resigniert nahm er die Tatsache hin, daß ein Teil des Abends in Gesellschaft von Arnold Cottle verbracht werden würde. Seine früheren Erfahrungen ließen einen solchen Rückschluß zu. Cecily war nicht der Typ, der zum Flirten neigte, und war es auch nie gewesen, außer in ihrer eigenen Phantasie. Das war es nicht. Es war eher so, daß es ihr Spaß machte, Hintergründe herauszubekommen oder – wie sie es nannte – beispielhafte Fälle von Ungerechtigkeit oder Greueltaten und sich darüber den Kopf zu zerbrechen, und um sich Unterstützung zu sichern, zog sie jeden Helfer an Land, der gerade zur Hand war.

Da war zum Beispiel die einstweilige Verfügung gegen die geplante Autobahn gewesen, der Einspruch gegen den Kinderspielplatz, das Einschreiten gegen die Penner in der Straße, in der sie wohnten. Sie war nicht durchweg reaktionär, denn sie hielt das Recht auf freie Meinungsäußerung heilig, setzte sich ein für die Gleichbehandlung der Rassen und gesundes Essen und saubere Luft. Sie war eine Frau mit Prinzipien, die sich mit ganzem Herzen auf Umwälzungen, Veränderungen und Kämpfe einließ, damit der Gerechtigkeit genüge getan würde, und die bisweilen Sekten anheimfiel, um ihre Seele zu läutern.

Der bedauerliche Aspekt des Ganzen oder einer der bedauerlichen Aspekte war, daß sie dabei meist in Gesellschaft von lästigen Typen oder Gaunern geriet. Hugh fragte sich, worauf sie diesmal hinauswollte und warum, und hoffte, daß es sich, wiewohl selbiges selten der Fall war, um eine Eintagsfliege handeln würde.

Zwei Stunden später fand er sich mit seiner Frau und

Arnold Cottle auf nassem Gras wieder; sie überprüften die Inschrift an der Rupert-Moore-Bank. Es war noch hell und würde auch die nächste Stunde noch nicht dunkel werden. Der Himmel war wolkenverhangen und das Meer von der Farbe eines kürzlich gescheuerten Aluminiumtopfes. Niemand wäre auf die Idee gekommen, dachte Hugh, daß irgendwo im Westen die Sonne stand, von der die Wissenschaft – im Widerspruch zum gegenwärtigen Augenschein – behauptete, daß sie 250000000 Tonnen Licht in der Minute aussandte.

Die beiden anderen waren zu versunken, um sich ablenken zu lassen. Er warf einen Blick auf Fisher (Zum Andenken an Colonel Marius Fisher, Viktoria-Kreuz, Tapferkeitsmedaille, 1874–1951) und auf Teague (William James Teague, hier geboren, gefallen in der Schlacht von Jütland), und dann versetzte er Rupert Moore einen Stoß und verkündete, um überhaupt etwas zu sagen: »Die ist aus Eiche.«

»Da haben Sie recht, mein lieber alter Freund.« Arnold Cottle sprach in einer warmherzigen und freundlichen Art mit Hugh, als ob er a priori beschlossen hätte, daß es sich bei ihm um einen harmlosen Irren handelte. »Damals gab es noch Eichenholz. Diese Bank wurde von einem Typ namens Sarafin gemacht, Arthur Sarafin. Komischer Name, hä? Vermute mal, es handelt sich um eine Verballhornung von Seraphin. Er war ein guter Handwerker, lebte weiter oben an der Küste in Lowestoft, ist ziemlich jung gestorben, schade um ihn. Mein Vater kannte ihn, hatte ein paar von ihm gezimmerte Möbel. Dort, wo die Querstange oben auf den Längsbalken trifft, sind noch seine Initialen zu sehen, A. S. in einem kleinen Kreis, sehen Sie?«

Hugh fand das ziemlich interessant. Er selbst hatte ein bißchen geschreinert, bis Cecily dem ein Ende gesetzt hatte mit der Begründung, daß sie seine Werkstatt für ihre Gruppentreffs brauche. Das war zu der Zeit gewesen, als sie auf Gestalttherapie abgefahren war. Hugh wollte lieber nicht an sie denken. Er sah sich Prendergast an (Diese Bank wurde gestiftet von der ehrenwerten Mrs. Clara Prendergast, damit die Erschöpften Rast finden mögen) und wollte sich gerade bei Cottle erkundigen, ob die Bank aus Eiche oder Teakholz sei, als Cecily sagte: »Woher hatte er das Zyankali?«

»Moore?« sagte Cottle. »Es wurde niemals wirklich nachgewiesen, daß er überhaupt welches hatte. Er behauptete, daß sie welches in einem Schuppen im Garten aufbewahrten, um die Wespen umzubringen, und das seine Frau es selbst genommen habe. Tatsächlich hatte Mrs. Moore ihrer Schwester geschrieben, daß sie keinen Sinn mehr in ihrem Leben sehe und ihm ein Ende setzen wolle. Aber der Gärtner behauptete, daß er das Wespengift ein Jahr vorher weggeworfen habe.«

»Aber von irgendwoher muß es doch gekommen sein«, sagte Cecily in einem so harschen Ton und sah dabei so streitlustig aus, daß Hugh noch mehr Sympathie für Rupert Moore empfand.

Cottle schienen ihr Ton und ihr Ausdruck nichts auszumachen. »Moore war in mehreren Apotheken gewesen, zwar nicht direkt in Northwold, aber hier in der Gegend und hatte versucht, Zyankali zu kaufen, angeblich gegen die Wespen. Alle Apotheker behaupteten, sie hätten ihm keins gegeben. Ein Stück weiter oben an der Küste, in Tarrington, verkaufte man ihm ein Wespizid, das kein Zyankali enthielt. Er mußte dafür unterschreiben. Liebe Cecily, da Sie sich so sehr für den Fall interessieren, wollen Sie ihn nicht in der Bibliothek nachlesen? Es wäre mir ein großes Vergnügen, Sie morgen dorthin zu begleiten.«

Das Angebot wurde begeistert angenommen. Sie gingen ins Gasthaus »Zu den Gekreuzten Schlüsseln«, wo Hugh drei Runden ausgab und Arnold Cottle nicht eine, weil er vergessen hatte, seine Brieftasche einzustecken. Cecily stürzte sich auf den Mann hinter der Theke und kitzelte aus ihm heraus, daß die alte Frau, die immer auf der Bank namens Rupert Moore saß, Mrs. Jones hieß und letztes Jahr von Ipswich nach Northwold gezogen war und ursprünglich aus Suffolk und nicht aus Northwold stammte.

»Warum sitzt sie immer auf dieser Bank?«

»Fragen Sie mich was anderes«, sagte der Barkeeper, wobei er diese Antwort rhetorisch meinte, Cecily sie aber nicht so verstand.

»Was fasziniert sie so an dieser Bank?«

»Dich scheint sie zu faszinieren«, sagte Hugh. »Kannst du nicht für einen Augenblick damit aufhören? Die Geschichte ist seit ungefähr fünfzig Jahren vorbei und vergessen.«

Cecily sagte: »In diesem verdammten Kaff kann man ja nichts anderes tun.« Dem Barkeeper mißfiel das so sehr, daß er sich verärgert zurückzog. »Ich habe einen sehr aktiven Verstand, Hugh. Das solltest du mittlerweile wissen. Ich fürchte, ich kann mich nicht damit zufrieden geben, mein Hirn mit Alkohol zu benebeln oder mich zehn Stunden lang damit zu beschäftigen, einen einzigen armseligen kleinen Fisch aus dem Wasser zu ziehen.«

Der Bibliotheksbesuch, von dem Hugh dispensiert war, fand statt. Aber nachdem die Bücher beschafft waren, mußte ein Ausflug zu dem Haus organisiert werden, in dem Rupert Moore mit seiner Frau gelebt und seine Bilder gemalt hatte und das Verbrechen begangen worden war. Arnold Cottle war angesichts dieses Vorhabens entzückt, vor allem, weil der Ausflug auf Cecilys Vorschlag hin mit einem Mittagessen verbunden werden sollte. Hugh mußte mitkommen, weil Cecily nicht Auto fahren konnte, und Arnold Cottle wollte er seinen Wagen nicht anvertrauen.

Das Haus war ein langweiliges und häßliches Herrschaftshaus, in dem jetzt ein Kinderheim untergebracht war. Der Direktor weigerte sich (vernünftigerweise, dachte Hugh), einer Besichtigung des Hausinneren zuzustimmen, hatte aber nichts dagegen, daß sie draußen herumspazierten. Für die Jahreszeit war es bitterkalt, aber es war nicht kalt genug, um die Kinder im Haus zu halten. Sie latschten hinter Arnold Cottle und den Branksomes her und gaben unfreundliche und unverschämte Bemerkungen von sich. Eins, ein Junge mit roten Locken und Silberblick, warf das Kerngehäuse eines Apfels nach Cecily, und als er dafür getadelt wurde, antwortete er mit einem Ausdruck, der, obwohl vertraut, aus dem Mund eines Fünfjährigen erstaunlich klang.

Sie aßen zu Mittag, und während des Essens las Cecily ununterbrochen und laut aus den Prozeßakten vor. Die gerichtsmedizinischen Fakten waren so unerfreulich, daß

Hugh unfähig war, sein Steak au poivre aufzuessen. Cottle trank allein fast eine ganze Flasche Nuits St. George und einen doppelten Brandy zum Kaffee. Hugh dachte über Männer nach, die ihre Frauen umgebracht hatten, und darüber, wieviel einfacher es doch gewesen sein mußte, als man noch Wespengift mit Zyankali und arsenhaltiges Unkrautvernichtungsmittel hatte kaufen können. Aber selbst wenn er in der Lage gewesen wäre, sich diese Mittel zu beschaffen oder Cecily die Treppe hinunterzustoßen oder es so einzurichten, daß der Heizstrahler in die Badewanne fiel, während sie ein Bad nahm, er wußte genau, daß er es niemals tun würde. Selbst wenn er wie der arme Rupert Moore mit heiler Haut davongekommen wäre, hätten doch auf dem Rest seines Lebens die Schande, die Furcht und die Schuld gelastet, wie es auch bei Rupert Moore der Fall gewesen war.

Nicht, daß Moore sehr alt geworden war. »Ungefähr ein Jahr, nachdem er aus dem Gefängnis entlassen worden war, ist er an einer Nierenkrankheit gestorben«, sagte Cecily, »und da hatte man ihn schon aus seiner Heimatstadt verjagt. Er hat bei Sarafin die Bank in Auftrag gegeben, und das war seine letzte Amtshandlung in Northwold.« Sie blätterte das letzte Kapitel des Buches durch. »Es scheint kein wirkliches Motiv für den Mord gegeben zu haben, Arnold.«

»Vermutlich wollte er eine andere heiraten«, sagte Cottle und trank einen kräftigen Schluck Brandy. »Ich erinnere mich, daß mein Vater so etwas erwähnte. Es kursierten Gerüchte, daß er eine Freundin hatte, aber niemand schien ihren Namen zu wissen, und in den Prozeß wurde sie nicht mit hineingezogen.«

»Nein, im Prozeß taucht sie nicht auf«, sagte Cecily und blätterte so rasant in ihrem Buch zurück, daß sie beinahe Hughs Kaffeetasse umgestoßen hätte. »Soll das heißen, daß es keinerlei Hinweise gab, wer sie war? Wie kam es dann zu den Gerüchten?«

»Liebe Cecily, wie entstehen für gewöhnlich Gerüchte? Tatsache ist, daß Moore bekanntermaßen abends oft nicht zu Hause war. Der Klatsch wollte es, daß man ihn mit einem Mädchen in Clacton gesehen hatte.«

»Faszinierend«, sagte Cecily. »Ich werde den Rest des

Tages damit verbringen, diese Bücher gründlich zu studieren. Sie und Hugh müssen sich allein amüsieren.«

Nachdem er sich einen schauerlichen Nachmittag lang Cottles Sorgen angehört hatte: wie Böswillige jede Karriere, die Cottle begann, zu verhindern wußten, wie die zwei Versuche, sich zu verheiraten, von seiner Mutter zum Scheitern gebracht worden waren, und wie seine Nachbarn eine Vendetta gegen ihn austrugen, gelang es Hugh endlich zu fliehen. Allerdings mußte er Cottle zuvor zehn Pfund leihen, welches die niedrigste Summe war, die Cottle sich herabließ anzunehmen. Cecily verbrachte einen wunderbaren Nachmittag, machte sich vertraut mit dem Fall Moore, und jetzt lag sie in der Badewanne. Hugh fragte sich, ob ein mächtiger Schlag gegen die Wand, die Schlaf- und Badezimmer voneinander trennte, den an der Wand befestigten Heizstrahler soweit lockern würde, daß er ins Wasser fiel, aber hierbei handelte es sich um rein akademische Spekulation.

Nach dem Abendessen ging er allein im Regen spazieren, während sich Cecily Notizen machte – zu welchem Zweck wußte Hugh nicht, und es war ihm auch egal. Er streunte durch die Burgruinen und kaufte für den nächsten Abend zwei Theaterkarten in der Hoffnung, daß das Stück, wiewohl es ›Mord am Meer‹ betitelt war, Cecily ablenken würde; er wanderte durch die Straßen der Altstadt und trank etwas im »Wappen der Austernfischer«. Im großen und ganzen ging es ihm recht gut.

Da am nächsten Morgen das Wetter besser war – es schien eine kränklich blasse Sonne, die attraktive Farbflecken auf schwarze Wolken malte –, dachte er, daß sie möglicherweise an den Strand gehen könnten. Aber Cecily hatte andere Pläne. Sie brachte ihn dazu, sie nach Tarrington zu fahren, und im dortigen kleinen Einkaufszentrum überließ sie ihn sich selbst. Er kaufte sich zwei Paar dicke Socken. Weil es anschließend wieder regnete, gab es nichts weiter zu tun, als im Auto auf dem Parkplatz herumzusitzen. Sie ließ ihn zwei Stunden warten.

»Weißt du was?« sagte sie. »Ich habe die Apotheke gefunden, in der Rupert Moore das Wespenmittel ohne Zyankali gekauft hat. Und ob du's glaubst oder nicht, sie gehört noch immer den gleichen Leuten. Der Enkel des damaligen Apothekers führt jetzt den Laden.«

»Vermutlich«, sagte Hugh, »hat er dir erzählt, daß sein Großvater auf dem Totenbett gestanden hat, daß er Rupert Moore schließlich doch Zyankali verkauft hat.«

»Sei doch bitte eine Minute ernst. Daß sie in der Apotheke Wespengift mit Zyankali hatten, wußte ich schon. Es steht in dem Buch aus der Bibliothek. Der junge Mann, der Enkel, konnte mir nicht viel sagen, nur daß sein Großvater eine sehr hübsche junge Assistentin hatte. Wie findest du das?«

»Mir ist aufgefallen, daß sehr hübsche junge Mädchen häufig in Apotheken arbeiten.«

»Wenigstens fällt dir ab und zu überhaupt etwas auf. Wie auch immer, sie ist nicht die Richtige. Der Enkel weiß, wo sie gegenwärtig wohnt, und sie heißt Mrs. Lewis. Deshalb muß ich woanders weitersuchen.«

»Was soll das heißen, die Richtige?« sagte Hugh mit unheilschwangerer Stimme.

»Meine nächste Aufgabe«, sagte Cecily, ohne auf seinen Ton einzugehen, »besteht darin, Leute ausfindig zu machen, die etwas mit diesem Fall zu tun hatten und Jones heißen. Will sagen, junge Frauen. Ich weiß jetzt, wo ich anfangen muß. Früher oder später werde ich auf eine Frau stoßen, die damals Assistentin in einer Apotheke war und dann einen Jones geheiratet hat.«

»Wozu?«

»Damit Gerechtigkeit geschieht«, sagte Cecily feierlich. »Damit die Wahrheit endlich ans Licht kommt. Ich betrachte es als meine Mission. Du weißt, Hugh, ich habe stets eine Mission. Es war schierer Zufall – weil Diana Richards es empfohlen hat –, daß wir nach Northwold gekommen sind. Du wolltest ja nach Lloret de Mar. Ich fühle, daß es uns bestimmt war hierherzukommen, weil es hier Arbeit für mich zu tun gibt. Ich bin überzeugt davon, daß Moore dieses Verbrechen begangen hat, aber nicht er allein. Er hatte eine Helferin, die, wie ich glaube, noch am Leben ist. Ich möchte, daß du mich jetzt nach Clacton fährst. Ich werde als erstes ein paar der ältesten Leute dort befragen.«

Also fuhr Hugh nach Clacton, wo er ein Pfund an

einen einarmigen Banditen verlor. Unermüdlich setzte Cecily ihre Nachforschungen fort.

Mrs. Jones kam von der Morgenmesse in der Marienkirche, und obwohl sie gut zu Fuß und überhaupt nicht müde war – seit sie in Northwold lebte, schlief sie außerordentlich gut –, setzte sie sich für eine halbe Stunde auf ihre Lieblingsbank. Zwei ältliche Leutchen, die ebenfalls in der Kirche gewesen waren, saßen auf Jackson (Zum Andenken an Bertrand Jackson, 1859–1924, Philanthrop und Förderer der Künste). Mrs. Jones nickte ihnen freundlich zu, sprach sie aber nicht an. Es war nicht ihre Art, Zeit mit Plaudern zu verschwenden, da es doch viel befriedigender war, sie mit Erinnerungen zu verbringen.

Ein blasser, grauer Makrelenhimmel, eine launische Sonne. Vielleicht würde es später aufheitern. Sie dachte an ihre Tochter, die zum Mittagessen kommen sollte. Brenda würde müde sein, denn die Kinder, so reizend sie auch waren, würden während der Fahrt zweifellos Nerven kosten. Die schönen Sirloin-Steaks, der Yorkshire-Pudding, die frischen Bohnen und das Schokoladeneis würden ihnen schmecken. Sie hatte eine Flasche Sherry gekauft, damit sie und Brenda und Brendas Mann vor dem Essen ein Glas trinken konnten.

Ihr Sohn und ihre Tochter waren sehr gut zu ihr gewesen. Sie wußten, daß sie ihrem Vater eine hingebungsvolle Frau gewesen war, und sie trugen ihr nicht nach, daß sie ihren Liebling immer am meisten geliebt hatte. Nicht, daß sie jemals zu ihrem Vater oder zu ihnen, als sie noch Kinder gewesen waren, von ihm gesprochen hätte. Das wäre unfreundlich und geschmacklos gewesen. Aber später hatte sie ihnen von ihm erzählt, und mit Brenda hatte sie, in überschwenglichen Augenblikken, über das lang vergangene Glück und den tragisch frühen Tod ihres jungen, gutaussehenden und begabten Lieblings gesprochen.

Vielleicht könnte sie sich am Nachmittag, wenn die Kinder und ihr Vater am Strand wären, den Luxus erlauben, ihn wieder einmal zu erwähnen. Diskret natürlich, denn sie hatte Mr. Jones immer geachtet und ihn in gewisser Weise geliebt, obwohl er sie nach Ipswich gebracht und nie die Höhen des Talents und Erfolgs erklommen hatte, wie sie ihrem Liebling beschert worden wären, hätte er länger gelebt. Ruhig und nicht unglücklich rief sie sich sein Gesicht in Erinnerung, seine Stimme und manche ihrer Gespräche.

Mrs. Jones fühlte sich in ihren Träumereien von dieser lästigen Frau gestört. Sie hatte sie schon früher gesehen, als sie auf der Promenade herumlungerte, und einmal, als sie die Inschrift auf der Bank studierte, der Bank, die Mrs. Jones als ihr eigen betrachtete. Eine häßliche, magere, neurotisch wirkende Frau, die manchmal in Gesellschaft eines sensibel aussehenden älteren Mannes und manchmal mit dem schamlosen Schnorrer, dem Jungen des alten Cottle, aufkreuzte, den Mrs. Jones in ihrer altmodischen Art einen Kneipenhocker nannte. Heute jedoch war sie allein, und zu Mrs. Jones Bestürzung näherte sie sich ihr mit der Absicht, sie anzusprechen.

»Entschuldigen Sie bitte, wenn ich Sie einfach so anspreche, aber ich habe Sie schon so oft hier gesehen.«

»Ach ja?« sagte Mrs. Jones. »Ich habe sie auch gesehen. Leider muß ich jetzt gehen. Ich erwarte Gäste zum Mittagessen.«

»Bitte, bleiben Sie noch. Ich werde Sie bestimmt nicht lange aufhalten. Aber ich muß gestehen, daß ich mich wahnsinnig für den Fall Moore interessiere. Ich frage mich schon die ganze Zeit, ob Sie ihn vielleicht gekannt haben, weil Sie so oft hier sitzen.«

»Ich habe ihn gekannt«, sagte Mrs. Jones wie aus weiter Ferne.

»Das ist ja wahnsinnig aufregend.« Und die Frau sah sehr aufgeregt aus. »Vermutlich haben Sie ihn zum erstenmal gesehen, als er in den Laden kam?«

»Das ist richtig«, sagte Mrs. Jones und stand auf. »Aber ich will nicht darüber reden. Es ist sehr lange her, und am besten ist es, man vergißt die Geschichte. Auf Wiedersehen.«

»Ach, bitte . . .!«

Mrs. Jones ignorierte sie. Sie ging weitaus schneller als gewöhnlich und schweratmend den Weg in die Altstadt entlang. Sie war verwirrt und wütend und ziemlich verstimmt. Die alte Geschichte wieder auszugraben genau in dem Augenblick, als sie an die wunderbaren Ereignisse jener Zeit zurückdachte! Für diesen Tag, wenn auch hoffentlich nicht für die Zukunft, hatte die Begegnung die Bank für sie verdorben.

»Hast du einen angenehmen Tag mit Cottle verbracht?« sagte Hugh.

»Sprich mir nicht von diesem Mann. Stell dir vor, ich habe ihn angerufen, und eine Frau hat geantwortet! Wie sich herausstellte, ist sie eine Urlauberin wie wir, die ihn mit ihrem Auto nach Lowestoft gefahren hat. Ich hätte mitkommen können, wenn ich gewollt hätte. Nein, vielen Dank, habe ich gesagt. Ich muß dieses Mädchen namens Jones finden, habe ich gesagt. Und er hat geruht zu sagen, daß die Sache für mich allmählich zur Obsession würde. Und da habe ich ihm gehörig die Meinung gesagt, und damit ist Arnold Cottle für mich gestorben.«

Und meine zehn Pfund auch, dachte Hugh. »Und dann bist du an den Strand gegangen?«

»Bin ich nicht. Während du auf diesem Boot rumgetukkert bist, habe ich allein weitergeforscht. Und – wie ich hinzufügen kann – höchst erfolgreich. Erinnerst du dich an den alten Mann in Clacton, den im Altersheim? Heute ging es ihm so gut, daß er mit mir sprechen konnte, und ich habe ihn erschöpfend ausgefragt.«

Hugh sagte nichts. Er konnte sich vorstellen, wer erschöpft gewesen war.

»Schließlich«, sagte Cecily, »habe ich ihn dazu gebracht, daß er sich erinnerte. Ich habe ihn darum gebeten, sich alle Leute mit Namen Jones, die er je gekannt hat, ins Gedächtnis zu rufen. Und schließlich hat er sich an einen Polizisten aus dem Ort erinnert, einen Wachtmeister Jones, der ungefähr 1930 geheiratet hat. Und seine Braut hat in der *Apotheke am Ort* gearbeitet. Wie findest du das?«

»Soll das heißen, daß sie Moores Freundin war?«

»Liegt das nicht auf der Hand? Sie hieß Gladys Palmer. Und jetzt ist sie Mrs. Jones. Moore war in Clacton mit einem Mädchen gesehen worden. Dieses Mädchen hat in Clacton gelebt und in Clacton in der Apotheke gearbeitet. Es ist doch ganz offensichtlich, daß Moore ein Verhältnis mit Gladys Palmer hatte und sie überredet hat, ihm in der Apotheke, in der sie gearbeitet hat, Zyankali zu besorgen. Der *stichhaltige* Beweis dafür ist, daß die Apotheke – laut allen Büchern – eine der wenigen war, in der Moore *nie versucht hat, Zyankali zu kaufen.*«

»Das soll ein Beweis sein?« sagte Hugh.

»Natürlich. Zumindest für jeden, der mit schlußfolgernden Fähigkeiten begabt ist. Gladys Palmer bekam kalte Füße, als Moore unter Verdacht stand, und um sich zu schützen, hat sie einen Polizisten geheiratet, und der hieß Jones. Ist das nicht Beweis genug?«

»Und was beweist es deiner Meinung nach?«

»Du hast ein Gedächtnis wie ein Sieb. Der Barkeeper in den Gekreuzten Schlüsseln hat doch gesagt, daß die alte Frau, die ständig auf der Rupert-Moore-Bank sitzt, Mrs. Jones heißt.« Cecily lächelte triumphierend. »Sie ist ein und dieselbe Person.«

»Aber es ist ein weitverbreiteter Name.«

»Kann ja sein. Aber Mrs. Jones hat es zugegeben. Heute vormittag, bevor ich nach Clacton gefahren bin, habe ich mit ihr gesprochen. Sie hat zugegeben, Moore gekannt zu haben, und kennengelernt hat sie ihn, als er in den Laden kam. Wie findest du das? Und sie war sehr nervös und verwirrt, das kannst du mir glauben, vermutlich mit Fug und Recht.«

Hugh starrte seine Frau an. Ihm gefiel überhaupt nicht, welche Wendung die Dinge nahmen. »Cecily, vielleicht war es so. Es hat den Anschein, aber es geht uns nichts an. Ich wünschte, du würdest dich nicht mehr um die Sache kümmern.«

»Nicht mehr darum kümmern? Seit fast fünfzig Jahren kommt diese Frau ungeschoren davon, obwohl sie am Tod von Mrs. Moore ebenso schuld ist wie Moore selbst, und du sagst, ich soll mich nicht mehr darum kümmern! Tagtäglich treiben sie ihre Schuldgefühle zu dieser Bank, oder etwa nicht? Jeder Psychologe wird dir das bestätigen.«

»Sie muß mindestens siebzig sein. Warum kannst du sie nicht in Ruhe lassen?«

»Ich fürchte, dazu ist es zu spät, Hugh. Es muß offizielle Ermittlungen geben, die Tatsachen müssen ans

Licht. Ich habe drei Briefe geschrieben: einen an den Innenminister, einen an den Chefinspektor von Scotland Yard und den dritten an den Autor dieses höchst lückenhaften Buches. Sie liegen auf der Kommode. Vielleicht möchtest du sie lesen, während ich ein Bad nehme.«

Hugh las sie. Wenn er sie vernichtete, würde sie sie noch einmal schreiben. Wenn er ins Badezimmer ging und den Heizstrahler von der Wand riß, und er ins Wasser fiel und sie starb, und man nannte es einen Unfall... Dann würden die Briefe nie abgeschickt werden, er könnte seine Werkstatt zurückhaben und mit hübschen Mädchen plaudern, die in Apotheken arbeiteten, den nächsten Urlaub an der Costa Brava verbringen, und er wäre frei. Er seufzte laut und ging hinunter in die Bar, um etwas zu trinken.

Gott sei Dank, dachte Mrs. Jones, daß diese Frau heute morgen nirgendwo zu sehen war. Nach der kurzen Unterhaltung gestern war sie für Stunden völlig durcheinander gewesen, auch noch, nachdem Brenda eingetroffen war, aber jetzt ging es ihr schon besser. Das Wetter hatte sich gebessert – leider, in gewisser Weise –, und alle Bänke waren besetzt. Außer Rupert Moore. Mrs. Jones setzte sich und stellte ihre Einkaufstasche auf den Boden neben ihre Füße.

Sie war sich der Nähe des Kneipenhockers bewußt, der auf Lubbock saß (Elizabeth Anne Lubbock, viele Jahre lang Rektorin der Northwolder Mädchenschule), zusammen mit einer Frau, die wesentlich jünger und besser gekleidet war als die andere. Nur mühsam gelang es ihr, sie aus ihren Gedanken zu vertreiben. Sie blickte auf die ruhige blaue See und spürte den warmen und festen Druck des Eichenholzes in ihrem Rücken und dachte an ihren Liebling.

Welch süße Liebe und Freundschaft sie verbunden hatten! Sie waren nur von kurzer Dauer gewesen, und dann waren Trennung und unerträgliche Einsamkeit an ihre Stelle getreten. Aber sie hatte recht daran getan, Mr. Jones zu heiraten, denn er war ein guter Ehemann gewesen und sie die Frau, die er sich immer gewünscht hatte, und ohne ihn gäbe es keinen Brian und keine Brenda und kein Geld, um sich das Haus zu kaufen und jeden Tag hierherzukommen und sich zu erinnern. Wenn ihr Liebling am Leben geblieben und der Vater ihrer Kinder wäre, und wenn er jetzt auf dieser Bank neben ihr sitzen würde und das Glück ihrer alten Tage wäre …

»Entschuldigen Sie«, sagte eine Stimme, »ich bin hier aus dem Ort. Zufällig war ich gestern in Lowestoft, und jemand dort hat mir erzählt, er hätte gehört, daß sie in diese Ecke der Welt zurückgekehrt sind.«

Mrs. Jones blickte auf den Kneipenhocker. Sollte es niemals enden?

»Ich habe Sie oft hier sitzen sehen und mich gewundert, und als mir der Freund in Lowestoft Ihren jetzigen Namen genannt hat, wurde mir alles klar.«

»Ich verstehe«, sagte Mrs. Jones und griff nach ihrer Einkaufstasche.

»Ich möchte Ihnen nur sagen, wie sehr ich seine Arbeit bewundere. Mein Vater besaß ein paar bezaubernde Stücke von ihm – leider wurden sie alle verkauft –, man sieht sofort, daß diese Bank im Vergleich zu den anderen von einem wahren Künstler geschaffen wurde.« Ihr versteinertes Gesicht, ihre Feindseligkeit ließen ihn zögern. »Sie sind«, sagte er, »schon die, die ich meine, nicht wahr?«

»Natürlich«, sagte Mrs. Jones beleidigt; wieder ein verdorbener Tag. »Arthur Sarafin war mein erster Mann. Und jetzt muß ich wirklich gehen.«

Charlotte Armstrong
Vom Garten herein

Maude Seton, 28 Jahre alt, liebte es, nach der neuesten und verrücktesten Mode, die sie auftreiben konnte, gekleidet, in New York umherzustolzieren. Ein extra schmaler Attachékoffer, den sie an einem Riemen über die Schulter trug, sollte sie als Journalistin ausweisen, die sie um jeden Preis sein wollte.

Niemand liebte sie; es gab nicht einmal jemand, der sie mochte. Aber Maude Seton begnügte sich schon lange damit, einfach nur beneidet zu werden. Sie hatte es längst geschafft, als aggressiver und perfekter Quälgeist zu gelten.

An einem Sommernachmittag ging sie federnden Schrittes die Straße entlang und heckte einen Plan aus, wie sie sich nun endgültig den Sonderbericht angeln könnte, den sie vor einigen Tagen aus Ben Crawley herausgenörgelt hatte.

»Okay, Süße«, hatte Ben erschöpft nachgegeben. »Was hältst du von zwölfhundert Wörtern für Januar, anläßlich des fünfzehnten Jahrestages des geheimnisvollen Verschwindens der berühmten und beliebten Elizabeth Rose?«

»Ach nein, Ben. Du weißt doch, daß ich dieses süßliche Zeug hasse.«

»Wie du willst, dann eben nicht«, hatte er geantwortet. »Aber dann laß mich, das sage ich dir in aller Freundlichkeit und ein für alle Mal, in Frieden. Ich habe zu arbeiten.«

»Okay, Schätzchen«, hatte sie gemeint, »vielleicht gelingt es mir ja, das Geheimnis zu lüften. Wenn Seton bohrt, dann bohrt sie.«

Maude hatte bereits die Tochter aufgestöbert und mit ihr gesprochen. Heute war sie mit dem Ehemann und der Mutter verabredet. Das alte Haus, auf das sie jetzt zuging, war das letzte Wohnhaus, das noch an der Südseite der Straße stand. Zwischen den turmhohen Bürohäusern wirkte es wie auf den Grund einer tiefen Kluft gepreßt.

Maude sprang die Treppe hinauf, wobei sie bemerkte, daß der braune Sandstein irgendwann einmal umgestaltet worden war. Seine Oberfläche war mit weißen Ziegeln verkleidet worden. Das Weiß war inzwischen jedoch schmuddelig geworden, und auch die grüne Farbe der Türe hatte ihren Glanz verloren.

Eine kleine, grauhaarige Frau, mit einem rundlichen, matronenhaften Gesicht, öffnete. Sie sagte, sie sei Mrs. Allen, die Haushälterin, und ob Miss Seton bitte hereinkommen wolle. Mr. Mortmain würde jeden Moment herunterkommen. Schnuppernd und herumspähend folgte ihr Maude ins Haus.

Das ganze Haus war nicht mehr als fünfundzwanzig Fuß breit. Als Maude eintrat, sah sie auf der linken Seite eine mit grauem Teppich belegte Treppe, die fast unmittelbar hinter der Tür nach oben führte. Rechts stand eine weiße Tür offen, und sie konnte einen Blick in eine ziemlich moderne Küche werfen. Der Flur, der zwischen Treppe und Wand verlief, wirkte ausgesprochen lang und schmal. Er endete mit drei Stufen, die in ein sehr geräumiges Wohnzimmer führten. Von dort blickte man durch eine breite Glastür in – man stelle sich das vor! – einen Garten hinaus.

Maude schaute ungeniert umher, um Eindrücke zu sammeln, die sie später wiedergeben konnte. Dabei bemerkte sie auch den an die Küche anschließenden Eßplatz, der wie eine Bühne um drei Stufen erhöht lag. Vor ihrem geistigen Auge konnte sie die berühmte Schönheit sehen, wie sie mit ihren Gästen hereinrauschte und sie zu einem späten Mahl bat.

»Sind das ihre Sachen?« fragte sie und legte die erwartete Ehrfurcht in ihre Stimme.

»Es hat sich nur wenig geändert«, antwortete die Frau. Vom Garten jenseits der Glastür fiel ein kaltes Licht auf ihre blasse, durchsichtige Haut. »Das ist ihr Klavier, und dies ist ihr Porträt.«

»Oh ja«, sagte Maude, die es als Druck gesehen hatte. Über dem Kaminsims – wo auch sonst – hing Elizabeth Rose. Ach, du lieber Gott, dachte Maude, als sie das pink und weiß geschminkte Gesicht, die nun so altmodisch wirkende Frisur mit dem flachen Hinterkopf, die goldenen Locken, die babyblauen Augen, den roten, einfältig lächelnden Mund und das weiße Spitzenkleid mit den Rosenknospen darauf betrachtete. Welch schrecklicher Kitsch!

Maude wandte sich ab, um in den Garten hinauszuschauen. Hinter einem Weg aus Betonplatten sah sie in der Mitte des Gartens ein Vogelbad und darum herum etwas Gras, das vergeblich versuchte, sich zu einem Rasen zu entwickeln. Auch ein kümmerlich aussehender Baum stand da. Am anderen Ende aber war ein bogenförmiges Beet dicht mit Margeriten bepflanzt.

»Wie ungewöhnlich, in der Innenstadt einen Garten zu finden«, sagte Maude. »Oh«, bemerkte sie, als sie die schmiedeeisernen Pfeiler sah, »da ist der Balkon. Hier stürzte das Kind herab, nicht wahr?«

Steif erwiderte Mrs. Allen: »Würden Sie es sich bitte bequem machen.«

»Ich traf Mrs. Sidney, Sie wissen ja, Miss Roses Tochter«, erzählte Maud redselig, setzte sich aber immer noch nicht. »Sie und ihr Mann schifften sich heute früh nach Europa ein, glaube ich.«

»Ach ja?«

»Eine nette Frau«, fuhr Maude fort, die dachte, das Barbara Sidney dieses nichtssagende Adjektiv verdiente. »Der verstümmelte Arm fällt überhaupt nicht auf, nicht wahr?«

»Das freut mich zu hören«, antwortete Mrs. Allen ruhig.

»Sie konnte mir nicht das Geringste über diese Nacht erzählen, in der ihre Mutter verschwand, weil sie damals im Krankenhaus lag und erst sechs Jahre alt war. Hat sie seitdem nicht mehr hier gelebt? – Barbara, meine ich.«

»Nein«, antwortete die Haushälterin. »Hier leben bloß ihr Stiefvater und ihre kranke Großmutter. Etwas zu deprimierend für ein junges Mädchen.«

»Ich verstehe«, konnte Maude nur beipflichten. Dieser Ort hatte Charme, aber es war der Charme einer Leichenhalle. »Waren Sie damals hier?«

»Zu dieser Zeit nicht«, antwortete die Frau kühl.

Maude fand den Garten wirklich seltsam. Auf drei Seiten ragten die kahlen, mindestens zwanzig Stockwerke hohen Mauern der Bürogebäude empor. Welcher Vogel würde sich wohl in dieses lächerliche Vogelbad verirren.

»Darf ich hinausgehen?« fragte sie.

Die Haushälterin entgegnete: »Oh nein. Setzen Sie sich doch bitte. Ich bin sicher, daß Mr. Philip –«

»Miss Seton?« fragte ein Mann.

Maude war sich bewußt, daß sich ihr neues Kostüm in seiner ganzen frechen Silhouette vor dem grauen Licht abheben mußte. Ihr Gesicht hingegen befand sich im Schatten. Darüber war sie froh. Maude hatte natürlich die üblichen gelegentlichen Abenteuer gehabt, aber sie fühlte sich von keinem ihrer kurzzeitigen Partner wirklich hingerissen. Daß ihr, als sie diesen Mann zum ersten Mal sah, ein Schauer den Rücken hinunterlief, empfand sie doch ziemlich schockierend.

Er war groß, etwas gebeugt, auf elegante Weise schlank, hatte dunkles Haar und ein überraschend faltenfreies, aber blasses Gesicht. Er kam offensichtlich nicht viel hinaus. Dennoch schien er sehr, sehr männlich. Sogar seine Kleidung war, obwohl sie fast an Schäbigkeit grenzte, von einer gewissen Eleganz, die sie nicht beschreiben konnte. Und da war noch etwas – ihr Herz hatte tatsächlich schneller geschlagen.

Maude fühlte sich dadurch heftig irritiert. Sie flüchtete sich ins Geschäftliche. Ihr Chefredakteur empfände das so und so. Die Leute seien noch immer soooo interessiert. Sie setzte sich. Er ebenso. »Ich hoffe«, meinte Maude, »daß ich der Geschichte irgend etwas Neues hinzufügen kann.«

»Ich kann mir nicht vorstellen, was das sein könnte«, entgegnete er traurig.

»Es ist fünfzehn Jahre her, nächsten Januar? Erzählen Sie mir –«

So gingen sie die allgemein bekannte Biographie durch – die übliche Liste erfolgreicher, inzwischen klassischer Musicals, in denen Elizabeth Rose die Starrollen spielte, ebenso wie die abgedroschenen Anekdoten aus ihrer Glanzzeit am Theater. Philip Mortmain hatte eine angenehme Stimme, und er sprach bereitwillig. Er machte dabei den Eindruck eines sehr ruhigen Mannes.

Maude hätte liebend gerne gefragt, wie alt er sei, aber

sie hielt sich zurück. (Sie konnte das mühelos in ihren Unterlagen finden.) Er war der dritte Ehemann des berühmten Stars. Manchmal heirateten diese alterslos erscheinenden Frauen immer jüngere und jüngere Männer.

»Es ist allgemein bekannt, daß Ihre Frau in der Nacht verschwand, in der die kleine Barbara vom Balkon stürzte. Glauben Sie, daß das irgendwie damit zusammenhing?«

»Elizabeth war selbstverständlich ganz durcheinander«, sagte er ernst.

»Sie war nicht im Haus, als es passierte?«

»Nein. Barby war bereits im Krankenhaus, als sie nach Hause kam. Zu der Zeit war das Kind bereits operiert, und es ging ihm gut, wissen Sie. Elizabeth besuchte sie natürlich im Krankenhaus. Aber dann beugte sie sich der unumstößlichen Tradition. The show must go on, nicht wahr? Er lächelte sie an.

»Ich hörte, sie gab eine brillante Vorstellung«, sagte Maude etwas boshaft. »Sie waren im Theater an jenem Abend, Mr. Mortmain?«

»Oh ja. Aber nachdem der Vorhang gefallen war, wurde ich von einigen Freunden aufgehalten, die von Barby gehört hatten und sich Sorgen machten. Als ich endlich hinter die Bühne kam, war Elizabeth nicht mehr da.«

»Und seitdem hat sie niemand mehr gesehen«, seufzte Maude. »Das ist wirklich sehr mysteriös.«

»Das sehe ich auch so«, sagte er voll Überdruß.

»Aber ich wundere mich doch.« Maude lehnte sich in ihrer eindringlichen Art nach vorne. »Es läßt sich nicht übersehen, daß sich die Umgebung hier zum Nachteil verändert hat. Warum bleiben Sie hier, Mr. Mortmain?«

»Warum?« sagte er sanft, »eines Tages könnte Elizabeth zurückkehren.«

Oh, jetzt aber! dachte Maude. Du kannst das doch nicht wirklich annehmen! »Elizabeth ist niemals legal für – «

»Tot erklärt worden?« ergänzte er. »Oh, nein.«

»Aber sie muß ein beträchtliches Vermögen besessen haben.« Maude dachte an all die Hits! Und dieses Stück Land allein mußte eine Menge wert sein.

»Elizabeths Vermögen befindet sich in den Händen

von Verwaltern«, erzählte er ihr geduldig. »Eine Bank gewährt die Mittel für die Instandhaltung ihres Hauses, die Pflege ihrer Mutter, die Erziehung ihrer Tochter und für den Unterhalt ihres Ehemanns.« Seine Stimme war sehr ruhig.

»Ich verstehe. Aber sicherlich werden Sie eines Tages – «

»Eines Tages wird alles Barbara gehören.«

Ach so? dachte Maude. Wirklich?

»Womit beschäftigen Sie sich, Mr. Mortmain?« fragte sie ihn frei heraus.

»Oh, ich befasse mich mit Liebhabereien. Lese. Studiere.«

»Sie waren früher selbst beim Theater?«

»Das ist lange her.« Er lächelte.

»Ich verstehe«, meinte Maude. Sich immer noch zu diesem Mann hingezogen zu fühlen, war völlig lächerlich, deshalb bemühte sie sich zynisch zu denken: Du versuchst wohl deinen alten Charme einzusetzen, nicht wahr, mein Freund? Sie erhob sich energisch.

»Kann ich nun den Garten sehen?«

Er stand auf. »Sie können ihn gut von hier aus sehen, Miss Seton.«

»Ich möchte gerne hinausgehen.«

»Es wäre mir aber lieber, Sie würden es nicht tun«, sagte er sanft.

Maude starrte widerspenstig durch die Glastüre und sagte mit einer gewissen Schärfe: »Gedeiht denn überhaupt etwas in Ihrem Garten? Hier kann ja kein Sonnenstrahl hereinfallen.«

»Nein, nicht mehr.«

»Das sind also Topfpflanzen?«

»Ja. Elizabeth war auf ihren Garten immer sehr stolz. Sie verstehen, er bedeutet eben einen eingefriedeten oder geschützten Ort. Ich fürchte allerdings, daß es die Stadt zur Zeit mit den Mauern etwas übertreibt. Es wächst wirklich nichts richtig. Wenn diese Pflanzen welken, werde ich Chrysanthemen aufstellen.«

»Weil sie doch noch zurückkommen könnte«, fauchte sie und konnte ihre Empörung nicht verbergen.

Sie dachte darüber nach, was das *bedeutete*? Eine Obsession? Schmachtet er tatsächlich hier herum und ist immer noch höchst romantisch in seinen Schwarm Elizabeth verliebt, die ja – nach fünfzehn Jahren – jeden Augenblick wieder auftauchen kann? Welch eine Zeitverschwendung! Ich kann es einfach nicht glauben.

»Mr. Philip?« sagte die Haushälterin hinter ihnen. »Mrs. Rose ist nun bereit, die junge Dame zu empfangen.«

»Oh ja, Mrs. Allen. Miss Seton, ich weiß, daß Sie mit Elizabeths Mutter sprechen wollen. Darf ich Sie jedoch bitten, nicht zu lange mit ihr zu reden. Mrs. Rose fühlt sich nicht wohl. Würden Sie bitte auf ein Zeichen von mir achten?«

»Ich verspreche es«, entgegnete Maude.

Am Fuße der Treppe ließ er sie, ganz den altmodischen Anstandsregeln entsprechend, vorangehen – der Mann hinter der Dame, für den Fall eines Sturzes. Oben führte er sie wieder einen engen, diesmal hübsch tapezierten Flur entlang, und von dort in ein großes Schlafzimmer, von dem aus man ebenfalls den Garten überblicken konnte. Vor den Fenstern und einer weiteren Glastüre lief das niedrige schmiedeeiserne Flechtwerk der Balkonbrüstung entlang.

Aber Maude blickte nur in eine Richtung. Sie widmete ihre ganze Aufmerksamkeit der Frau, die von weißen Satinkissen gestützt, hochaufgerichtet in dem riesigen Bett saß.

»Ich habe gerade ihren Garten bewundert«, sagte Maude, nachdem sie vorgestellt worden war. Es fiel ihr nichts anderes ein. Diese Frau war krank, das sah man genau. Ihre Hände bestanden nur noch aus Haut und Knochen. Ihr Gesicht war eingefallen – das graue Fleisch hing schlaff herab. Ihr weißes Haar war sehr unvorteilhaft von gelben Strähnen durchzogen. Und ihre Augen! Ach so, dachte Maude, vielleicht ist das arme alte Weib verrückt?

Philip Mortmain begann, dem Gespräch eine bestimmte Richtung zu geben. Maude bemerkte, daß die Haushälterin still im Zimmer stehenblieb, als die Frau im Bett anfing, mit solch abgöttischem Lob von ihrer Tochter zu sprechen, daß es Maude fast übel wurde. Es schien, daß Elizabeth Rose die schönste, die charmanteste, die talentierteste, die liebenswürdigste, die süßeste ...

Zelebrierte man hier etwa einen Kult? War dieses Haus ein Heiligtum?

Aber während Maude zuhörte, beobachtete sie diese Augen genauer und die alten Lippen, die sagten: »Philip liebte sie natürlich abgöttisch.«

»Natürlich«, stimmte er sanft zu.

»Ihre Tochter war, glaube ich, dreimal verheiratet, Mrs. Rose?«

»Ja, meine Tochter –.« Die Augen irrten ab; die alten Lippen begannen zu zittern. Philip Mortmain erhob sich und sagte: »Wir dürfen dich nicht überanstrengen. Mrs. Allen, würden Sie nun hinuntergehen, um den Tee zu bereiten.«

»Ja, Mr. Philip.« Die Haushälterin entfernte sich.

Aber Maude Seton ignorierte das Zeichen. Sie stand nicht von dem niedrigen Stuhl auf. »Ich hätte Ihre Tochter so gerne gekannt«, schwärmte sie. »Erzählen Sie mir –«

Was die alte Frau auch murmeln mochte, Maude konnte es nicht hören, weil Mortmains Hand ihren Arm ergriff und sie hochzog.

»Bitte würdest du jetzt Miss Seton entschuldigen?«

»Ja«, seufzte die alte Frau. Sie starrte hinaus in den Garten, in den kein Sonnenstrahl fiel und in dem nichts wuchs.

Er zog Maude mit Gewalt den oberen Flur entlang, ohne ein Wort zu sagen. Oh, er war verärgert. An der Treppe ließ er sie jedoch los, und wie es sich für einen Herrn gehört, ging er als erster hinab. Maude, die sich nicht von ihm herumkommandieren ließ – das schaffte kein Mann –, drehte sich hinter seinem Rücken um, flitzte, so schnell sie konnte, zurück und streckte ihren Kopf ins Zimmer. Die alte Frau stützte sich auf einen ihrer knochigen Ellbogen.

»Wo ist Ihre Tochter?« fragte Maude leise, aber in der ihr eigenen zwingenden und insistierenden Weise.

»Meine Tochter ist im Garten begraben«, flüsterte die alte Frau mit vor Angst geweiteten Augen und sank zurück.

Philip Mortmain kam hinter Maude her und packte sie mit grausamen Händen an den Schultern. »Ich dachte, ich hätte meinen Stift hier verloren«, gurrte sie, aber er erwiderte nichts. Er würde sie nun keines Falls mehr loslassen. Mrs. Allen eilte an ihnen vorbei die Treppe hinauf, da ein Weinen aus dem Schlafzimmer zu hören war. Ihr Blick war finster. Es würde keinen Tee geben.

Am Fuße der Treppe sagte der Mann kühl: »Ich glaube nicht, daß es Ihnen Schwierigkeiten bereiten wird, *irgendwoanders* eine Fotografie zu finden.« (Er wollte sie also hinauswerfen, nicht wahr? Nun, Maude war schon aus besseren Häusern hinausgeworfen worden.) »Würden Sie mir bitte eine Kopie von dem, was Sie schreiben, zusenden«, sagte er streng. »Falls ich nicht zustimme, werden Sie Ihren Artikel nicht in dem Magazin veröffentlichen. So war es verabredet.«

»Natürlich. Das habe ich versprochen. Und vielen –«

Aber da stand sie schon draußen auf der Treppe und die Türe war geschlossen. Stolz auf ihre blauen Flecken, rannte Maude die Stufen hinab. Igitt, igitt, welch ein Quatsch: »Sie könnte ja zurückkommen.« Diese romantische Hingabe – da lachen ja die Hühner. Er hätte Seton gerne herumkommandiert, nicht wahr? Nun gut, wir werden ja sehen.

Zwei Tage später hatte sie Ben Crawley in die Ecke einer Cocktailbar gedrängt. »Ich lasse mich nicht mundtot machen, Ben. An dieser Geschichte ist irgend etwas faul. Eines sage ich dir, diese Dame war dreimal verheiratet. Das machte sie ja wohl nicht gerade zu der taufrischen Rose, zu der man sie hochstilisiert. Jedenfalls Maudie fällt da nicht drauf rein, nein, wirklich nicht. Als sie sozusagen verschwand, war sie einunddreißig. Sie wäre jetzt sechsundvierzig. Er ist erst achtunddreißig – ich habe es nachgeschlagen.«

»Wer ist achtunddreißig?«

»Mortmain. Mr. Totenhand.«

»Erwartest du, daß ich erschauere?«

»Ich erwarte, daß du zuhörst. Ich habe ihren ersten Ehemann ausgegraben. Sol Divine. Das ist sein Name, ob du's glaubst oder nicht. Er wollte nichts sagen. Meint, das wäre alles vor langer Zeit gewesen. Er verschweigt etwas. Darauf wette ich! Ich habe das Gefühl, daß Elizabeth Rose vielleicht doch nicht ganz so süß und strahlend war.

Dieser Sol ist kahlköpfig wie ein Geier, mit dem er auch sonst etwas Ähnlichkeit hat – ein ganz vernünftiger Mensch. Er hat eine dicke, gutgelaunte Frau und einen Haufen Kinder dazu. Elizabeth ließ sich von ihm scheiden. Auch von dem zweiten Ehemann, von Barbys Vater, ließ sie sich scheiden. Er ist tot.«

»Und das soll etwas Neues sein?« fragte Ben säuerlich.

»Hör mir bitte zu. Was denkst du, wer an dem Tag zu Hause war, als das Kind auf den Steinen unten landete und sich die Knochen brach, daß sie nie mehr gerade zusammenwuchsen? Die Dienstboten hatten ihren freien Tag. Elizabeth war nicht daheim. Wer also? Kein anderer als Mr. Philip Mortmain, der Stiefvater des Kindes. Nun versuch bloß nicht, Maudie einzureden, daß ein junger Kerl von dreiundzwanzig, der über beide Ohren in die wunderbare, entzückende, fabelhafte Elizabeth Rose verliebt ist, von ihrer sechsjährigen Göre aus einer früheren Ehe genauso hingerissen ist.

Sagen wir einmal, die Göre geht Phil dermaßen auf den Geist, daß er sie gewissermaßen rein zufällig vom Balkon stößt. Na klar, er hat es nicht gewollt und außerdem war niemand da, der es sah. Er kümmert sich um alles: Arzt, Rettungswagen, Krankenhaus, Operation. Als Elizabeth im Taxi aufkreuzt, nimmt er sie zärtlich in die Arme und erklärt ihr, das Kind habe einen Unfall gehabt. Elizabeth geht ans Krankenbett und spielt die Gerührte. Dann schwirrt sie ins Theater ab zu ihrer großartigen Vorstellung. Schön.

So, die große Dame kehrt nach Hause zurück wie gewöhnlich. Es ist spät, und die Köchin schläft bereits im Souterrain. *Jetzt* findet sie heraus, was dem Kind wirklich zugestoßen ist. Nun ist Elizabeth nicht mehr so süß und strahlend. Es kommt zu einer schlimmen körperlichen Auseinandersetzung, und nach einer Weile liegt sie da. Tot.

Vielleicht hat er auch das nicht gewollt. Was aber sollte Philip nun tun? Das Kind erinnert sich an nichts – das hat sie mir selbst erzählt. Das ist also kein Problem. Aber eine tote reiche Ehefrau, deren Name in den Schlagzeilen steht, das ist unangenehm.«

»Jetzt kommst du aber ganz schnell wieder auf den

Teppich zurück, Schnuckelchen, ja?« Crawley nahm schmatzend einen Schluck von seinem Getränk.

»Wie kommt es, daß der liebe Philip – der übrigens aussieht, ob du mir's glaubst oder nicht, Ben, als sei er einer Edgar-Allan-Poe-Geschichte entstiegen –, wie kommt es, daß er so an diesem Haus hängt? Wie kommt es, daß er es nicht für einen Haufen Geld verkauft und dann sein Leben genießt, mit achtunddreißig Jahren? Wie kommt es, daß er seine alte und kranke, halbverrückte Schwiegermutter dort *eingesperrt* hält?«

»Naaaah!«

»Hör gut zu«, fuhr Maude fort. »Ich kann es dir ganz genau sagen: weil diese alte Frau nämlich ausgesprochen schlau dreinschaut. Du hättest sehen sollen, wie ihre kleinen, alten Augen mich aus den Winkeln heraus anblickten. Aber *sie* waren im Zimmer, weißt du. Nicht nur Philip, sondern auch die Haushälterin. Ließen mir keine Chance. Ich erzähle dir aber trotzdem, warum Philip Elizabeth nicht für tot erklären läßt, was er könnte, und warum er dieses Haus nicht verkauft. Er *kann* es nicht verkaufen. Dann würde man dort bauen und den Garten aufgraben. Elizabeth Rose ist im Garten begraben, und die alte Dame weiß es.«

Crawley schüttelte trübselig den Kopf.

»Sie hat es mir gesagt«, beharrte Maude.

»Wer?«

»Die alte Dame.«

»Sie sagte dir *was*?«

»Sie sagte genau diese Worte: ›Meine Tochter ist im Garten begraben.‹ Wortwörtlich, mein Freund.«

Maude erklärte ihm das alles, aber Ben erwiderte nur: »Sag's der Polizei, Schätzchen. Mir kannst du das nicht verkaufen.«

»Die alte Frau ist halbverrückt, das gebe ich ja zu. Aber ich sage dir, was ich *tun werde*. Die kleine Maude wird das Rätsel lösen.«

»Du bist ja nicht ganz bei Trost, Süße.«

»Also, ich weiß nicht. Er läßt es sich in der Zwischenzeit recht gut gehen. Wenn die alte Dame den Geist aufgibt, kann sie nicht mehr reden. Mag sein, daß er vorhat, das Haus leerstehen zu lassen –«

»Und die Haushälterin bewahrt Stillschweigen?«

»Oh«, sagte Maude tückisch, »sie wird schon was davon haben.«

Ben Crawley schaute sie angewidert an. »Laß mich in Ruhe«, sagte er. »In deinem eigenen Interesse, Seton, ich warne dich. Laß die Finger davon.«

»Mach dir bloß keine Sorgen, daß ich ermordet werden könnte«, erwiderte Maude. »Ich laufe nicht unbewaffnet umher, weißt du. Ich habe da so eine bestimmte Idee.«

»Sag einmal, was bedeutet das denn eigentlich?« fragte Ben und hatte plötzlich einen intuitiven Verdacht. »Wie kommt es, daß du solch ein Vorurteil gegen diesen Philip Mortmain hast?« Er freute sich zu sehen, wie Seton rot wurde.

»Oh, er ist *bezaubernd*,« antwortete sie giftig, »aber niemand kann mir mit seinem Charme das Gehirn aus dem Kopf zaubern, verstehst du?«

»Geh, du bist ja nicht ganz dicht, Seton, stimmt's?«, sagte Ben finster. »Laß bei Gelegenheit mal ein paar Schrauben nachziehen. Ich will mit der Sache nichts zu tun haben.«

»Du wirst schon noch auf den Knien liegen«, meinte sie zuversichtlich.

In der Polizeistation erreichte Maude nichts. Sie waren wütend; sie mochten sie nicht. Sie durchforschte alte Zeitungsausgaben und die darin enthaltenen Polizeiberichte. Dabei fand sie heraus, daß Philip Mortmains Schwiegermutter seit dem auf das Unglück folgenden Tag im Haus war. Aha, dachte Maude. Und seither hat sie es nicht mehr verlassen.

Die einzige Hausangestellte, die erwähnt wurde, war die Köchin, eine gewisse Mrs. Pelham. Zu ihrem Bedauern mußte Maude feststellen, daß diese Frau vor vier Jahren gestorben war. Nun gut, da war ja immer noch ihre ganz bestimmte Idee.

In ihrer unordentlichen Wohnung, in der sie nie Gäste empfing, weil sie nicht wußte wie, hämmerte sie eine richtige Kitschgeschichte herunter. Auf den ersten Durchschlag tippte sie noch ein extra Schlußkapitel. Das sollte wirken. Und wenn es wirkte, dann würde sie wissen, daß sie keine Zeit vergeudet hatte, wie lange die Wühlerei auch dauern mochte.

Wühlerei? Igitt! Unter dem Vogelbad? Sie war gespannt ...

Immer wenn Maude auf die Straße ging, trug sie so ein bestimmtes Ding bei sich, das von einer Firma hergestellt wurde, die hoffte, aus der Notlage all jener Frauen, die sich heutzutage auf den Straßen unserer Städte fürchteten, einen Gewinn schlagen zu können. Es handelte sich um eine kleine Tränengaspistole, welche die Frauen in die Lage versetzen sollte, einen Angreifer blind zu machen und so zu entkommen.

So ging Maude Seton eines Nachmittags mit ihrem Attachékoffer, in dem sich die ergänzte Ausfertigung ihrer Story befand, bewaffnet mit der griffbereiten Gaspistole in ihrer Jackentasche, federnden Schritts jene Straße entlang, uneingeladen, unerwartet und wild entschlossen.

Er öffnete selbst die Türe. Sie war wieder wie elektrisiert. Er war wirklich wie eine Gestalt von Poe. Aber was war denn sonst noch Besonderes an ihm? Vielleicht habe ich eine Schwäche für Mörder, dachte Maude – sie sind in der Regel starke Charaktere. Dann ging ihr noch blitzartig durch den Kopf: *stärker als ich*?

Sie verbannte diesen Gedanken schnell aus ihrem Kopf und sagte so mädchenhaft wie nur eben möglich: »Ich habe die Story geschrieben, Mr. Mortmain. Würden Sie sie bitte jetzt lesen? Sie ist sehr kurz, und ich brauche unbedingt Ihre Zustimmung, und zwar gleich.«

Er ließ sie deshalb rein, führte sie in das Zimmer, das auf den Garten hinausging, und nahm das Typoskript. Sie setzte sich, so nahe sie konnte, an den Gang, der zur Haustür führte. Die rechte Hand hielt sie in der Tasche.

Normalerweise ließe sich Maude Seton lieber auspeitschen, als jemandem dabei zuzusehen, wie er ihr Geschreibsel las. Aber dieses Mal zählte sie die Seiten mit, wie sie in seinen schlanken Händen hintereinanderglitten. Sie redete sich selbst ein, daß sie keine Angst hatte. Sie hatte ja eine Waffe. Sie konnte entkommen. Sie würde sehen, wie er reagierte, wenn er bemerkte, daß er Maude Seton nicht zum Narren gehalten hatte.

Er kam zur letzten Seite, und Maude beobachtete ihn angespannt. Im Schlußkapitel hatte sie geschrieben: »Niemals ist jedoch die ganze Geschichte erzählt worden. Nur Mr. Philip Mortmain weiß, wie wütend seine Frau in jener Nacht wurde, als sie herausfand, was er ihrem Kind angetan hatte. Nur Mr. Philip Mortmain weiß, wo er Elizabeth Roses schönen Körper begraben hat – in ihrem eigenen Garten.«

Seine Augen sprühten vor Zorn. Er erstarrte. Dann drehten seine Hände die Blätter zusammen. Er sprang vom Stuhl auf und hielt das Papier, wie wenn es ein Prügel wäre.

Maude zog die Waffe aus ihrer Tasche. »Bleiben Sie stehen, Mister«, befahl sie. Aber er erkannte die Drohung nicht – er stand zu nahe bei ihr. Sie schloß ihre Augen und drückte ab.

Sie hörte ihn vor Schmerz aufschreien. Als sie mit zusammengekniffenen Augen schaute, sah sie ihn taumeln. Er hatte das Typoskript fallen lassen und wischte in seinem Gesicht herum. Maude sprang aus ihrem Stuhl auf und den Flur entlang. Er schrie noch einmal, was eine tiefe Genugtuung in ihr hervorrief. Sie erreichte die Haustüre und riß sie auf. Eine Frauenstimme ertönte von der Treppe herab: »Philip?«

Maude Seton erkannte klar, daß sie ihn zwar wütend gemacht, aber nichts Entscheidendes herausgefunden hatte. Sie schlug die Haustüre zu. Aber nicht hinter, sondern vor sich. Statt hinauszugehen, schlüpfte sie durch die weiße Türe in die Küche und stand dann versteckt und zitternd an der Küchenwand. Auch eines ihrer eigenen Augen tränte. Sie kontrollierte mit den Händen ihre kleine Pistole und brachte eine neue Patrone für einen weiteren Schuß in Position. Sie konnte ja noch jederzeit rauslaufen. Aber erst mußte sie hinter die Sache kommen.

Sie hörte, wie er heranschlurfte. Obwohl er sicher nichts sehen konnte, blickte sie sich nach einem Versteck um. Sie zuckte zusammen, als sie mit ihrer Wange ein an der Küchenwand befestigtes Telefon berührte. Um so besser. Wo war er nur inzwischen?

»Philip, was ist geschehen?« rief die Frau, die sich nun offensichtlich auf der Treppe befand.

»Wo ist diese Seton?« tobte er.

»Ich hörte die Haustüre zuschlagen. Ging jemand hinaus?«

»Ist sie weg? Siehst du sie nirgends?«

»Ich sehe niemand. Philip, *weinst* du etwa? Was –«

Nun hörte man eine andere schrille Stimme: »Philip? Liebling? Oh, was ist denn? Was ist denn los?«

»Mir fehlt nichts«, rief er. Er mußte jetzt genau auf der anderen Seite der Küchenwand stehen. »Reg dich nicht auf, Liebste.« Dann sagte er leise: »Komm nicht runter. Hier ist alles voller Tränengas.«

»Aber warum denn das?« Nun erkannte Maude wieder die erste Stimme – es war die der Haushälterin.

»Dieses kleine Monster hat geschrieben, ich hätte Elizabeth im Garten begraben«, sagte er mit bitterböser Stimme.

Die zweite Stimme oben schrie: »Liebling, wenn dir irgend etwas zustoßen würde, ich könnte es nicht ertragen! Du weißt, daß ich es nicht könnte. Liebling, komm herauf. Bitte!«

»Sei ruhig, Elizabeth«, seufzte die Haushälterin mißmutig.

»Ich komme, Elizabeth«, rief er hinauf.

»Sollten wir nicht telefonieren?« fragte die Haushälterin.

»Ich kann nicht telefonieren, weil ich nichts sehe, und ich kann auch noch nicht hinaufgehen. Geh du zu ihr.«

»Ja. Ich werde auch anrufen.«

Maude hörte die Treppe knarren. Dann ein Schlurfen. Die Haustüre mußte nun offen sein, denn um die trennende Wand herum drang Frischluft zu ihr. Anrufen? dachte sie und war verwundert. Anrufen, wen? Und wen meinen sie mit *Elizabeth?*

Sie nahm eine andere Position ein, wobei sie die Gaspistole fest in der rechten Hand hielt. Mit der linken nahm sie den Hörer des Küchentelefons von der Gabel.

»... könnten Sie Dr. Carlson bitte dringend etwas bestellen?« fragte die Haushälterin von einem anderen Apparat aus. »Mrs. Rose hat sich schrecklich aufgeregt, und wir brauchen ihn – so schnell er nur irgend kommen kann.«

»Er kommt sofort, Mrs. Allen«, antwortete eine Mädchenstimme.

Maude legte auf. Sie mußte verschwinden und irgendwo *nachdenken*. Aber was sollte sie tun, wenn er an der Haustüre stand? Sie horchte. Das alte Haus hatte seine geheimnisvollen Geräusche. Schließlich glitt sie an der Wand entlang, in Richtung Tür.

Da packte er sie von hinten an den Unterarmen und zog sie rückwärts davon. Er war aus dem Eßzimmer gekommen. »Lassen Sie das Ding fallen«, befahl er. Mrs. Allen stürzte in die Küche. »Nimm ihr das ab«, wies er sie an. Die kleinen Hände der Frau bogen Maudes Finger auseinander. Dann war ihre Waffe weg.

»Es *war* also tatsächlich jemand in der Leitung«, sagte die Frau entrüstet. »Sie miese kleine Schnüfflerin! Was sollen wir mit ihr anfangen? Wir sollten gleich –«

»Keine Zeit«, erwiderte er. »Geh hinauf. Sag, ich komme gleich.«

Maude Seton, deren Arme auf dem Rücken zusammengehalten wurden, dachte, sie würde im nächsten Augenblick ermordet. Das ließen jedenfalls seine rotgeränderten Augen befürchten, als er sie mit Gewalt quer durchs Wohnzimmer auf die Glastür zudrängte, die offenstand, um frische Luft hereinzulassen. Er stieß sie aber einfach in den Garten hinaus, schloß die Glastüre, verriegelte sie und ging weg.

Da stand Maude nun, außer sich und natürlich eingeschüchtert, aber zugleich auf seltsame Weise angenehm berührt. Sie nahm ihren Verstand zusammen. Sie mußte abhauen. (Er konnte ihr das doch nicht antun!) Aber *wie* konnte sie entwischen? Sie wagte es nicht, sich mit ihrem Körper gegen die Glastür zu werfen, um sie einzuschlagen. Vielleicht könnte sie einen schweren Stein suchen.

Sie rannte über das Pflaster zum Vogelbad hin. Dort waren keine Steine. Sie suchte mit den Augen alles nach einer Öffnung, einem Spalt, irgendeinem anderen Ausweg ab, der nicht zurück durchs Haus führte. Aber rund um sie her ragten nur die hohen, glatten, blinden und tauben Wände auf.

Dann stand sie zwischen den Blumen am anderen Ende des Gartens. Hier waren die Töpfe – oder vielmehr die schwarzen Metallkübel. Sie könnte ja einen davon hinüberziehen und gegen das Glas werfen. Zu schwer. Sollte sie die Pflanzen herausreißen, die Erde auskippen? Sie wühlte in den Wurzeln. Halt! Er würde das Zersplittern der Glastür hören.

Aber welchen Ausweg gab es sonst? Sie war auf dem Grund eines mehr als zwanzig Stockwerke tiefen Brunnens eingeschlossen. Maude spürte, wie der Adrenalinspiegel in ihrem Blut anstieg und sie in Panik versetzte. Sie würde gleich keine Luft mehr bekommen und in Ohnmacht fallen. Nein! Sie hielt ihre Wangen und befahl sich selbst zu denken. Denke nach, Seton, denke! Es ging nicht so sehr darum, daß sie nicht ermordet werden wollte. Sie wollte sich nicht *geschlagen* geben. Dann sah sie plötzlich im wahrsten Sinne Licht.

Sie eilte zum Haus zurück. Es gab nur diese eine Möglichkeit. Sie konnte an einer der schmiedeeisernen Balkonstützen emporklettern. Vielleicht gelang es ihr, falls die alte Frau allein wäre, durch die Türe oder ein Fenster hineinzukommen, dann durch das erleuchtete Zimmer zu flitzen, die Stufen hinab- und hinauszusausen. Oder vielleicht konnte sie sich dort verstecken.

Sie warf ihren Attachékoffer weg und setzte ihren Fuß in die geschwungenen Verzierungen. Beim Klettern fühlte sie sich wohler. Die Anstrengung dämpfte ihre Panik. Langsam gelangte sie höher. Im Haus war es ruhig. Nur das ständige Dröhnen der Stadt drang von außen in diesen gräßlich tiefen Brunnenschacht, in dem sie sich befand. Als Maudes Kopf die Höhe des Balkonbodens erreicht hatte, bewegte sie sich nur noch ganz, ganz langsam weiter.

Sie konnte problemlos durch die Glastür in das Schlafzimmer sehen. Eine Lampe verbreitete einen gelblichen Schein. Sie sah die alte Frau im Bett sitzen, gestützt durch die dicken, glänzenden Kissen. Sie schien erregt. Ihre Hände waren ineinander verkrampft. Die Sehnen ihres Nackens waren angespannt. Sie starrte quer durch das Zimmer – jedoch nicht in Maudes Richtung.

Maude sah sonst niemand im Raum. Das schien ihr seltsam. Dann hörte sie unten die Glastür und anschließend seine Stimme: »Kommen Sie da runter!«

Ich denke nicht daran, mein Freund! Maudes Fuß suchte weiter oben nach einem Halt. Ihre Hände am Geländer zogen und zogen, und allmählich gelangte sie immer höher und höher, über das niedrige Geländer und auf den Balkon –

Im Zimmer lösten sich die ineinander verkrampften Hände der alten Frau. Die dünnen Arme zuckten. Dann warf sie die Decke zurück und sprang aus dem Bett. Sie trug ein langes Nachthemd aus irgendeinem dünnen, rosafarbenen Gewebe. Ihr ausgemergelter Körper floh wie ein wildes Tier, und ihre alten, spitzen Knie bewegten sich dabei wie zwei Messer. Die Frau verschwand schreiend durch die obere Diele.

Nun sah Maude auch, wie die andere Frau, diese Mrs. Allen, sich aus einem Schaukelstuhl erhob. Sie warf einen kurzen Blick in Maudes Richtung und eilte dann hinter der alten Frau her. Ein langer Schrei gellte durch das Haus. Der Mann im Erdgeschoß schrie, dann rannte er.

Maude klammerte sich am Geländer fest und kletterte wieder an der schmiedeeisernen Stütze hinab. Dann ließ sie sich zu Boden fallen. Ja, die untere Glastüre war offen. Sie nahm ihren Attachékoffer und huschte ins Haus. Wo waren sie? Konnte sie nun entkommen?

Sie schaute den Flur entlang und stellte fest, daß es nicht möglich war. Er kniete neben einem Berg rosafarbenen Stoffes, der am Fuße der Treppe lag. Während Maude dies beobachtete, trat die Haushälterin aus der Küche und trug ein langes Tuch. Maude meinte sich zu erinnern, daß es das Tischtuch war. Die Frau breitete es über den herabgefallenen Haufen. Der Mann rückte zur Seite, um sie nicht zu behindern, erhob sich aber nicht.

Dann sah die Haushälterin Maude. Sie berührte sanft die Schulter des Mannes und ging langsam auf Maude zu. Maude wich in die beklemmende Stille des Hauses zurück.

Sie erinnerte sich, daß diese Frau nun ihre Waffe besaß. Aber die Frau richtete sie nicht auf sie. Sie sagte: »Setzen Sie sich. Wir wußten, daß wir nicht drumrum kämen, es ihnen zu erzählen. Sie ist nun tot. Deshalb werde ich ihnen alles sagen. Setzen Sie sich.«

Maude setzte sich und überlegte zugleich, wie sie sowohl der Frau, der Waffe, als auch dem Mann, der sich noch immer in der Nähe des einzigen Fluchtwegs aufhielt, entkommen könnte. Anscheinend war es für Maude wichtig, weiterhin an die Gefahr zu glauben, in der sie schwebte. Sie fragte sich, ob wirklich ein Arzt käme.

»Meine Tochter Elizabeth«, sprach die Frau, und Maude, deren Gedanken wild in ihrem Kopf herumwirbelten, wurde dadurch plötzlich aufmerksam, »machte gewöhnlich ihre Atem- und gymnastischen Übungen auf dem Balkon. Die kleine Barby nahm sich an jenem Tag nicht in acht. Und als Elizabeth ihre Arme in der ihr eigenen nervösen Art streckte, traf sie das Kind, und es stürzte über das niedrige Geländer hinab.«

Sie hielt einen Augenblick inne. Dann aber trat ein Ausdruck von Stärke in ihr Gesicht und sie richtete sich gerade auf. »Es war Philip, der das Kind sofort ins Krankenhaus brachte, wo alles getan wurde, was getan werden konnte«, fuhr sie ganz ruhig fort. »In der Zwischenzeit pumpte sich meine schöne und berühmte Tochter alle nur erreichbaren Drogen, von denen sie damals gerade abhängig war, in ihre Venen, kroch ins oberste Stockwerk hinauf – und gaukelte sich vor, es sei nichts passiert. Hören Sie auch zu, Miss Seton?«

»Aber Elizabeth war doch gar nicht da«, stieß Maude hervor, als sie sich wieder besann.

»Oh, doch, das war sie. *Ich* war diejenige, die mit dem Taxi kam. Philip rief mich vom Krankenhaus an und erklärte mir, was ich zu tun hatte. Ich sollte Elizabeths Nerz, den sie mir einmal geschenkt hatte, und auch einen ihrer Hüte tragen, zum Time Square gehen und mit Elizabeths wohlbekannter Gestik ein Taxi herbeirufen. Als ich hier eintraf, kam er mir entgegen und nahm mich in den Arm. Die Nachbarn – und es waren nicht wenige –, die den Krankenwagen gesehen hatten und neugierig waren, hielten mich für Elizabeth. So kam meine Tochter zu ihrem Alibi.«

Maude Seton gab für einen Augenblick die Vorstellung auf, daß sie an diesem Nachmittag ermordet werden würde. »Wirklich?« hauchte sie kraftlos.

»Elizabeth erzählte man, daß sich Barby an nichts erinnere, und da sie, wie man so sagt, ›high‹ war, bestand sie darauf, ins Krankenhaus zu fahren. Philip hatte gehofft, daß er sie dazu zwingen könnte, sich in ärztliche Behandlung zu begeben, aber sie entwischte und fuhr zum Theater. Obwohl er alles tat, was er nur tun konnte, um sie im Auge zu behalten, wurde er aufgehalten, wie er ihnen schon erzählt hat. So ist Elizabeth – verschwunden.«

Maudes Verstand arbeitete nun auf Hochtouren. »Wollen Sie etwa sagen, daß – *dies* hier Elizabeth ist?«

Die Frau hob eine Hand, um Ruhe zu gebieten, so als ob sie nun, da sie einmal begonnen hatte zu erzählen, es nicht ertragen könnte, unterbrochen zu werden. »Barby erinnerte sich tatsächlich an nichts. Deshalb dachten wir, wenn Elizabeth blindlings in den Tod gerannt wäre, bräuchte Barby wenigstens niemals zu erfahren, auf welche Weise sie so grausam verletzt worden war. Und vielleicht müßte auch der sagenhafte Ruhm ihrer Mutter nicht zerstört werden. Dadurch fanden wir die Stärke zu warten.«

Ihre Stimme hatte sich gefestigt. »Dreizehn Tage später fand Philip sie mit Rauschgift vollgepumpt, heruntergekommen und schmutzig in irgendeinem scheußlichen Zimmer. Er bat mich, alle Dienstboten zu entlassen, außer unserer Mrs. Pelham, die unser Geheimnis mit ins Grab genommen hat. Gott gebe ihrer treuen Seele die ewige Ruhe. Dann brachte Philip Elizabeth nach Hause. Mit Dr. Carlsons Hilfe und unter schlimmeren Qualen für uns alle, als Sie sich jemals vorzustellen vermögen, gelang es uns, Elizabeth vom Rauschgift wegzubringen. Als Barby soweit war, aus dem Krankenhaus entlassen zu werden, schickten wir sie mit Mrs. Pelham nach Florida – in die Sonne zur Genesung, wie wir sagten. Dann sandten wir sie auf die allerbesten Schulen, die wir finden konnten.«

»Ich kann noch immer nicht –«

»Sehen Sie, Elizabeth war nicht ganz in Ordnung, ja. Sie war völlig durcheinander. An manchen Tagen wollte sie nicht einmal glauben, daß sie jemals ein Kind hatte.«

»Warum haben Sie ihr das Kind nicht gezeigt?« fragte Maude, die nun fast ihren alten Mut wiedergefunden hatte.

»Weil wir dann auch dem Kind seine Mutter hätten zeigen müssen«, entgegnete die Frau ruhig, »Natürlich mußten wir auch für Elizabeths Anwesenheit eine Begründung finden. So wurde sie zu Mrs. Rose, und ich wurde ›Mrs. Allen‹. Das bedeutete, daß ich Barby nicht besuchen und auch Barby nicht hierherkommen konnte, denn sie hätte mich ja erkannt. So war es also Philip, der sich um Barby kümmerte. Er besuchte sie zu allen möglichen Anlässen. Er beriet und unterstützte sie, wo er konnte. Sie ist zu einer eleganten jungen Dame herangewachsen. Sie hat gut geheiratet. Sie ist glücklich.« Die Frau trug ihren Kopf hocherhoben vor Stolz. »Und was uns zwei betraf,« sprach sie weiter, »so hofften wir weiter, daß Elizabeth eines Tages zurückkommen würde – zurück zu sich selbst.« –

»Nun ist alles vorbei«, fuhr sie fort. »Werden Sie uns helfen, Miss Seton? Lassen Sie sie uns in aller Stille als Mrs. Rose beerdigen. Niemand wird sich nun noch viel darum kümmern. Zwingen Sie uns bitte nicht, Barby zu erzählen, was aus ihrer Mutter geworden ist und was ihre Mutter ihr angetan hat. Werden Sie die Geschichte auf sich beruhen lassen? Es schadet doch niemandem. Elizabeth war wirklich einmal sehr schön und talentiert.«

»Es war aber nicht sehr klug von Ihnen, sie mich sehen zu lassen, nicht wahr?« antwortete Maude frech.

»Sie hatte es so gerne, über ihre eigene Geschichte zu lesen. Sie verstand nicht so ganz, wieviel Zeit inzwischen vergangen war. Sie glaubte noch immer, sie würde nächsten Monat, nächsten Herbst, nächsten Frühling wieder schön sein und zu ihrer früheren Berühmtheit zurückkehren. Es machte ihr Spaß, die Rolle der kranken, alten Frau zu spielen.«

»Ich sehe schon«, sagte Maude, »Sie dachten sich wohl, daß Sie *mich* zum Narren halten könnten – einfach so zum Spaß.«

»Ja«, antwortete die Frau ruhig. »Aber *ich* sehe, daß Sie immer noch vorhaben, die Story zu veröffentlichen.«

»Wenn ich Ihnen verspreche, dies nicht zu tun«, fragte Maude mit verspäteter Vorsicht, »kann ich dann gehen?«

»Ihre Versprechungen sind nichts wert«, antwortete die Frau mit stiller Resignation. »Ich hätte mich gar nicht bemühen sollen. So gehen Sie doch, wenn Sie wollen.« Sie tastete in der Tasche ihres Kleides umher. »Ich glaube, das ist Ihr Eigentum.«

Maude stand auf und nahm aus ihrer ruhigen Hand die kleine Waffe entgegen. Sie brachte gerade ihre Kleidung in Ordnung, damit sie auf der Straße nicht so unordentlich aussehen würde, als Philip Mortmain am Ende des Flurs auftauchte. Seine Augen wirkten noch immer getrübt. Er trat höflich zur Seite.

»Kann ich jetzt gehen?« fragte Maude.

»Ich weiß nicht«, antwortete er vage, so, als ob er sie nicht bewußt wahrnähme, sie nicht wirklich sähe. »Wenn der Doktor kommt ...«

»Ich habe ihr alles erzählt und unsere Bitte vorgebracht«, sagte die Frau, »aber es hat keinen Sinn, Philip.«

»Nein.« Er würdigte Maude keines Blickes, sondern begab sich in den großen Raum und sank in einen Sessel. Maude huschte in den leeren Flur. Nur noch drei Stufen hinauf, und sie würde in Sicherheit sein. Sie hatte ihre Waffe. Sie hatte ihre Geschichte. Sie brauchte lediglich noch zwischen diesem – diesem Haufen auf dem Boden und der Wand hindurch und die Tür öffnen. Aber wer *war* nun eigentlich tot? Maude zögerte.

Die Haushälterin war zu dem Mann hingegangen. Er sagte mit trübseliger Stimme zu ihr: »Ich glaube, wir brauchen uns wegen Barby keine Gedanken zu machen. Sie kann es jetzt verstehen.«

Die Frau meinte sanft: »Ja, wenn sie muß. Du hast sie gut erzogen. Und Elizabeth gegenüber hast du Wort gehalten, mein Lieber. ›In guten und in schlechten Tagen‹, sagtest du, ›bis daß der Tod uns scheidet.‹«

Maude Seton, die vom Flur aus zuhörte, dachte, ach, du lieber Gott! Sie war wütend. Wie lange könnt ihr euch denn noch verstellen? Sie dachten doch nicht, sie würde auf diesen Kitsch hereinfallen? Als ob irgend jemand das Geschwätz in der Trauungszeremonie als etwas *anderes* als Geschwätz auffassen würde. Und noch dazu als dritter Ehemann! Für wie dumm hielten die beiden sie eigentlich? Aber falls sie diese Kitschszene extra für *sie* aufführten – zu welchem Zweck taten sie das?

»Ich verstehe«, sagte sie laut. »Sie wollen, daß ich aller

Welt erzähle, diese alte Frau sei Elizabeth Rose gewesen.«

Ganz schön schlau, dachte sie voller Wut. Man brauchte Seton bloß für dumm zu verkaufen, und schon war die Sache gelaufen. Oh, das würde euch so passen, Elizabeth Rose zum zweiten Mal zu beerdigen, dieses Mal öffentlich und *woanders*! Ja, das würde euch passen!

»Sie wissen, daß sie es ist«, sagte die Frau kaltblütig. »Sie haben es gehört.«

»Philip, *Liebling*, häh?« fauchte Maude nun. Sie haßte Philip Mortmain von ganzem Herzen. Sie mußte ihn verletzen! »Hatte dieses dumme alte Ding vielleicht manchmal die Wahnvorstellung, sie sei tatsächlich ihre eigene entzückende Tochter? Verrückt zum Beispiel – nach dem charmanten Mann ihrer Tochter?«

Er stand auf und ging auf sie zu. Sie hielt ihre Gaspistole in Bereitschaft. Es war ihr aber keineswegs unangenehm zu bemerken, daß er sie nun endlich wieder wahrnahm.

»Was stimmt denn eigentlich nicht mit Ihnen?« fragte er mit ruhiger Stimme.

»Was mir keine Ruhe läßt?« entgegnete sie frech. »Sie wissen also nicht, daß sie es mir gesagt hat? ›Meine Tochter ist im Garten begraben‹, sagte sie.«

Als die Frau entsetzt aufstöhnte, blieb Maudes Herz fast stehen.

Philip Mortmain sagte mit plötzlicher Festigkeit: »Und Sie haben also die Absicht, *dies* der Welt zu erzählen?«

»Oh, wenn ich den Auftrag für einen Bericht bekomme. Ich würde wirklich sehr gerne die ganze Geschichte erzählen.« Sie gab sich nun ganz furchtlos, und ihr Herz klopfte wild. Sie empfand ein unbändiges Vergnügen dabei. Plötzlich war alles Trübe aus seinem Blick verschwunden.

Es läutete an der Tür, und sie erschrak heftig. Er aber stand nur da und blickte sie an. »Ihre Tochter war im Garten vergraben«, wiederholte er langsam. Dann verbeugte er sich leicht. »Ja, es stimmt. Entschuldigen Sie mich.«

Er würde sie nicht ermorden. Es schien so, als wolle er sich nicht die Mühe machen. Er ging lediglich, um die

Türe zu öffnen. Maude stellte sich mit dem Rücken an die Flurwand. Sie stand jetzt einfach da. Ihr Denkvermögen schien sie im Stich zu lassen.

Es war der Doktor, der nun endlich gekommen war. Sie sah, wie er sich bückte, um das Tischtuch aufzuheben, und sie sah Mortmain auf den Knien. Igitt! Wird dieser Vogelscheuche *noch immer* die fromme Hingabe vorgegaukelt? Oder ist der Doktor etwa auch an diesem Komplott beteiligt?

Schließlich kamen die beiden Männer auf sie zu. »Warum, zum Teufel«, sagte der Doktor ärgerlich, »muß nun alles aufkommen. Das kann ich nicht verstehen. Hör zu, Philip, die Vermißtenabteilung weiß ganz genau, wo und in welcher Verfassung sich Elizabeth fünfzehn Jahre lang befunden hat. Ebenso ihr Manager. Und ihre Bank. Alles war in bester Ordnung. *Warum* soll nun jeder schmatzende Idiot zum Frühstück seine private Tragödie aufgetischt bekommen? Denk doch bloß darüber nach, was dann mit Barby geschieht.«

Er verstummte und starrte Maude an. Er war ein zur Rundlichkeit neigender Mann mittleren Alters mit rosigem Gesicht und wirkte fast schon auf lächerliche Weise respektabel. »Wer ist das denn?«

»Das ist Maude Seton«, sagte Philip Mortmain kühl, »so eine Art Journalistin. Sie kam hierher, ohne daß jemand sie eingeladen hätte, um mich des Mordes zu bezichtigen, um mich mit Tränengas blind zu machen, um Elizabeth aus der Fassung zu bringen und um zu hören, wie wir sie beim Namen riefen –«

»Was zum Teufel geht sie das alles an?«

»Sie sagt, es sei ihre Aufgabe, die ganze Geschichte zu enthüllen.«

»Tatsächlich?« fragte der Doktor ärgerlich.

»Es tut mir sehr leid, Doktor«, sagte Maude munter, da es ihr inzwischen gelungen war, an der Wand entlangzugleiten, und sie sich jetzt zwischen ihnen und dem Ausgang befand. Es sollte sie eigentlich nicht mehr kümmern, ob der Doktor auf eine Täuschung hereingefallen war oder nicht.

»Einen Augenblick noch«, sagte Philip Mortmain. »Wollen Sie tatsächlich die *ganze* Geschichte erzählen?«

»Philip?« der Arzt klang besorgt.

»Dann sollen Sie sie auch erzählen«, fuhr Mortmain fort. »Daß Elizabeth damals, als sie ihre kleine Tochter über das Geländer gestoßen hatte, dachte, sie hätte sie getötet. Sie müssen auch erzählen, daß Elizabeth ihr lebendes Kind fast schon begraben hatte, als ich auf der Bildfläche erschien und das bewußtlose Mädchen gerade noch rechtzeitig aus der Erde zog.«

Der Doktor sagte ärgerlich: »Verdammt nochmal, Philip, warum müssen Sie denn diese Gruselgeschichte erzählen? Elizabeth war doch völlig übergeschnappt und ihr Gehirn schon halb zerstört. Sie hätten Barby wenigstens diesen Teil der Geschichte ersparen können.«

»Nein«, erwiderte Philip, »die Welt muß die *ganze* Geschichte erfahren. Sie verstehen doch? Ich sperrte Miss Seton in den Garten hinaus, weil ich nicht mit ihr sprechen konnte, bevor ich Elizabeth beruhigt hatte. Sie kletterte aber zum Balkon hinauf. Ist Ihnen nicht klar, was geschehen ist?«

Er drehte sich um. »Erzählen Sie alles«, sagte er, »oder ich verspreche Ihnen, daß *ich* es tun werde.«

Er ging ins Wohnzimmer und zog die Vorhänge zu. Dann ließ er sich in der Düsternis nieder, weit entrückt.

Der Doktor schaute Maude auf seltsame Weise an. »Gut, gut«, murmelte er. »Seton heißen Sie? Miss Maude Seton? Ich muß die Behörden anrufen.«

»Warten Sie«, entgegnete sie. »Hören Sie.«

»Sie sind schon eine seltsame Person.« Dieser Doktor war ganz und gar nicht mehr lächerlich, sondern ein ganz gerissener, Maude ebenbürtiger Mitbürger.

»Sie klettern also einfach an der Rückwand eines Hauses hinauf, das einem Mann gehört? Was? Von romantischen Vorstellungen hingerissen? Oder etwa in einem Anfall von Paranoia?«

Maude fühlte sich wie ein Falter an die Wand geklatscht. »Bitte, wenn Sie alle es besser finden –«

»Zu spät«, antwortete der Doktor gut gelaunt. »Was Philip Mortmain zu tun verspricht, das tut er auch. Das dürfen Sie mir glauben. Ein ungewöhnlicher Mann, nicht?«

Sie wimmerte; er war zu gerissen für sie.

Dann berührte sie der Doktor ganz leicht und schob sie etwas zur Seite. »Es kann ja sein, daß Sie noch immer nicht bemerkt haben, was passiert ist. Welche Rolle *Sie* gespielt haben.« Dann ließ er sie stehen und ging zum Küchentelefon.

Maude Seton schaute in den Spiegel, und es fiel ihr ein, daß sich auch in dem im oberen Stockwerk gelegenen Schlafraum ein Spiegel befand. Dann sah sie, was Elizabeth Rose schließlich in den Tod getrieben hatte. Das weiße Gesicht einer Frau, das ganz langsam und ganz leise aus dem Garten heraufsteigt, über und über mit schwarzer Erde beschmiert – auferstanden aus dem Grabe.

Nein! »Nein!« zu schreien, hatte jedoch keinen Sinn. Seton wußte, daß sie ruiniert war. Eine Zeitlang würde sie einen Leckerbissen für den Klatsch an den Bars abgeben und danach für immer als Närrin gelten. Wer auf Erden würde schon mit ihr mitfühlen nach der *ganzen* Geschichte? Wem würden diese Hände leid tun, die, um zu entkommen, wie wild in einem Blumenkübel gewühlt hatten –

Vorsicht! Vorsicht! Daß Maude Seton nicht von etwas so Unangenehmem wie Sonne oder Regen oder Liebe oder Treue oder Hingabe getroffen wird und sie zu wachsen beginnt!

P. D. James
Das Mädchen, das Friedhöfe liebte

Nichts war ihr in Erinnerung geblieben von jenem heißen Augusttag damals im Jahr 1956, als man sie bei Tante Gladys und Onkel Victor ablieferte, um fortan bei ihnen, in dem schmalen Haus im Osten Londons, Alma Terrace 49, zu leben. Sie wußte noch, daß sie gerade drei Tage zuvor zehn Jahre alt geworden war und daß diese beiden einzigen noch lebenden Verwandten sie in ihre Obhut nehmen sollten, nun, da Vater und Großmutter an der Grippe gestorben waren, nacheinander und im Laufe einer einzigen Woche. All dies aber waren nur nackte Tatsachen, die ihr irgend jemand irgendwann kurz mitgeteilt hatte. Keine Erinnerung war ihr geblieben aus ihrem vorhergegangenen Leben. Jene ersten zehn Jahre kamen ihr vor wie eine kahle Stelle, ließen sich nicht fassen, wie ein Traum, der verblichen ist, aber im Gemüt eine unsichtbare Narbe aus Beklemmung und Angst hinterlassen hat. Die Erinnerung und ihre Kindheit begannen für sie mit jenem Augenblick, als sie in dem engen, fremden Schlafzimmer erwachte, neben Sambo, der Katze, die, ungerührt in ein Handtuch gerollt, am Fußende ihres Bettes schlief. Barfuß war sie ans Fenster getreten und hatte die Vorhänge zurückgezogen.

Und dort draußen lag vor ihren Blicken der Friedhof, leuchtend und geheimnisvoll im Licht des frühen Morgens. Eisengitter umgrenzten ihn, und nur ein schmaler Pfad trennte ihn von der Rückseite des Hauses in der Alma Terrace. Der Tag versprach wieder warm zu werden, und über den ordentlichen Reihen von Grabsteinen hing ein dunstiger Schleier, aus dem nur hier und da ein Obelisk ragte oder die Flügelspitzen eines Marmorengels, dessen körperloses Haupt in der schimmernden Luft zu treiben schien. Und als sie hinübersah, bewegungslos und wie verzaubert, begann der Dunst sich zu heben und der ganze weite Friedhof bot sich ihren Augen dar, ein Wunder aus Stein und Marmor, glänzendem Gras und sommerschweren Bäumen, mit den mit Blumen bepflanzten

Gräbern und den schmalen Trennpfaden dazwischen, soweit das Auge reichte. Ganz in der Ferne war gerade noch das Dach der viktorianischen Kapelle auszumachen, gleißend, der Turm eines Zauberschlosses, aus einem lang vergessenen Märchen. Sie fühlte, wie sie in diesem Augenblick des wachsenden Entzückens erschauerte, ein Gefühl, das sie kaum kannte und das durch ihren dünnen Körper lief wie ein Schmerz. Und es war in diesem Augenblick, an diesem ersten Morgen ihres neuen Lebens, an dem die Vergangenheit hinter ihr untergegangen war und vor ihr die Zukunft lag, fremd und beängstigend, daß sie den Friedhof für sich in Besitz nahm. Ihre ganze Kindheit und Jugend über sollte dies der Ort der Seligkeit und des Geheimnisses für sie bleiben, ihre Wohnstätte und ihr Trost.

Ihre Kindheit war eine Zeit ohne Liebe, fast ohne Zuneigung. Onkel Viktor war der ältere Halbbruder ihres Vaters, auch das hatte man ihr gesagt. Tante und Onkel waren also keine wirklichen Verwandten. Das geringe Liebespotential, das ihnen zur Verfügung stand, reichte gerade für sie beide aus, und auch zwischen ihnen konnte man nicht eigentlich von einem Gefühl der Liebe sprechen, viel eher unterstützten und trösteten sie sich gegenseitig, angesichts der bedrohlichen Welt, die draußen vor den adretten Vorhängen ihres kleinen, erstickend vollgestopften Wohnzimmers zu lauern schien.

Dennoch sorgten sie ebenso pflichtbewußt für das Kind, wie für Sambo die Katze. Der Haushalt hielt die Fiktion aufrecht, das Mädchen vergöttere seine Katze Sambo, die es mitgebracht hatte, als es ins Haus kam, das einzige Bindeglied zur Vergangenheit, ja beinahe ihr einziger Besitz. Nur sie allein wußte, daß sie Sambo nicht leiden konnte und sich vor ihm fürchtete. Sie bürstete und fütterte ihn mit der wachsamen Fürsorge, die sie für alle Verrichtungen aufbrachte. Als Dank dafür wurde er zu ihrem treuen Sklaven, der fast nie von ihrer Seite wich. Auf ihren Spuren durchstreifte er den Friedhof und blieb erst hinter ihr zurück, wenn sie das Hauptportal erreicht hatte. Ihr Freund aber war er nicht. Er liebte sie nicht und wußte, daß auch sie ihn nicht liebte. Er war ein Mitverschwörer, ein Kamerad, aus dessen Augenschlitzen sie azurne Bläue anblitzte. Wie sie selbst verfügte er über ein geheimes Wissen, das sie teilten. Er fraß begierig, wurde aber nie fett, stattdessen magerte sein glatter schwarzer Körper immer mehr ab, bis er, ausgestreckt im Sonnenlicht auf dem Fensterbrett, sein scharf geschnittenes Profil dem Friedhof zugekehrt, eher einem pelzigen Reptil glich, düster und unnatürlich.

Glücklicherweise gab es ein Nebentor auf der Seite von Alma Terrace, und so war es ihr möglich, auf dem Heimweg von der Schule die Abkürzung durch den Friedhof zu nehmen, um den Gefahren der Hauptstraße zu entgehen.

»Gut, warum nicht? Aber irgendwie finde ich es nicht richtig, wenn ein Kind jeden Tag durch Reihen von Toten laufen muß«, hatte ihr Onkel am ersten Morgen voller Zweifel gesagt.

»Die Toten können nicht aus ihren Gräbern steigen«, hatte die Tante erwidert. »Die liegen schön still. Vor den Toten ist sie sicher.«

Die Stimme ihrer Tante war unnatürlich rauh und laut gewesen. Ihre Worte klangen übertrieben, fast wie eine Herausforderung. Das Kind aber wußte, daß sie recht hatte. Mit den Toten fühlte es sich sicher, sicher und wie zu Hause.

Die Jahre in Alma Terrace verstrichen, so milde und langweilig wie das Milchgelee, das die Tante zubereitete und das man eher fühlen als schmecken konnte. War sie glücklich gewesen? Nie hatte sie sich diese Frage gestellt. In der Schule fiel sie nicht besonders auf, da sie weder hübsch noch intelligent genug war, um das Interesse der Mitschüler oder der Lehrer zu erregen; ein ganz gewöhnliches Kind, etwas ungewöhnlich nur dadurch, daß sie verwaist war, aber unfähig, sentimentalen Gewinn aus diesem Umstand zu ziehen. Vielleicht hätte sie Freunde finden können, stille und friedfertige Kinder, wie sie selbst eines war, Kinder, die auf ihre eigene beruhigende Mittelmäßigkeit angesprochen hätten. Etwas an ihr jedoch entmutigte die schüchternen Annäherungsversuche anderer Kinder, etwas an ihr stieß sie zurück. Vielleicht war es ihre Selbstgenügsamkeit, ihr milder, leidenschaftsloser Blick, ihre Weigerung, irgend etwas von sich selbst preiszugeben, selbst in einer oberflächlichen Freundschaft. Sie brauchte keine Freunde. Sie hatte ja den Friedhof und seine Bewohner.

Einige dieser Bewohner waren ihre Lieblinge. Sie kannte alle, wußte, wann sie gestorben, wie alt sie geworden, und manchmal sogar, woran sie gestorben waren. Sie kannte ihre Namen und lernte ihre Daten auswendig. Für sie waren sie wirklicher als die Lebenden, jene Reihen von innig geliebten Ehefrauen und Müttern, von angesehenen Geschäftsmännern, jene beweinten Väter und tief betrauerten Kinder. Neue Gräber interessierten sie wenig, obgleich sie den Trauerzeremonien aus einiger Entfernung zusah und sich dann heranschlich, um die Beileidskarten zu lesen. Was ihr am meisten gefiel, waren die alten, vernachlässigten länglichen Erdhügel, die abgesplitterten Grabsteine, die schiefen Kreuze, auf denen die eingemeißelten Worte von der Witterung fast ausgelöscht waren. Um jene Namen der längst Verstorbenen rankten sich ihre kindlichen Phantasien.

Sogar die Jahreszeiten wurden ihr eigentlich erst im Friedhof und durch den Friedhof deutlich. Die goldenen und lila Speerspitzen der ersten Krokusse, die sich aus der harten Erde bohrten. April mit seinen bebenden Narzissen. Der ganze Friedhof *en fête,* in Gelb und Weiß, wenn die Hinterbliebenen die Gräber zu Ostern schmückten. Im Geruch von frisch gemähtem Gras und im erdigen Duft des Hochsommers schien es ihr, als sögen die Toten die blütenschwangere Luft ein und entließen dafür ihren eigenen, geheimnisvoll herb parfümierten Atem. Die Steine und Marmordenkmäler leuchteten im Sonnenlicht, wenn die alten Frauen mit ihren verfärbten Kattunkleidern trippelnd ihre Blumenvasen am Hahn hinter der Kapelle füllten. Sie sah den ersten Schnee des Winters fallen. Die Marmorengel hatten dann groteske hohe Mützen aus glitzerndem Weiß. Sie wartete, am Fenster stehend, auf Tauwetter und darauf, daß die Schneetücher schmelzen würden und die verhüllten Gestalten wieder sie selber würden.

Einmal hatte sie nach ihrem Vater gefragt, danach hatte sie begriffen, wie Kinder so etwas eben begreifen, daß dieses Thema, aus irgendwelchen rätselhaften Gründen der Erwachsenen, besser nicht besprochen wurde. Sie hatte in der Küche gesessen, über ihren Hausaufgaben am Tisch, während die Tante dabei war, das Abendessen vorzubereiten. Sie hatte den Kopf von ihrem Geschichtsbuch gehoben und gefragt: »Wo ist Papa begraben?«

Die Bratpfanne schlug gegen den Herd. Die Gabel fiel aus der Hand der Tante. Lange brauchte sie dazu, die Gabel aufzuheben, sie abzuwaschen und den Boden vom Fett zu säubern. Wieder hatte das Kind gefragt: »Wo ist Papa begraben?«

»Im Norden. In Creeton bei Nottingham mit deiner Mama und deiner Oma. Wo sonst?«

»Kann ich dort hingehen? Kann ich ihn besuchen?«

»Vielleicht, wenn du älter bist. Es hat keinen Sinn, an Gräbern herumzuhängen. Die Toten sind dort nicht.«

»Wer kümmert sich um sie?«

»Um die Gräber? Die Friedhofsleute. Und jetzt mach zu mit deinen Hausaufgaben, bitte Kind. Ich brauch den Tisch fürs Abendessen.«

Nach ihrer Mutter hatte sie nicht gefragt, ihre Mutter war bei ihrer Geburt gestorben. Sie hatte ihr Weggehen immer als böse Absicht empfunden und auch als Quelle von heimlichen Schuldgefühlen. »Du hast deine Mutter umgebracht.« Irgend jemand hatte einmal diese Worte zu ihr gesagt und ihr damit eine Bürde auferlegt. Nie erlaubte sie sich, über ihre Mutter nachzudenken. Ihr Vater, so wußte sie, war bei ihr geblieben. Er hatte sie geliebt, er hatte damals nicht sterben, sie nicht allein lassen wollen. Eines Tages würde sie heimlich sein Grab ausfindig machen. Sie wollte ihn dort besuchen, nicht nur einmal, sondern jede Woche. Sie wollte das Grab pflegen, Blumen darauf pflanzen und das Gras am Rand kurz halten, wie es die alten Damen im Friedhof taten, und wenn es keinen Grabstein gab, wollte sie einen kaufen, kein Kreuz, sondern einen gleißenden Obelisken, den höchsten im ganzen Friedhof, der seinen Namen tragen sollte, in Buchstaben gemeißelt, die sie selbst ausgesucht hatte. Natürlich würde sie warten müssen, bis sie älter war, bis sie die Schule verlassen und zur Arbeit gehen konnte, um genug Geld dafür zu sparen. Eines Tages aber, das wußte sie, würde sie ihren Vater finden, dann würde auch sie ein

Grab haben, um es zu besuchen und zu pflegen. Die Schulden der Liebe mußten bezahlt werden.

Vier Jahre nach ihrer Ankunft in Alma Terrace kam der einzige Bruder ihrer Tante aus Australien zu Besuch. Körperlich glichen sich die Geschwister sehr, sie hatten den gleichen untersetzten, kurzbeinigen Körperbau, die gleichen kleinen Augen in dem eckigen, plumpen Gesicht. Onkel Ned jedoch strahlte eine kecke Selbstsicherheit aus, eine fröhliche Herzlichkeit, die sich so stark von der scheuen Reserviertheit seiner Schwester abhob, daß es einem schwerfiel, die beiden für Geschwister zu halten. In den zwei Wochen, die er zu Gast war, beherrschte er das kleine Haus mit seiner durchdringenden, fremdartigen Stimme und seiner von sich selbst überzeugten Männlichkeit. Unvermutet kam es zu allerlei angenehmen Ausflügen, Abendessen im West End, einem Besuch im Greyhoundstadion, einer Show im Earl's Court. Er war freundlich zu dem Kind. Er steckte ihr Geld zu und ging sogar an einem Morgen, als er die Pferderennzeitung kaufen wollte, mit ihr durch den Friedhof. An diesem Abend hörte sie, als sie gerade die Treppe herunterkam, wie die Erwachsenen im Eßzimmer sich unterhielten. Es waren unzusammenhängende Wortfetzen, die sie auffing, Erwachsenengerede und unverständlich. Dennoch nahm sie die Worte wahr und speicherte sie in ihrem Inneren.

Da war zuerst das laute Dröhnen der Stimme, die ihrem Onkel gehörte: »Also, wir schaun uns zusammen die Gräber an, nicht wahr. Geliebter Gatte und Vater, von uns gegangen... plötzlich... am 14. Mai 1892... oder so ähnlich. Marmorbrocken, die Urne geborsten und ein verdammt großer Engel, der nach oben zeigt. Ihr wißt ja, wie sowas aussieht. Und das Kind schaut mich an und sagt ›Papas Tod kam auch ganz plötzlich‹. Das hat sie gesagt. Rückte damit raus, ganz cool, cooler geht's nicht. Also, was in Gottes Namen bringt sie dazu, sowas zu sagen? Ich meine, warum gerade in diesem Moment? Jesus, das hat mich erschreckt, ich kann euch sagen. Ich wußte gar nicht, wo ich hinschauen sollte. Und was für einen Ort sie sich dazu ausgesucht hatte, den verdammten Friedhof. Eins sage ich euch, wenn ihr nach Sydney kommt, habt ihr ’ne bessere Aussicht, das verspreche ich euch.«

Sie schlich sich näher, spitzte aber umsonst die Ohren, die undeutliche gemurmelte Antwort der Tante war nicht zu verstehen.

Nun sprach der Onkel wieder: »Das Miststück hat ihm nie verziehen, daß er Helen geschwängert hat. Keiner war gut genug für ihre einzige, kostbare Tochter. Und dann, als Helen starb, im Kindsbett, da hat sie ihm das auch angelastet. Armer Hund, er hat sich nichts als Verdruß eingehandelt, als er so verrückt auf das Mädchen war. Zu weich, zu romantisch. Das war schon immer Martins Leiden.«

Und wieder das Gemurmel von undeutlichen Stimmen, die Geräusche, als die Tante aufstand und vom Tisch zum Herd ging, das Scharren eines Stuhles. Dann erneut die Stimme des Onkels: »Komische Kleine, was? Irgendwie altmodisch. Morbide könnte man sagen. Man könnte glatt meinen, sie wohne dort in dem Knochengarten, sie und diese verdammte Katze. Und sie ist das Abbild ihres Vaters. Jesus, das fuhr mir richtig in die Glieder, ich sag’s euch. Schaut mich an mit seinen Augen und kommt damit raus: ›Papa ist auch sehr plötzlich gestorben.‹ Ist richtig, sage ich. Grippe? Na ja, es hilft wohl, die Sache so zu nennen – wenn man damit durchkommt. Ist eine gute Bezeichnung, Grippe, für so was, möchte ich meinen. Die Leute kapieren’s nicht. Wie lange ist es jetzt her? Vier Jahre? Ich dachte es wäre länger her.«

Ein Teil dieser bruchstückhaften und rätselvollen Unterhaltung verstörte sie. Onkel Ned versuchte Onkel und Tante zu überreden, zu ihm nach Australien zu ziehen. Es konnte also geschehen, daß man sie wegbringen würde, weit weg von Alma Terrace und von dem Friedhof, den sie dann nie mehr sehen würde. Jahre würde sie dann warten müssen, ehe sie genug Geld zusammen hatte, um nach England zurückzukehren und das Grab ihres Vaters zu finden. Und wie sollte sie dann das Grab regelmäßig besuchen und pflegen, wenn sie auf der anderen Seite der Welt festsaß?

Monate vergingen nach Onkel Neds Besuch, ehe sie fähig war, seine seltenen Briefe mit den australischen

Marken durch den Schlitz des Briefkastens zu erspähen, ohne daß ihr Herz sich vor Angst zusammenzog.

Ihre Sorge jedoch war ganz überflüssig. Erst im Oktober des Jahres 1966 verließen Onkel und Tante England, und sie reisten allein. Als sie ihr an einem Sonntagmorgen beim Frühstück von ihrem Entschluß erzählten, wurde es offenbar, daß sie nie vorgehabt hatten, sie mitzunehmen. Pflichtbewußt wie immer, hatten sie solange mit ihrem Plan gewartet, bis das Mädchen die Schule beendet und ihr eigenes Geld als Sekretärin eines ortsansässigen Grundstücksmaklers verdienen konnte. Ihre Zukunft war gesichert. Die beiden hatten alles getan, was das Gewissen von ihnen gefordert hatte. Zögernd und etwas verlegen rechtfertigten sie ihren Entschluß, als glaubten sie, daß dies wichtig für das junge Mädchen sei, so als läge ihr etwas daran, ob sie nun blieben oder fortgingen. Die Arthritis quäle ihre Tante in den letzten Jahren immer stärker, sagten sie, man sehne sich nach Sonne. Onkel Ned sei ihr einziger naher Verwandter, und sie würden immer älter. Monatelang hatten sie angstvoll und flüsternd hinter verschlossenen Türen ihren Plan von allen Seiten betrachtet. Sie hatten beschlossen, vorderhand sechs Monate in Sydney zu bleiben, um sich dann, wenn Australien ihnen gefiel, als Auswanderer dort niederzulassen. Das Haus an der Alma Terrace sollte verkauft werden, um die Flugreise zu finanzieren. Es wurde schon vom Makler angeboten. Aber die beiden Alten hatten Vorsorge für das Mädchen getroffen. Als sie ihr erzählten, was abgemacht worden war, mußte sie ihr Gesicht tief über den Teller beugen, damit keiner sehen konnte, welch eine tiefe Freude sie durchströmte. Mrs. Morgan, die drei Häuser weiter wohnte, hatte sich bereit erklärt, sie bei sich aufzunehmen, wenn es ihr nichts ausmachte, das kleine Schlafzimmer im hinteren Teil der Wohnung zu beziehen, dessen Fenster hinausblickte auf den Friedhof. Die Erleichterung, die in ihr aufstieg wie ein brausender Wind, ließ sie kaum auf die nächsten Worte ihrer Tante achten. Es gab ein kleines Problem. Jeder wußte, wie Mrs. Morgan zu Katzen stand. Sambo mußte sie loswerden.

Der Nachmittag, an dem Tante und Onkel von Heathrow abfliegen sollten, war für den Umzug in die

Alma Terrace 43 vorgesehen. Die beiden Koffer, die alles bargen, was sie auf dieser Welt besaß, standen fertig gepackt. Sorgsam verstaute sie ihre wenigen Papiere, die Beweise ihrer Existenz, in der Handtasche: Geburtsurkunde, Impfzeugnis, ihr Postsparbuch, auf dem sie mühevoll 103 Pfund gespart hatte, einen Grundstein für die Gedenkstätte ihres Vaters. Am nächsten Tag wollte sie mit der Suche beginnen. Vorher aber mußte sie noch zum Tierarzt, um Sambo töten zu lassen. Aus zwei Pappkartons, die sie zusammenschob, fertigte sie eine Katzenkiste und bohrte Löcher hinein, dann saß sie geduldig im Wartezimmer, die Kiste zu ihren Füßen. Die Katze gab keinen Laut von sich, und diese stille Resignation berührte sie. Zum ersten Mal empfand sie etwas wie Zuneigung und Mitleid, aber es gab keine Möglichkeit, Sambo zu retten. Sie wußten es beide. Hatte er nicht immer gewußt, was sie dachte, was vergangen war und was kommen sollte? Es gab etwas, das sie teilten und das sie verband, ein Wissen, eine gemeinsame Erfahrung, an die sie sich nicht erinnern und die er ihr nicht mitteilen konnte. Nun, da er getötet werden sollte, würde auch dieses letzte spärliche Band zu den ersten zehn Jahren ihres Lebens für immer zerstört werden.

Als sie an der Reihe war und ins Sprechzimmer trat, sagte sie: »Ich möchte ihn einschläfern lassen.«

Der Tierarzt ließ seine starken, erfahrenen Hände über das dichte glänzende Fell gleiten: »Wollen Sie das wirklich? Er wirkt noch sehr gesund. Alt ist er, das ja, aber in erstaunlich gutem Zustand.«

»Ich habe mich entschieden. Ich möchte ihn einschläfern lassen.«

Und damit entfernte sie sich, ließ ihn zurück, ohne ein weiteres Wort oder einen Blick.

Sie hatte geglaubt, sie würde sich nun befreit fühlen, ohne weiter Liebe heucheln zu müssen, befreit von diesen geschlitzten und anklagenden Augen. Aber auf dem Nachhauseweg bemerkte sie, daß sie weinte. Tränen, die sie nicht zurückhalten konnte und die sie nicht erwartet hatte, liefen wie Regentropfen über ihr Gesicht.

Es machte ihr keine Mühe, eine Woche frei zu nehmen, sie hatte Urlaubstage aufgespart. Mit ihrer Arbeit war sie, wie gewöhnlich, nicht im Rückstand. Sie hatte sich ausgerechnet, wieviel Geld sie benötigen würde, um den Zug zu bezahlen, die Busfahrten und den Wochenaufenthalt in einem billigen Hotel. Sie hatte alles wohl geplant und das schon seit Jahren. Sie wollte ihre Suche bei der Adresse beginnen, die auf ihrer Geburtsurkunde vermerkt war, Cranstoun House, Creedon, Nottingham, das Haus, in dem sie geboren war. Vielleicht konnten sich die jetzigen Besitzer an sie erinnern und an ihren Vater. Wenn nicht, hoffte sie, etwas über den Tod ihres Vaters und sein Grab von Nachbarn oder alten Bewohnern des Dorfes zu erfahren. Scheiterte sie auch damit, dachte sie daran, sich an den örtlichen Leichenbestatter zu wenden. Immerhin waren seitdem erst zehn Jahre vergangen. Irgend jemand im Dorf mußte sich erinnern, irgendwo in Nottingham mußte es Listen von Begräbnissen geben. Sie sagte Mrs. Morgan, sie wolle eine Woche Urlaub machen, um die Heimat ihres Vaters zu besuchen. Die nötigen Dinge für die Übernachtungen packte sie in eine Reisetasche und nahm den frühestmöglichen Schnellzug von St. Pancras nach Nottingham.

Im Bus von Nottingham nach Creedon überkam sie zum erstenmal das Gefühl von Angst, und sie fühlte Mißtrauen in sich aufkeimen. Bis dahin war sie auf der Reise ruhig und zuversichtlich gewesen, dabei ohne Erregung, als sei diese lang geplante Fahrt so natürlich und unvermeidlich wie der tägliche Fußmarsch zum Büro, als sei sie eine unausweichliche Pilgerreise, die sie auf sich genommen hatte in jenem Augenblick, als das barfüßige kleine Mädchen die Vorhänge ihres Schlafzimmerfensters zurückgezogen hatte und ihr Königreich sich vor ihren Augen ausbreitete. Ihre Stimmung schlug plötzlich um, und während sich der Bus durch die Straßen der Vorstadt schlängelte, rückte sie unruhig auf ihrem Sitz hin und her, als bereite ihr die seelische Spannung auch körperliche Pein. Sie hatte eine grüne Landschaft erwartet, kleine Kirchen, die über saubere, gartenähnliche Friedhöfe wachten, in denen Eiben standen. So hatten die Friedhöfe ausgesehen, die sie in den Ferien besucht hatte und die ihr fast ebenso lieb gewesen waren wie jener, den sie als ihr Eigentum betrachtete. Es konnte nicht anders sein, als daß auch ihr Vater in solch geheiligtem Frieden ruhte, umzwitschert vom Gesang der Vögel.

Die Stadt Nottingham hatte sich in den letzten zehn Jahren stark ausgebreitet, und Creedon schien nichts weiter als ein verstädtertes Dorf, das ein Ring aus neuerbauten häßlichen Häusern, Tankstellen und Ladenzeilen von der Stadt trennte. Nichts in Nottingham selbst erlebte sie als vertraut, und doch wußte sie, auf dieser Straße war sie schon einmal unterwegs gewesen, und jene frühere Reise war schmerzlich für sie gewesen und voller Ängste.

Als der Bus nach einer halben Stunde im Busbahnhof von Creedon anhielt, wußte sie allerdings sogleich, wo sie war. Die Kneipe zum Hund mit der Pfeife lag noch immer am Rande des staubigen, unratbedeckten kleinen Dorfangers und daneben die überdachte Haltestelle des Busses, und als sie die graffitibedeckten Wände betrachtete, strömten Erinnerungen in sie zurück, als hätten sie schon in ihrem Inneren gewartet.

Hier hatte ihr Vater sie abgeliefert, wenn sie, wie immer an den Sonntagen, ihre Großmutter besuchen sollte. Die ältliche Köchin der Großmutter erwartete sie hier bereits und sie pflegte sich jedesmal noch einmal umzudrehen, um ihrem Vater zu winken, der geduldig dastand und wartete, bis der Bus abfuhr. Hier hatte man sie um 18 Uhr 30 wieder abgegeben, damit er sie abholen konnte. Cranstoun House war der Wohnsitz ihrer Großmutter. Sie selbst war dort zur Welt gekommen, aber nie zu Hause gewesen.

Den Weg brauchte sie nicht zu erfragen. Und als sie fünf Minuten später vor dem Tor stand und das Haus anstarrte, bestürzt und wie verzaubert, brauchte sie auch den Namen nicht zu entziffern, der an dem schäbigen Gittertor hing, an dem ein Schloß baumelte. Es war ein massiger, dunkler Ziegelbau, der hier am Ende des Fußpfades mit falscher und unpassender Großspurigkeit residierte. Zwar schien ihr das Haus kleiner als in ihrer Erinnerung, immer noch aber war es überaus bedrohlich. Wie hatte sie jemals die verzierten, auskragenden Giebel vergessen können, die steilen Dächer, die geheimnisvollen Erkerfenster, den abweisend aufragenden Turm an der Ostseite? Am Tor hatte man mit Draht ein Brett mit der

Anschrift eines Häusermaklers befestigt, und sie erkannte sofort, daß das Haus leer stand. Die Farbe der Haustür blätterte ab, der Rasen stand zu hoch, die Zweige der Rhododendronbüsche waren geknickt, und Unkraut sproß auf dem kiesigen Weg. Hier gab es keinen, der ihr den Weg zum Grab ihres Vaters weisen konnte. Sie wußte, sie würde dies Haus noch einmal betreten müssen, würde noch einmal diese Tür durchschreiten müssen, die sie einzuschüchtern schien. Dieses Haus wußte etwas und mußte es ihr offenbaren, etwas, das auch Sambo gewußt hatte. Ihr nächster Schritt war unausweichlich. Sie würde den Makler finden müssen und ihn um Erlaubnis bitten, das Haus besichtigen zu dürfen.

Den Bus zurück hatte sie versäumt, und als der nächste Nottingham erreichte, war es schon nach drei. Seit dem Frühstück hatte sie nichts gegessen, aber sie fühlte sich viel zu erregt, um auf ihren Hunger zu achten. Sie begriff, daß es ein langer Tag werden würde und daß es vernünftig wäre, etwas zu essen. Sie betrat ein Café und bestellte sich ein Käsebrot und einen Becher Kaffee. Ungeduldig würgte sie die Nahrung hinunter. Der Kaffee war heiß, aber fast ohne Aroma, doch sie hatte keine Ruhe, um auf den Geschmack zu achten. Erst als die heiße Flüssigkeit ihren Gaumen berührte, bemerkte sie, wie nötig sie den Kaffee gebraucht hatte.

Das Mädchen an der Kasse konnte ihr den Weg zum Büro des Häusermaklers erklären. Es schien ihr ein gutes Omen, daß es nur ein paar Schritte vom Café entfernt lag. Ein junger Mann mit markanten Zügen, der in einem eleganten Nadelstreifenanzug steckte, nahm sie in Empfang. Ein einziger geübter Blick auf ihren alten blauen Tweedmantel und die billige Plastikreisetasche ordnete sie, in seinen Augen, jenen Kunden zu, die er kannte und von denen nichts zu erwarten war, weshalb man sich auch mit ihnen keine große Mühe zu machen brauchte.

Dennoch suchte er die nötigen Angaben für sie heraus, und als er beobachtete, wie sie nur einen Blick darauf warf und sie dann in ihre Tasche steckte, wurde er neugierig. Ihr Ansinnen, das Haus noch diesen Nachmittag zu besichtigen, stieß, wie sie es erwartet hatte, auf Höflichkeit, nicht aber auf Begeisterung. In solchen Sachen kannte sie sich aus, und sie verstand sogleich, daß das Haus unbewohnt war. Das verlangte nach einer Begleitperson. Nichts an ihrer anständigen, aber ärmlichen Kleidung ließ Hoffnung aufkommen, daß sie ein potentieller Käufer sei. Als er sich kurz bei ihr entschuldigte, um sich mit einem Kollegen zu beraten, und als er zurückkam und sagte, er selbst würde sie nach Creedon fahren, verstand sie auch das sogleich: Es gab im Augenblick wenig zu tun im Büro, und man hielt es für günstig, daß jemand auf dem Anwesen nach dem Rechten sah.

Auf der Fahrt sprach keiner der beiden ein Wort. Als sie Creedon erreichten und in den Fußpfad einbogen, der zum Haus führte, kehrten ihre unbestimmten Angstgefühle wieder, wie beim ersten Besuch, nur womöglich tiefer und deutlicher. Es war nicht nur die Erinnerung an altes Elend, das in ihr emporstieg. Sie fühlte das Leid eines Kindes, durchlebte jene Furcht noch einmal, jedoch intensiver und grauenvoller diesmal, da die bösen Ahnungen der erwachsenen Frau, die sie nun war, sich dazumischten. Der junge Mann stellte seinen Wagen auf dem Grasstreifen ab, und als sie hinaufschaute zu den blinden Fenstern, überfiel sie das Entsetzen wie ein Krampf, so daß sie für einen Augenblick weder sprechen noch sich bewegen konnte. Es war ihr bewußt, daß der Mann die Autotüre für sie aufhielt, sie roch den Bierdunst seines Atems, sah sein Gesicht, unangenehm nahe, als er sich über sie beugte und sie ungeduldig ansah. Sie wollte ihm sagen, sie habe es sich anders überlegt, das Haus sei keinesfalls das richtige für sie, es habe keinen Sinn, es anzusehen, sie werde im Wagen auf ihn warten. Aber sie zwang sich aus dem warmen Sitz und kroch aus dem Auto, verfolgt von seinen verächtlichen Blicken. Sie haßte sich selbst für ihre Schwerfälligkeit. Schweigend wartete sie neben ihm, als er das Vorhängeschloß aufsperrte und das Tor aufschob.

Nebeneinander überquerten sie den verwilderten Rasen und näherten sich, an den wuchernden Rhododendren vorbei, der Haustür. Plötzlich fühlte sie, wie das Geräusch ihrer Schritte auf dem Kies sich veränderte, und sie wußte, daß sie neben ihrem Vater herging, wie als Kind. Sie brauchte nur die Hand auszustrecken, um seine

Hand zu fassen. Ihr Begleiter sagte etwas über das Haus, aber sie hörte ihm nicht zu. Die belanglosen Worte verstummten, und sie vernahm eine andere Stimme, die Stimme ihres Vaters, die sie zehn Jahre nicht mehr gehört hatte.

»Es ist ja nicht für immer, Liebling. Nur solange, bis ich Arbeit gefunden habe. Und ich besuch' dich jeden Sonntag zum Essen. Wir können dann spazierengehen und zusammen herumstrolchen, nur wir beide. Oma hat mir das versprochen. Und ich kauf' dir ein Kätzchen. Ich bring es mit, nächstes Wochenende. Ich weiß genau, Oma wird nichts dagegen haben, wenn sie das Tierchen erstmal gesehen hat. Ein schwarzer Kater. Du hast doch immer ein schwarzes Kätzchen gewollt. Wie sollen wir ihn nennen? Den kleinen schwarzen Sambo? Er wird dich an mich erinnern. Und dann, wenn ich Arbeit gefunden habe, kann ich uns ein kleines Häuschen mieten, und wir sind wieder zusammen, und ich sorge für dich, mein Liebling. Wir sorgen füreinander.«

Sie wagte nicht die Augen zu heben, vielleicht würde sie vor sich noch einmal seine verzweifelten, bittenden Augen sehen, Augen, die sie anflehten, Verständnis zu haben, ihm keine Schwierigkeiten zu machen, ihn nicht zu verachten. Damals hätte sie ihm helfen sollen, das wußte sie nun, sie hätte ihm sagen sollen, sie verstehe ihn, es mache ihr nichts aus, für einen Monat oder länger bei Oma zu wohnen, alles würde gut werden. Es war ihr nicht gelungen, so erwachsen zu reagieren. Noch einmal sah sie sich selbst in Tränen aufgelöst, wie sie sich verzweifelt an Vaters Mantel klammerte, sah Omas Köchin, die sie mit schmalen Lippen von ihrem Vater fortzerrte und sie hinauftrug ins Bett. Ihre letzte Erinnerung war, wie sie ihm nachsah, aus dem Fenster ihres Zimmers über der überdachten Terrasse: seine vor Niedergeschlagenheit zusammengesunkene Gestalt und wie er den Fußpfad entlangging zur Busstation.

Vor der Haustür hob sie den Blick. Das Fenster war noch immer dort oben. Natürlich, sie kannte jedes Zimmer in diesem dunklen Haus.

Der Garten lag in weiches Oktobersonnenlicht getaucht, sie aber fühlte sich kalt und trübe. Die schwere

Mahagonitreppe führte sie aus der Dämmerung hinein in die seltsame Dunkelheit des Hauses, die sich über sie legte wie ein Leichentuch. Der Makler tastete nach einem Lichtschalter an der Wand entlang. Sie aber wartete nicht auf ihn. Wieder fühlte sie den riesigen Messingtürknauf unter den Fingern, den ihre Kinderhände kaum hatten umfassen können, und zielstrebig betrat sie das Wohnzimmer.

Der Raum roch anders. Damals hing immer ein leichter Veilchenduft in der Luft, vermischt mit dem Geruch von Möbelpolitur. Nun aber roch die Luft kalt und feucht. Sie stand in der Dunkelheit, zitternd, aber ganz ruhig. Es war ihr, als hätte sie die Schranke der Furcht durchbrochen, wie ein Folteropfer durch den Schmerz bricht und eine Art Frieden findet. Sie fühlte die Schulter des Mannes an ihr vorbeistreichen, als er zum Fenster trat und die schweren Vorhänge zur Seite zog.

Er sagte: »Die letzten Besitzer haben einen Teil der Möbel hinterlassen. So wirkt es besser, es ist leichter, ein Haus zu verkaufen, wenn es bewohnt aussieht.«

»Gab es Angebote?«

»Noch nicht. Es liegt nicht jedem, bißchen groß für eine moderne Familie. Und dann der Mord. Schon zehn Jahre her, aber die Nachbarn sprechen noch immer davon. Viermal hat das Haus seit damals den Besitzer gewechselt, keiner blieb lange. Sowas drückt die Preise. 'nen Mord kann man eben nicht so einfach verheimlichen.«

Seine Stimme klang beiläufig, aber er ließ ihr Gesicht nicht eine Sekunde aus den Augen. Er trat zum leeren Kamin, legte einen Arm auf den Sims und folgte ihr mit den Augen, während sie wie in Trance im Zimmer herumging.

Sie hörte sich fragen: »Was für ein Mord?«

»Eine vierundsechzigjährige Frau. Tot geschlagen von ihrem Schwiegersohn. Die alte Köchin kam hinten aus der Küche herbeigelaufen und sah ihn stehen mit dem Schürhaken in der Hand... Wenn man sich's recht überlegt, konnte es einer von denen hier sein...«

Er nickte den verschiedenen Kaminbestecken zu, die am Rost lehnten. Er sagte: »Genau da, wo sie jetzt stehen, ist es passiert. Genau auf diesem Stuhl hat sie gesessen.«

Sie sagte mit einer Stimme, die so rauh war und streng, daß sie sie selbst nicht wieder erkannte. »Nicht dieser Stuhl war es. Der war größer. Ihr Stuhl hatte ein besticktes Sitzkissen und eine bestickte Lehne, und Häkeldeckchen lagen auf den Armpolstern, und er hatte Füße mit Löwenpfoten.«

Er musterte sie scharf, dann lachte er unsicher. Seine wachsamen Augen versuchten sie zu ergründen und veränderten sich dann. War es Verachtung, die sie jetzt in seinem Blick las?

»Ach so, Sie wissen davon. Sie sind eine von denen.«

»Eine von denen?«

»Leute, die gar kein Haus wollen, die sich so ein großes gar nicht leisten können, die nur einen Kitzel wollen, sehen wollen, wo's passiert ist. Mir sind in dem Gewerbe schon einige solche Leute untergekommen, aber gewöhnlich erkenne ich sie rasch. Kann Ihnen all die blutigen Details runterbeten, wenn Sie das interessiert. Nicht, daß es viel Blut gegeben hätte. Der Schädel wurde zertrümmert, aber die Blutungen waren mehr innerlich. Sie sagen, es gab nur ein kleines Rinnsal, das über ihre Stirn lief und auf ihre Hände tropfte.«

Er sagte dies alles ganz kalt, und sie begriff, daß er es schon öfter gesagt hatte, daß er es genoß, die grauenvollen Details aufzuzählen, um seine Kunden zu unterhalten und um die Langeweile seiner eigenen Tage zu mildern. Wenn ihr nur nicht so kalt gewesen wäre! Wenn sie nur wieder warm hätte werden können, und wenn ihre Stimme doch nur nicht so merkwürdig geklungen hätte! Mit trockenen und geschwollenen Lippen sagte sie: »Und das Kätzchen? Erzählen Sie nur von dem Kätzchen.«

»Also das war was! Das grenzte an Horror, wenn Sie es so nennen wollen. Das Kätzchen saß auf ihrem Schoß und leckte das Blut auf. Aber das wissen Sie sicher schon. Sie haben schon davon gehört.«

»Ja«, log sie. »Ich habe davon gehört.«

Aber es war mehr als das. Sie wußte es. Sie hatte es gesehen. Sie war dabei gewesen.

Und da veränderte sich das Aussehen des Stuhles. Ein amorpher schwarzer Umriß schwamm vor ihren Augen und festigte und formte sich immer mehr. Da saß ihre

Großmutter, hockte breit wie eine Kröte in ihrem schwarzen Sonntagsstaat, angezogen für die Frühmesse, mit Handschuhen und Hut, das Gebetbuch auf ihrem Schoß. Sie sah die Schleimblasen in ihren Mundwinkeln, die geplatzten Äderchen über den Flügeln ihrer scharfen Nase. Die alte Frau wartete darauf, ihr Enkelkind zu inspizieren, ehe es zur Kirche mitgenommen wurde, und betrachtete es mit quengeliger Unzufriedenheit. Da hockte sie, die Hexe. Die Hexe, die das kleine Mädchen haßte und die auch ihren Vater haßte. Die Hexe, die ihr sagte, wie nutzlos und schwach sie sei, wie sehr sie ihrem Vater gliche, dem Mörder ihrer Mutter. Die Hexe, die drohte, Sambo töten zu lassen, weil er ihren Lehnstuhl zerrissen hatte, weil er ein Geschenk von Papa war. Die Hexe, die sie für immer von Daddy trennen wollte.

Und dann sah sie etwas anderes. Der Schürhaken lag dort, lag noch immer dort, so, wie sie ihn in Erinnerung hatte, eine lange Röhre aus poliertem Messing mit einem schweren Knauf.

Sie packte ihn, wie sie ihn damals gepackt hatte, und ließ ihn mit einem hohen Heulen des Hasses und der Angst auf den Kopf der Großmutter niedersausen. Wieder und wieder schlug sie zu, hörte das Metall auf das Leder prallen, Schlag auf Schlag. Und sie schrie noch immer. Der ganze Raum hallte wider vor Entsetzen. Erst als der wahnsinnige Rausch verebbte und das fürchterliche Geräusch verstummte, erkannte sie am Schmerz in ihrer Kehle, daß sie selbst es war, die geschrien hatte.

Da stand sie bebend und rang nach Atem. Schweißperlen standen auf ihrer Stirn und rannen beißend in ihre Augen. Als sie aufsah, bemerkte sie die Augen des Mannes, die ihr, vor Entsetzen geweitet, entgegenstarrten. Dann bemerkte sie, daß er Flüche murmelte, und hörte ihn zur Tür stürzen. Der Schürhaken entglitt ihren feuchten Händen, und sie hörte ihn leise auf den Teppich aufschlagen.

Er hatte recht gehabt, es gab kein Blut. Einzig der groteske Hut war über das Gesicht der Toten gerutscht. Aber sie sah, wie ein träges dunkelrotes Band unter der Krempe hervorkroch, über die Stirne rann, die Falten der Wangen füllte und in schweren Tropfen auf die behandschuhten Hände niederfiel. Und dann hörte sie das leise Miauen. Ein schwarzer Fellball kam hinter dem Stuhl hervor, und Sambos Geist, mit azurblauen Augen sprang wie damals vor zehn Jahren geschickt in den reglosen Schoß.

Sie betrachtete ihre Hände. Wo waren ihre Handschuhe, die weißen Baumwollhandschuhe, die sie auf Befehl der Hexe immer zur Kirche trug? Aber ihre Hände waren nicht mehr die Hände eines neunjährigen Kindes, sie waren nackt, und der Stuhl war leer. Nichts als das aufgeplatzte Leder, aus dem die Roßhaarfüllung quoll, und ein schwacher Duft nach Veilchen, der sich in der stillen Luft verlor.

Sie trat aus der Tür, ohne sie hinter sich zu schließen, so wie sie es damals getan hatte. Sie ging wie damals mit unbefleckten Handschuhen auf dem Kiesweg zwischen den Rhododendren entlang, durchs Eisentor hindurch und den Fußweg hinunter zur Kirche. Gerade erst hatten die Glocken zu läuten begonnen, sie war sehr pünktlich. Aus den Augenwinkeln heraus hatte sie ihren Vater erspäht, der von der Gemeindewiese her zum Fußweg hinaufkletterte. Also mußte er schon vor dem Frühstück losgegangen und zu Fuß nach Creedon gelangt sein. Und warum so früh? War das ein kläglicher Versuch gewesen, die Hexe zu erweichen, in dem er sich anbot, mit ihr zur Kirche zu gehen? Oder war er – wunderbarer Gedanke – gekommen, um sie heimzuholen, um sich darum zu kümmern, daß ihre wenigen Habseligkeiten gepackt und bereit wären bis zum Ende der Messe? Ja, das hatte sie damals gedacht, nun fiel es ihr ein. Ihre Hoffnung erhob sich jubelnd wie ein Springbrunnen und trug tanzend die selige Gewißheit: Wenn sie nach Hause käme, wäre alles gepackt und fertig. Aufrecht würden sie nebeneinander vor der Hexe stehen und sie besiegen, würden ihr sagen, daß sie nun gemeinsam weggingen, Vater und Tochter und natürlich Sambo und daß sie nie mehr wiederkämen. Am Ende des Weges sah sie sich noch einmal um, und zum letzten Mal gewahrte sie den geliebten Geist, wie er über den Weg auf das Haus zu schritt, auf die schicksalhaft offene Tür.

Und danach? Die Vision begann zu verblassen. Nichts wollte ihr mehr einfallen von der Messe, außer den rot und blau glänzenden Lichtern, die sich wie in einem Kaleidoskop verschoben und schließlich zusammenschmolzen zu dem bunten Glasfenster, das den guten Hirten zeigte, das Lämmchen an die Brust gedrückt. Und danach? Gewiß hatten fremde Leute sie auf der Pergola erwartet, hatten mit ernsten, besorgten Gesichtern geflüstert und sich heimliche Blicke zugeworfen. Vielleicht war da eine Frau gewesen in einer Art Uniform, ein Polizeiwagen. Und dann? Nichts. Ihr Gedächtnis war leer.

Nun aber wußte sie, wo ihr Vater begraben lag, und sie wußte, warum sie es niemals über sich brächte, ihn zu besuchen. Die fromme Pilgerreise zu seinem Grab konnte sie niemals antreten, lag er doch ihretwegen dort, wo er lag, an jenem schändlichen Ort, an dem man ihn verscharrt hatte. Dort konnte es keine Blumen geben, keinen Obelisk, keine liebevolle Inschrift in Marmor gemeißelt. All das gab es nicht für jene, die in gelöschtem Kalk lagen hinter Gefängnismauern. Und dann, gnadenlos, stieg die letzte Erinnerung in ihr auf. Wieder sah sie die offene Kirchentür, die Messebesucher, die sich langsam sammelten, die fragenden Gesichter, die sich ihr zuwandten, als sie allein über die Schwelle trat. Sie hörte sie wieder, die hohe kindliche Stimme, die Worte sprach, Worte, die ihm den Hanfstrick um den Hals gelegt, das Leichentuch über den Kopf gezogen hatten.

»Oma? Sie fühlt sich nicht besonders. Sie hat mich allein losgeschickt. Nein, kein Grund zur Sorge. Es geht ihr gut. Papa ist bei ihr.«

Ruth McKenney
Der fesche Johnny Brown

Ich habe mir nie viel aus ›Der Widerspenstigen Zähmung‹ gemacht – bei dem Stück sträuben sich mir sämtliche Nackenhaare –, aber meine Schwester Eileen und ich wählten uns schon früh folgende Zeilen daraus zum Lebensmotto:

> Der Wind, der durch die Welt die Jugend treibt,
> Sich Glück woanders als daheim zu suchen,
> Wo uns Erfahrung spärlich reift. . . .

Unser Vater hingegen hatte etwas gegen Dick Whittington, Shakespeare, Boswell, Rabelais, Kardinal Wolsey, James Thurber und andere (schmierige, leicht erregbare, derbe, leidenschaftliche, idealistische oder andere) Abenteurer, die den stillen Staub der Heimat verließen, um den schrillen Lockungen von London, Paris, New York City und ähnlichen Lasterhöhlen zu erliegen. Vater hat sein ganzes Leben in Cleveland, Ohio, verbracht und ist froh darüber. Eileen und ich jedoch hatten unseren funkelnden Adlerblick bereits in den Jahren, die wir uns auf der Mittelschule vertrieben, auf das ferne New York gerichtet. Wir betrachteten Ohio lediglich als Vorstufe, Übungsplatz und zweite Wahl. Wir beschlossen schon so früh, unser Glück in New York zu versuchen, daß ich mich nicht einmal mehr genau erinnern kann, warum. Niemand sonst in der Familie war je auf eine solche Idee gekommen. Die Flannigans und die McKenneys haben ihr behagliches Heim noch immer in Ohio. Eileen und mich verschlug es als einzige unseres ganzen Stammes in die Fremde.

»Was paßt euch denn nicht an Ohio?« fragte Vater. Vater war nie ein sonderlich emotionaler Mann gewesen, aber es ärgerte ihn, daß ausgerechnet *seine* Töchter davon sprachen, nach New York zu gehen. Er hielt eine einfache Fahrkarte von Cleveland nach New York City für dekadent, irgendwie dubios und unamerikanisch. Er betrachtete sie als Rückschritt; sie war gegen die Idee der ersten Siedler, gegen Daniel Boone, gegen die Planwagen. Kalifornien – das hätte er ja noch verstanden. Aber New York!

»Viel zuviel Gesindel in New York«, sagte Vater. »Und was wollt ihr denn dort? Zigaretten rauchen, Schnaps trinken, Charleston tanzen?«

Eileen und ich rümpften die Nase. Wir hatten zwar nicht viel Ahnung, was die Leute auf jenem hochaufragenden Eiland Manhattan taten, aber jedenfalls waren wir überzeugt davon, daß New York uns eine größere, prächtigere, schönere Welt bieten würde als Cleveland.

»Das ist alles nur Gerede, Gerede, Gerede«, sagte mein Vater. »Denkt an meine Worte. Ihr Mädchen landet am Schluß ja doch wieder hier im guten alten Cleveland.«

Wir lachten. Vater stimmte gegen Al Smith, um seine politische Position klarzumachen.

Doch ein Jahr nach dem anderen verging. Eileen und ich wurden allmählich erwachsen. Wir wurden achtzehn, neunzehn, zwanzig; und nichts passierte, jedenfalls nichts Wichtiges. Nachdem ich mich an der Ohio State University ein bißchen mit Kultur befaßt hatte, fing ich als Zeitungsreporterin zu arbeiten an.

Eileen dagegen brachte es zu einem gewaltigen Diamantring, ihrem Bild auf der Gesellschaftsseite des ›Plain Dealer‹ und einem jungen Mann namens Robert (Bidgie) Thomaston III., Princeton Jahrgang '31, Erbe eines Stahlimperiums und reicher Müßiggänger in Cleveland.

»Das ist alles nur vorläufig«, sagte mir Eileen tapfer.

Bei mir war auch alles nur vorläufig. Ich wühlte mich durch Mordfälle, Krawalle, Streiks, Schlangen vor den Lebensmittelgeschäften, Wahlkampagnen, Marathontänze, Buchstabierwettbewerbe und ähnliches. Alles sehr banal. Schließlich wurde ich zu »Ohios bester Zeitungsreporterin« gewählt. Mein Arbeitgeber widmete diesem Anlaß eine Schlagzeile auf der Titelseite: JUNGE REPORTERIN (21) HOLT SICH BEGEHRTEN PREIS. Darunter war ein stark retuschiertes Bild von mir zu sehen, auf dem ich schüchtern auf meine Zinnplakette deutete.

Vater kam auf dem schnellsten Weg von Cleveland.

Seine Augen glänzten. »Ich hab's doch immer gewußt, daß du's schaffst!« sagte er. »Da wird Mrs. Griffin Augen machen!«

Mrs. Griffin war die Kassandra von East Cleveland. Sie wohnte gegenüber von uns und hatte Eileen und mir immer eine furchtbare Zukunft prophezeit.

Und außerdem würden Eileen und Bidgie im Oktober heiraten, berichtete mein Vater mit selbstgefälliger Stimme. Mr. Thomaston, der Stahlkönig (na ja, zumindest Herzog), wollte dem glücklichen jungen Paar ein komplett eingerichtetes Haus schenken. »Vier Bäder, geflieste Einbaudusche«, sagte Vater nicht ohne Befriedigung. »Mrs. Griffin kann's kaum fassen.«

Eine Woche später nahmen Eileen und ich den Greyhound Bus nach New York. Wir verdarben Vater zwar nur ungern seinen unschuldigen Triumph, aber andererseits konnten wir es uns auch nicht verkneifen, Mrs. Griffin eins auszuwischen. Vier Bäder! Geflieste Einbaudusche! Zinnplaketten! Ohios beste Zeitungsreporterin! Noch weitere sechs Monate – oder auch nur sechs Wochen – und Eileen und ich würden auf ewig in Ohio festsitzen. Jetzt oder nie; wer nicht wagt, der nicht gewinnt. Ich war einundzwanzig, Eileen zwanzig; und wir wurden immer älter. »Auf die Gäule!« sagte Eileen und versuchte dabei, unbekümmert zu klingen.

Ehrlich gesagt machten wir uns vor Angst fast in die Hose. Wir kamen in New York an und hatten keinen Job, keine Diamantringe, keine Zukunftsaussichten, keinen Platz zum Schlafen, keinen Freund weit und breit und zusammen nur einundfünfzig Dollar achtundsiebzig Cents. Wir steckten mitten in der Weltwirtschaftskrise, und Vater sagte uns, wir sollten uns gar nicht erst die Mühe machen, ihn telegrafisch um Geld zu bitten, sondern einfach per Anhalter zurück nach Cleveland kommen – oder zu Fuß gehen.

Die ersten vier Tage in New York waren hektisch. Ich sprach bei den Redaktionen von allen New Yorker Zeitungen vor, aber niemand schien Zeit zu haben. Am vierten Tag ging ich noch einmal zur ›New York Post‹. Der Empfangsmensch residierte in einem kleinen, stickigen Vorzimmer. »Sie schon wieder«, sagte er. Er erklärte mir außerdem, daß Mr. Bixbee, der Leiter der Lokalredaktion, Reporterinnen nicht mochte und deshalb auf gar keinen Fall einstellte, noch dazu wenn sie nicht einmal aus der Stadt waren.

»Tatsächlich?« Allmählich baute ich eine Abneigung gegen diese Jungs am Empfang auf. Die waren sich wohl zu fein für unsereins.

»Ich nehme an, Sie haben nichts dagegen«, sagte ich mit eisiger Stimme, »wenn ich warte – bis Mr. Bixbee Zeit hat, sich meine Mappe anzuschauen?« Bei der »Mappe« handelte es sich um einen Hefter mit aufgeklebten Zeitungsausschnitten; ich hatte meine preisgekrönten Meisterwerke aus Ohio griffbereit in meiner Tasche verstaut.

»Nur zu«, antwortete der Empfangsmensch. »Warten Sie nur, warten Sie ruhig. Aber haben Sie denn nichts Besseres zu tun? Oder regnet's draußen etwa?«

Ich hielt es für unter meiner Würde, auf eine solche Frechheit zu antworten. An einer Wand des Vorzimmers war eine lange Bank angebracht. Ich nahm darauf Platz. Rechts von mir saß ein Herr, der vielleicht nicht ganz sauber gewaschen, dafür aber höchst eifrig war. Er zeigte mir seine Pläne für eine weltweite Autobahn zur Beendigung aller Kriege und Wirtschaftskrisen – vierspuriger Gußbeton, Schwimmasten über den Pazifik und Atlantik.

»Statt ihr Geld für Kriegsschiffe und Waffen zu verwenden, werden die Nationen alle zusammenarbeiten und eine riesige Allee durch alle Länder bauen. Die Leute werden darauf um die Welt fahren und einander wohlgesonnen sein. Das Projekt wird so viele Arbeitsplätze schaffen, daß ...«

Zu meiner Linken saß ein Prophet aus der guten alten Zeit. Er hatte einen langen Zottelbart und trug ein Gewand aus Sackleinen und dazu Tennisschuhe. »Der Herr wird kommen«, vertraute er mir an. »Ich gebe diese Information als Exklusivbericht an Mr. Bixbee. Er ist ein Freund von mir. Es passiert entweder am 17. Oktober oder am 5. Februar nächsten Jahres. Wir müssen abwarten.«

Ich sah auf die Uhr: neun Uhr vierunddreißig. Um neun Uhr vierzig kam mir das Vorzimmer schon um etliches stickiger vor. Um elf nach zehn war ich mir ganz sicher: Es war der Prophet. Zweifelsohne wartete er auf den Jüngsten Tag, um von all seinen Sünden reingewaschen zu werden. Wieso sich um Nebensächlichkeiten kümmern, wenn das letzte Stündlein immer näher rückte?

Ich beschloß, den Sitzplatz zu wechseln. Am anderen Ende der Bank machte mir ein großer, dunkelhaariger Mann mit Hakennase, auffälligem Anzug und blitzblank polierten brauen Schuhen widerwillig Platz.Um fünf nach elf sprach er den Knaben vom Empfang mit rauher, unhöflicher Stimme an. Er krächzte etwas. »Hey, du da drüben! Hast du diesem Hohlkopf Bixbee gesagt, daß ich warte?«

»Klar, mein Lieber.« Der Empfangsmensch pfiff vergnügt vor sich hin.

»Hast du ihm gesagt, John Brown ist da?«

»Na klar!« trällerte es fröhlich zurück.

Mr. Brown beruhigte sich wieder.

Um elf Uhr fünfundfünfzig ging der Empfangsmensch zum Mittagessen.

Genau um zwölf Uhr stand Mr. Brown auf. Sein Gesicht war mit hektischen Flecken übersät – Wut, fürchtete ich. Er erinnerte mich an ein paar Gangster in Ohio, die ich einmal bei einem Marathontanz kennengelernt hatte. New York war tatsächlich ein einziger großer Schmelztiegel.

»Sie da«, sagte Mr. Brown und fixierte mich dabei plötzlich mit seinen dunklen Augen. »Wollen Sie zu diesem Bixbee?«

Ich wurde rot. »Nun ja, wenn Mr. Bixbee zufällig Zeit hat, hoffe ich –«

Mr. Brown holte ein Stück Papier aus einer schmucken braunen Brieftasche und schrieb mit sorgfältiger Schrift darauf: *106-A Greene Street, zweimal läuten, Jersey City.*

»Da. Sagen Sie diesem Spaßvogel Bixbee, ich geb' ihm bis heut' abend Zeit. Verstanden? Und dann verkauf' ich die Story ans Fernsehen. Was denkt sich dieser Bixbee eigentlich? Daß ich meine Zeit gestohlen hab'?«

»Ja, aber was ist, wenn ich nicht –«

Mr. Brown, ein ziemlich dynamischer Mensch, drehte sich auf dem polierten Absatz um und marschierte zur Tür hinaus.

Ich zuckte mit den Achseln. Wahrscheinlich hielt Mr. Brown sich für Napoleon und wollte Mr. Bixbee diese Neuigkeit als erstem zukommen lassen – natürlich gegen ein gewisses Entgelt. Oder vielleicht hatte Mr. Brown auch etwas erfunden, obwohl er eigentlich nicht wie ein Erfinder aussah.

Die Zeit schleppte sich dahin. Der Knabe vom Empfang kam vom Mittagessen zurück. Der Prophet packte einen vegetarischen Imbiß aus und machte sich darüber her; der Mann, der allen Kriegen den Garaus machen wollte, und ich achteten nicht darauf. Eileen und ich waren, was das Mittagessen anging, auf Diät. Und so wie die Sache aussah, würden wir ab etwa Montag auch zum Abendessen auf Diät sein.

Um vierzehn Uhr einundvierzig klingelte das Telefon auf dem Schreibtisch des Empfangsmenschen. Der Prophet, der Kriegsbeender und ich gingen in Habachtstellung. Der Mann vom Empfang hörte zu und antwortete dann mit weinerlicher Stimme: »Das habe ich ihr schon gesagt, Mr. Bixbee ... Ja, Mr. Bixbee ... Ich weiß, Mr. Bixbee ... Ich habe versucht, sie loszuwerden, Mr. Bixbee, aber sie – «

Er knallte den Hörer auf die Gabel und deutete auf mich. »Fünf Minuten. Job ist nicht. Kapiert?«

Fünf Minuten! Mein Herz machte vor Freude einen Sprung. Es war mir egal, was der Empfangsknabe sagte; sobald Mr. Bixbee meinen preisgekrönten Artikel sah, wäre er hoffentlich überwältigt. WAISE (9) VERHUNGERT, OMA (82) WANDERT WEGEN KOHLENDIEBSTAHL INS GEFÄNGNIS. Oder vielleicht interessierte Mr. Bixbee sich mehr für meinen Knüller auf der Titelseite: BANDENGEMETZEL VERSETZT DORF IN ANGST UND SCHRECKEN. Eine nette Geschichte. Vielleicht las Mr. Bixbee schnell, so daß ich ihm beide Artikel zeigen konnte.

Ich ging den Flur der ›Post‹-Lokalredaktion hinunter und wog dabei Waisen gegen Gangster auf. Die Redaktion erschien mir riesig (ungefähr zehnmal so groß wie die von Ohio), und neugierige Blicke folgten mir, während ich so etwas wie meinen ganz persönlichen Kreuzweg hinter mich brachte. Ich stotterte innerlich schon lange, bevor Mr. Bixbee mich nach Namen und Alter fragte.

Mr. Bixbee, ein kultivierter, gutaussehender Mann, lehnte sich in seinen Drehstuhl zurück. Er war nicht wie die Leiter der Lokalredaktionen daheim in Ohio. Er hatte saubere Fingernägel. Er sah aus wie ein Mann von Welt. Er wirkte gelangweilt, entspannt, lässig, ja sogar ein wenig blasiert.

Zu Mr. Bixbees Gespräch mit der Zeitungsreporterin aus der Provinz hatte sich ein ansehnliches Publikum eingefunden. Gelangweilt wirkende Männer mit gebügelten Hosen und ohne Ringe unter den Augen lehnten belustigt an Schreibtischen oder posierten anmutig hinter ihren Schreibmaschinen. In Ohio waren die Zeitungsleute verknitterter und wacher.

Mr. Bixbee winkte ab, als ich ihm meine Ausschnitte zeigen wollte. Er machte sich nichts aus »Waise verhungert, Oma wandert ins Gefängnis«, und er lächelte kühl, als ich das »Bandengemetzel« vorschlug.

»Nennen Sie mir einen einzigen guten Grund, warum ich eine Einundzwanzigjährige anheuern soll, die gerade erst am Montag nach New York gekommen ist. Fassen Sie sich kurz. Und schweifen Sie nicht vom Thema ab.«

Ich schluckte. »Na ja, ich – «

»Sprechen Sie lauter!«

»Ja, Sir.«

Jemand rechts neben Mr. Bixbee kicherte.

Ich atmete tief durch. »Ich bin zur besten Zeitungsreporterin von Ohio für das Jahr '34 gewählt worden.«

Offenbar hatte man in der Lokalredaktion der ›Post‹ noch nie einen delikateren Witz gehört. Die Leute lachten und lachten. Mr. Bixbee mußte sich die Tränen aus den Augen wischen. Von den Redaktionstischen stürzten weitere Angestellte herbei, um auch etwas von dem Spaß mitzubekommen.

Ich bedauerte schon, nicht wie Charlotte Corday ein Messer mitgebracht zu haben. »Vielen Dank«, sagte ich mit bitterer Stimme und wollte wieder auf den Flur gehen. Ich dachte daran zu rennen, entschied mich dann aber dagegen.

Mr. Bixbee rief mich zurück. Er entschuldigte sich. Er

sagte, es tue ihm leid, daß er gelacht habe. Das sei unhöflich gewesen. Er könne mich nicht beschäftigen, weil ich nichts über New York wisse. Ich wäre ihm keine große Hilfe. Wahrscheinlich würde ich nicht einmal nach Brooklyn finden.

»Das könnte ich auf dem Stadtplan nachschauen.«

Mr. Bixbee sagte, freilich, aber das sei nicht so, wie wenn man Brooklyn wirklich im Blut habe. Dann gab er sich väterlich. Es sei nicht nur eine Frage der Geografie. Ich sei auch zu jung. Ich hätte keine Großstadterfahrung. »Wissen Sie was? Ich stelle Ihnen eine Aufgabe. Wenn Sie diese Aufgabe schaffen, stelle ich Sie ein. Wenn nicht, versprechen Sie mir, daß Sie den ersten Zug zurück nach Ohio nehmen.«

»Gut«, sagte ich eifrig, »ich wette, ich kann jede – «

Ich hörte die Heiterkeit zu meiner Linken und Rechten.

»Freddie!« rief Mr. Bixbee und versuchte dabei selbst, ernst zu bleiben. »Gib ihr die Sache mit Molliati.«

Ich sah, wie einige der Anwesenden den Kopf schüttelten. Manche von ihnen machten keinen Hehl aus ihrem Mitleid für mich; sie waren der Meinung, daß Mr. Bixbee den Spaß zu weit trieb.

»Eingebildete Lackaffen!« knurrte ich. Ich hatte inzwischen jegliche Hoffnung aufgegeben, und es war mir egal, was Mr. Bixbee von mir dachte.

Mr. Bixbee schien ein wenig pikiert. »Nein. Die Chance ist tausend zu eins. Aber die Chance, daß ich jemals Ohios beste Zeitungsreporterin anheuere, ist auch tausend zu eins. Das gleicht sich irgendwo aus.«

Ich marschierte zu Freddies Schreibtisch hinüber, die Nase hoch in der Luft und das Gesicht tiefrot.

Freddie, der stellvertretende Leiter der Lokalredaktion, schilderte mir die Geschichte in knappen Worten. Am Montag, also dem Tag, an dem Eileen und ich in New York angekommen waren – was für ein Zufall –, hatte ein Mann, oder besser gesagt eine Stimme, mit dem Namen Molliati Mr. Bixbee angerufen und ihm angeboten, ihm eine Story über einen Gangsterring zu verkaufen.

»Hört sich ziemlich heiß an«, sagte Freddie. »Mr. Bixbee sitzt seinen Leuten seitdem im Nacken. Ich hab' gestern vier Männer deswegen rausgeschickt. Wir hätten diesen Molliati irgendwo in einer Spelunke in Jersey City treffen sollen – ein Riesenzirkus von wegen Gardenien im Knopfloch, Signalen, und Molliati würde unserem Mann zum Treffpunkt folgen. Entweder haben wir irgendwas übersehen, oder die ganze Sache ist eine Ente. Ich persönlich glaube ja, daß uns Benny Stevens von der West/Forty-seventh Street-Redaktion den Streich gespielt hat. Er hält sich nämlich für witzig. Andererseits könnte es wirklich einen Gangsterring in Brooklyn geben, und vielleicht haben sie beschlossen, unseren Freund Molliati als Zielscheibe zu benutzen. Wer weiß?«

Freddie schien es ziemlich egal zu sein, ob Molliati tot oder lebendig war. Er warf mir eine Notiz des ›Post‹-Berichterstatters von der Centre Street zu. Offenbar gab es in den Akten der Polizei tatsächlich einen Molliati. Er wurde wegen mehrerer Kleinigkeiten gesucht: Er hatte während eines Streiks der chemischen Reinigung Säure auf die Mangeln geschüttet und Tomaten und Tomatenstände zerquetscht, um den Straßenhandel zu »organisieren« – solche und ähnliche Sachen.

Die Beschreibung, die der Reporter von Mr. Molliati gab, überraschte mich nicht sonderlich. Die Worte »Jersey City« klangen mir noch im Ohr. So, so, Molliati, der Beau von Jersey City.

Der Berichterstatter von der Centre Street schrieb, Mr. Molliati sei groß, habe dunkle Haut, dunkle Haare und eine römische Nase. Manchmal benutze er den Decknamen John Brown; der Polizeireporter konnte sich nicht denken, warum. Er trug schicke Kleider (wenn er nicht gerade irgend etwas zerquetschte oder Säure verschüttete) und hatte eine Schwäche für blitzblank polierte braune Schuhe, denen er hin und wieder mit einem sauberen weißen Taschentuch den letzten Glanz verlieh. In der Notiz hieß es weiter: »Hat als Schuhputzer angefangen, ist in Besserungsanstalten aufgewachsen und hat einmal in Sing Sing eingesessen. Schlechter Charakter. Von den Kumpanen in Brooklyn nicht geliebt. Möglicherweise hat ein verärgerter Bekannter von Molliati in der Redaktion angerufen, um ihn bei seinen Brötchengebern in Brooklyn anzuschwärzen. Würde ihm eine Menge Ärger einbringen. Am besten gleich in der Leichenhalle nach Molliati suchen. Organisation in Brooklyn legt höchsten Wert auf Loyalität, Zusammengehörigkeitsgefühl, Teamgeist usw. Hätte sicher was dagegen, wenn Molliati Berichte über Aktivitäten der Organisation an Zeitung verkauft.«

Freddie nahm die Notiz wieder an sich.

»Witzbold«, sagte er griesgrämig.

»Also – wann würde Mr. Bixbee diesen Molliati gern sehen?«

Freddie schaute mich an. »Wann's Ihnen paßt«, sagte er mit sanfter Stimme.

»Soll ich zuerst anrufen?«

Freddie schrie – ziemlich laut – quer über den Schreibtisch: »Jeff! Die Dame will wissen, ob sie dich anrufen soll. Bevor sie Molliati vorbeibringt.«

Mr. Bixbee und acht oder zehn Redakteure versuchten erfolglos, ihre Erheiterung zu verbergen. »Nein«, sagte Mr. Bixbee, »verlieren Sie keine Zeit mit Telefongesprächen. Gehen Sie kein Risiko ein. Lassen Sie ihn nicht aus den Augen. Stecken Sie ihn in ein Taxi, sobald Sie ihn finden und bringen Sie ihn mir sofort hierher. Verstanden?«

»Danke, Sir.«

Ich bemerkte die allgemeine Belustigung kaum noch. Ich ging nicht aus der Lokalredaktion der ›Post‹, ich schwebte auf Flügeln höchster Freude.

Ich hatte ein bißchen Probleme, nach Jersey City zu finden. Wie Mr. Bixbee befürchtet hatte, kannte ich mich in New York noch nicht aus. Jemand sagte etwas von einer Fähre nach Jersey City, also fuhr ich nach Staten Island. Dann änderte sich die allgemeine Meinung zugunsten der U-Bahn, und ich landete in Newark. Als ich schließlich bei Mr. Molliati in Jersey City klingelte, war dieser verärgert. Er sagte (vom dunklen, feuchten Treppenhaus aus), es sei auch allmählich Zeit, daß Mr. Bixbee etwas unternehme.

Als ich jedoch in Mr. Molliatis schäbige Unterkunft trottete, musterte er mich im Licht der nackten Glühbirne ziemlich genau. Er erkannte mich sofort; schließlich war ich im Vorzimmer der ›Post‹ den ganzen Morgen neben ihm gesessen. Mr. Molliati war beunruhigt. Er fragte sich, ob ich nicht für die Polizei oder den Gangsterring in Brooklyn spionierte.

»Ich bin keine Spionin!« sagte ich entrüstet.

Mr. Molliati betrachtete mein sommersprossiges Gesicht und meinen kräftigen Körperbau mit ernsthaftem Interesse. Er mußte zugeben, daß ich nicht unbedingt so aussah, wie man sich einen Spion vorstellt. Dann allerdings drehte sich der Wind. Mr. Molliati war gekränkt, weil Mr. Bixbee eine – wie er es nannte – »kleine, grüne Reporterin« als »Verbindungsmann« schickte. Er betrachtete das als Majestätsbeleidigung.

»Wie lang bist du denn schon aus den Windeln raus?« knurrte er mich an. »Wofür hält Bixbee die Sache? Für so eine lausige Geschichte auf der Klatschseite?«

Ich richtete mich zu meiner vollen Größe auf. »Mr. Molliati, ich glaube kaum, daß es Sie etwas angeht, was Mr. Bixbee – «

Mr. Molliati erklärte mir, daß er eine ältere, cleverere und auf jeden Fall männliche Person erwartet hatte – jemanden, der zweifelsohne den Hut tief ins Gesicht geschoben und einen Zahnstocher zwischen den Zähnen hatte, wie in ›Extrablatt‹.

»Wir sind hier nicht im Kino, Mr. Molliati«, sagte ich mit kühler Stimme.

»Tja – « Mr. Molliati war noch immer nicht ganz überzeugt. Es fehlte nicht viel, und er hätte beim Fernsehen angerufen.

»Mr. Bixbee hat gesagt, ich soll Sie mit dem Taxi zu ihm bringen. Sofort.«

Das war ein genialer Schachzug, wenn ich das bemerken darf. Mr. Molliati wurde durch die Vorstellung beflügelt, die Fährenüberfahrt nach Manhattan in einem Taxi zu machen. Ich für meinen Teil war entsetzt, als Mr. Molliati bei unserer Ankunft vor dem Gebäude der ›Post‹ von mir erwartete, daß ich zahlte.

»Das ist so ziemlich das ganze Geld, das ich überhaupt besitze, Mr. Molliati«, versuchte ich ihm klarzumachen.

»Das heißt also, Bixbee will, daß ich das Taxi selber zahle? Das muß ja ein ganz schöner Knicker sein, der

Kerl. So einen Zeitungsmenschen wie den hab' ich noch nie gesehen. Ich hätt' mich lieber mit Winchell in Verbindung setzen sollen.«

Schließlich zahlte ich die Fahrt und obendrein noch einen Vierteldollar Trinkgeld. Ich verstand jetzt, warum Mr. Molliatis Freunde ihn nicht leiden konnten, und betete, daß Mr. Bixbee die Spesen aus der Portokasse zahlen würde. Ich sah auf die Uhr im Foyer. Es war nach sechs. Hoffentlich war Mr. Bixbee nicht bereits nach Hause gegangen. Was um Himmels willen sollte ich sonst bis zum nächsten Morgen mit Mr. Molliati anfangen? Ich konnte mir nicht vorstellen, daß Eileen Mr. Molliati mögen würde, denn ich hätte ihn nicht unbedingt als liebenswürdigen Menschen bezeichnet.

Der Mann am Empfang war schon heimgegangen. Das Vorzimmer war dunkel. Mr. Molliati und ich bewegten uns direkt in die Lokalredaktion. Auch sie war leer. Unsere Schritte hallten wider. Ein paar Putzfrauen kamen durch eine Hintertür herein und fingen an, den Abfall zusammenzukehren. Mir sank der Mut. Dann entdeckte ich Mr. Bixbee, der mit drei Freunden in dem Glaskabäuschen des leitenden Redakteurs Bridge spielte.

»Kommen Sie.«

Mr. Molliati blieb ein wenig zurück. Er sah sich nach allen Seiten um. »Wo sind die ganzen Reporter?«

»Das hier ist eine Tageszeitung«, sagte ich geduldig. »Mr. Molliati, Sie wollen doch wohl nicht in der letzten Minute noch die Pferde scheu machen, oder?«

»Wer, *ich?*« knurrte Mr. Molliati.

Die Putzfrauen sahen uns an. Sie schienen überrascht. Ich trottete den langen Gang der Redaktion entlang. Mr. Molliati folgte mir mit zaghaften Schritten. Einmal blieb er stehen, um seine Krawatte geradezuziehen (rote Rosen auf leuchtendem Blau) und Phantasiestaub von seinen braunen Schuhen zu schnippen.

Die Tür zum Büro des leitenden Redakteurs stand offen. Ich steckte den Kopf in den Raum und begann zu sprechen: »Mr. Bixbee! Ich bin froh, Sie noch anzutreffen. Ich hatte schon Angst, daß Sie nicht mehr da sein könnten.«

Mr. Bixbee betrachtete aufmerksam seine Karten. Er

sah hoch. Er schien alles andere als guter Laune. »Ich dachte, ich hätte Ihnen gesagt, Sie sollen nach Ohio zurückfahren.«

»Was?« fragte Mr. Molliati. Er sah mich mit zusammengekniffenen Augen an.

»Mr. Bixbee!« rief ich hastig aus. »Das hier ist Mr. Molliati!«

Mr. Bixbee hatte sich wieder seinen Karten zugewandt. »Das glaube ich Ihnen gleich«, antwortete er rüde. »Vier Pik.«

Soweit ich das beurteilen konnte, war Mr. Molliati über seinen kühlen Empfang verblüfft. Er schaute über meine Schulter auf die beginnende Glatze von Mr. Bixbees Hinterkopf. Er murmelte etwas und trat von einem Fuß auf den anderen.

»Passe«, sagte Mr. Bixbees Partner.

Freddies Partner dachte nach. »Passe.«

»Mr. Bixbee ...« Ich wagte einen weiteren Versuch, und ich hoffte, daß Mr. Bixbee in der Zwischenzeit nicht das Interesse an dem Gangsterring in Brooklyn verloren hatte. Was würde sonst aus meinem Job? Und meinem Taxigeld?

Mr. Bixbee trommelte mit seinen sauberen Fingernägeln auf den Schreibtisch. »Vier Sans Atout«, sagte er.

Freddie lachte. »Vier Sans Atout, Kontra. Ha, ha, da hat Bixbee wohl 'nen Fehler gemacht.«

»Fünf Sans Atout«, gurrte Mr. Bixbees Partner wie ein Täubchen.

Mr. Bixbee spielte Fünf Sans Atout mit Kontra und Re. Mr. Molliati und ich sahen zu. Wir waren natürlich ein wenig ungeduldig, aber andererseits wollten wir auch nicht stören. Wenigstens ich nicht. Mr. Molliati murmelte weiter vor sich hin. Wahrscheinlich war er völlig verblüfft.

Mr. Bixbee schaffte die Fünf Sans Atout tatsächlich – wenn auch nur mit knapper Not.

»Was für ein Massel«, sagte Freddie. »Der letzte Stich war doch reine Glückssache.«

»Na klar, sicher.« Mr. Bixbee hob mit ausladender Geste ab.

Freddie bemerkte, daß ich immer noch in der Tür

stand. Er erhob sich und sagte: »Also, Miss-wie-war-doch-gleich-Ihr-Name, glauben Sie nicht, daß Sie ein bißchen zu weit gehen?«

Mr. Bixbee wirbelte mit seinem Stuhl herum. »Kreuzdonnerwetter!« rief er.

Mr. Molliati und ich fuhren zusammen. »Mr. M-m-m-molliati«, brachte ich schließlich heraus und trat zur Seite, um auf meinen Fang zu deuten.

Mr. Bixbee blinzelte. Er legte die Karten weg, stand auf, runzelte die Stirn. Er schob den Stuhl zurück und ging bedächtig zu Mr. Molliati hinüber. Mr. Molliati sah Mr. Bixbee voll stummer Pein an.

»Wie heißen Sie?«

»M-m-mollia-t-i.« Ich wußte nicht, ob Mr. Molliati unter Streß immer stotterte oder ob ich ihn hypnotisiert hatte.

Mr. Bixbee holte tief Atem.

»Ich hab' Sie angerufen«, sagte Mr. Molliati mit kläglicher Stimme. »Es geht um ein paar Kerle in Canarsie.«

»Sie wollen damit doch nicht etwa sagen, daß Sie tatsächlich Molliati sind?«

Mr. Molliati und ich kicherten hysterisch.

»Natürlich ist er das«, mischte ich mich ein. »Oder, Mr. Molliati?«

»Da kannst du Gift drauf nehmen«, sagte Mr. Molliati.

Mr. Bixbee konnte es gar nicht fassen. Er sagte mehrere Male: »Nein!« und »Ich kann's nicht glauben.« Er schien verärgert. »Wie hat sie Sie gefunden?« Mr. Bixbee sprach das »sie« in einem Tonfall tiefster Verachtung aus.

»Ich hab' ihr meine Adresse gegeben.« Mr. Molliati war verwirrt. Wahrscheinlich wirkte die ganze Angelegenheit auf ihn nicht sonderlich gut organisiert.

»*Sie* haben *ihr* Ihre Adresse gegeben!« Mr. Bixbee war völlig aus der Fassung. »Verstehe. Sie sind sicher alte Freunde, was?« Mr. Bixbee lachte wie Pagliacci. »Jetzt glaub' ich an den Weihnachtsmann. Sie sieht sogar aus wie die beste Zeitungsreporterin von Ohio. Seit der guten alten Collegezeit hat mich niemand mehr so zum Narren gehalten.«

»Ja, aber Mr. Bixbee«, versuchte ich ihn zu unterbrechen.

»Und, wie sieht Ihre Version aus, meine Teuerste?« erkundigte sich Mr. Bixbee, nachdem er sich ein wenig beruhigt hatte. »Machen Sie gemeinsame Sache mit Molliati? Oder liefern Sie bloß die Leiche?«

»L-l-leiche?« stotterte Mr. Molliati. Wahrscheinlich hatte er ein schlechtes Gewissen.

Endlich bekam ich dann Gelegenheit, mich richtig mit Mr. Bixbee zu unterhalten. Ich erklärte ihm, daß Mr. Molliati und ich den ganzen Morgen im Vorzimmer nebeneinander gesessen hatten. Natürlich ganz zufällig.

Mr. Bixbee war zutiefst bekümmert über diese Information. Er erwog Vergeltungsmaßnahmen gegen den Empfangsmenschen, bis ich ihn hastig an den Decknamen »John Brown« erinnerte.

»So 'nem grünen Jungen wollt' ich nicht sagen, daß ich Molliati heiß'«, sagte Mr. Molliati mit hocherhobenem Kopf. »Sagen sowieso alle der fesche Johnny Brown zu mir. Ist mein Deckname, verstehn Sie?«

»Der fesche Johnny Brown!« Mr. Bixbee kicherte heiser. »Das ist wohl ironisch gemeint, was?«

Nach diesem aufregenden Vorgeplänkel beschloß Mr. Bixbee, daß es an der Zeit war, zur Sache zu kommen. Er bat Mr. Molliati, sich auf den Stuhl beim Schreibtisch zu setzen, er würde inzwischen einen Stenografen rufen.

Mr. Molliati kam auf das Geld zu sprechen. Mr. Bixbee sagte, ja, ja, das würden sie schon noch regeln, aber zuerst ...

Freddie zählte die Punkte zusammen. Die anderen Spieler sammelten die Karten ein.

Ich räusperte mich. Alle schienen mich vergessen zu haben. Mr. Bixbee bellte mich fast an: »Und, was wollen Sie noch hier?«

»Ja – äh – Mr. Bixbee –«

»Mein Gott!« Mr. Bixbee war wütend. Er sagte, er hasse nichts mehr als Reporterinnen. Sie machten ihn nervös. Frauen taugten zu Gangsterbräuten oder Müttern oder sowas. Sie sollten nicht in der Lokalredaktion sitzen und Zigaretten rauchen. Bei der ›Post‹ sei keine Stelle frei. Es täte ihm leid, aber er hätte nicht erwartet, daß ich Mr. Molliati finden würde. Schließlich wäre das doch sowieso nur Dusel gewesen, oder?

Darauf fiel mir nichts ein.

»Tut mir leid«, wiederholte Mr. Bixbee.

»Ist schon in Ordnung.«

Diesmal lachte niemand. Ich erinnerte mich an das Geld für die Taxifahrt, bevor ich die Tür erreichte, aber ich ertrug es einfach nicht, zurückzugehen und noch einmal mit Mr. Bixbee zu sprechen. Ich nahm die U-Bahn – nach Brooklyn, wie sich herausstellte – und dann, nach etlichen Schwierigkeiten, zur Christopher Street, wo Eileen und ich gerade eine triste Wohnung im Untergeschoß gemietet hatten. Ich war deprimiert. Eileen ging es genauso, nachdem ich ihr von dem Taxigeld erzählt hatte.

»Dieser Bixbee sollte sich was schämen!« sagte sie entrüstet.

»Na ja, wahrscheinlich war es wirklich nur Dusel.«

»Weine nicht«, ermahnte Eileen mich. »Wir können immer noch deine Schreibmaschine verpfänden.«

Nach einem kargen Mahl probierten wir eine Weile gegenseitig unsere Kleider an, um uns ein wenig aufzumuntern. Kurz nach zehn klingelte das Telefon zum erstenmal – wir hatten es gerade erst anschließen lassen, nachdem wir meinen Wintermantel verpfändet hatten.

»Hallo?« fragte ich gespannt, aber da hatte sich nur jemand verwählt.

»Schau nicht so drein«, sagte Eileen beleidigt. »Das ist ja grauenhaft. Hast du Bixbee deine Telefonnummer gegeben?«

»Ich hab' sie noch nicht gewußt.«

»Hat er deinen Namen?«

Ich erinnerte mich an Freddies »Miss-wie-war-doch-gleich-Ihr-Name.«

»Dann hör auf, so gespannt zu schauen, wenn das Telefon klingelt.«

Um elf Uhr dreißig klingelte das Telefon wieder.

Ich schaute gespannt drein und rief ebenso gespannt »hallo« in den Hörer.

»Also wirklich!« Eileen war empört.

Aber es war tatsächlich Mr. Bixbee. Ich erkannte seine Stimme sofort. Er klang wütend, wie immer. »Spreche ich mit der besten Zeitungsreporterin von Ohio?« schrie er.

»Ja, Sir.« Ich hoffte, daß Mr. Bixbee nicht nur angerufen hatte, um sich über mich lustig zu machen.

»Warum hinterlassen Sie eigentlich nicht Ihren Namen und Ihre Adresse, wenn Sie sich um eine Stelle bewerben?« fragte Mr. Bixbee ungehalten. »Ich mußte die Auskunft in Cleveland anrufen. Stellen Sie sich das mal vor! Die Leute halten mich doch für verrückt. Hier New York! Wer ist Ohios beste Zeitungsreporterin? Die haben mir sicherheitshalber auch gleich den Sieger beim Wettbewerb der Landjugend durchgegeben.«

»Tut mir leid«, murmelte ich.

»Egal«, fuhr Mr. Bixbee beleidigt fort. »Jetzt hab' ich Sie ja endlich aufgespürt. Was denken Sie sich eigentlich dabei, so aus meinem Büro wegzugehen. Kaum dreh' ich mich um, da sind Sie schon verschwunden.«

»Ja, aber Mr. Bixbee –«

»Ich schulde Ihnen das Taxigeld.«

»Das Taxigeld?«

»Und vermutlich noch einen Job«, sagte Mr. Bixbee mit bitterer Stimme. »Wenn's auch gegen meine Prinzipien ist. Wann wollen Sie anfangen?«

»Mr. *Bixbee*! Danke! Danke!«

»Wann wollen Sie anfangen?« fragte Mr. Bixbee noch einmal und betonte dabei jedes einzelne Wort laut und deutlich.«

»Morgen, Mr. Bixbee. Gleich in der Früh.«

»Hab' ich's doch gewußt«, antwortete Mr. Bixbee und legte mit einem Stöhnen auf.

Ich war Mr. Molliati dankbar, und es tat mir aufrichtig leid, als er, etwa ein Jahr, nachdem ich bei der ›Post‹ angefangen hatte, verkohlt, aber nur teilweise einzementiert, auf einer Müllkippe in Canarsie gefunden wurde. Die Schlagzeile hätte ihm sicher gefallen: RÄTSEL UM IDENTITÄT VON LEICHE GELÖST: FLOTTER BRAUNER SCHUH UND ZERFETZTE SEIDENKRAWATTE GEHÖRTEN DEM FESCHEN JOHNNY BROWN.

Dolores Hitchens
Wenn Sie diese Frau sehen

Junies mausgraues Hinterteil ragte unter der Marmorplatte des Kaffeetisches hervor. Sie hatte mit dem Staubwedel einen Aschenbecher umgestoßen, und nun mußte sie das Durcheinander von Asche und Zigarettenkippen beseitigen. Sie war fast damit fertig, als Mr. Arnold hinter ihr ins Zimmer trat. Sie merkte, daß er sie betrachtete. Dann hörte sie ihn sagen: »Was hast du denn vor? Willst du ein Ei legen?«

Hastig rutschte sie rückwärts und kam mit ihren breiten Schultern unter der Tischkante hervor. Nun saß sie in der Hocke und schaute zu ihm auf. Ihr Gesicht war von dem anstrengenden Bücken und Herumkriechen gerötet. »Oh, nein, Mr. Arnold.«

Er grinste sie in einer Weise an, die sie nicht verstand. »Jagst du hinter einem Schmetterling her? Würdest du wirklich hinter einem Schmetterling herjagen, Junie?«

»Oh, nein, Sir.« Junie richtete sich auf, zog ihren Baumwollkittel zurecht und hob Staubwedel und Aschenbecher auf. »Nein, das würde ich nicht, Mr. Arnold.«

»Nun weiß ich es – du hast dem kleinen Mann, der unter dem Teppich lebt, einen Brief diktiert. Einen Liebesbrief.«

Sie schüttelte stumm den Kopf und schlich verlegen rückwärtsgehend davon. Sie versuchte zu schlucken, aber unter Mr. Arnolds höhnischem Grinsen war ihre Kehle vor Nervosität wie zugeschnürt und ganz ausgetrocknet.

Mrs. Arnold trat von der Diele her, durch die man zu den Schlafräumen gelangte, ins Zimmer. »Junie, das Baby muß gewickelt werden.« Mrs. Arnold hatte einen rosaroten seidenen Hausanzug und goldene Slipper an. Ihr fülliges und seidigglänzendes dunkles Haar trug sie hochgekämmt mit rosafarbenen Schleifen darin. Sie war schön und sah einer Puppe ähnlich, die Junie einmal in einem Schaufenster gesehen hatte.

Mr. Arnold hatte seine Aktentasche auf den Kaffeetisch

gestellt und zündete sich gerade eine Zigarette an. Mrs. Arnold warf einen Blick auf die Aktentasche. »Du verkaufst also tatsächlich heute die Papiere?«

»Ich verschleudere sie. Ich verschleudere all diese verdammten Aktien. Willcutt macht auch mit, er verkauft seine ebenfalls. Und dann kaufen wir das ganze zu einem Spottpreis wieder zurück.«

Mrs. Arnold ging zur Wand und rückte dort ein Bild gerade. Dann drehte sie sich um. Junie war schon fast an der Türe zur Diele. Da hörte sie, wie Mrs. Arnold zu ihrem Ehemann sagte: »Gut und schön, paß aber bloß auf, wovon du dich da trennst. Schütte nur nicht das Kind mit dem Bade aus.«

Junie hastete durch die Diele. Die Worte hallten noch in ihren Ohren nach. Mr. und Mrs. Arnold sagten immer solch seltsame Dinge. Aber diese Sache da, die Mrs. Arnold wieder und wieder äußerte, war doch das allerseltsamste und schrecklichste. Wer würde schon ein Kind mit dem Badewasser wegschütten? Wie könnte man denn solch einen Fehler begehen? Oder ... könnte es vielleicht bedeuten, daß jemand ein Baby wegschütten *will*, daß er will, daß es untergeht, hinab, hinab, hinab in die tiefen Rohre, in die Einsamkeit, in das reißende Wasser, in die Dunkelheit?

Junie fröstelte, als sie ins Kinderzimmer ging. Petey war noch nicht ganz ein Jahr alt. Er begann gerade, richtig zu stehen, und versuchte schon zu laufen. Er war ein dickes, ruhiges Kind. Als Junie zu ihm eilte und ihn in ihre schützenden Arme nahm, klammerte er sich an das Gitter seines Kinderbettchens und gab glucksende Laute von sich.

»Süßer Petey«, murmelte sie.

Im Sylvan-Slopes-Heim hatte nie jemand davon gesprochen, ein Kind mit dem Bade auszuschütten. Man hatte ihr genau gezeigt, wie sie ein Kind baden mußte, wie man Staub wischt und putzt. Wenn man dort von so etwas wie ein Kind auszuschütten gesprochen hätte: Junie schüttelte den Kopf und versuchte, sich vorzustellen, welche Konsequenzen es gehabt hätte, wenn man im Sylvan-Slopes derartiges gesagt hätte.

Der Rektor, Mr. Willoughby, und die Ausbildungsleiterin, Miss Gombie, hätten einen glatt entlassen. Man hätte den gleichen blauen Koffer bekommen, wie man ihn zur Abschlußprüfung erhielt. Dazu noch etwas Unterwäsche, eine Bibel und 10 $. Und vielleicht hätte Miss Gombie auch geweint, wenn eines ihrer Mädchen von so etwas gesprochen hätte, wie ein Kind – heimtückisch – mit dem Bade auszuschütten.

Junie sah das alles ganz deutlich vor ihrem geistigen Auge. Sie fragte sich, wohin sich ein Mädchen in einem solchen Fall wenden könnte. Wohin nur könnte man gehen? Sie hatte keine Ahnung.

Sanft kitzelte sie Petey und brachte ihn dazu, sich hinzulegen. Sie öffnete seine Hose und wechselte die Windeln. Seine Schlafzeit war offensichtlich vorbei. Deshalb setzte sie ihn anschließend in seinen Laufstall und hockte sich für eine Weile neben sein Ställchen. Sie reichte ihm Spielsachen, mit denen er nach ihr warf. Zärtlich strich sie ihm hin und wieder über die dunklen Locken, die seinen Kopf umrahmten.

»Mein Petey. Mein Petey gehört mir«, flüsterte sie und schaute dabei schuldbewußt zur Tür, die zur Diele führte. Miss Gombie war in dieser Hinsicht unnachgiebig: »Ihr dürft niemals, niemals vergessen, daß die Babys jemand anderem gehören, nämlich ihren Eltern. Selbst wenn die Eltern das Baby adoptiert haben.« Eine ganze Stunde hatte nur davon gehandelt – Miss Gombie hatte sie sogar selbst gehalten. Sie stand dabei in ihrem grünen Kostüm vor der Klasse.

»Wir müssen die Kinder lieben. Alle unsere Mädchen hier lieben Kinder. Alle unsere Absolventen sind dafür bekannt, daß sie kinderlieb sind«, hatte Miss Gombie in ihrer eindringlichen Art gesagt. »Wir lieben sie, aber wir *besitzen* sie nicht.«

»Sie *gehören* uns nicht«, sagte Miss Gombie, und das Wort *gehören* hatte ihren Mund rund und lustig aussehen lassen, als wenn sie gleich eine Orange aussaugen wollte.

Ihre Zuhörerinnen hatten durch Kopfnicken gezeigt, daß sie verstanden hatten.

Einige Tage lang ging Mr. Arnold, wenn er zu Hause war, umher, pfiff und schnippte mit den Fingern; Mrs. Arnold kaufte sich eine neue Pelzjacke und zwei neue Hüte. Beim Abendessen sprachen sie über ein neues Auto. An dem Auto hatten sie zwar allerlei auszusetzen, aber wenn sie beim Servieren zuhörte, schien es Junie, als ob sie es auf jeden Fall kaufen wollten.

Dann aber herrschte im Haus fast eine Woche lang Stille, weil Mr. Arnold weder pfiff noch mit den Fingern schnippte. Mrs. Arnold brachte die Pelzjacke wieder ins Geschäft zurück. Der andere Laden weigerte sich, die Hüte wieder zurückzunehmen. Sie sprachen auch nicht mehr über das Auto, dafür aber über Tausende und Abertausende von Dollar, mehr als Junie verstehen konnte und über etwas, das Mr. Willcutt nicht getan hatte.

Wenn Mr. Arnold Junie bemerkte, stellte er ihr Fragen wie: »Ob du wohl den Alten aus dem Armenhaus rausholst, Junie-Käfer?« Oder: »Denkst du, daß sie mich im Sylvan-Slopes aufnehmen? Vielleicht, wenn ich eine Perücke trage und etwas beschränkt dreinschaue.«

Aber Junie hatte keine Ahnung, was sie darauf sagen sollte.

Gegen Ende der Woche bemerkte Junie dann, wie reizbar Mr. und Mrs. Arnold miteinander umgingen. Eines Abends warf Mr. Arnold beim Essen sein Weinglas an die Wand, was einen Fleck hinterließ. Und Mrs. Arnold schrie. Sie schrie vor Wut und nicht aus Angst. In der Küche hätte sich Junie beinahe vor Schreck verschluckt.

Da sie genau achtgab, bemerkte Junie schließlich, wie die Eltern allmählich immer ungeduldiger mit Petey wurden. Anfangs war es noch nicht so schlimm, aber als er Schnupfen bekam und in der Nacht weinte, stand Mr. Arnold auf, ging ständig umher, rauchte und murmelte vor sich hin. Und Mrs. Arnold befahl Junie aufzustehen, in Peteys Zimmer zu gehen, ihm vorzusingen und ihn auf den Arm zu nehmen. Währenddessen wippte sie im Schaukelstuhl.

Mr. Arnold stellte schließlich ein Notbett in Peteys Zimmer. Er erklärte Junie, sie habe dort zu schlafen, obwohl das nicht den Abmachungen entsprach. Junie wußte nämlich, daß sie einen Vertrag unterschrieben hatten, in dem es hieß, daß ihr ein eigenes Zimmer zustehe.

Eines Nachts, als Petey wimmerte und Junie noch nicht wach war, um ihn herumzutragen – sie war nun ständig müde und schlief sehr fest –, kam Mr. Arnold, riß die Tür auf und fluchte. Er nannte Petey einen verdammten Balg und Junie eine faule Schlampe. Seine Worte prallten wie Pistolenkugeln von den Wänden zurück, und Junie krümmte sich vor Angst.

Sie liebten Petey nicht mehr. Das war es.

Er war nun krank. Sein Gesicht war rauh und rot. Er weinte viel. Seine Haare waren nicht mehr lockig – sondern glatt und ohne Glanz. Seine Stimme hatte sich in ein heiseres Krächzen verwandelt.

Der Doktor kam und brachte Medizin. Er erklärte Junie, wie oft sie sie Petey verabreichen mußte. Mrs. Arnold betrat nicht einmal das Zimmer, während der Doktor da war. Sie saß im Wohnzimmer und rauchte eine Zigarette. Als der Doktor zu ihr zurück ging, hörte Junie, wie sie sagte: »Bill, ich weiß nicht, wann wir dich bezahlen können«, und der Doktor antwortete: »Ach, vergiß es. Und Kopf hoch, Betty. Mark hat schon Schlimmeres durchgestanden und ist mit Glanz und Gloria daraus hervorgegangen.«

Junie verabreichte die Medizin gewissenhaft, rieb Petey mit Alkohol ein und schaukelte ihn, um ihn vom Schreien abzuhalten. Von Zeit zu Zeit nickte sie ein und wachte erst wieder auf, wenn Petey sich regte. Mrs. Arnold half ihr nicht im geringsten. Sie rauchte immer mehr und starrte durchs Fenster in die Ferne. Viel Zeit verbrachte sie auch am Telefon, um mit ihrer Mutter zu sprechen.

Mr. Arnold kam früher heim. Sein Gesicht schien magerer und bleicher. Er trank mehr. Einmal, als Junie für das Abendessen die Kerzen anzündete und sich über den Tisch beugte, sagte er: »Eine Vestalin. Erzähl' mir doch, wie hat euch denn euer hoher Priester – Mr. Willoughby – wie hat er euch Jungfrauen initiiert? Mit Feuer und Weihrauch?«

Junie blickte ihn an und wünschte, sie könne ihm eine passende Antwort geben. »Wir durften nicht einmal mit

Zündhölzern spielen.« Aus irgendeinem Grund brach Mr. Arnold darüber in schallendes Gelächter aus.
Der Winter war nicht mehr fern, aber heute war es mild. Die Wohnung war überheizt und stickig. Junie servierte Mr. Arnold Kaffee mit Toast und brachte Mrs. Arnold ein Tablett ans Bett. Dann badete sie Petey und zog ihm den blauen Spielanzug mit dem weißen Kragen an. Seine Nase war noch immer gerötet, und seine Augen waren geschwollen. Sie nahm ihn ein Weilchen in die Arme, bevor sie ihn in den Laufstall setzte.

Dann ging sie zurück ins Badezimmer, in Peteys eigenes, ihm allein gehörendes Badezimmer, und beugte sich hinab, um das Wasser auszulassen. Sie war noch in gebeugter Haltung, als sie die Arnolds in der Diele hörte. Mrs. Arnold mußte aufgestanden sein, als er gerade seinen Mantel aus dem Garderobenschrank holen wollte.

Mrs. Arnold fragte etwas, das Junie nicht verstand, und Mr. Arnold antwortete: »Willcutt hat Geld aus meinen Verlusten geschlagen. Er hätte eigentlich gemeinsame Sache mit mir machen sollen, aber er hat mir die Kehle durchgeschnitten. Nun glaube ich, daß ich mich an ihm rächen kann.«

Mrs. Arnold entgegnete: »So, wir schütten also das Kind mit dem Bade aus. Stimmt's?«

Mr. Arnold schien sofort zu explodieren. »Da hast du verdammt recht, wir schütten das verdammte Kind mit dem verdammten Bad aus, und wir hätten das schon verdammt lange tun sollen.«

Junies Hand, die sich gerade nach dem Hebel ausstreckte, begann zu zittern. Sie schaffte es jedoch noch, den Hebel zu berühren. Aber die Kälte des Metalls fuhr ihr wie ein Schauer durch den ganzen Arm und ins Herz. Sie hatte das Gefühl, als sei ihr Herz ein Bleiklumpen, zehnmal größer als ihre Faust, viel zu groß für ihre Brust. Eiskalt schlug es in ihrem Innern.

»Du bist also fest entschlossen, damit weiterzumachen?« fragte Mrs. Arnold.

»Jawohl. Verdammt nochmal, das bin ich.«

Das Wasser strudelte und gurgelte in das Abflußrohr hinab. Junie sah mit starren Augen zu. In den Rohren mußte es dunkel sein. Irgendwie fiel ihr ein, daß es tief, tief unter der Stadt riesige Rohre gab, die wie große, dunkle Höhlen aussahen. Dort mußte es kalt sein, kalt und schleimig, voller grauenhaft gurgelnder Echos, und vielleicht gab es sogar Ratten. Junie hatte einmal eine Waldratte gesehen.

Wer könnte wohl ein Baby an einem solchen Platz aussetzen wollen. Der Gedanke erschreckte sie so sehr, daß sie zurückeilte, um bei Petey zu sein.

Mr. Arnold war noch nicht weg. Sie waren nun im Wohnzimmer; das Murmeln ihrer Stimmen war zu hören.

Sie schaute Petey an. Er spielte gerade mit einem Gummielefanten und zog ihn an einem Ohr. Junies Herz schlug noch heftiger als zuvor. Was sollte sie tun?

In ihrem Koffer befand sich eine Telefonnummer. Sie stand auf einem Stück Papier, das am Futterstoff befestigt war. Miss Gombie hatte ihr gesagt, daß sie, falls ihr irgendwann etwas Schlimmes zustoßen sollte, die Vermittlung anrufen, diese Nummer durchgeben und sagen sollte, der Anruf würde vom Empfänger bezahlt.

Würden sie Petey helfen? Könnte Miss Gombie irgend etwas tun? Würde Mrs. Arnold sie beim Telefonieren erwischen und sie daran hindern?

Neben Peteys Laufstall zusammengekauert, begann Junie zu weinen.

Eine Stunde verging.

Junie trocknete sich die Augen und machte Peteys Bett. Anschließend ging sie in die Küche und wusch das Frühstücksgeschirr ab. Sie fegte den Boden, nicht etwa, weil es nötig war, sondern weil sie dachte, sie könnte vielleicht den Telefonapparat in der Küche benutzen. Als sie aber einen Blick ins Wohnzimmer warf, sah sie, daß Mrs. Arnold bereits telefonierte. Mrs. Arnold hatte ein weißes, flauschiges, mit Goldstickerei verziertes Negligée an, ihr Haar war mit einer gelben Schleife hochgebunden. Sie sah hart und fremd aus.

Junie ging in ihr Zimmer und zog ihren Mantel an. Sie schlich in Peteys Zimmer zurück, setzte ihm seine Mütze auf, zog ihm Mantel und warme Socken an. Zusätzlich nahm sie noch eine Decke mit. Plötzlich fiel ihr ihre Geldbörse ein. Sie konnte sich jedoch nie genau erinnern, wieviel noch von den 10 $ übrig war, die man ihr gegeben hatte, als ihre Ausbildung im Sylvan-Slopes beendet war. Ihr Geld wurde auf ein Bankkonto eingezahlt – der Lohn, den sie von den Arnolds erhielt. Da gab es ein kleines Buch, in dem stand, wieviel sie hatte, und aus irgend einem Grund mußte es alle sechs Monate an das Sylvan-Slopes eingeschickt werden. Aber Junie hatte keine Ahnung, wie sie Geld von der Bank bekommen könnte. Als sie nun in ihrer kleinen Geldbörse nachschaute, fand sie 2.30 $.

Es war aber auch Geld in der Küche, in einem putzigen kleinen Gefäß, das wie ein Bienenkorb geformt war. Mrs. Arnold nannte es »Trinkgeld«, und Mr. Arnold sagte »Geldtopf des Teufels«. Junie nahm das Baby auf den Arm, ergriff die Decke, steckte die kleine Börse in ihre Manteltasche und schlich leise zur Küche. Sie fand einen Zehn-Dollar-Schein, drei einzelne Dollar und etwas Kleingeld im Bienenstock. Sie nahm alles.

Sie verließ die Wohnung durch die Hintertür. Dort gab es einen Lastenaufzug, mit dem der Hausmeister die Abfälle und dergleichen wegbrachte, aber Junie wußte nicht so genau, wie man ihn bediente. Und außerdem wollte sie nicht, daß sie vom Hausmeister gesehen würde. Er könnte sich vielleicht erinnern. Deshalb trug sie Petey alle acht Stockwerke hinab; zweimal blieb sie stehen, um sich auszuruhen.

Auf der Straße hielt sie verwirrt an. Der Tag war grauer und kühler, als es von der Wohnung her ausgesehen hatte. Die Bäume im Park jenseits der Straße schauten kahl und windzerzaust aus. Ziellos wanderte Junie einige Häuserblocks weiter.

Petey war sehr schwer. Ihre Arme schmerzten. Nun erkannte sie, daß sie den Kinderwagen hätte mitnehmen sollen.

In diesem Augenblick ging sie an einem Wohnblock vorbei. Ein hübscher großer Wagen mit einer Babydecke darin stand neben der Eingangstür. Niemand war zu sehen. Als Junie das Kissen im Wagen berührte, spürte sie, daß es noch etwas warm war von dem Baby, das man gerade hinaufgetragen hatte. Manchmal hatte Mrs. Arnold Petey herausgenommen und den Kinderwagen stehen lassen, damit ihn der Hausmeister hinaufbrachte. Junie erinnerte sich daran und erkannte, daß hier wohl dasselbe geschehen war.

Sie setzte Petey in den Wagen, rannte bis ans Ende der Straße und verschwand schnell um die Ecke. Dann ging sie langsam weiter.

Junie dachte, ich kann genauso schlau sein wie die anderen, wenn ich muß. Sie war sehr zufrieden mit sich, wie sie, so aufmerksam und wachsam um Peteys Wohlbefinden besorgt, auf der Hut vor dem Rest der Welt war.

Nachdem sie wahllos an acht oder neun Häuserblocks entlanggeschlendert war, schlug sie wieder die Richtung zum Park ein. Sie und Petey verbrachten dort einige vergnügliche Stunden. Sie saßen im Gras. Petey zerkrümelte trockene Blätter und steckte dann seine Finger in den Mund. Er stand auf, wobei er sich an Junies Schultern festhielt. Als ein paar fette Eichhörnchen vorbeiflitzten, versuchte er, hinter ihnen herzuwackeln.

Als Junie sich allmählich hungrig fühlte, legte sie das Baby wieder in den Wagen zurück. Sie machte sich in südlicher Richtung zu einem anderen Stadtteil auf den Weg. Dort nahmen sie ihr Mittagessen in einem Restaurant ein, wo man Geld in einen Schlitz steckte, eine kleine Glastür hochhob und das Essen herausholte. Es war eine einfache Art zu kaufen, was man wollte. Sie und Petey hatten zwei feuchte Puten-Sandwiches, zwei Gläser Milch und vier Stücke Torte. Petey aß gut, besser als die Tage zuvor. Die frische Luft und die Bewegung hatten ihm gut getan.

Gleich nach dem Essen bemerkte Junie, daß sie etwas Wichtiges nicht bedacht hatte; sie hatte vergessen, Windeln mitzunehmen. Sie erinnerte sich jedoch: Manchmal, wenn der Windeldienst nicht rechtzeitig kam, hatte Mrs. Arnold eine Art Wegwerfwindel verwendet, die, wie sie sagte, aus der Drogerie stammte.

D-R-O-G-E-R-I-E.

Da war eine. Junie ging hinein und schob den Kinderwagen vor sich her. Die Verkäuferin, die sie bediente, erlaubte ihr, Petey in einem Raum hinter dem Laden zu wickeln. Das Problem war gelöst.

Sie kehrte zum Park zurück. Petey machte seinen Mittagsschlaf, gemütlich warm in den großen Wagen gepackt. Als er später aufwachte, war er wieder von den staubigen Blättern begeistert. Aber nun wurde es kalt und windig. Junie dachte nach, was sie tun sollte. Als sie noch überlegte, sah sie die Busse auf der Straße fahren, die am Park entlangführte.

Sie schob den Kinderwagen unter einige immergrüne Büsche, so daß er nicht gesehen werden konnte. Dann ging sie, Petey, seine Decke und die Wegwerfwindeln schleppend, zur Bushaltestelle. Schon seitdem sie in die Stadt gekommen war, wollte sie einmal mit dem Bus fahren, aber sie hatte nie eine Gelegenheit dazu gehabt.

Im Bus saß sie auf dem hintersten Sitz. Petey stand auf dem Sitz neben ihr und schaute überall herum. Er krähte und quiekte vor Vergnügen. Einige Leute beobachteten ihn schmunzelnd.

Junie fuhr diesen Nachmittag mit drei Bussen zu verschiedenen, weit außerhalb liegenden Stadtteilen. Sie sah Dinge, die sie nie zuvor erblickt hatte. Als sie während ihrer letzten Fahrt wieder in die Innenstadt hineinkam, bemerkte sie, daß es schon dämmerte und daß bereits alle Lichter an waren. Es fiel ihr ein, daß sie und Petey keinen Platz zum Schlafen hatten. Spontan wandte sie sich an eine Frau mittleren Alters, die neben ihr saß. »Ich muß ein Zimmer für die Nacht finden,« sagte sie.

Die Frau blickte Petey an, lächelte und hustete leicht in ihre vorgehaltene Hand. »Haben Sie – äh – haben Sie Geld?«

»Oh, ja. Nun ... etwas.«

Die Frau nickte und begann mit freundlicher Stimme, Junie zu erklären, wo sie ein Zimmer finden konnte.

Es war nicht schlecht. Das Bett war sauber. In der untersten Schublade der Frisierkommode lag eine Bibel. Vorne in die Bibel hatte jemand geschrieben »Gott ist gut« und darunter »Gott vergibt allen«. Junie wollte schreiben »Sogar mir«, aber sie fand keinen Stift.

Frisch gewickelt legte sie Petey ins Bett, wobei sie ihm sein Hemdchen und seine Söckchen anließ. Während der

Nacht hörte sie draußen im Flur Gelächter und andere Geräusche. Einmal fiel jemand so schwer gegen die Tür, daß die Füllung krachte. Junie fühlte sich durch die Töne, die Nähe anderer Leute, beruhigt. Sie war nicht wirklich alleine, dachte sie.

Sie fühlte sich erst alleine, als sie am nächsten Morgen hinausging und die Nachrichten in dem Café hörte, in dem sie frühstückte.

Am Anfang bemerkte sie gar nicht, daß die Durchsage sie und Petey betraf. Irgend jemand hatte den elf Monate alten Peter Bentley Arnold entführt. Die Öffentlichkeit wurde aufgerufen, nach der 22jährigen June Campbell Ausschau zu halten, 1.60 m groß, 75 kg schwer, sie trägt einen ...

June Campbell.

Das bin ich, dachte sie, und sprang vor Schreck fast auf. Sie saß in einer Nische, einer ganz winzigen Nische in der Nähe der Küche, und Petey war ganz eng an die Wand gedrückt. Sie aßen Haferflocken. Das kleine Café war warm und dämpfig. Es duftete angenehm nach gebratenem Schinken. Der Lautsprecher befand sich fast genau über Junies Kopf.

Die Bedienung wurde aufmerksam und kam sofort zu ihr. »Noch etwas Kaffee?«

»Ja, bitte.« Junie wartete und dachte, daß die Frau Petey bemerken und fragen würde, ob das denn nicht das entführte Baby sei. Junie würde dann sagen, ja, sie wollten ihn in den Kanal werfen, deshalb mußte ich weglaufen. Aber die Bedienung holte nur die Kaffeekanne und kam zurück, um Junies Tasse aufzufüllen.

Junie dachte, daß sie die Stadt verlassen mußte. Sie mußte den Radiodurchsagen entkommen. Jeder würde zuhören, sogar die Arnolds – sie würden nun davon erfahren –, erst dann wurde es Junie klar, daß es die Arnolds gewesen sein mußten, die die Durchsagen veranlaßt hatten. Natürlich.

... falls Sie diese Frau mit dem Kind sehen, benachrichtigen Sie bitte die Polizei unter folgender Rufnummer ...

Junie gab Petey einen Löffel Haferflocken und küßte die Hand, die er auf ihren Mund legte.

Wir wiederholen diesen Notruf: Bitte benachrichtigen Sie die Polizei . . .

Junie wiederholte die Worte für sich: die Polizei. Sie fühlte sich plötzlich kalt, leer und verängstigt. Nicht verängstigt, wie sie es gestern bei den Arnolds war. Da hatte sie Angst gehabt um Petey, daß ihm etwas zustoßen könnte, und mit ihm davonzulaufen war eine große Erleichterung, fast Freude gewesen. Sie hatte das Gefühl gehabt, die Dinge endlich in Ordnung zu bringen. Nun mußte sie wieder laufen, aber dieses Mal würde es überhaupt keinen Spaß machen. Junie konnte nicht verstehen, warum das so war, obwohl sie die Wahrheit fühlte.

Von einer plötzlichen Befürchtung überfallen, zog Junie ihre kleine Börse heraus und zählte ihr Geld. Es war nur noch wenig. Sie hatte keine Ahnung gehabt, wie teuer es war zu essen, zu schlafen und mit dem Bus zu fahren.

Als sie schließlich das Frühstück bezahlt hatte, blieb kaum noch etwas übrig. Noch mehr verängstigt als zuvor, trug sie Petey auf die Straße hinaus. Dort draußen, in einer Seitenstraße, hörte Junie keine Radiodurchsagen, aber sie fühlte sich den Blicken der Leute ausgesetzt und beobachtet. Passanten blickten im Vorübergehen Petey an, den sie auf dem Arm trug. Sicherlich würde bald einer von ihnen zur Polizei laufen.

Sie sah einen freundlich aussehenden Mann, der einen Zeitungsstand hatte. Er trug einen alten Pullover, der bis zu den Ohren hochgezogen war, und eine Strickmütze. Sein Gesicht war rot. Als Junie bei ihm anhielt, um nachzudenken, erregte er mit Zungenschnalzen Peteys Aufmerksamkeit und nannte ihn »alter Freund«.

Junie wandte sich an ihn, so wie sie es auch bei der Frau im Bus gemacht hatte. »Ich möchte so billig wie möglich aus der Stadt hinauskommen.«

»Meine Dame,« antwortete er, »der billigste Weg, um aus der Stadt hinauszugelangen, ist mit der Staten-Island-Fähre. Sie brauchen nur einen Pfifferling zu bezahlen und der ›alte Freund‹ hier fährt umsonst.«

»Oh, vielen Dank. Und wie komme ich hin?«

»Mit dem Bus dort drüben. Sehen Sie, da wo der Randstein gelb angestrichen ist? Nehmen Sie den, auf dem Südfähre steht.«

»Könnten Sie mir das bitte aufschreiben?«

Ohne sich darüber zu wundern, schrieb er mit ungelenker Hand auf einen Zeitungsfetzen, indem er den Bleistiftstummel mit der Zunge anfeuchtete.

Junie wollte fragen, was eine Fähre sei, aber die Erklärung würde vielleicht zuviel Zeit kosten. Irgend etwas sagte ihr, daß sie sich nun beeilen mußte.

An der Endhaltestelle stiegen nur wenige Leute aus, aber es waren genug, daß Junie ihnen folgen und ihren Weg finden konnte, ohne fragen zu müssen. Die Fahrt mit der Fähre machte ihr soviel Spaß, daß sie eine Weile ganz vergaß, sich zu ängstigen, zu fliehen und sich Sorgen zu machen, was mit Petey geschähe, wenn er seinen Eltern zurückgegeben würde. Sie nahm alles auf: das seltsame Gefühl, auf dem Wasser zu sein, den Anblick und die Geräusche des Hafens, die Bewegung des Fährschiffes unter ihren Füßen, den Geruch der See.

Von einem Buch her, das sie im Sylvan-Slopes gesehen hatte, erkannte sie die Freiheitsstatue. Sie fühlte sich von einem Gefühl der Glückseligkeit ganz überwältigt. Bis jetzt hatte sie dieses Bild niemals mit etwas Wirklichem in Verbindung gebracht.

Sie dachte sich, ich wette, wenn ich Zeit hätte, hundertmal mit dem Bus zu fahren, dann würde ich auch noch andere Dinge aus dem Buch sehen. Vielleicht existieren sie alle wirklich, und möglicherweise sind sie alle hier irgendwo ganz in der Nähe. Und wie sie so im Sonnenschein auf dem Fährschiff stand, war es Junie, als ob sie mit einem Mal erkannte, daß die Welt wunderschön und der Himmel gütig war – ein blauer Schutzschirm, unter dem jeder in Frieden leben konnte. Ich liebe alle Menschen auf Erden, dachte sie. Petey natürlich am meisten.

Da sie nicht wußte, was sie am Ende der Fahrt erwartete, kaufte Junie an der Theke unten drei Eier-Sandwiches, wickelte sie in eine Papierserviette und steckte sie in ihre Manteltasche. Die Fähre glitt langsamer dahin, schwankte und stieß an die Kaimauern – furchterregend lange –, und dann sah Junie, wie die Leute an Land eilten.

Sie sah auch den Polizisten.

Er war groß. In seiner blauen Uniform sah er beeindruckend und furchteinflößend aus. Er blickte jeden, der von Bord ging, aufmerksam an. Junies erste Eingebung war, sich zu verstecken, sich irgendwo auf der Fähre zu verbergen.

Sie hatte sich sogar schon umgewandt, um wegzurennen, aber dann bemerkte sie, daß ein Mann, der auf dem Schiff arbeitete – er war mit einem dicken Tau beschäftigt –, sie beobachtete. Seine Augen waren dunkel und wanderten flink umher; sie musterten Junie von oben bis unten, so, als ob er sich ihre Erscheinung einprägen wollte. Sie konnte vor Schreck kaum mehr atmen. Ihre Arme waren bleischwer, und es schien, als wenn ihr Petey bald entgleiten und auf das Deck fallen würde.

Plötzlich beendete der Mann seine Arbeit mit dem Tau und kam schnell auf sie zu – Junie verharrte wie angewurzelt auf dem Deck. Da sagte er: »Kann ich Ihnen mit dem Baby behilflich sein? Es ist wohl ziemlich schwer, nicht wahr?« Und er nahm Petey sanft mit seinen großen Händen. Petey klammerte sich an die Lederjacke des Mannes.

Sie gingen die Rampe hinauf, die das Schiff mit dem Kai verband, und geradewegs an dem Polizisten vorbei, der ihnen schnell einen aufmerksamen Blick zuwarf, so, als ob er den Auftrag hätte, *alle* Babys anzuschauen – nur daß eben dieses Baby nicht das richtige war. Dann waren sie plötzlich, wie durch ein Wunder, in einem anderen großen Raum, der fast genauso aussah wie der, in dem Junie auf der anderen Seite des Wassers gewartet hatte.

Der Mann kraulte Petey unterm Kinn und gab ihn dann an Junie zurück. »Ein wirklich netter, kräftiger Bengel«, sagte er.

»Recht vielen Dank.«

»Sie haben nun nicht mehr weit zum Bus.«

»Recht vielen Dank«, wiederholte Junie.

Der Mann roch nach Meer, nach Teer und Salz. Seine Stimme klang ruhig und freundlich. Aus der Art, wie er mit Petey umging, erkannte man, wie stark er war und dabei doch so sanft. Junie dachte, diesen Mann werde ich nie mehr wiedersehen, und dabei verspürte sie plötzlich einen Schmerz in ihrem Herzen. Als er sich zum Gehen wandte, traten ihr kurz Tränen in die Augen.

Sie hatte sich immer gefragt, wie man wohl einem Mann begegnete und ihn kennenlernte – die Art und Weise, wie Mrs. Arnold Mr. Arnold kennengelernt haben mußte. Nun dachte sie, so geht das wohl. Nur für mich kommt das nicht in Frage, weil ich nicht bleiben kann; ich muß mich um Petey kümmern.

Von der Endhaltestelle ging sie zu Fuß weiter. Sie hielt erst an, als sie einen schönen Strand entdeckt hatte. Dort setzte sie Petey auf seine Decke und ließ sich neben ihm nieder. Petey schien nun müde zu sein; er blickte auf das Meer, auf die Wellen, die an Land rollten, aber er versuchte nicht, irgendwelche Gegenstände im Sand zu entdecken. Nicht einmal an seinen Fingern lutschen wollte er. Nach einer Weile rollte er auf die Seite, um sich hinzulegen und schlief ein.

Eine Frau mit drei Jungen verschiedener Größe kam an den Strand. Die Jungen rannten umher und schrien, während die Frau in einem Buch las. Junie hätte gerne mit der Frau gesprochen, aber die Frau schien nicht interessiert zu sein, so, als ob sie sich durch dieses Desinteresse schützen wollte. Es schien, als hätten ihr die Jungen jede Fähigkeit genommen, mit anderen Menschen umzugehen. Später schrie der größte Junge: »Mama, wir gehen zu dem anderen Strand hinüber und schauen nach dem alten Boot.«

»Geht nur«, rief die Mutter zurück, wobei sie nicht einmal von ihrem Buch aufblickte.

Als die Frau und die Jungen schließlich gegangen waren, machte Junie sich auf, um zu schauen, was an dem anderen Strand zu sehen war. Sie ging um eine abbröckelnde kleine Landspitze herum und kam zu einem sichelförmigen Sandstreifen, auf dem ein altes Ruderboot lag. Dieser Strand lag viel geschützter als ihrer, deshalb holte sie das schlafende Baby und trug es dort hin.

Sie untersuchte das Boot. Es schien nicht viel daran zu fehlen, außer daß es auf die Seite gekippt dalag und eine Menge Sand darin war, ein paar Orangenschalen und Tang. Junie versuchte aus purer Neugier, das Boot aufzurichten. Sie war verwundert, wie schwer es war und daß sie es nicht bewegen konnte.

Als Petey aufwachte, fütterte sie ihn mit einem der Sandwiches. Sie baute eine Sandburg für ihn und ließ Petey sie wieder kaputt machen. Sie entfernte etwas Seetang aus seinem Mund.

Am Anfang war nur eine einzige Sirene zu hören, die in weiter Ferne heulte und jaulte. Junie schenkte ihr keinerlei Aufmerksamkeit. In der Stadt hatte sie Polizei- und Feuerwehrautos gesehen und wußte, daß das Heulen und Jaulen von ihnen kam.

Nach einer Weile waren aber schon mehr Sirenen zu hören. Sie ließen Junie an irgendeinen seltsamen Vogel denken, der herumflog, seltsame Schreie ausstieß und nach etwas jagte.

Nach etwas jagte.

Junie lud sich das Baby und den Windelpack auf, eilte zu dem Ruderboot und duckte sich hinein, um sich zu verstecken.

Es war ein gutes Versteck. Der Bug des Bootes war so gedreht, daß man von den Klippen hinter dem Strand nicht ins Innere hineinsehen konnte. Junie horchte auf die Sirenen, einmal nah, einmal fern, während Petey auf einer sandigen Orangenschale herumkaute. Obwohl die Luft hoch über ihnen zu zittern schien, erfüllt von dem Lärm der Sirenen, schienen sie sich auf einer kleinen Insel der Stille zu befinden. Sie und Petey hatten sich vor dem Wind, vor dem Blick fremder Augen, vor dem Heulen der seltsamen, jagenden Vögel in Sicherheit gebracht – vor allem, nur nicht vor der Sonne.

Und die Sonne würde es niemand erzählen, wo sie waren ...

Die See wurde allmählich grau und sah kalt aus. Nebel zog sich zusammen, erst hing er wie eine verschwommene Wand vom Himmel herab. Dann kroch er langsam auf das Land, so langsam, daß man ihn gar nicht kommen sehen konnte. Man spürte ihn zuerst nur in der Luft – eine Feuchtigkeit, die nach Fisch und Salz roch.

Junie machte mit ihrem Mantel ein Bett für das Baby. Sie hüllte es gut ein, damit Feuchtigkeit und Kälte seinen

Schnupfen nicht verschlimmerten. Sie küßte es auf beide Augen, damit sie sich schlossen, so wie sie es in der Wohnung immer getan hatte. Peteys Finger fuhren in ihren Haaren herum und verfingen sich darin.

»Süßer Petey!«

Als sie neben ihm lag, küßte sie ihn auf die Nasenspitze.

»Mein Petey. Mein nur mir, mir, mir gehörender Petey!« sagte sie laut und frei heraus, traumverloren. Niemand konnte sie hören. Niemand konnte sagen: Schluß damit. Und Miss Gombie und die Arnolds waren weit weg.

Nach einer Weile hörte sie Stimmen, die durch den Nebel seltsam von den Klippen herabhallten. Ein Mann rief immer wieder: »Hey, Joe. Komm hier rüber!«, und kurze Zeit später schrie ein anderer Mann: »Zum Teufel, hier ist niemand. Man hat uns bloß einen Bären aufgebunden. Das ist alles.«

Junie schlief. Als sie aufwachte, zitterte sie. Es war Nacht geworden, und das einzig Helle in all der Dunkelheit war Peteys schlafendes Gesicht. Sie versuchte, sich unter den Rand des Mantels zu schmiegen, um ein bißchen von seiner Wärme mitzubekommen. Plötzlich bemerkte sie, daß sich das Boot bewegte, wenn sie sich rührte.

Sie probierte es, ganz verwirrt, noch einmal; aber es stimmte. Wenn sie ihr Gewicht verlagerte, bewegte sich das Boot ...

»Schaukle, schaukle, altes Boot«, sagte sie laut und wollte über dieses seltsame Geschehen lachen. Dann streckte sie die Hand hinaus in die Dunkelheit und spürte kaltes Wasser. Sie setzte sich auf.

Der Nebel mußte sehr, sehr dicht sein – sie spürte seine Feuchtigkeit auf dem Gesicht, und sie füllte ihre Lungen. Sie starrte hinaus, aber ihre Augen fanden keinen Lichtschein in der dunklen Nacht. Es war, wie wenn man in einen Tunnel hineinschaut oder in einen Brunnen, oder so, wie wenn man in Miss Gombies Garderobenschrank gesperrt wurde, wenn man frech war.

»Sie können uns jetzt nicht mehr finden, Petey. Wir können die ganze Nacht in unserem Boot bleiben. Wir werden sogar davonsegeln. Und morgen werden wir aufwachen und ganz woanders sein.«

Sie küßte Petey auf die Stirn und rieb ihre Wange an seiner. Dann bewegte sie das Boot hin und her. Aber obwohl es sich wie in einer Art Trog bewegte, fuhr es einfach nicht davon. Ich muß es anstoßen, dachte Junie.

Nun waren die Stimmen wieder oben auf den Felsklippen zu hören. Eine schrie, man solle Licht bringen. »Bringt das verdammte Ding *hierher*!« Und dann war da ein mondhelles Leuchten, wie Gold und sehr hell. Junie, die im Wasser neben dem Boot stand, war naß bis zu den Knien. Sie verwunderte sich über die Kälte und die kräftige Strömung.

Plötzlich riß eine saugende Strömung das Boot weg, hinaus in die Dunkelheit. Für einen Augenblick stand ihr fast das Herz still, weil sie dachte, es sei weg, hätte Petey mit sich genommen und sie am Strand zurückgelassen. Aber dann sah sie im trüben Schein der großen Lampe, die anfing, auf dem Felsufer hin- und herzuschwingen, wie das Heck in die Brandung eintauchte. Sie ergriff den Bootsrand und sprang hinein.

Die Strömung trug sie rasch hinaus. Junie erkannte es an der Schnelligkeit, mit der die große Lampe im Nebel verschwand. Sie sang leise für Petey. Die Wogen schlugen an den Schiffsrumpf und von Zeit zu Zeit drehte das Boot sich rundherum, wodurch sie fast schwindelig wurde.

»Wir fahren und fahren und ich bin tropfnaß, aber bald werd' ich trocken sein. Das ist ein Spaß«, sang sie.

Sie war durch und durch naß geworden – so naß, daß es eine Weile dauerte, bis sie erkannte, daß das Wasser nicht nur aus ihren Kleidern stammte. Es blubberte auch etwas durch winzige undichte Stellen im Boden des Bootes herein.

Sie versuchte, den Rand von Peteys Decke und schließlich auch Teile ihres Mantels in die Ritzen zu stopfen. Als sie aber merkte, daß sie so das Wasser nicht am Eindringen hindern konnte, hob sie das friedlich schlafende Kind auf und, mühsam in dem schwankenden Boot das Gleichgewicht wahrend, hielt sie Petey, so hoch sie konnte. So wartete sie, das Herz voller Liebe, und erinnerte sich an den Himmel, wie sie ihn am Morgen auf dem Fährschiff gesehen hatte.

Patricia Highsmith
Die Heldin

Sie war sich völlig sicher, daß sie die Stelle bekommen würde, so sicher, daß sie ihren Koffer gleich nach Westchester mitgebracht hatte. Und nun saß sie in einem bequemen Sessel im Salon der Christiansens und beantwortete gewissenhaft ihre Fragen. In ihrem dunkelblauen Mantel und der Baskenmütze sah sie sogar noch jünger aus als einundzwanzig.

»Haben Sie schon einmal als Kindermädchen gearbeitet?« wollte Mr. Christiansen wissen. Er saß neben seiner Frau auf dem Sofa, die Arme mit gefalteten Händen auf die Knie seiner grauen Flanellhosen gestützt. »Ich meine, haben Sie irgendwelche Referenzen?«

»Die letzten sieben Monate war ich Dienstmädchen bei Mrs. Dwight Howell in New York.« Lucille blickte ihn an, und ihre grauen Augen waren plötzlich weit geöffnet. »Von dort könnte ich eine Referenz bekommen, wenn Sie möchten ... Ich las nur heute morgen Ihre Anzeige, und da wollte ich keine Zeit verlieren. Ich habe mir schon immer gewünscht, bei einer Familie mit Kindern zu arbeiten.«

Die Begeisterung des jungen Mädchens entlockte Mrs. Christiansen ein Lächeln, das jedoch mehr ihr selbst galt. Sie nahm eine silberne Dose von dem niedrigen Tisch, erhob sich und hielt sie dem Mädchen hin.

»Bitte, bedienen Sie sich.«

»Nein danke, ich rauche nicht.«

»Nun«, sagte sie und zündete sich selbst eine Zigarette an, »wir könnten natürlich dort anrufen, aber mein Mann und ich geben mehr auf den persönlichen Eindruck als auf Referenzen ... Was meinst du, Ronald? Du wolltest doch jemanden, der Kinder wirklich gern hat.«

Eine Viertelstunde später stand Lucille Smith in ihrem Zimmer im Dienstbotengebäude hinter dem Wohnhaus und schloß die Gürtelschnalle eines neuen weißen Arbeitskleides. Dann legte sie ein wenig Lippenstift auf.

»Du fängst noch einmal ganz von vorne an, Lucille«,

sprach sie zu ihrem Spiegelbild. »Ab jetzt führst du ein glückliches, sinnvolles Leben und vergißt alles, was früher war.«

Wieder weiteten sich ihre Augen übermäßig, als wollten sie die Worte Lügen strafen. So weit geöffnet, hatten sie viel Ähnlichkeit mit denen ihrer Mutter, und ihre Mutter gehörte zu dem, was sie vergessen mußte. Sie mußte sich abgewöhnen, ihre Augen derart aufzureißen, denn das ließ sie erstaunt und auch unsicher aussehen, und das war im Umgang mit Kindern nicht eben angebracht. Ihre Hand zitterte, als sie den Lippenstift beiseite legte. Sie entspannte ihre Gesichtszüge vor dem Spiegel und strich die Vorderseite des gestärkten Arbeitskleides glatt.

Nur ein paar Kleinigkeiten wie das mit den Augen mußte sie beachten, ein paar dumme Angewohnheiten – Papierschnipsel in Aschenbechern zu verbrennen etwa oder gelegentlich die Zeit zu vergessen –, kleine Dinge, die viele Leute taten, die sie aber bewußt vermeiden mußte. Mit einiger Übung würde sie bald automatisch daran denken. Schließlich war sie ein Mensch wie andere auch (hatte der Psychiater das nicht selbst gesagt?), und andere machten sich über solche Dinge überhaupt keine Gedanken.

Sie durchquerte den Raum, ließ sich auf die Fensterbank unter den blauen Gardinen fallen und blickte hinaus auf den Garten und die Rasenfläche zwischen Dienstbotengebäude und Wohnhaus. Sie war eher lang als breit, mit einem runden Springbrunnen in der Mitte und zwei Plattenwegen, die sich wie ein schiefes Kreuz durch das Gras zogen. Da und dort standen unter Bäumen oder in einer Laube Gartenbänke, die aussahen, als seien sie aus weißem Spitzengewebe gemacht. Ein schöner Garten!

Das Haus aber war das Haus ihrer Träume! Ein weißes, zweistöckiges Gebäude mit dunkelroten Fensterläden und Türen aus Eichenholz, mit Messingtürklopfern und Klinken, die man nur anzutippen brauchte ... und ringsum weite Rasenflächen und undurchdringlich dichte, hohe Pappelreihen, so daß man glauben konnte, es gäbe weit und breit kein anderes Haus ... Das Haus der Howells in New York, dachte Lucille, hatte mit seinen schwarzen Regenstreifen, den Granitsäulen und den überladenen Ornamenten wie ein altbackener Hochzeitskuchen zwischen lauter anderen altbackenen Hochzeitskuchen ausgesehen.

Unvermittelt stand sie auf. Das Haus der Christiansens war hell und freundlich und lebendig! Und Kinder gab es hier. Dem Himmel sei Dank für die Kinder! Sie hatte sie nur noch nicht gesehen.

Sie lief die Treppe hinab, ging über den Weg, der an der Tür begann, durch den Garten, verharrte einen Augenblick, um zuzusehen, wie der feiste, schilfumstandene Faun das Wasser in den Felsenteich spie ... Wieviel wollten die Christiansens ihr bezahlen? Sie hatte es vergessen; es war ihr einerlei. Sie hätte auch umsonst gearbeitet, wenn sie nur an einem Ort wie diesem leben durfte.

Mrs. Christiansen führte sie die Treppe hinauf und öffnete die Tür zum Kinderzimmer. Ländliche Szenen in leuchtenden Farben schmückten die Wände, tanzende Paare und Tiere, blühende Bäume in lustigen Verrenkungen. Der gelbe Linoleumboden unter dem Doppelbett aus hellem Eichenholz war makellos sauber.

Die beiden Kinder lagen in einer Ecke des Raumes inmitten von Farbstiften und Bilderbüchern auf dem Fußboden.

»Das ist Lucille, Kinder«, sagte ihre Mutter, »euer neues Kindermädchen.«

Der kleine Junge stand auf. »Guten Tag«, sagte er und streckte feierlich eine farbenverschmierte Hand aus.

Lucille nahm sie und erwiderte seinen Gruß mit einem langsamen Kopfnicken.

»Und das ist Heloise.« Mrs. Christiansen führte das kleinere der beiden Kinder zu Lucille.

Heloise sah zu der weißgekleideten Gestalt auf und sagte: »Guten Tag.«

»Nicky ist neun und Heloise sechs«, erklärte Mrs. Christiansen.

»Ah«, sagte Lucille. Sie bemerkte, daß beide Kinder den gleichen rötlichen Schimmer im blonden Haar hatten wie ihr Vater. Beide trugen blaue Latzhosen ohne ein Hemd darunter, und die Haut unter den Trägern war an Schultern und Rücken sonnengebräunt.

Lucille konnte die Augen nicht von ihnen wenden. Es waren die idealen Kinder in ihrem idealen Haus. Sie sahen frei und offen zu ihr auf, ohne Mißtrauen und ohne Feindseligkeit. Nur Zuneigung und ein wenig kindliche Neugier lagen in ihrem Blick.

»... die meisten Leute leben lieber in etwas ländlicheren Gegenden«, sagte Mrs. Christiansen gerade.

»Oh, ja ... ja, Ma'am. Hier ist es ja so viel schöner als in der Stadt!«

Mrs. Christiansen strich dem kleinen Mädchen mit einer Zärtlichkeit übers Haar, die Lucille faszinierte. »Es ist gleich Zeit für den Lunch«, sagte sie. »Sie essen mit den Kindern hier oben, Lucille. Trinken Sie Tee, Kaffee oder Milch?«

»Ich hätte gern Kaffee, bitte.«

»Gut. Lisabeth bringt den Lunch in ein paar Minuten.« An der Tür wandte sie sich noch einmal um. »Macht Ihnen noch irgend etwas Sorgen, Lucille?« fragte sie leise.

»Oh, nein, Ma'am, nein.«

»Das ist auch nicht nötig.« Sie sah aus, als wollte sie noch etwas sagen, lächelte dann aber nur und ging hinaus.

Lucille blickte ihr nach und fragte sich, was dieses Etwas gewesen sein mochte.

»Du bist viel hübscher als Catherine«, sagte Nicky.

Lucille drehte sich um. »Wer ist Catherine?« Sie ließ sich auf einem Fußkissen nieder, und als sie ihre ganze Aufmerksamkeit auf die beiden Kinder richtete, die sie noch immer unverwandt anblickten, fühlte sie, wie die Spannung aus ihren Schultern wich.

»Das Kindermädchen, das wir vorher hatten. Sie ist nach Schottland zurück, wegen des Krieges. Ich bin froh, daß du da bist. Catherine mochten wir nicht.«

Heloise stand mit den Händen auf dem Rücken da und wiegte sich hin und her, während sie Lucille betrachtete.

»Nein«, sagte sie, »Catherine mochten wir nicht.«

Nicky sah seine Schwester an. »Das hab' ich doch gerade gesagt!«

Lucille lachte und umfaßte ihre Knie. Da lachten auch Nicky und Heloise.

Ein farbiges Dienstmädchen, hager und von unbestimmbarem Alter, kam mit einem dampfenden Tablett herein und stellte es auf den Tisch in der Mitte des Raumes. »Ich bin Lisabeth Jenkins, Miss«, sagte sie schüchtern, während sie die Papierservietten auf dem Tisch verteilte.

»Ich heiße Lucille Smith«, erwiderte das Mädchen.

»Den Rest machen Sie besser selbst, Miss. Wenn Sie noch irgend etwas brauchen, rufen Sie einfach.« Sie ging hinaus, und ihre Hüften unter dem blauen Arbeitskleid sahen schmal und knochig aus.

Lucille setzte sich mit den Kindern zu Tisch und nahm den Deckel von der großen Schüssel. Drei mit Petersilie garnierte Omeletts kamen zum Vorschein, die in dem Sonnenstreifen, der über den Tisch fiel, hellgelb aufleuchteten. Zuerst aber mußte sie die Tomatensuppe in die Teller füllen und dreieckige Toaststücke mit Butter austeilen. Ihr Kaffee war in einer silbernen Kanne, und für die Kinder gab es zwei große Gläser Milch.

Der Tisch war zu niedrig für Lucille, aber das störte sie nicht. Es war herrlich, einfach nur mit den beiden Kindern hier zu sitzen, während die Sonne warm und fröhlich auf den gelben Linoleumboden, auf den Tisch und auf Heloises rosiges Gesicht ihr gegenüber schien. Wie schön, nicht mehr bei den Howells zu sein! Sie war dort immer ungeschickt gewesen. Hier aber würde es ihr niemand übelnehmen, wenn ihr ein Deckel aus der Hand glitt oder wenn sie jemandem den Soßenlöffel in den Schoß fallen ließ. Die Kinder würden nur darüber lachen.

Lucille nahm einen Schluck von ihrem Kaffee.

»Willst du nichts essen?« fragte Heloise, die schon mit vollen Backen kaute.

Die Tasse glitt aus Lucilles Fingern, und der halbe Inhalt ergoß sich über die Tischdecke. Nein, sie war nicht aus Stoff, Gott sei Dank, nur aus Wachstuch. Man konnte sie mit einem Papiertuch sauberwischen, und Lisabeth würde es nie erfahren.

»Ferkel!« lachte Heloise.

»Heloise!« wies Nicky sie zurecht und ging ins Badezimmer, um Papiertücher zu holen.

Zusammen wischten sie den Kaffee auf.

»Dad gibt uns immer ein bißchen von seinem Kaffee ab«, sagte Nicky, als er sich wieder an seinen Platz setzte.

Lucille hatte gerade überlegt, ob die Kinder ihrer Mutter von dem Mißgeschick erzählen würden. Wollte Nicky sie bestechen?

»So«? sagte sie.

»Ja, er schüttet uns ein bißchen in die Milch«, fuhr Nicky fort, »so viel, daß man gerade die Farbe sieht.«

»So viel?« Und Lucille ließ ein wenig Kaffee aus dem anmutig geschwungenen Silberschnabel der Kanne in die beiden Gläser laufen.

Die Kinder hielten vor Freude den Atem an. »Ja!«

»Mutter will nicht, daß wir Kaffee trinken«, erklärte Nicky, »aber wenn sie gerade nicht herschaut, gibt uns Dad ein bißchen ab, so wie du eben. Dad sagt, ohne seinen Kaffee ist er ein halber Mensch, und mir geht es genauso. Oh Mann, Catherine hätte das nie gemacht, oder, Heloise?«

»Catherine? Nie!« Heloise nahm genießerisch einen tiefen Zug aus ihrem Glas, das sie mit beiden Händen festhielt.

Lucille fühlte, wie tief aus ihrem Innern ein Glühen aufstieg, das zuletzt auch ihr Gesicht erfaßte und dort brannte. Die Kinder mochten sie, das stand außer Frage.

Sie dachte jetzt daran zurück, wie oft sie während der drei Jahre, die sie in verschiedenen Häusern als Dienstmädchen gearbeitet hatte (das war alles, wozu sie taugte, so hatte sie immer geglaubt), in die Parks der Stadt gegangen war, einfach um dort auf einer Bank zu sitzen und den Kindern beim Spielen zuzusehen. Aber die Kinder waren meist schmutzig gewesen oder hatten ordinäre Ausdrücke gebraucht, und sie selbst war immer eine Außenseiterin gewesen. Einmal hatte sie gesehen, wie eine Mutter ihr Kind ins Gesicht geschlagen hatte. Sie wußte noch, wie sie voller Schmerz und Entsetzen fortgerannt war.

»Warum machst du denn so große Augen?« fragte Heloise.

Lucille fuhr zusammen. »Meine Mutter hatte auch so große Augen«, erwiderte sie langsam, als sei es ein Geständnis.

»Ach so«, gab Heloise befriedigt zurück.

Lucille schnitt langsam in das Omelett. Sie mochte es nicht essen. Drei Wochen war ihre Mutter nun tot. Drei Wochen erst, doch es erschien ihr viel, viel länger. Das kam daher, daß sie vergaß, so dachte sie, daß sie all die vergeblichen Hoffnungen der letzten drei Jahre vergaß, die Hoffnung, ihre Mutter würde in der Heilanstalt wieder gesund werden. Was aber hätte das bedeutet? Die Krankheit war etwas für sich, und ihre Mutter war daran gestorben.

Es war sinnlos gewesen, darauf zu hoffen, daß sie wieder völlig normal werden würde. Sie war es nie gewesen, das wußte Lucille, und das hatten sogar die Ärzte gesagt. Und noch andere Dinge hatten sie ihr gesagt, gute, ermutigende Dinge über sie selbst: daß sie genauso normal sei, wie ihr Vater es gewesen war.

Sie blickte über den Tisch in Heloises freundliches kleines Gesicht und fühlte, wie das besänftigende Glühen wiederkehrte. Ja, in diesem wunderbaren Haus, von der übrigen Welt abgeschlossen, würde sie vergessen und einen neuen Anfang machen können.

»Wie wär's jetzt mit dem Nachtisch?« fragte sie.

Nicky wies auf ihren Teller. »Du hast ja noch gar nicht aufgegessen.«

»Ich hab' keinen Hunger mehr.« Lucille teilte ihren Nachtisch unter den Kindern auf.

»Jetzt könnten wir im Sandkasten spielen«, schlug Nikky vor. »Das machen wir sonst immer nur morgens, aber ich möchte dir gern unsere Burg zeigen.«

Der Sandkasten lag hinter dem Haus, in einer Ecke, die durch einen Anbau gebildet wurde. Lucille ließ sich auf der Holzeinfassung nieder, und die Kinder begannen wie zwei emsige Gnome den Sand aufzuhäufen und festzuklopfen.

»Ich bin die gefangene Prinzessin!« rief Heloise.

»Ja, und ich rette sie, Lucille. Gleich geht's los!«

Die Burg aus feuchtem Sand wuchs rasch empor. Sie hatte kleine Türmchen mit Blechfähnchen auf der Spitze, einen Burggraben und eine Zugbrücke aus dem Deckel einer im Sand vergrabenen Zigarrenkiste. Lucille sah fasziniert zu. Sie erinnerte sich lebhaft an die Geschichte von Brian de Bois-Guilbert und Rebecca. Sie hatte ›Ivanhoe‹ in einem Zug durchgelesen und dabei Zeit und Raum vergessen, so wie jetzt auch.

Als die Burg fertig war, legte Nicky ein halbes Dutzend Murmeln hinter die Zugbrücke. »Das sind die guten Soldaten, die sind hier gefangen«, erläuterte er. Mit Hilfe eines weiteren Zigarrenkistendeckels baute er ein Sandportal vor ihnen auf.

Unterdessen sammelte Heloise Munition in Form kleiner Kieselsteine, die sie neben der Hauswand auflas. »Wir beschießen jetzt das Tor, und die guten Soldaten kommen über die Brücke den Berg herunter, und dann bin ich gerettet!«

»Nichts verraten! Sie wird es ja gleich sehen!«

Mit ernster Miene schleuderte Nicky die Kieselsteine vom Rand der Sandkiste gegen das Burgtor, während Heloise von ihrem Platz hinter der Burg ab und zu eine Hand hervorschob, um die Schäden auszubessern, so gut es zwischen den Attacken ging, denn sie war nicht nur die gefangene Prinzessin, sondern zugleich die Streitmacht, die die Burg verteidigte.

Plötzlich hielt Nicky inne und sah Lucille an. »Dad kann mit einem Stock schießen. Auf das eine Ende legt er einen Stein, und dann haut er auf das andere Ende drauf. Das ist eine Balliske.«

»Eine Balliste«, verbesserte Lucille.

»Mann, woher weißt du das?«

»Ich hab's in einem Buch gelesen – über Burgen.«

»Mann!« Nicky begann wieder zu schießen. Es war ihm peinlich, daß er das Wort falsch ausgesprochen hatte. »Wir müssen jetzt schnell die guten Soldaten befreien, die sind ja noch gefangen. Und dann, wenn sie frei sind, können wir alle zusammen kämpfen und die Burg stürmen!«

»Und die Prinzessin retten!« warf Heloise ein.

Beim Zuschauen ertappte sich Lucille dabei, daß sie eine wirkliche Katastrophe herbeiwünschte, irgend eine schreckliche Gefahr, in die Heloise geraten würde. Dann würde sie sich zwischen den Angreifer und das Kind werfen und ihre Tapferkeit und Ergebenheit unter Beweis stellen. Sie würde dabei schwer verwundet werden, vielleicht durch Kugeln oder Messerstiche, aber den Angreifer würde sie in die Flucht schlagen. Dann würden die Christiansens sie lieben und sie für immer bei sich behalten. Würde jetzt plötzlich irgendein Irrer über sie herfallen, ein Mensch mit verzerrtem Mund und blutunterlaufenen Augen, sie würde sich keine Sekunde fürchten.

Die Sandbarriere bröckelte, und der erste der guten Murmelsoldaten kämpfte sich frei und kullerte den Hügel hinab. Nicky und Heloise kreischten vor Vergnügen. Die Mauer gab vollends nach, und zwei, drei, vier weitere buntgestreifte Soldaten folgten dem ersten.

Lucille beugte sich vor. Endlich begriff sie! Auch sie war wie die guten Soldaten in einer Burg gefangen gewesen. Die Burg war das Haus der Howells in der Stadt, und Nicky und Heloise hatten sie befreit. Sie war jetzt frei und konnte gute Taten vollbringen. Wenn nur etwas passieren würde ...

»Aua! Au!«

Es war Heloise. Nicky hatte ihren Finger gegen den Rand der Sandkiste gequetscht, als sie sich um eine Murmel gebalgt hatten.

Lucille ergriff die Hand des Kindes, und ihr Herz klopfte, als sie das Blut sah, das aus vielen kleinen Punkten in der zerschrammten Haut hervordrang. »Tut es sehr weh, Heloise?«

»Sie hätte die Murmeln nicht anfassen dürfen!« Schmollend setzte sich Nicky in den Sand.

Lucille wickelte ihr Taschentuch um den Finger und trug Heloise fast ins Haus, außer sich vor Angst, Lisabeth oder Mrs. Christiansen könnten sie sehen. Sie brachte Heloise ins Bad neben dem Kinderzimmer und fand im Apothekenschränkchen Jod und Verbandszeug.

Behutsam wusch sie den Finger. Es war nur eine kleine Schramme, und Heloise hörte auf zu weinen, als sie sah, wie harmlos die Wunde war.

»Schau, es ist nur ein kleiner Kratzer!« sagte Lucille, doch nur um das Kind zu beruhigen. Für sie war es kein kleiner Kratzer. Für sie war gleich am ersten Nachmittag, den sie mit ihren Schutzbefohlenen verbrachte, etwas Furchtbares geschehen, eine Katastrophe, die sie nicht abzuwenden vermocht hatte. Inständig wünschte sie, es wäre ihre eigene Hand, und die Verletzung wäre sehr viel schlimmer.

Heloise lächelte, als Lucille ihr den Verband anlegte. »Du darfst Nicky nicht bestrafen«, sagte sie, »er hat es nicht mit Absicht getan. Er spielt nur immer so wild.«

Doch Lucille dachte nicht daran, Nicky zu bestrafen. Sie wollte nur sich selbst bestrafen, einen Stock nehmen und ihn in die eigene Hand stoßen.

»Was machst du denn mit deinen Zähnen?«

»Ich – ich hatte Angst, dir weh zu tun.«

»Nein, nein, es tut gar nicht mehr weh.« Und Heloise hüpfte aus dem Badezimmer, sprang auf ihr Bett und streckte sich auf der hellbraunen Decke aus, die das Bett ganz bedeckte und bis zum Boden herabreichte. Ihr verbundener Finger hob sich schneeweiß von dem sonnengebräunten Arm ab.

»Wir müssen jetzt unseren Mittagsschlaf halten«, erklärte sie Lucille und schloß die Augen. »Bis später.«

»Bis später.« Lucille versuchte zu lächeln.

Sie ging nach unten, um Nicky zu holen, und als sie mit ihm die Treppe heraufkam, stand Mrs. Christiansen an der Kinderzimmertür.

Lucille wurde blaß. »Es ist nicht schlimm, Ma'am, nur eine – eine Schramme, vom Sandkasten.«

»Heloises Finger? Nein, nein, machen Sie sich keine Sorgen, Lucille. Die Kinder holen sich immer irgendwelche Schrammen. Das ist nur gut, dann passen sie besser auf.«

Mrs. Christiansen trat ins Zimmer und setzte sich auf Nickys Bettrand. »Nicky, Liebling, du mußt lernen, ein bißchen vorsichtiger zu sein. Sieh nur, wie du Lucille erschreckt hast!« Sie lachte und fuhr ihm durchs Haar.

Lucille sah ihnen von der Tür aus zu. Wieder fühlte sie sich als Außenseiterin, doch dieses Mal ihrer eigenen Unfähigkeit wegen. Wie anders aber war die Szene hier als jene, die sie in den Parks beobachtet hatte!

Beim Hinausgehen klopfte ihr Mrs. Christiansen leicht auf die Schulter. »Bis es dunkel wird, haben sie alles vergessen.«

»Bis es dunkel wird«, flüsterte Lucille, als sie ins Kinderzimmer zurückging. »Wie schön das klingt!«

Während die Kinder schliefen, blätterte sie eine bebilderte ›Pinocchio‹-Ausgabe durch. Sie war begierig auf Geschichten, jede Art von Geschichten, am meisten aber auf Märchen und Abenteuergeschichten. Und das Bücherregal neben ihr war voll davon. Sie würde Monate brauchen, um alles zu lesen. Daß es Kinderbücher waren, machte ihr nichts aus. Im Grunde waren sie ihr sogar lieber, denn es gab darin Bilder von Tieren in Menschenkleidern, von Tischen und Häusern und allen möglichen anderen zum Leben erwachten Dingen.

Und während sie die Seiten des Buches umwandte, überkam sie ein so starkes Gefühl der Zufriedenheit und des Glücks, daß sie kaum weiterzulesen vermochte. Der Arzt in der Anstalt hatte ihr geraten, viel zu lesen, wie sie sich erinnerte, und ihr gesagt, sie solle auch ins Kino gehen. »Gehen sie unter Menschen, unter normale Menschen, und vergessen Sie die Probleme ihrer Mutter ...« (»Probleme« hatte er es damals genannt, während er sonst immer von »Veranlagung« gesprochen hatte. Es war Veranlagung – wie eine Bedrohung, die sich durch die Generationen zog. Und durch sie selbst, so hatte sie geglaubt.)

Lucille sah das Gesicht des Psychiaters noch vor sich, den leicht zur Seite geneigten Kopf, die Brille, die er beim Sprechen in der Hand hielt. Er sah genauso aus, wie ihrer Meinung nach ein Psychiater auszusehen hatte. »Daß Ihre Mutter diese Veranlagung hatte, heißt noch lange nicht, daß Sie nicht genauso normal sind wie Ihr Vater. Alles spricht dafür, daß Sie es sind. Sie sind doch ein intelligentes Mädchen, Lucille. Suchen Sie sich eine Arbeit, irgendwo außerhalb der Stadt – entspannen Sie sich, genießen Sie Ihr Leben. Sie sollten sogar das Haus vergessen, in dem Ihre Familie gewohnt hat. Ein Jahr auf dem Land, und –«

Auch das war vor drei Wochen gewesen, unmittelbar, nachdem ihre Mutter auf der Krankenstation der Anstalt gestorben war. Und der Arzt hatte recht gehabt. In diesem Haus, in dem es Frieden und Liebe, Schönheit und Kinder gab, fühlte sie, wie sie alle Mühsal der Stadt abstreifte wie eine Schlange ihre Haut. Und das bereits nach einem halben Tag! Noch eine Woche, und sie würde das Gesicht ihrer Mutter für immer vergessen haben.

Mit einem kleinen, fast ekstatischen Freudenseufzer

drehte sie sich zu dem Bücherregal um und nahm aufs Geratewohl sechs große, dünne, leuchtend bunte Bücher heraus. Eines davon legte sie mit den geöffneten Seiten nach unten auf ihren Schoß, ein anderes schlug sie auf und lehnte es sich gegen die Brust, die übrigen behielt sie in der Hand. Dann preßte sie ihr Gesicht mit halbgeschlossenen Augen in den ›Pinocchio‹-Band.

Langsam wiegte sie sich auf ihrem Stuhl hin und her und dachte an nichts anderes mehr als an ihr Glück und ihre Dankbarkeit. Unten schlug die Uhr drei, doch sie hörte es nicht.

»Was machst du denn da?« fragte Nicky, und seine Stimme verriet höfliche Neugier.

Lucille nahm das Buch vom Gesicht. Als sie den Sinn seiner Frage erfaßte, errötete sie und lächelte wie ein glückliches, aber schuldbewußtes Kind. »Ich lese«, lachte sie.

Auch Nicky lachte. »Du hältst dir das Buch aber dicht vor die Augen!«

»Ja, wirklich«, sagte Heloise, die sich ebenfalls aufgesetzt hatte.

Nicky trat zu Lucille und musterte die Bücher in ihrem Schoß. »Wir stehen um drei auf. Liest du uns jetzt vor? Catherine hat uns immer bis zum Abendessen vorgelesen.«

»Soll ich euch aus ›Pinocchio‹ vorlesen?« schlug Lucille vor, glücklich über die Aussicht, die Seligkeit mit ihnen teilen zu können, die ihr die ersten Seiten des Buches vermittelt hatten. Sie ließ sich auf dem Fußboden nieder, damit die Kinder die Bilder betrachten konnten, während sie las.

Begierig beugten Nicky und Heloise die Köpfe über das Buch, so daß Lucille manchmal kaum weiterlesen konnte. Sie wußte nicht, daß sie mit einem angespannten Interesse las, das sich auch auf die Kinder übertrug, und daß sie deshalb so viel Freude daran hatten. Zwei Stunden las sie, und die Zeit verflog, fast so, als wären es zwei Minuten.

Um kurz nach fünf brachte Lisabeth das Tablett mit dem Abendessen, und danach wollten Nicky und Heloise wieder vorgelesen bekommen, bis sie um sieben ins Bett mußten. Lucille freute sich und fing ein neues Buch an, doch als Lisabeth das Tablett holen kam, sagte sie ihr, es sei jetzt Zeit, die Kinder zu baden. Mrs. Christiansen werde bald heraufkommen, um ihnen gute Nacht zu sagen.

Als Mrs. Christiansen um sieben Uhr erschien, saßen die Kinder, frisch gebadet und in ihren Bademänteln, in eine neue Geschichte vertieft mit Lucille auf dem Fußboden.

»Weißt du«, wandte sich Nicky an seine Mutter, »die Bücher haben wir alle mit Catherine schon gelesen, aber bei Lucille meint man, es sind ganz neue!«

Lucille errötete vor Freude. Als die Kinder im Bett waren, ging sie mit Mrs. Christiansen nach unten.

»Ist alles in Ordnung, Lucille? Sicher haben Sie noch ein paar Fragen?«

»Nein, Ma'am, nur ... könnte ich wohl nachts einmal nach den Kindern sehen?«

»Aber nein, Lucille, ich möchte nicht, daß Sie extra aufstehen. Das ist sehr lieb von Ihnen, aber es ist wirklich nicht nötig.«

Lucille schwieg.

»Es könnte sein, daß Ihnen die Abende hier ein bißchen lang werden. Sollten Sie einmal ins Kino wollen, dann wird Alfred Sie gern mit dem Wagen in die Stadt bringen. Alfred ist der Chauffeur.«

»Vielen Dank, Ma'am.«

»Also dann, gute Nacht, Lucille.«

»Gute Nacht, Ma'am.«

Lucille verließ das Haus durch die Hintertür und durchquerte den Garten, wo noch immer der Brunnen plätscherte. Und als sie vor ihrem Zimmer stand und den Türknauf umfaßte, wünschte sie sich, es wäre die Tür des Kinderzimmers, es wäre acht Uhr morgens und der Beginn eines neuen Tages.

Und doch war sie müde, angenehm müde. Wie schön es war, so dachte sie, als sie das Licht löschte, am Abend richtig müde zu sein (dabei war es erst neun), und nicht noch voller Tatendrang, und nicht noch lange wachzuliegen, weil sie an ihre Mutter dachte oder sich um sich selbst sorgte.

Sie erinnerte sich, wie sie einmal, es war noch gar nicht lange her, eine Viertelstunde lang nicht in der Lage gewesen war, sich auf ihren Namen zu besinnen, und wie sie in ihrer Panik zum Arzt gestürzt war.

Doch das war vorbei! Sie konnte sogar Alfred bitten, ihr aus der Stadt ein Päckchen Zigaretten mitzubringen – ein Luxus, den sie sich seit Monaten nicht mehr gestattet hatte.

Aus ihrem Fenster warf sie einen letzten Blick zum Haus hinüber. Die Chintzvorhänge des Kinderzimmers bauschten sich und wehten dann wieder zurück. Der Wind fuhr durch die nickenden Pappelspitzen, und es klang wie ein stetig dahinfließendes Plaudern hoher Kinderstimmen.

Der zweite Tag verlief so wie der erste, nur ohne Mißgeschicke, ohne Schrammen, der dritte und der vierte ebenso. Gleichförmig und regelmäßig reihten sich die Tage aneinander wie Nickys Zinnsoldaten auf dem Kinderzimmertisch. Das einzige, was sich veränderte, war Lucilles Liebe zu der Familie und den Kindern – eine blinde, leidenschaftliche Ergebenheit, die sich an jedem neuen Morgen zu verdoppeln schien.

Es gab so vieles, was sie wahrnahm und liebgewann: die Art, wie Heloise mit kleinen Schlucken tief im Hals ihre Milch trank, den blonden Flaum auf dem Rücken der Kinder, der sich im Nacken mit dem Haar vereinigte, die Verletzlichkeit der kleinen Körper in der Badewanne.

Am Samstagabend fand sie einen an sie adressierten Umschlag im Briefkasten des Dienstbotengebäudes. Er enthielt einen leeren Briefbogen und darin einen neuen Zwanzigdollarschein.

Lucille faßte den Schein an seinem steifen Rand. Sein Wert bedeutete ihr nichts, denn um ihn auszugeben, mußte sie in die Geschäfte gehen, und dort waren andere Menschen. Wozu brauchte sie Geld, wenn sie das Haus der Christiansens nie mehr verließ? Es würde sich einfach ansammeln, jede Woche zwanzig Dollar. In einem Jahr würden es 1040 Dollar sein, in zwei Jahren 2080. Am Ende würde sie so viel besitzen wie die Christiansens, und das wäre nicht richtig.

Würden sie es sehr sonderbar finden, wenn sie darum

bat, umsonst arbeiten zu dürfen? Oder vielleicht für zehn Dollar?

Sie mußte mit Mrs. Christiansen reden, und am nächsten Morgen ging sie zu ihr. Der Zeitpunkt war ungünstig: Mrs. Christiansen stellte gerade den Speisezettel für eine Dinnereinladung zusammen.

»Es ist wegen meines Lohnes, Ma'am«, begann Lucille.

»Ja?« sagte Mrs. Christiansen mit ihrer angenehmen Stimme.

Lucille sah zu, wie der gelbe Bleistift in ihrer Hand flink über das Papier glitt. »Es ist zu viel für mich, Ma'am.«

Der Bleistift stand still. Mrs. Christiansen öffnete verwundert den Mund. »Sie sind wirklich ein merkwürdiges Mädchen, Lucille!«

»Merkwürdig? Wieso?« fragte Lucille neugierig.

»Nun ja, erst möchten Sie praktisch Tag und Nacht bei den Kindern sein, nicht einmal Ihren freien Nachmittag wollen Sie nehmen. Sie reden immer davon, daß Sie etwas ›Wichtiges‹ für uns tun möchten, obwohl ich mir nicht vorstellen kann, was das sein könnte. Und jetzt ist Ihnen Ihr Lohn zu hoch! Ein Mädchen wie Sie hatten wir noch nie, Lucille. Sie sind anders, glauben Sie mir!«

Sie lachte, und ihr Lachen war leicht und locker und stand in seltsamem Gegensatz zur Anspannung des Mädchens.

Lucille dachte noch über ihre Worte nach. »Anders? Wieso anders, Ma'am?«

»Aber Kind, das habe ich Ihnen doch gerade erklärt. Und auf keinen Fall werde ich Ihren Lohn kürzen, ich will Sie doch nicht ausbeuten. Im Gegenteil: Sollten Sie einmal eine Erhöhung wünschen –«

»Nein, oh nein, Ma'am ... ich würde nur so gern mehr für Sie tun – und für die Kinder.«

»Lucille! Sie arbeiten doch für uns, nicht wahr? Sie kümmern sich um unsere Kinder. Was könnte es Wichtigeres geben?«

»Ich meine nur – etwas Größeres, etwas –«

»Unsinn, Lucille«, schnitt ihr Mrs. Christiansen das Wort ab. »Nur weil die Leute, bei denen Sie vorher waren, vielleicht nicht so – freundlich waren wie wir, brauchen Sie sich bei uns doch nicht wie ein Sklave abzurakkern.«

Sie wartete, daß das Mädchen Anstalten machte zu gehen, doch Lucille blieb verwirrt dreinblickend neben dem Schreibtisch stehen. »Mr. Christiansen und ich sind sehr zufrieden mit Ihnen, Lucille.«

»Danke, Ma'am.«

Sie ging zurück ins Kinderzimmer, wo die Kinder spielten. Es war ihr nicht gelungen, sich Mrs. Christiansen verständlich zu machen. Wenn sie einfach noch einmal zu ihr gehen und ihr erklären könnte, was sie fühlte, wenn sie von ihrer Mutter erzählen könnte und von den vielen Monaten der Angst, die sie um sich selbst ausgestanden hatte ... wie sie niemals gewagt hatte, Alkohol zu trinken oder auch nur eine Zigarette zu rauchen ... und wie gut es ihr tat, einfach mit der Familie in diesem schönen Haus zu sein ... Es hätte sie erleichtert, ihr all das zu sagen.

Sie wandte sich zur Tür, doch der Gedanke, Mrs. Christiansen zu stören oder sie mit ihrer Geschichte – einer banalen Dienstmädchengeschichte – zu langweilen, ließ sie innehalten. So trug sie ihre unausgesprochene Dankbarkeit für den Rest des Tages wie eine schwere Last mit sich herum.

Bis nach Mitternacht saß sie bei eingeschaltetem Licht in ihrem Zimmer. Sie besaß jetzt Zigaretten und gestattete sich jeden Abend drei davon, die jedoch genügten, um ihr Blut in Wallung, ihren Geist aber zur Ruhe zu bringen. Dann gab sie sich ihren heroischen Träumen hin. Und wenn die drei Zigaretten aufgeraucht waren und sie Lust auf eine weitere verspürte, stand sie auf, ganz leicht im Kopf, und legte die Zigarettenpackung in die oberste Schublade, um die Versuchung zu bannen.

Als sie an diesem Abend die Schublade aufzog, sah sie auf ihrem Taschentuchkästchen den Zwanzigdollarschein liegen, den die Christiansens ihr gegeben hatten. Sie nahm ihn heraus und setzte sich wieder auf ihren Stuhl.

Sie zog ein Zündholz aus der Streichholzschachtel, zündete es an und lehnte es mit dem brennenden Ende nach unten gegen die Wand des Aschenbechers. Langsam ließ sie ein Zündholz nach dem anderen aufflammen und ordnete sie sorgsam zu einem kleinen flackernden, wohlkontrollierten Flammenkranz an. Als alle Zündhölzer verbraucht waren, riß sie den Pappdeckel der Schachtel in kleine Schnipsel und schob sie langsam in das Feuer. Schließlich nahm sie den Zwanzigdollarschein und riß mit einiger Mühe gleich große Stücke davon ab. Auch sie wanderten in die Flammen.

Mrs. Christiansen hatte sie nicht verstanden, doch wenn sie dies hier sehen könnte, würde sie vielleicht verstehen. Und doch genügte es noch nicht. Einfach nur pflichtgetreu zu dienen, reichte ebenfalls nicht aus. Das würde jeder tun, für Geld. Sie aber war anders. Hatte es Mrs. Christiansen nicht selbst gesagt?

Dann fiel ihr ein, was sie ihr noch gesagt hatte: »Mr. Christiansen und ich sind sehr zufrieden mit Ihnen, Lucille.«

Bei der Erinnerung an diese Worte erhob sie sich mit einem verzückten Lächeln auf den Lippen von ihrem Stuhl. Sie fühlte sich wunderbar stark und sicher in der Kraft ihres Geistes und ihrer Position im Haushalt. *Mr. Christiansen und ich sind sehr zufrieden mit Ihnen, Lucille.* Nur eines fehlte ihr noch zu ihrem Glück: Sie mußte sich in einer Notlage bewähren.

Wenn eine Plage sie heimsuchen würde, wie sie es in der Bibel gelesen hatte: ... »Und es begab sich, daß eine große Plage über das Land kam.« So würde es in der Bibel heißen. Sie malte sich aus, wie Wasserfluten höher und höher gegen das große Haus schlugen, bis sie fast schon ins Kinderzimmer drangen. Dann würde sie die Kinder retten, sie schwimmend in Sicherheit bringen, wo immer das sein mochte.

Rastlos ging sie im Zimmer auf und ab.

Oder ein Erdbeben ... Sie würde zwischen niederkrachenden Mauern ins Haus stürzen und die Kinder hinaustragen. Vielleicht würde sie noch einmal umkehren, um irgendeine Kleinigkeit zu holen, Nickys Zinnsoldaten oder Heloises Malkasten, und dabei würde sie von herabstürzenden Trümmern erschlagen werden. Dann würden die Christiansens wissen, wie treu ergeben sie ihnen gewesen war.

Oder ein Feuer würde ausbrechen. Das konnte überall

geschehen. Ein Feuer war etwas Alltägliches, und es bedurfte dazu keiner rächenden Heimsuchung des Himmels. Ein fürchterliches Feuer konnte ausbrechen, dazu genügten das Benzin in der Garage und ein Streichholz.

Sie ging die Treppe hinunter und betrat durch die Innentür die Garage. Der Kanister war sehr groß und randvoll, und wenn sie nicht ganz durchdrungen gewesen wäre von der Notwendigkeit und Wichtigkeit ihres Tuns, so hätte sie nicht vermocht, ihn von der Garage zur Haustür zu tragen.

Sie rollte ihn über die Rasenfläche, so wie sie es bei Männern mit Bierfässern oder Mülltonnen gesehen hatte. Das Gras verschluckte jedes Geräusch, nur auf einem der Plattenwege gab es ein kurzes Rumpeln, das sich rasch in der Nacht verlor.

Keines der Fenster war erleuchtet, doch das hätte Lucille nicht abgehalten. Und es hätte sie auch nicht abgehalten, wenn Mr. Christiansen persönlich am Brunnen gestanden hätte, denn sie hätte ihn wohl kaum gesehen. Und selbst wenn – stand sie nicht im Begriff, eine edle Tat zu vollbringen?

Sie schraubte den Deckel ab und goß etwas Benzin an eine Hausecke, rollte den Kanister weiter, schüttete Benzin über die weißen Schindeln an der Hauswand und fuhr so fort, bis sie die andere Hausecke erreichte. Dann strich sie ihr Zündholz an, ging den Weg, den sie gekommen war, zurück und setzte dabei die nassen Stellen in Brand. Ohne sich umzusehen, kehrte sie zum Dienstbotengebäude zurück, stellte sich an die Tür und schaute zu.

Die Flammen waren zuerst fahl und unruhig, dann färbten sie sich gelb, mit roten Einsprengseln. Während Lucille hinübersah, strömte alle Spannung, die noch ihren Körper oder ihren Geist beherrschte, in stetem Fluß aufwärts und wurde für immer von ihr genommen, so daß Muskeln und Gehirn nun frei waren für die selbstgewählte Spannung des Wettkämpfers vor dem Startschuß. Sie würde warten, bis die Flammen hoch aufloderten, bis hinauf zum Kinderzimmer sogar, dann würde sie hineinstürzen, im Augenblick, da die Gefahr am größten war.

Das Lächeln einer Heiligen umspielte ihren Mund, und wer sie dort neben der Tür gesehen hätte, das Gesicht vom tanzenden Lichtschein erhellt, der hätte ohne Zweifel eine schöne, junge Frau gesehen.

Sie hatte das Feuer an fünf Stellen entfacht, und die Flammen krochen von dort die Wände empor wie Finger einer Hand, warm flackernd und sanft liebkosend. Lucille lächelte und hielt sich noch immer zurück. Da explodierte plötzlich der überhitzte Kanister mit einem Knall wie ein Kanonenschlag und tauchte für einen Augenblick die ganze Szenerie in helles Licht.

Und als sei dies das Signal, auf das sie gewartet hatte, trat Lucille nun selbstgewiß und ruhig ihren Weg an.

Carol Clemeau
Flüche

»Frau Professor Nielsen, meinen Sie das im Ernst?«

»Mich interessiert, ob sie tatsächlich wirken. Weil ich mir eine ganze Reihe von Leuten vorstellen kann –«

»Haben Sie keine Bedenken, uns eine solche Hausarbeit aufzugeben? Ich meine, wo Sie doch Lehrerin sind und so?«

Antonia grinste die sechs Studenten, die in ihrer Übung zur lateinischen historischen Prosa saßen, an.

»Ja, ja und nein in dieser Reihenfolge«, sagte sie. »Ich meine es stets ernst, wie Sie inzwischen wissen sollten. Natürlich wirken sie – würde ich etwa Ihre und meine Zeit damit vergeuden, Flüche zu ersinnen, die nicht einmal wirken? Und warum sollte ich wohl Bedenken haben – ich, die ich von aller Welt bewundert, respektiert und geliebt werde?« Darauf funkelte Antonia die sechs grimmig an, für den Fall, daß sie sich unterstehen sollten, die Zuneigung und den Respekt, den sie allgemein abnötigte, zu bestreiten. Zwei von ihnen kicherten.

Jessica Hopewell, die in der hintersten Reihe saß, den Kopf an die grüne Tafel gelehnt, kicherte nicht. Ihr Gesichtsausdruck war wie üblich skeptisch und ein bißchen müde. Offensichtlich gefiel sie sich in ihrem letzten Jahr an der Universität in der Pose der blasierten Lebensüberdrüssigen. Das paßte eigentlich gar nicht zu der Jessica, wie sie Antonia in den Jahren zuvor kannte, aber die höheren Semester pflegten seltsamen Stimmungen unterworfen zu sein, während sie sich der Schwelle zur realen Welt näherten.

»Das Schwierige an Miss Nielsen«, sagte Jessica, »ist es, herauszufinden, *was* sie jeweils ernst meint. Im Moment, glaube ich, ist es ihr ganz ernst mit dem Hortativ oder vielleicht auch noch mit *ut*-Sätzen bei den Verben des Befehlens. Ob sie allerdings auch im Ernst auf jemanden Viertagefieber oder Migräne herabwünscht – wer weiß?«

Die Klasse lachte, und Antonia lachte mit. Die sechs Jahre, die sie jetzt vor Studenten stand, hatten sie gelehrt, daß es nicht die respektlosen sind, die den Unterrichtserfolg bedrohen. Die Studenten, denen der Universitätsbetrieb Angst und Mißtrauen einflößte, behandelten sie normalerweise ehrerbietig und hatten nicht die Spur von Humor. Es waren die Jessicas der akademischen Welt, gelegentlich frech und vorlaut, aber im Grunde ihres Herzens ernsthaft, die das Unterrichten erträglich und gelegentlich sogar amüsant machten.

»Das Schwierige an Miss *Hopewell*«, sagte Antonia, »ist, daß sie sich nicht hereinlegen läßt, egal womit. Und ich war doch der Meinung, ich hätte meine wahre Absicht so schlau verborgen. Ja, Jessica, Sie haben recht, es handelt sich um eine Übung in lateinischer Prosa. Wir haben mittlerweile so viele Fluchtafeln gelesen, daß Sie über die Konstruktionen, die gemeinhin in ihnen verwendet werden, Bescheid wissen sollten. Der berüchtigte Hortativ, der widerwärtige Befehlssatz, der –«

»Aber wie stellen wir es an, damit sie auch wirken?« fragte Jessica, die sich nicht so leicht abspeisen ließ.

»Hier habe ich«, antwortete Antonia, »sechs kleine Tafeln aus Blei, dem Metall der Erde, mitgebracht.« Sie holte sie aus ihrer Aktentasche und teilte sie ihren Studenten aus.

»Blei ist, wie Sie wissen, das wirkungsvollste Material für unsere Zwecke. Wenn Ihr Fluch also nicht wirken sollte, Miss Hopewell, dann fürchte ich, müssen wir den Mißerfolg Ihren Grammatikkenntnissen zuschreiben, weil die Zuverlässigkeit der Tafel selbst absolut verbürgt ist.«

Die Studenten betasteten das Blei neugierig. Daß sie die Aufgabe, die Antonia schon früheren Klassen gestellt hatte, buchstäblich *begreifen* konnten, faszinierte die Studenten jedesmal: die Oberfläche der kleinen Metallplatte, die sich stumpf und leicht fettig anfühlte, und später der Widerstand, den sie dem Griffel oder der Nagelspitze entgegensetzte, mit denen sie ihre mühsam zusammengesuchten lateinischen Wörter in sie ritzten, nachdem sie sie zuvor auf dem Papier für gut befunden hatten.

»Abgesehen davon, daß Sie das richtige Schreibmaterial benutzen und Ihre Vokative und Imperative richtig verwenden müssen, gibt es noch eine Reihe von anderen Mitteln, zu denen Sie greifen sollten, um die Wirksamkeit Ihres Fluchs zu steigern. Weiß jemand noch, welche das sind?«

»Man kann alles griechisch – ich meine in lateinischer Sprache, aber mit griechischen Buchstaben schreiben«, sagte ein junger Mann in der ersten Reihe.

»Richtig«, bestätigte Antonia. »Was noch?«

»Man kann von rechts nach links schreiben. Oder man kann ein Busonstwas – wie heißt das gleich wieder – schreiben. Es bedeutet ›wie ein Ochse, der einen Acker pflügt‹, immer abwechselnd von links nach rechts und von rechts nach links.«

»Ein Bustrophedon, richtig. Aber haben Sie Erbarmen mit meiner nachlassenden Sehkraft, ja? Diese Dinger sind mörderisch zu lesen.«

»Was halten Sie von ein paar netten Symbolen, um die Wirkung zu steigern?« schlug ein anderer Student vor. »Die sieben mystischen Vokale – oder einen von den Kerlen, um den sich Ketten und Schlangen winden. Ich habe vor, jede Menge davon in meinem Fluch unterzubringen.«

»Gut, aber ritzen Sie die auf der *Rückseite* der Tafel ein, bitte. Sonst haben Sie keinen Platz für all die lateinischen Sätze, die Sie, wie ich weiß, brennend gern niederschreiben wollen.«

Das Klingeln der Schulglocke leitete von den Zehn-Uhr- zu den Elf-Uhr-Kursen über. Während die Studenten, einer nach dem anderen, ihre Büchertaschen, Notizblöcke und Manuskripthalter an sich gedrückt, das Zimmer verließen, blieb eines der Mädchen an Antonias Pult stehen.

»Frau Professor Nielsen«, sagte sie, »mir ist gerade eine großartige Idee gekommen! Bis Halloween sind es nur noch drei Wochen, und wir machen jedes Jahr bei dieser Gelegenheit aus unserem Studentenheim ein Geisterhaus, um unsere Kasse wieder aufzufüllen. Ich habe mir überlegt, daß wir diesmal, statt eine Wahrsagerin ihre Sprüche klopfen zu lassen, einen Stand aufbauen könnten, in dem man seinen ärgsten Feind verfluchen oder einen Menschen, mit dem man bisher kein Glück hatte, durch einen Liebeszauber bannen könnte. Sie haben doch gesagt, daß man im Altertum so vorging. Man pflegte zu einer Amtsperson zu gehen, um seinen Fluch formgerecht abfassen zu lassen, etwa wie ein Testament oder einen Vertrag. Sie haben gesagt, alles mußte seine Richtigkeit haben.«

»Und Sie glauben, ich wäre die ideale Besetzung für die Rolle der Amtsperson? Die man sonst unter der Bezeichnung Hexe kennt?«

»Aber nein«, protestierte das Mädchen, »ich habe mir nur gedacht, wenn *Sie* die Flüche schreiben würden, dann bräuchten Sie sich keine Gedanken über irgendwelche groben Verstöße, die wir der lateinischen Sprache antun könnten, zu machen. Die Leute auf der Fete würden natürlich den Unterschied nicht merken, aber Sie hätten ein besseres Gefühl, nicht wahr, Frau Professor?«

»Oh, ganz bestimmt«, sagte Antonia. »Ich könnte kein Auge zutun, wenn ich mir vorstellte, daß irgendwelche periphrastischen Passive ganz ungrammatisch umherstreiften. Ich werde mir die Angelegenheit durch den Kopf gehen lassen, Sandra.«

Am Mittwoch nach dem Mittagessen machte sich Antonia daran, die diesjährige Ausbeute an Verwünschungen zu lesen. Zwei Studenten hatten sich erwartungsgemäß für Liebeszauberformeln entschieden. »Sie mache alles, was ich begehre, sie rühre kein Essen an und finde keinen Schlaf aus Liebe zu mir, sie gefriere abwechselnd zu Eis und brenne dann wieder vor Verlangen nach mir«, war der nebulöse Kern des einen Spruchs. Der andere Zauber war eher rachsüchtig als liebevoll: »Er sei in den Augen dieses Weibsstücks, um derentwillen er mich verlassen hat, ein Stück Kohle, ein dürrer Zweig oder ein anderer lebloser Gegenstand.« Die Beschwörungsformeln der anderen vier Studenten waren Varianten der Flüche, die sie im Unterricht auf den antiken Tafeln gelesen hatten. Ein junger Mann zählte sämtliche Körperteile seines Opfers von den Augenbrauen bis zu den Zehennägeln auf und kombinierte diese mit jeweils passenden Verstümmelungen oder Behinderungen. Das Ganze las sich recht grausig, vor allem so kurz nach dem Mittagessen.

Im vorletzten Fluch setzte Antonia zwei Akkusativobjekte in den Dativ, besserte notdürftig einen Konjunktiv Passiv, der geradezu weh tat, aus und gab dem Schreiber eine gute Zwei.

Voller Vorfreude wandte sie sich danach Jessica Hopewells Fluch zu.

Wie schon oft zuvor hatte sie sich Jessicas Paper bis zuletzt aufgespart. Obgleich Altphilologie nicht einmal Jessicas Hauptfach war – sie hatte sich mit ihrem nüchternen, praktischen Sinn für Informatik entschieden, worin sie angeblich brillierte –, war sie auch in Latein bei weitem die beste Studentin des Kurses, und es war ein Hochgenuß, ihre Hausarbeiten zu lesen. Diese bildete keine Ausnahme. Jessica hatte sich wie immer weit mehr Mühe mit der Aufgabe gegeben als irgend jemand sonst in der Klasse.

Doch war die kleine Übung, wenn man einmal von ihrer formalen Makellosigkeit absah, auf merkwürdige Weise beunruhigend. Jessica hatte den Ton der antiken Tafeln beinahe zu gut getroffen: die beschwörenden Wiederholungen und Parallelismen, die Anhäufung von Verben der Gewalt, die zwanghafte Wiederkehr des Namens des Opfers.

Das Opfer. Plötzlich wurde Antonia klar, was sie an Jessicas Fluch so merkwürdig berührte. Die anderen aus ihrer Klasse hatten mit ihren Flüchen oder Liebeszaubern offensichtlich eine Person aus ihrem unmittelbaren Freundes- oder Bekanntenkreis im Auge gehabt – einen Mitbewohner, eine Freundin, in einem Fall einen unglückseligen kleinen Bruder.

Aber Jessica – Antonia schaute noch einmal hin, um ganz sicher zu gehen, und las tatsächlich: *Iasonem Cornelium Giffordum quem peperit Helene.* Jason Cornelius Gifford, Sohn der Helene. Im allgemeinen bekannter unter dem Namen Jason C. Gifford III., Erbe der Gifford-Werke.

Jake Gifford war gegenwärtig im vierten Jahr W.K.D.C., d.h. widerwärtigster Kotzbrocken des Campus, eine Bezeichnung, die von niemand anderem als Jessica stammte. Man war sich darin einig, daß er in kürzerer Zeit mehr Menschen eine größere Fülle von Verdruß in vielfältigerer Weise bereitet hatte als jeder andere Student in der langen und ansonsten ruhmreichen Geschichte der Universität. Seine Noten waren in allen Fächern schlecht, reichten jedoch gerade zum Durchkommen. Er war der Rädelsführer der zerstörerischsten Clique der asozialsten Studentenverbindung auf dem Campus, Gamma Alpha, welche man gehässig in Giffords Aasgeier umbenannt hatte. Sein Verhalten Frauen gegenüber wurde oft mit dem Attilas, des Hunnenkönigs, verglichen, wobei man Attila unweigerlich die aufgeklärtere Einstellung zuerkannte.

Er war außerdem sehr, sehr reich. Gifford Hall, wo jetzt die Anthropologie und die Soziologie untergebracht waren, war der Universität von seinem Großvater als Schenkung überlassen worden, um zu verhindern, daß Jakes Vater hinausgeworfen wurde. Dieser wiederum hatte vor kurzem ein Institut für Umweltforschung gestiftet, um zu verhindern, daß Jake von der Universität verwiesen wurde. Derartige Stiftungen gehörten zu den Dingen, die Jake mit Vorliebe als eine der »schönen alten Familientraditionen« seines Clans zu bezeichnen pflegte.

Ein unumstößlicher Grundsatz der Giffords war es, echte Skandale – das heißt Skandale, die weder durch Schmeicheleien noch durch Drohungen oder Donationen beigelegt werden konnten – um jeden Preis zu vermeiden, da sie dem Image der Familie und der Firma schaden könnten. Diese Vorsichtsmaßregel galt vor allem für akademische Angelegenheiten und sexuelle Affären.

Selbstverständlich erstreckte sie sich nicht auf solche Bagatellen wie Geldbußen, Sachbeschädigungen und persönliche Schulden. Jake hatte deshalb ausreichenden Spielraum, in dem er sein Talent, Unruhe zu stiften, entfalten konnte, bevor er den Zug der väterlichen Leine spürte.

Sexuelle Ausschweifungen waren weniger ein Problem, als man denken sollte, weil es heutzutage kaum genügend unverbesserliche Masochistinnen unter der weiblichen Hälfte der Studentenschaft gab, um Jake auch nur notdürftig zu versorgen. Oder wie Jake selbst es angeblich ausgedrückt hatte: »Es ist bloß gut, daß ich im Juni fertig werde, weil die Qualität der Weiber hier schwer nachgelassen hat.«

Daß Jessica Hopewell zu denen gehörte, oder je gehört hatte, die sich – wenn auch nur für kurze Zeit – in Jakes Dunstkreis aufgehalten hatten, war unvorstellbar. Doch in Jessicas Fluch stand sein Name, seine sämtlichen drei Namen, in Jessicas energischer Handschrift.

Vielleicht ein Scherz. Aber als Scherz war Jessicas Paper eher schwach, ein Schuß, der verpuffte, weil sein Ziel allzu offensichtlich war, und das paßte einfach nicht zu Jessica. Wenn sie nichts weiter im Sinn gehabt hätte, als gegen den bereits vielgeschmähten Jake eine Schmähschrift zu richten, dann hätte kein Leser ihres Fluchs irgendwelche Zweifel daran gehabt. Sie hätte seine nur allzu gut bekannten Laster ins Visier genommen – seine Arroganz, seine Ausschweifungen, seine geistige Minderbemitteltheit. Es hätte keinen Zweifel daran gegeben, daß sie nur ihn meinen konnte; sie wäre niederschmetternd präzise gewesen, wahrscheinlich anstößig, aber auf jeden Fall umwerfend witzig.

Jessicas Fluch war jedoch nicht witzig. Er enthielt die übliche Aneinanderreihung von Verben der Gewalt, die dabei doch irgendwie unbestimmt blieben (zermalmen ... zertrümmern ... überwältigen und endgültig ausrotten ... den Hals abschnüren ... fesseln, den Hals brechen), Verben, denen der Stachel des persönlichen Bezugs fehlte, der sie auf das Niveau der Satire gehoben hätte. Schließlich sagte sich Antonia streng, daß ihr diese unergiebigen Mutmaßungen nur als Ausrede dienten, die Benotung einiger Prüfungen von blutigen Griechischanfängern hinauszuschieben, und wollte Jessicas Manuskript gerade zu den anderen auf dem Stapel zurücklegen, als ihr Auge an der letzten Zeile des Fluchs hängenblieb. *Laß die Zunge meines Feindes nichts gegen mich ausrichten ...*

Das kam Antonia ebenfalls seltsam vor, aber sie weigerte sich entschieden, weitere Vermutungen anzustellen, und wandte sich den Prüfungsaufgaben zu.

Zwanzig Minuten später klopfte es an der Tür zu ihrem Arbeitszimmer.

Jessica Hopewell sah noch müder aus als sonst, und dieses Mal glaubte Antonia nicht an eine Pose. Sie erschien wirklich besorgt und müde. Ihr linker Arm, unter den sie einige Blöcke und Ringbücher geklemmt hatte, war steif vor Anspannung. Ihre rechte Hand hielt sie in der Tasche ihrer abgetragenen Khakijacke verborgen. Antonia wäre jede Wette eingegangen, daß sie zu einer Faust geballt war.

»Miss Nielsen?« Die Stimme des Mädchens verriet, daß sie auf der Hut war. »Ich weiß, es klingt komisch, aber könnte ich meine Hausarbeit zurückhaben? Ich habe eine andere geschrieben.« Sie nahm hastig ein Blatt aus einem der Ringbücher und schob es Antonia hin.

Normalerweise war es schon schwierig genug, einem Studenten *einen* Aufsatz zu entlocken. Daß man Antonia einen zweiten als Ersatz für einen anbot, den sie bereits mit einer Eins benotet hatte, war ihr noch nie vorgekommen.

»Ich fürchte, ich verstehe Sie nicht, Jessica«, sagte Antonia. »An Ihrem ersten Aufsatz gab es nichts auszusetzen. Im Gegenteil, ich habe Ihnen eine Eins darauf gegeben.«

Jessica druckste verlegen herum. »Mir ist einfach eine bessere Idee gekommen, nachdem ich ihn abgegeben hatte.«

Antonia schaute sie fragend an.

»Ich habe ein anderes Opfer gewählt. Ich meine, Jake Gifford ist ein so billiges Opfer. Reichlich abgedroschen. Ich meine, er dient doch als Zielscheibe für allen möglichen Spott, und jedermann äfft ihn nach.«

Antonia zog Jessicas Manuskript aus dem Stoß hervor und händigte es ihr aus. Das Mädchen griff aufgeregt danach und stopfte es zusammen mit dem Blatt, das sie als Ersatz vorgesehen hatte, in ein Notizbuch.

»Man muß sich ein gewisses Niveau abverlangen, zumindest in puncto Humor, wenn schon in sonst nichts.« Sie versuchte vergeblich, es wie einen Scherz klingen zu lassen.

»Die Aufgabe bestand darin, einen lateinischen Fluch abzufassen, nicht einen Scherz, Jessica«, sagte Antonia. »Und das haben Sie doch gemacht. Ihre kleine Arbeit war nicht humorvoll, und das, was Sie da eben gesagt haben, auch nicht. Wollen Sie mir nicht sagen, was Sie so krampfhaft versuchen, vor mir zu verbergen?«

Antonias unbewegter Blick war zuviel für sie. Jessica verzog verlegen das Gesicht und ließ sich in den Chromsessel mit dem Vinylbezug fallen, welcher der einzige freie Platz in dem Arbeitszimmer war, in dem sich überall Bücher und Manuskripte stapelten. Zum erstenmal, seit sie das Zimmer betreten hatte, sah Jessica Hopewell wieder wie die alte Jessica aus. Offensichtlich war ein innerer Damm gebrochen und hatte die Verstellung und nervöse Anspannung, die so gar nicht zu ihr paßten, verfliegen lassen.

»Ich hätte einfach das dumme Manuskript an mich nehmen und meinen Mund halten sollen, nicht wahr?«

»Ich nehme an, es hat etwas mit Jake Gifford zu tun?«

»Teilweise, ja. Aber ich fange lieber mit dem anderen Teil an, weil Jake erst später ins Spiel kam. Es begann im letzten Mai während der Prüfungswoche. Ich hatte innerhalb von zwei Tagen vier Abschlußprüfungen, und am Ende des ersten Tages bekam ich Angst, daß ich den zweiten Tag nicht durchstehen würde.«

»Aber bei vier Prüfungen in zwei Tagen hätten Sie einen Antrag stellen können, daß eine davon verschoben wird.«

»Ich weiß, ich weiß. Aber das hätte ich nie getan; ich nehme an, daß ich mir etwas beweisen wollte. Studenten im vorletzten Jahr können zuweilen etwas verbohrt und hochnäsig sein, das haben Sie doch sicher schon bemerkt? Wie dem auch sei – als mir klar wurde, daß ich einen Aufschub brauchte, war es zu spät, darum zu bitten.«

Antonia, die fieberhaft darüber nachdachte, was im vergangenen Frühjahr während der Prüfungen vorgefallen sein könnte, glaubte plötzlich zu begreifen, worauf das Mädchen hinaus wollte. »O Jessica, Sie haben doch nicht etwa?«

»Doch, Miss Nielsen, ich habe. Das vierte Examen war Ihre Abschlußprüfung in Griechisch, und ich habe Sie hintergangen – ich habe einen Spickzettel mit allen Schikanen gehabt.«

»Aber Sie haben in dem Kurs nur Einsen gehabt!«

»Oh, ich beherrschte den Stoff gut, vielmehr ich hätte ihn gut beherrscht, wenn ich nicht so erschöpft gewesen wäre. Vielleicht hätte ich es ja auch geschafft – es war nur so, daß ich mir dessen nicht sicher war. Und ich kann mir diese Art von Unsicherheit einfach nicht leisten, Miss Nielsen.«

»Jetzt machen Sie aber mal einen Punkt, Jessica! Wenn

jeder Student, der sich nicht sicher ist, ob er eine Eins bekommt, sich weigerte, seine Prüfungen zu machen –.«

»Ja, ich weiß, Miss Nielsen. Jetzt sehe ich das auch anders; aber damals war der einzige Gedanke, den ich fassen konnte, wie dumm es wäre, alles aufs Spiel zu setzen, wofür ich gearbeitet hatte, bloß weil ich einen Augenblick lang zu selbstgefällig war, zuzugeben, daß ich ein bißchen zusätzliche Zeit benötigen könnte, um mich auszuruhen und auf meine letzte Prüfung vorzubereiten.«

»Alles aufs Spiel zu setzen?«

Wieder war Jessicas Gesichtsausdruck etwas verlegen. »Oh, ich nehme an, ich komme Ihnen ein bißchen melodramatisch vor. Aber – es ging um das Woolrich-Stipendium.«

Ja natürlich, das Woolrich-Stipendium. Antonia hatte im Moment gar nicht an das hochdotierte, mit hohem Ansehen und mit viel Druck verbundene Woolrich-Stipendium gedacht. Es wurde nur alle vier Jahre vergeben und befreite seinen Empfänger zwei Jahre vor der Zwischenprüfung und zwei Jahre danach von allen finanziellen Sorgen und kam daher für den Studenten und seine Familie der Erfüllung eines Traums gleich. Allerdings waren die Anforderungen, die es an den Stipendiaten stellte, auch entsprechend hoch. Zwar waren seine Bestimmungen mit reichlich pseudojuristischem Kauderwelsch verbrämt, liefen aber letztlich auf nichts anderes als auf die Bedingung hinaus, daß der Woolrich-Stipendiat die ganzen vier Jahre lang in sämtlichen Kursen praktisch eine glatte Eins im Durchschnitt hatte.

Und im Augenblick war Jessica Hopewell die Woolrich-Stipendiatin. Antonia begriff allmählich.

»Sie haben in einer Prüfung gespickt, in der Sie eine ziemlich gute Chance hatten, ohnehin eine Eins zu bekommen, weil Sie übermüdet waren und schlecht vorbereitet und weil schon allein die Möglichkeit einer schlechteren Zensur mehr war, als Sie ertragen konnten.«

»Der Verlust des Stipendiums war mehr, als ich hätte ertragen können, Miss Nielsen.« Die Stimme des Mädchens war jetzt viel ruhiger, aber todernst. »Ohne dieses Stipendium wäre ich nicht in der Lage gewesen, so zu studieren, wie ich es konnte – ohne Ablenkungen und ohne meine Energie aufs pure Überleben oder die Studiengebühren verschwenden zu müssen. Ich wäre nicht die Studentin, die ich bin, hätte nicht dieselben Aussichten für mein Hauptstudium, nicht dieselben Zukunftsperspektiven.«

Antonia schaute ihr lange in die Augen. Jessica erwiderte ihren Blick, ohne mit der Wimper zu zucken. »Ich bin verpflichtet, über eine solche Sache Bericht zu erstatten«, sagte Antonia schließlich.

»Ja, ich weiß«, sagte Jessica. »Ich glaube, das ist der Grund, warum ich gekommen bin. Ich wollte, daß *Sie* es tun.«

»Das verstehe ich nicht.«

»Sie vergessen Jake.«

»Aber was hat denn nun Jake damit zu tun? Ich war der Meinung, daß er sich für Ihren Fluch einfach angeboten hat. Es ist doch nicht mehr daran?«

»Leider doch, Miss Nielsen. Natürlich haben wir nichts ›miteinander‹ im romantischen Sinn. *So* tief bin ich auch wieder nicht gesunken. Aber es gibt so etwas wie ein Band zwischen uns.«

Jessica schien allen Mut zusammenzunehmen, klammerte sich noch fester an ihre Ringbücher und richtete sich in dem Chrom-Vinylsessel ein wenig auf. »Als jenes letzte Examen vorbei war, fühlte ich mich, einerseits vor Erschöpfung, andererseits vor lauter Schuldgefühlen und Angst, ziemlich ausgelaugt. Ich schwankte zu meinem Wohnheim und dachte gerade darüber nach, was ich mit dem verdammten Spickzettel anfangen sollte, als ich stolperte und hinfiel und alles fallen ließ, was ich bei mir trug. Plötzlich stand Jake über mir, lachte und machte äußerst galante Bemerkungen über die Weiber, die auch nicht mehr so graziös wie früher seien. Er half mir sogar, meine Bücher und Blätter und den ganzen Kram aufzuheben, aber dabei fand er den Spickzettel.« Sie machte eine Pause und holte tief Atem.

»Eine ganze Weile starrte er nur mit einem Ausdruck darauf, wie ihn Mephisto gehabt haben mag, als ihm klar wird, daß er Faust in der Hand hat. Nur mit dem Unterschied, daß Jakes Gesicht fetter ist. Dann faltete er den

Zettel zusammen, steckte ihn in seine Brusttasche und ging, ohne ein Wort zu sagen, weg.«

»Aber Sie haben mittlerweile von ihm gehört, nehme ich an?«

»Ja, aber er ließ sich fast vier Monate Zeit. Es war Anfang September, ein paar Wochen nach Vorlesungsbeginn. Ich hatte gerade angefangen, zu hoffen, daß er den Zettel vergessen oder nie ernsthaft vorgehabt hatte, ihn für seine Zwecke zu nutzen, da rief er mich an. Alles übrige können Sie sich wohl in großen Zügen vorstellen.«

»Er – erpreßt Sie.« Antonia empfand es als schmerzhaft, dieses Wort auch nur auszusprechen. Das Mädchen nickte unglücklich.

»Aber *was* erpreßt er? Er weiß schon jetzt nicht mehr, was er mit seinem Geld anfangen soll. Er wird sich doch nicht etwa wie ein Schurke aus einem viktorianischen Melodram aufführen und Sie zwingen, seine verhaßten Umarmungen zu erdulden?«

Jessica lächelte ohne rechte Überzeugung. »Nein, obwohl ich davon überzeugt bin, daß er dazu imstande wäre. Jedenfalls ist das, was er aus mir herausholt, nicht ohne eine gewisse perverse Logik. Manche Leute könnten sogar finden – es sei komisch.« Das letzte Wort benahm Jessica fast den Atem.

»Er zwingt mich, das zu tun, was ich am besten kann – nämlich Seminararbeiten für ihn zu schreiben. Er ist ein stinkfauler Student, und gute Noten sind das einzige, was er sich nicht kaufen kann. Oh, ich weiß natürlich, daß man Seminararbeiten auch per Katalog bestellen kann, aber dieser Weg ist sicherer, *individualistischer*, wie Jake sich ausdrückt – und eine Klasse besser. Jake reist immer erster Klasse.«

Antonia dachte scharf nach. Schließlich sagte sie: »Ich nehme an, Sie haben sich vorgestellt, daß ich Sie dem Disziplinarausschuß überstelle, der Ihren Fall verhandeln, Sie des Unterschleifs bezichtigen und dreimal in den Dorfteich tauchen wird. Daraufhin sind Sie von allen Sünden reingewaschen und außerdem in der Lage, an Jake Gifford fürchterliche Rache zu nehmen. Natürlich ist damit Ihre Karriere beendet, aber das ist ohne Zweifel ein kleiner Preis dafür, daß Sie Rache genommen und ein reines Gewissen haben.«

Jessica schien nicht ganz folgen zu können. Das Gespräch hatte offenbar eine Wendung genommen, die sie nicht vorhergesehen hatte. »Sie sagen das so, als hätte ich eine Alternative, Miss Nielsen. Ich habe doch im Augenblick, soweit ich das überblicken kann, nur die Wahl, entweder von Ihnen oder von Jake gemeldet zu werden. Ich werde ihm seine verdammten Hausarbeiten nicht schreiben, und eine andere Möglichkeit habe ich nicht, ihn dazu zu bringen, auch in Zukunft seinen Mund zu halten.«

»Haben Sie sich schon überlegt, was Sie Jake antun wollen?«

»Sobald sie mit mir fertig sind, werde ich *ihn* vor den Disziplinarausschuß zerren und ihnen sagen, was er versucht hat. Ich werde, verdammt nochmal, dafür sorgen, daß sie es auch beim richtigen Namen nennen – nämlich Erpressung.«

»Aber was haben Sie denn für einen Beweis, Jessica? Haben Sie denn tatsächlich eine von diesen schandbaren Hausarbeiten für ihn geschrieben? Haben Sie auch nur eine Spur von einem handfesten Beweis dafür, worauf er aus war?«

Antonia hatte bis dahin nie jemanden buchstäblich blaß vor Wut werden sehen. Sie ließ ihre Worte eine gute Minute lang wirken, bevor sie fortfuhr: »Die Farbe, die Ihr Gesicht annimmt, ist interessant, Jessica, aber Sie sollten noch nicht in Panik geraten. Ich glaube, ich habe eine Idee.«

Es bedurfte fast zwanzig Minuten ausführlicher Erklärungen, ernster Vorhaltungen und sämtlicher Überredungskünste, bis Antonia das Mädchen mit einem sanften Schubs auf den Nachhauseweg schicken konnte. Jessica Hopewell schüttelte immer noch ungläubig den Kopf, als sie aus dem Gebäude, in dem die Geisteswissenschaften untergebracht waren, ins Freie trat, aber in ihren Augen leuchtete eine Entschlußkraft, die nicht vorhanden gewesen war, als sie an Antonias Tür geklopft hatte.

An den Tagen, an denen eine wichtigere Arbeit abzugeben ist, ändert sich die Atmosphäre im Hörsaal beinahe unmerklich. Die Studenten, die ihre Aufgabe fertiggestellt haben, haben einen weniger wachen Gesichtsausdruck als gewöhnlich, da sie in der Nacht zuvor nicht oder wenig geschlafen haben. Diejenigen, welche die Arbeit nicht geschrieben haben, sehen wacher aus als gewöhnlich – die einen, weil sie hoffen, den Eindruck erwecken zu können, daß sie eigentlich wahnsinnig interessiert an dem Thema wären und ihr Versäumnis Umständen zuzuschreiben ist, über die sie keine Macht hatten, die anderen, weil sie sich den Anstrich weltmännischer Nonchalance geben wollen, womit sie zum Ausdruck bringen, daß solche profanen Überlegungen wie Abgabetermine, Erfordernisse des Lehrbetriebs und Höflichkeit dem Lehrer gegenüber unter ihrer Würde sind.

Antonia war mit beiden Verhaltensweisen in sämtlichen Schattierungen bestens vertraut und achtete normalerweise kaum auf den Stapel von bunten Aktendeckeln und mit Heft- oder Büroklammern zusammengehaltenen Manuskripten, der sich immer höher vor ihr türmte. Heute jedoch war es anders. Sie ertappte sich dabei, daß sie voller Unruhe auf einen bestimmten Studenten und ein bestimmtes Manuskript wartete.

Schließlich kam er, knallte einen schlammiggrünen Plastikhefter auf ihr Pult und begab sich zu seinem Stammplatz in der hintersten Ecke des Hörsaals. Dort ließ er sich mit dem Ausdruck gelangweilter Sorglosigkeit, der nur selten aus seinem geradezu unverschämt hübschen Gesicht wich, auf einen Sitz plumpsen. Antonias Atemzüge wurden ruhiger, und sie begann sogleich mit der Vorlesung, die sie für diesen Tag angesetzt hatte. Es war eine ihrer Lieblingsvorlesungen. Sie nannte sie ›Die großen Betrüger der griechischen Mythologie‹.

»Die alten Griechen«, begann sie, »hatten etwas übrig für erfindungsreiche Betrügereien. Denken Sie doch nur einmal an Hermes, den Gott, der schon als kleines Kind munter stibitzte, an die Listen des Odysseus, ›der unter den Menschen berühmt durch seine Weisheit‹ war, an die nicht nachzuweisenden Diebereien des Autolykos, dessen Name ›einsamer Wolf‹ bedeutet –«

Die 50-Minuten-Stunde ging schnell vorüber. Als der letzte Student den Hörsaal verlassen hatte, klemmte sich

Antonia das Bündel Seminararbeiten unter den Arm und brachte sie in ihr Arbeitszimmer. Dort blätterte sie den Stoß hastig durch, bis sie auf den grünen Plastikhefter stieß.

Auf Seite neun fand sie, was sie suchte. Sie las die Passage, nickte beifällig und legte die Arbeit wieder in den Stapel zurück. Das schwache Lächeln, das um ihre Lippen spielte, als sie sich in ihrem Stuhl zurücklehnte, war ganz bestimmt kein gütiges Lächeln voll christlicher Nächstenliebe. Es hatte eher etwas von der heidnischen Vorstellung an sich, daß es nur fair ist, sich an einem Feind, der einen unter Druck setzt, mit allen Mitteln zu rächen, die einem eine lebhafte Phantasie eingibt.

Antonia, die Listenreiche, dachte sie bei sich. Das gefällt mir.

Vier Abende später konnte man Professor Nielsen ihre große afghanische Windhündin Nike auf der Fraternity Row ausführen sehen. Zwar waren ihre abendlichen Rundgänge ein vertrauter Anblick im Universitätsgelände, aber es war ungewöhnlich, daß sich die beiden auf dieser Seite des Campus zeigten. Am liebsten gingen sie in der Nähe des Universitätsmuseums spazieren, das ein paar Straßen nördlich lag. Dort gab es mehr freie Flächen, auf denen sich Nike austoben konnte.

An diesem Abend war Nike (die im innersten Wesen etwas von einem Clown an sich hatte) jedoch so geschäftsmäßig und würdevoll, wie sie nur sein konnte. Sie lief in flottem Trab an Antonias Seite, ohne dabei nach rechts oder links zu schauen, und hatte nichts als Verachtung für die Verlockungen des fremdartigen Gebüschs und des raschelnden Herbstlaubs übrig. Offenbar spürte sie, daß wichtigere Dinge anstanden als die letztlich vulgäre Erforschung von Büschen und Laternenpfosten.

Obgleich es Antonia leidlich gelang, locker und entspannt auszusehen, machte sie sich allmählich Sorgen. Dies war nun schon der dritte Abend hintereinander, an dem sie in diesem Teil des Campus spazierengingen, und früher oder später fragte bestimmt einer, was sie hier taten.

Sie sah ihn in dem Moment, als er vom Higginbotham

Drive in die Fraternity Row bog. Antonia packte Nikes Leine fester und schritt entschlossen auf ihn zu.

Jake Gifford sah gut aus, so, wie die Männer in den Modejournalen gut aussehen, auf eine Weise, die Antonia weit weniger anziehend fand als ehrliche Häßlichkeit. Sein massiger Nacken, sein ausgeprägtes Kinn und seine breiten Schultern ließen – zumindest den voreingenommenen Betrachter – schon jetzt ahnen, daß er in nicht allzu ferner Zukunft vorzeitig schlaff und verfettet sein würde.

»Mr. Gifford«, sagte sie, als sich die Entfernung zwischen ihnen auf etwa fünf Meter verkürzt hatte.

»'n Abend, Frau Nielsen.« Jake hätte nie »Miss« oder »Fräulein« gesagt. Er gehörte zu jenen Sexisten, die es mit peinlichster Sorgfalt vermeiden, sich durch ihre Sprechweise zu verraten. »Schöner Abend für einen Spaziergang, nicht?«

Antonia antwortete: »Ich würde gern ein Wörtchen mit Ihnen reden, Mr. Gifford.«

Diese Worte brachten Jake sichtlich in Verwirrung, aber seine Kindergartenmanieren ließen ihn nie im Stich. »Klare Sache, Frau Nielsen. Soll ich morgen irgendwann zu Ihnen kommen?«

»Nein, Mr. Gifford, ich möchte die Angelegenheit sofort mit Ihnen besprechen.«

Antonia ging jetzt neben ihm her auf das Gamma-Alpha-Haus zu. Jakes Gesichtsausdruck wurde noch unsicherer.

»Ich habe die Seminararbeit, die Sie geschrieben haben, überflogen. Oder vielleicht sollte ich besser sagen, die Sie mir ausgehändigt haben.« Sie machte eine kurze Pause, um ihre Worte wirken zu lassen. »Mich hat vor allem interessiert, was Sie auf Seite neun über Hermes, den Gott der Kaufleute und Diebe, als Verkörperung der Geschäftsmoral zu sagen hatten.« Wieder machte sie eine Pause, diesmal um den Ausdruck auf Jakes Gesicht zu beobachten. Das Interessante war, daß sein Gesicht keinen Ausdruck hatte.

»Die ganze Passage, Mr. Gifford, wurde direkt und unverändert aus Norman O. Browns Buch ›Hermes, der Dieb‹ übernommen. Im Augenblick«, fügte Antonia genüßlich hinzu, »gibt es im Disziplinarausschuß ein paar Leute, die, was geistigen Diebstahl betrifft, kein Erbarmen kennen.«

Sie waren am Gamma-Alpha-Haus angelangt, doch machte Jake keine Anstalten, durch das elegante weiße Lattentor hineinzugehen. Sein einschmeichelnd hübsches Gesicht war jetzt alles andere als ausdruckslos. Wut, Furcht und Enttäuschung kämpften darauf um die Vorherrschaft, und selbst, als er zwischen zusammengepreßten Zähnen hervorstieß: »Ich weiß nichts über irgendwelche derartigen Stellen in meiner Arbeit«, war es nicht möglich festzustellen, welches Gefühl den Sieg davongetragen hatte.

»Darüber bin ich mir klar. Aber das ist wohl kaum ein Argument, mit dem Sie vor dem Disziplinarausschuß sehr weit kommen werden, nicht wahr? Wahrscheinlich wird Sie früher oder später ein Mitglied des Ausschusses fragen, auf welche Art sich diese geklauten Seiten in eine Arbeit geschlichen haben, die Sie angeblich ohne Ihr Wissen geschrieben haben. Und wenn Sie *diese* Frage beantworten, schnappt die Falle zu, meinen Sie nicht, Mr. Gifford?«

»Kann sein, Frau *Professor.*« Das letzte Wort klang im Mund des Erben der Gifford-Werke wie ein unanständiges Wort. »Aber jemand anderes sitzt mit mir in der Falle.«

»Das ist das Dilemma, nicht wahr?« stellte Antonia nachdenklich fest. »Natürlich«, fügte sie hinzu, »gibt es auch noch eine andere Möglichkeit.«

Jake stierte sie an. »Ja?« fragte er mürrisch. »Was für eine?«

»Wenn unserer gemeinsamen Freundin ein gewisses Besitzstück zurückerstattet werden würde, dann wäre es mir meines Erachtens möglich, die Unregelmäßigkeiten in der Arbeit, die Sie mir eingereicht haben, zu übersehen.«

»Sie hat es Ihnen erzählt?«

»Ich glaube, ehrlich gesagt, nicht, daß Sie eine andere Möglichkeit haben, Mr. Gifford. Gehen Sie nur einmal von der vermutlichen Reaktion Ihres geschätzten Vaters auf einen Skandal dieses Aus-«

»Ich könnte Sie *beide* bloßstellen, das ist Ihnen schon

klar!« platzte Jake heraus. »Ich könnte Sie ebenfalls fertigmachen, Frau *Professor!*«

Antonia hatte sich schon die ganze Zeit gefragt, wie lange er wohl brauchen würde, um zu begreifen, daß ihre Karriere genauso auf dem Spiel stand wie Jessicas und seine eigene. »Das ist mir klar, Mr. Gifford«, sagte sie, »aber ich glaube nicht, daß Sie das tun. Rache mag süß sein, aber sie ist im Moment auch extrem kostspielig, jedenfalls von Ihrem Standpunkt aus. Ich bitte um Ihre Antwort.«

»Also gut, verflucht nochmal! Ich bringe Ihnen den Wisch gleich morgen früh!«

»Das reicht mir nicht, Mr. Gifford. Auf dem Campus gibt es mehr Fotokopierer als Telefone. Aller Wahrscheinlichkeit nach steht in jedem Studentenheim einer. Warum, glauben Sie wohl, drücke ich mich jetzt schon den dritten Abend hier herum? Sie bringen mir den Zettel jetzt und hierher. Ich gebe Ihnen dafür genau sechzig Sekunden vom Betreten des Gamma-Alpha-Hauses angefangen. Ich lasse Sie sechzig Sekunden aus den Augen, Mr. Gifford, keine einzige mehr.«

»Einverstanden«, murmelte Jake. »Ich bringe Ihnen den gottverdammten Spickzettel. Wahrscheinlich breche ich mir dabei noch meinen gottverdammten Hals.«

Er brach ihn sich natürlich nicht, obgleich er den Sprint ins Gamma-Alpha-Haus und wieder heraus in weniger als 53 Sekunden schaffte. Als er sich zum Gehen wandte, nachdem er ihr ein zerknittertes Blatt Papier hingestreckt hatte, sagte Antonia: »Eine Sache müssen wir noch klären, Mr. Gifford.«

Er drehte sich ihr wieder zu und runzelte dabei wütend die Stirn.

»Ich brauche von Ihnen eine korrekte Arbeit aus der Mythologie. Ich könnte Ihnen, sagen wir – eine Woche Zeit geben, um sie einzureichen.«

»Aber Sie haben gesagt –« protestierte Jake empört.

»Ich habe gesagt, daß ich die Unregelmäßigkeiten in Ihrer ersten Arbeit übersehen werde. Ich habe nie gesagt, daß ich diese Arbeit bewerten werde wie eine, die sich an die Regeln hält. Man darf schließlich«, fügte sie hinzu, »seine Berufsethik nicht außer acht lassen.« Antonia, die

Listenreiche, lächelte Jake, der purpurrot angelaufen war, honigsüß ins Gesicht.

Das Geisterhaus des Pi-Epsilon-Tau-Studentenheims war in diesem Jahr ein großer Erfolg. Zu den üblichen knarzenden Sargdeckeln, dem haarsträubenden Schreien und Stöhnen und den abscheulichen spinnwebartigen Gebilden, die einem im Dunkeln über die Wange streiften, war etwas Neues hinzugekommen. Zwei der Studentinnen, die im Hauptfach Bühnenbildnerei studierten, hatten eine Art Grotte errichtet, in deren neblig-trübem Licht es nach Räucherwerk duftete. Über dem Eingang war sie mit handgeschriebenen Sprüchen geschmückt, die zum Eintreten aufforderten:

ANTIKE FLÜCHE (TABELLAE DEFIXIONUM) ABSOLUT ZUVERLÄSSIG

LIEBESZAUBER
GARANTIERT 100%IG WIRKSAM
ODER IHRE DENARE ZURÜCK

ZWINGEN SIE IHREN FEIND IN DIE KNIE
BEVOR
ER SIE IN DIE KNIE ZWINGT!

Das Innere der Grotte war, soweit man das bei der herrschenden Dunkelheit ausmachen konnte, mit durchsichtigen Spinnweben aus der Spraydose und mit den bleiernen Fluchtafeln dekoriert, die aus Professor Antonia Nielsens Lateinkurs stammten und (laut einem anderen Anschlag) dem Studentenheim von dieser als großzügige Leihgabe überlassen worden waren.

Die Hexe, die über die bizarre kleine Bude herrschte, war – wie hätte es auch anders sein können – Jessica Hopewell.

Antonia traf kurz vor Mitternacht am Pi-Ep-Haus ein, ließ Nike in der Vorhalle zurück, wo sie sich in der Bewunderung sonnen konnte, die ihr die – wie immer zahlreichen – Studenten entgegenbrachten, und betrat das Haus. Die Grotte, in der man Flüche abfassen lassen konnte, war gleich neben der Haustür und offensichtlich gut besucht.

Aus dem Eingang zur Grotte lugte der lorbeergeschmückte Kopf von Jessica Hopewell durch die Spinnwebdekorationen hervor. Fröhlich gackernd fragte der Kopf: »Wünscht hier noch ein Bürger die Dienste der Domina Canidia in Anspruch zu nehmen? Wenn ja, so möge er vortreten und –« Als er unvermittelt Antonias ansichtig wurde, fing der Kopf ganz unpassend an zu kichern und sagte gutgelaunt: »Oh, hallo, Miss Nielsen! Was machen Sie denn hier?«

»Könnte ich Sie einen Moment sprechen, Domina? Ich werde Ihre Kunden nicht lange warten lassen.«

»Certe, certe«, intonierte der Kopf und schlüpfte wieder in seine wundertätige Rolle. *»Ini in speluncam meam, obsecro.«* Eine unsichtbare Hand schob den Spinnwebvorhang zur Seite, und Antonia trat ein.

»Was kann ich für Sie tun?« fragte Jessica, als sie allein waren. »Haben Sie Probleme mit einem Dekan oder sonst jemand? Ich kann Ihnen eine *defixio* abfassen, die ihm schnellstens den Garaus macht.« Jessica schien ihre übliche heitere Gemütslage ziemlich schnell wieder erlangt zu haben, nachdem sie so nahe am Abgrund ihrer beruflichen Laufbahn gestanden hatte.

»Ich bin keine Kundin, Jessica. Ich bin gekommen –« Antonia blickte sich mit der klassischen Gebärde eines Argwohn hegenden Schauspielers um »– um Sie zu warnen!«

»Mich zu warnen?«

»Ja«, Antonia fuhr mit verschwörerischem Flüstern fort, »vor diesen Flüchen und Zaubersprüchen. Sie müssen *äußerst vorsichtig* damit umgehen. Soviel Macht in den Händen eines so jungen –« Sie schüttelte voller Zweifel den Kopf.

»Miss Nielsen, was wollen Sie damit sagen?«

»Nun«, sagte Antonia, »wenn man bedenkt, wie sich Ihr Fluch an Jake Gifford erfüllt hat, dann kann ich nicht umhin zu glauben, daß Sie eine gewisse Affinität zu diesen Dingen haben, und ich kann nur hoffen, daß *ich* es mir nie mit Ihnen verderbe.«

»Was ist denn mit Jake passiert?«

»Die Universitätsklinik nennt es Pfeiffersches Drüsenfieber. Der schlimmste Fall, der ihnen seit Jahren untergekommen ist, sagen sie. Aber für jeden, der den Hopewell-Fluch gelesen hat – ist es nicht der, der da neben dem Knoblauchbüschel hängt? –, für jeden also, der ihn gelesen hat, ist es ganz eindeutig, daß das, was den armen Kerl quält, *kein* Drüsenfieber ist.«

Jessica lächelte und nahm die kleine Bleiplatte von dem Haken, an dem sie zwischen Knoblauchbüscheln, Hühnerbeinen und aufgesprühten Spinnweben hing. In Canidia-Tonart psalmodierte sie: *»Schicke ihm Fieber und Schüttelfrost, Schweißausbrüche und Kälteschauer, alle vier Tage, alle drei Tage und alle Tage ... sein Kopf möge schmerzen, seine Stirn, seine Brust, sein Magen.* Bei Hekate, Sie haben recht, Miss Nielsen, es klingt wirklich wie Drüsenfieber. Aber der letzte Teil ist durch Sie in Erfüllung gegangen.« Mit dem Zeigefinger glitt sie rasch über die in die Bleitafel geritzten Wörter. *»Laß die Zunge meines Feindes nichts gegen mich ausrichten und keine Macht haben, ihn zu verteidigen, und laß seine Bosheit ihm keinen Vorteil über mich bringen, sondern vergeblich sein.«*

Jessicas Fluch

Kataxin qui es Egipto magnus daemon, tere contere confringe Iasonem Cornelium Giffordum quem peperit Helene; Trabaxian omnipotens daemon, trade Plutoni praeposito mortuorum et si forte te contempserit et rideat de te et exsultetur tibi vince peroccide eum Iasonem Cornelium Giffordum quem peperit Helene; Nokhthiriph cogens daemon, trade illum febri frigori sudoribus obripilationibus quartanis tertianis cottidianis, et si forte occasionem invenerit praefocato eum in thermis in viis in quocumque loco; Bibirixi fortissime daemon, compedi frange filium canis, et doleat illi caput frons pectus venter; Rikourith agilissime daemon in Egipto, inimici mei lingua adversus me ommutescat nec illum defendere possit, nec valeat malitia illius contra me sed vana sit.

Übersetzung

Kataxin, der du in Ägypten ein mächtiger Dämon bist, zermalme und vernichte und zertrümmere Jason Cornelius Gifford, den Helene gebar; Trabaxian, allmächtiger Dämon, übergib ihn Dis, der über die Toten richtet, und sollte er dich etwa gar verächtlich und lächerlich und zum Gespött machen, dann überwältige Jason Cornelius Gifford, den Helene gebar, und rotte ihn endgültig aus; Nokhthiriph, unwiderstehlicher Dämon, schicke ihm Fieber und Schüttelfrost, Schweißausbrüche und Kälteschauer, alle vier Tage, alle drei Tage und alle Tage, und sollte er dennoch Mittel zur Genesung finden, schnüre ihm den Hals ab, auf der Straße, in den öffentlichen Bädern, an jedem beliebigen Ort; Bibirixi, du mächtigster Dämon, feßle den Hundesohn und brich ihm den Hals, sein Kopf möge schmerzen, seine Stirn, seine Brust, sein Magen; Rikourith, vielgewandter Dämon Ägyptens, laß die Zunge meines Feindes nichts gegen mich ausrichten und keine Macht haben, ihn zu verteidigen, und laß seine Bosheit ihm keinen Vorteil über mich bringen, sondern vergeblich sein.

Miriam Allen DeFord
Achtung – Frauen am Werk

»Iß schön dein Ei, Paulie«, sagte Edna. »Sonst kommt Papi zu spät in die Arbeit.«

»Heute freue ich mich richtig auf die Schule«, meinte der kleine Paul mit bravem Gesicht. »Heute werde ich zum Tumor gewählt.«

»Tutor, Schatz. Rick, kommst du heute zeitig nach Hause?«

»Wenn es geht. Heute ist Freitag, weißt du. Die Gehaltsabrechnung von Jenks wird immer umfangreicher. Es dauert Stunden, bis man damit fertig ist. Ich kann mich noch an Zeiten erinnern, wo es nur 10000 Dollar waren, heute sind's schon 100000. – Nicht schlecht für eine Stadt unserer Größe, nicht wahr?«

»Und *mein* Mann der Kassierer bei der einzigen Bank am Ort!« erwiderte Edna stolz.

»Na ja, ich wäre manchmal lieber ein kleinerer Fisch.«

Es klingelte an der Haustür.

»Du lieber Himmel!« rief Richard aus. »Das wird doch noch nicht Julia sein, oder?«

»Aber nein – sie kommt frühestens in einer Stunde.«

»Was will sie denn diesmal?«

»Rick, das ist nicht nett von dir. Paulie, Schatz, lauf und mach die Tür auf. Wenn's ein Vertreter ist, sag ihm, deine Mutter hat im Moment zuviel zu tun.«

Richard lächelte schuldbewußt.

»Ich weiß, Liebling – Julia ist deine beste Freundin. Aber sie macht mich nervös. Sie fährt mir immer gleich über den Mund.«

»Julia ist eine wundervolle Freundin«, sagte Edna in bestimmtem Tonfall. »Außerdem will sie von mir heute nur einen Rat in Sachen Kleider. Sie –«

Paulie kam zurück.

»Es sind drei Männer«, berichtete er. »Sie wollen mit Papi sprechen.«

»Drei? Was zum – um diese Zeit?«

»Sie haben gesagt: Mr. Fairchild.«

»Na schön. Ich gehe nachsehen, Paulie, mach, daß du fertig wirst mit dem Frühstück, wenn ich dich in die Schule mitnehmen soll. Ich fahre in genau zwanzig Minuten.«

Es standen tatsächlich drei Männer vor der Tür, der eine groß und schlank, die beiden anderen kleiner und stämmiger. Durch die Haustür, die Paulie hatte offen stehenlassen, sah Richard ihre Limousine neben seinem Coupé.

»Mr. Fairchild?« fragte der größere mit freundlicher Stimme. »Können wir einen Augenblick mit Ihnen sprechen?«

Richard führte sie ins Wohnzimmer. Es war ihm ein wenig peinlich, als er merkte, daß er noch immer ein Stück Toast in der Hand hielt. Er legte es verstohlen auf den Tisch neben das Telefon.

»Was kann ich für Sie tun?« fragte er. »Wenn es um Geschäftliches geht, sprechen wir am besten in der Bank darüber. Ich muß sowieso gleich hin.«

»Es geht in der Tat ums Geschäft«, sagte der Sprecher der drei Männer leise.

Richard sah sich plötzlich der Mündung eines Revolvers gegenüber, die auf seinen Kopf zielte.

»Was zum –« Seine Stimme wurde zu einem Flüstern.

»Regen Sie sich nicht auf. Rufen Sie Ihre Frau und Ihren Jungen herein.«

»Edna«, krächzte Richard. Das war gar nicht nötig – Edna stand bereits in der Tür, und Paulie klammerte sich an sie. Einer der beiden stämmigen Männer hielt sie in Schach. Auf ein Nicken des Anführers hin schloß der andere Stämmige die Haustür, sperrte sie zu und ging dann durchs Eßzimmer und die Küche, um den hinteren Eingang zu bewachen.

Richard versuchte zu überlegen. Es kam alles zu plötzlich. Sein einziger Gedanke war, daß sie überhaupt nicht wie Räuber aussahen: Sie waren ordentlich gekleidet, sauber und gut rasiert, und der große, schlanke Mann – die anderen hatten bisher nichts gesagt – sprach wie ein gebildeter Mensch.

»Seien Sie still und hören Sie zu, dann passiert niemandem etwas«, sagte der Anführer in demselben ruhigen

Tonfall. »Alles ist bis ins letzte Detail geplant – wir haben uns monatelang damit beschäftigt. Tun Sie, was wir Ihnen sagen, dann läuft alles reibungslos. Sie riskieren dabei nichts – das Geld ist versichert, und Sie sind nur ein Angestellter, auch wenn Sie vielleicht eine herausragende Position in der Bank haben.«

»Was haben Sie mit meinem Mann vor?« kreischte Edna.

»Nichts Schlimmes – wenn er mitspielt«, erwiderte der Anführer höflich, aber mit dem Finger am Abzug. Richard sah Paulie an. Der Junge stand mit offenem Munde da; er war zu fasziniert, um Angst zu haben.

»Ich werde Ihnen jetzt unser ganzes Vorgehen erklären, damit Sie wissen, was abläuft. Mr. Fairchild, Sie fahren mit mir in meinem Wagen zur Bank. Sie schließen auf und lassen mich und zwei weitere Männer von uns, die bereits dort warten, hinein. Sie haben sieben Angestellte. Ich kenne sie alle und weiß, wann ihr Dienst beginnt. Sobald sie kommen, werden wir sie einen nach dem anderen – Sie zuerst – im Vorstandszimmer einschließen, wo Sie eine Stunde lang bleiben werden.«

»Aber warum?« fragte Richard mit heiserer Stimme. Sein Blick wanderte unbewußt zum Telefon.

»Weil es eine Stunde dauern wird, bis die Zeituhr den Tresor entriegelt«, sagte der große, schlanke Mann in selbstsicherem Ton. »Denn dort liegt das Geld – das Geld für die Gehaltszahlung von Jenks. Wenn wir es herausgeholt haben und bereit zum Aufbruch sind, wird der letzte von uns das Vorstandszimmer aufschließen. Dann können Sie anrufen, wen Sie wollen. Inzwischen werden wir die Nummernschilder unseres Wagens ausgetauscht haben – Sie müssen sich also nicht die Mühe machen, sich die jetzigen zu merken, wenn wir hinausgehen. Wir werden ohnehin längst in ein anderes Auto umgestiegen sein, wenn die Polizei das findet, das wir im Moment fahren.

Aber wenn jemand von Ihnen das Telefon im Vorstandszimmer auch nur anrührt, bevor wir Ihnen sagen, daß wir fertig sind, merken wir das – wir haben die Leitung angezapft und hören mit. Das ist die einzige Möglichkeit, wie Sie zur Außenwelt Verbindung aufnehmen könnten; die Fenster liegen zu hoch. Ich wiederhole:

Wenn jemand das Telefon anrührt, ruft einer von unseren Leuten die beiden Männer an, die ich hier zurücklasse … Ich bin mir sicher, daß Sie sich vernünftig verhalten werden, Mr. Fairchild. Denn wenn wir unsere Männer tatsächlich benachrichtigen müssen, erschießen sie Mrs. Fairchild und Ihren Sohn, bevor sie das Haus verlassen.«

Richard starrte ihn mit bleichem Gesicht an.

Der große, schlanke Mann warf Edna einen halb lächelnden Blick zu.

»Ich weiß, daß Mrs. Fairchild auch vernünftig sein und nichts Dummes unternehmen wird, um Sie zu retten. Aber wir führen sie lieber nicht in Versuchung. Sobald Sie und ich weg sind, fesseln meine Freunde sie und den Jungen. Es geschieht ihnen nichts dabei, aber sie werden nicht in der Lage sein, die Türen, die Fenster oder das Telefon zu erreichen.«

Unbehagliches Schweigen machte sich breit, das Paulie schließlich durchbrach.

»Aber ich muß unbedingt in die Schule!« jammerte er. »Ich werde doch heute zum Tudor gewählt.«

Dem Himmel sei Dank für die ganzen blutrünstigen Fernsehserien, dachte Edna. Wenn sie auch zu sonst nichts taugten – wenigstens machten sie das hier zu einem bloßen Spiel, in dem eine Morddrohung einen Siebenjährigen nicht erschreckte, ja nicht einmal einschüchterte.

»Tut mir leid, mein Sohn.« Der Anführer lächelte ihn freundlich an. »Wenn du heute nachmittag in die Schule kommst, bist du ein Held, und du wirst sehen, das macht dir noch viel mehr Spaß.«

»Und versuch *du* ja nicht, den Helden zu spielen, Richard Fairchild!« stieß Edna plötzlich hervor. »Ich will einen lebenden Ehemann. Mach, was der Mann sagt.«

»Sie sind sehr vernünftig«, bemerkte der große, schlanke Mann anerkennend. »Kommen Sie, Mr. Fairchild, gehen wir.«

Richard wollte den Mund aufmachen, um etwas zu sagen, schwieg dann aber doch. Er und Edna tauschten einen langen Blick aus. Dann öffnete er, den Revolver im Rücken, die Haustür.

»Müssen Sie denn Paulie wirklich auch fesseln?« fragte sie mit flehender Stimme den Mann, der sie immer noch in Schach hielt, als das letzte Geräusch des Wagens in der Ferne verklang. »Er ist brav und setzt sich hin und spielt, nicht wahr, Paulie?«

»Ich muß machen, was der Boß sagt«, antwortete der Mann. Auch seine Stimme war leise, doch ihr fehlte das Weltmännische, das den Anführer der Gruppe auszeichnete. Er stieß einen Pfiff aus, worauf der andere Mann seinen Wachposten an der hinteren Tür verließ und sich zu ihnen gesellte. Auch er hatte eine Waffe in der Hand. In der anderen hielt er ein aufgerolltes Kabel. Edna wußte, woher er es hatte – von ihrem Bügeleisen.

»Das macht Spaß, was Kleiner?« fragte er mit schmeichelnder Stimme. »Ist wie bei den Indianern.« Paulie ließ sich mit großen Augen fest an den großen grünen Stuhl fesseln. »Wo hast du denn deine Spielsachen? Ich bind' dir die Hände nicht zusammen, dann kannst du damit spielen.«

»Da drüben«, sagte Paulie. »Werden Sie meine Mutter skalpieren?«

Die beiden Männer lachten, und Paulie machte ein beleidigtes Gesicht.

»Nein, Kleiner, sowas machen wir nicht«, antwortete der andere. »Und jetzt Sie, meine Liebe. Hast du was mitgebracht, womit wir sie festbinden können, Bud?«

Bud kramte mit der linken Hand in seiner Gesäßtasche herum und zog schließlich das lange Kabel des Staubsaugers heraus.

Edna ließ sich mit dem Revolver zu dem Stuhl auf der anderen Seite des Kamins hinüberdirigieren.

»Sitzen Sie bequem, M'am? Ich stelle Ihnen den kleinen Tisch mit den Zigaretten und den Illustrierten neben den Stuhl. Sehen Sie, ist doch gar nicht so schlecht, oder? Niemand tut Ihnen etwas, solange Ihr Mann sich vernünftig aufführt. Und es ist alles in einer Stunde oder so vorbei.«

»Und was ist, wenn das Telefon klingelt?« fragte Edna.

»Hoffen Sie einfach, daß es *nicht* klingelt. Sie haben ja gehört, was der Boß gesagt hat. Sie müssen eben hoffen, daß der Anruf nicht von ihm ist. Bei allen anderen sage ich, es ist die falsche Nummer.«

Sein Blick fiel auf das Stück Toast, das Richard neben das Telefon gelegt hatte.

»Ach ja, was ich noch sagen wollte: Haben Sie denn überhaupt schon gefrühstückt?«

Paulie nickte. Seine Augen folgten jeder Bewegung, die die Männer machten; sein Gesicht glänzte vor Aufregung.

»Tja, aber *wir* noch nicht. Bud, geh doch mal in die Küche und schau nach, ob du irgendwas für uns auftreiben kannst.«

Bud, der Handlanger, trottete gehorsam davon.

Edna nahm eine Zigarette aus der Schachtel, und ihr Bewacher sprang auf, um sie für sie anzuzünden. Sobald sie und Paulie gefesselt waren, hatten beide Männer ihre Waffe wieder ins Halfter zurückgesteckt.

»Sie werden damit nicht durchkommen«, sagte sie und bemühte sich dabei, mit fester Stimme zu sprechen. »Das FBI wird Ihnen auf den Fersen sein, nicht nur die örtliche Polizei. Sie haben meinen Mann entführt.«

»Überlassen Sie das mal uns. Der Boß weiß schon, was er tut. Er hat alles genau überlegt. Was bringst du denn da, Bud?«

Die beiden setzten sich den Gefesselten gegenüber und verschlangen mit zufriedenem Gesichtsausdruck Schinkenbrote und Kaffee. Paulie beobachtete sie fasziniert. Edna rauchte eine Zigarette nach der anderen. Niemand sagte etwas.

Dann klingelte es an der Tür.

Edna atmete tief durch.

»Das ist eine Freundin von mir«, sagte sie leise. »Sie wird nicht wieder weggehen. Wir haben uns für heute morgen verabredet.«

»Das hätten Sie uns sagen sollen«, erwiderte Buds Partner vorwurfsvoll. Er stand eine Weile nachdenklich da. »Na schön, sie kann von der Haustür aus nicht hier hereinsehen. Mach sie los, Bud.« Bud tat sofort, was ihm gesagt wurde.

»Jetzt –« Die beiden hatten den Revolver wieder in der Hand. »Jetzt gehen Sie zur Tür. Ich stehe gleich hinter Ihnen, hinter dem Vorhang. Sagen Sie ihr – sagen Sie ihr, der Junge ist krank, der Arzt meint, es ist was Ansteckendes, sie soll lieber nicht reinkommen. Und vergessen Sie nicht: Ich stehe gleich hinter Ihnen. Wenn Sie nur ein Wort sagen, das sie auf dumme Gedanken bringen könnte, mache ich kurzen Prozeß.«

»Ich muß schon ein bißchen mit ihr reden, sonst kommt es ihr komisch vor.« Edna streckte ihre steifen Beine.

»Na schön, aber passen Sie auf, was Sie sagen.«

Von der Tür aus konnte man nicht hinter den Vorhang sehen. Aber Edna spürte, wie die Mündung des Revolvers sich ihr knapp unter dem Schulterblatt in den Rükken preßte.

Es war Julia. Edna nahm ihren ganzen Mut zusammen.

»Julia!« rief sie fröhlich aus. »Wie geht's dir, meine Liebe? ... Entschuldige, es ist mir ja furchtbar peinlich, aber ich kann dich nicht hereinlassen. Paulie ist krank.«

»Krank?« Julia sah verwirrt aus. »Aber dann laß mich doch –«

»Nein, es ist ansteckend, sagt der Arzt. Ich will nicht, daß es deine Kinder vielleicht auch bekommen.«

Julia machte große Augen.

»Rick war schon in der Bank, als ich den Arzt gerufen habe. Deswegen hat er es dir nicht sagen können«, fuhr Edna hastig fort. »Wir bringen Paulie ins Farnham Hospital, sobald der Arzt dort ein Bett in der Kinderabteilung bekommen kann.«

»Kann ich dir nicht irgendwie helfen?« fragte Julia eifrig. Die Revolvermündung unter Ednas Schulterblatt preßte sich ihr ein klein wenig fester in den Rücken.

»Ja, doch, eins könntest du machen, wenn du so lieb wärst«, antwortete Edna schnell. »Wenn du deine Kinder mittags von der Schule abholst, würdest du dann bitte zu Paulies Lehrerin Miss Schermerhorn gehen und ihr Bescheid sagen? Ich will das nicht am Telefon machen. – Es könnte zufällig jemand mitbekommen, und du weißt ja, welche Angst die Leute in der Schule gleich immer vor Epidemien haben.«

»Miss Schermerhorn?«

»Ja, du weißt schon – die neue Lehrerin, die erst dieses Jahr gekommen ist.«

»Aber selbstverständlich, das tu ich doch gern«, sagte

Julia. »Soll ich Richard in der Bank anrufen und es ihm erzählen, oder hast du das schon gemacht?«

»Nein, er hat heute morgen furchtbar viel zu tun, und außerdem möchte ich nicht, daß er sich Sorgen macht. Ich rufe ihn an, sobald wir Genaueres über das Krankenhaus wissen, aber das wird wahrscheinlich erst der Fall sein, nachdem du mit Miss Schermerhorn gesprochen hast.«

»Ich warte nicht erst bis Mittag, Edna – ich fahre gleich runter und sage es der Lehrerin jetzt.«

»Oh ja, das wäre natürlich noch besser! Ich bin dir sehr dankbar. Und, du verstehst doch, Julia, warum ich dich nicht hereinlassen kann? Ich würde es mir nie verzeihen, wenn sich deine Kleinen hier anstecken.«

»Natürlich verstehe ich das, Edna. Denk nicht soviel darüber nach, und paß auf dich auf.«

»Ach, mach dir mal keine Sorgen.«

Nachdem Edna die Tür geschlossen hatte, merkte sie, daß sie am ganzen Leib zitterte.

»Sie haben ganz schön lange mit ihr gequasselt«, knurrte der Mann. »Und wieso soll sie der Lehrerin sagen, daß der Junge krank ist, wenn er doch heute nachmittag wieder in die Schule kann? So dick hätten Sie nicht auftragen müssen.«

»Ich wollte, daß sie wirklich glaubt, es ist ernst. Sonst ist sie mir böse, weil ich sie nicht hereingelassen habe«, erwiderte Edna in beschwichtigendem Tonfall. »Ich mußte ihr doch *irgendwas* sagen.«

Der Mann schob sie ins Wohnzimmer zurück. Sie sank mit einem Seufzer der Erleichterung in ihren Stuhl zurück und ließ sich wieder fesseln.

»War das Tante Julia?« fragte Paulie von seinem Stuhl aus. »Hast du ihr erzählt, daß ich krank bin, genau wie der Mann gesagt hat?«

»Ja, Schatz. Und sie hat gesagt, es tut ihr sehr leid.«

Paulie zappelte auf seinem Stuhl herum.

»Ich werde langsam furchtbar müde«, beklagte er sich. »Wann binden die uns denn endlich wieder los?«

»Wie wär's, wenn du ein bißchen fernsiehst?« fragte seine Mutter. »Würden Sie bitte den Apparat anschalten, damit er fernsehen kann?«

»Da gibt's jetzt nichts, was ich sehen will«, quengelte Paulie. Das Spiel begann allmählich, seinen Reiz zu verlieren.

»Es dauert nicht mehr lang«, sagte Bud mit beruhigender Stimme und sah auf seine Uhr. »Wenn du tapfer bist, kommt bald die Kavallerie und verjagt die ganzen Indianer ... Ich hab' selber Kinder«, vertraute er Edna an. »Ich weiß, wie sie sind.«

»Wenn wir bis um halb elf nichts vom Boß gehört haben, bedeutet das, daß alles in Ordnung ist und wir abhauen können«, fügte der andere Mann hinzu. »Dann kommt sicher bald jemand und bindet Sie los. Wir nehmen Ihren Wagen. Die Polizei findet ihn dann schon wieder. Also machen Sie sich mal keine Sorgen.«

Edna nickte müde.

»Wir könnten trotzdem den Fernseher anmachen«, sagte Bud und ging zu dem Apparat hinüber. »Dann haben wir wenigstens eine Beschäftigung, bis wir gehen.«

Im Fernsehen kam eine ziemlich laute Sendung mit einer Militärkapelle. Nicht einmal Edna und Paulie hörten die Autos draußen vor der Tür. Plötzlich ging die Haustür auf, und das Zimmer war voll von Polizisten mit gezückten Pistolen. Es sah aus, als wäre fast die Hälfte der örtlichen Polizei angerückt. Tatsächlich war dies der Fall. Die andere Hälfte war unten in der Bank und kümmerte sich um die drei Männer dort.

»Ich habe immer noch nicht verstanden, wie du das geschafft hast, Liebling«, sagte Richard und drückte dabei Ednas Hand. Sie war nach der ganzen Aufregung zusammengebrochen und lag nun ausgestreckt und immer noch schwach und zitternd auf dem Sofa. Alle standen um sie herum – Rick, Julia, der Polizeichef. Paulie, der völlig erschöpft war, saß schlafend auf dem Stuhl, an den ihn die Männer gefesselt hatten.

»Julia hat mir geholfen«, sagte Edna mit schwacher Stimme und hob den Kopf, um ihre Freundin anzulächeln. »Mit jemand anderem hätte das nie geklappt. Erzähl es ihnen, Julia.«

»Tja, als sie mit Paulie und dem Krankenhaus angefangen hat, ist mir allmählich klar geworden, daß sie mir etwas mitteilen wollte – daß irgend etwas überhaupt nicht in Ordnung war.

Natürlich habe ich nicht gewußt, daß jemand sie mit einem Revolver bedroht, aber ich habe mir schon gedacht, daß sie einen guten Grund für diese ganzen Doppeldeutigkeiten haben muß. Dann hat Edna etwas über *meine* Kinder gesagt – dabei bin ich doch gar nicht verheiratet und habe auch keine Kinder! Und dann noch die Geschichte mit Paulie und der Kinderabteilung im Farnham Hospital. – So sagen wir nämlich hier im Ort zum Bezirksaltenheim.

Na ja, schließlich habe ich gemerkt, daß Edna irgendwelche Probleme hat. Ich wußte zwar nicht, wie die Probleme aussahen – ob es um die Bank ging oder ob hier was los war oder beides –, aber noch etwas anderes, was Edna gesagt hat, hat mich dazu gebracht, sofort zur Polizei zu gehen.«

»Da sieht man's mal wieder«, sagte der Polizeichef. »Das war der durchdachteste Bankraub, von dem ich je gehört habe. Für die Gangster sah es so aus, als ob *nichts* schiefgehen könnte. Aber die Männer waren nicht von hier, deshalb konnten sie auch nicht wissen, was jedes Kind im Ort weiß.«

»Zuerst habe ich gedacht, die Frau ist verrückt«, fügte der Polizeichef hinzu. »Doch dann hat sie mir gesagt, daß Mr. Fairchilds Auto immer noch vor dem Haus steht, Mrs. Fairchild aber erzählt hat, daß er in der Bank ist und ›schrecklich viel zu tun‹ hat. Außerdem hat sie sie nicht ins Haus gelassen und sich die Geschichte mit dem Farnham Hospital ausgedacht, um ihre Aufmerksamkeit zu erregen – und da dachte ich mir, na ja, vielleicht wird Mrs. Fairchild doch als Geisel gehalten. Und dafür gab's nur einen einzigen Grund – nämlich, daß jemand die Bank ausrauben wollte. Darüber hinaus ist Freitag, Zahltag bei Jenks. Also hab' ich's einfach riskiert – und wir haben Glück gehabt.

Ihnen haben wir es zu verdanken, Mrs. Fairchild, daß wir einen Mann gefaßt haben, den der ganze Staat schon lange sucht, und dazu noch seine Bande. Ist sicher nicht schlecht für meinen Ruf, so ein Fang – und das gleich im ersten Monat in dem Job.«

»Und *mir* schadet das in der Bank sicher auch nicht, würde ich sagen.« Richard drückte Ednas Hand. »Wir haben Jenks' Gehälter gerettet, die ganzen 98 000 Dollar, und ich bin jetzt der Held der Bank, auch wenn ich das eigentlich dem Köpfchen meiner Frau zu verdanken habe.«

»Es ist eine Belohnung auf den Kerl ausgesetzt«, sagte der Polizeichef, »und ich glaube, die beiden Damen werden den Löwenanteil davon bekommen.«

»Ich hab' doch immer gewußt, daß ich eine kluge Frau habe!« sagte Richard stolz. »Und sie hat eine Freundin, die auch ganz schön helle ist. Aber ich verstehe es immer noch nicht, Julia. Wie hat Edna Ihnen so schnell begreiflich machen können, daß das ein Fall für die Polizei ist?«

»Ja«, mischte sich der Polizeichef ein. »Ich verstehe das auch nicht! Sie sind eine mutige Frau, Mrs. Fairchild. Sie sind ein schreckliches Risiko eingegangen mit dem Revolver im Rücken. Wie haben Sie das bloß gemacht?«

Edna und Julia brachen in schallendes Gelächter aus. Als Julia wieder sprechen konnte, erklärte sie es.

»Wenn Sie erst mal länger in einem kleinen Ort wie dem unseren sind, werden Sie merken, daß jeder jeden kennt. Die Gangster waren nicht von hier, also konnten sie es nicht wissen, aber Edna und mir war vollkommen klar, daß es im ganzen Ort nur einen einzigen Menschen mit dem Namen –«

»Ach, jetzt verstehe ich!« rief Polizeichef Schermerhorn aus.

Barbara Callahan
Verborgene Quellen

Letzte Woche hab' ich grad die letzen Äpfel aus dem Dörrofen geholt und sitz im Schaukelstuhl auf der Veranda, da seh ich diesen Geschichtenerzähler Frank über die Trittsteine im Reuben Creek dahertappen. Er hat zwei nette junge Leute aus dem College dabei, Sally und Keith. Bis die drei schließlich an den Stufen der Veranda angelangt sind, haben sie mächtig Durst, also hol' ich jedem einen Becher Wasser vom Brunnen, den Vater vor über fünfundvierzig Jahren gegraben hat.

Der Frank, der hat sich bei mir als Neffe von Silas Coates vorgestellt, das ist ein entfernter Verwandter, der schon vor Jahren hier aus den Bergen fortgegangen ist, um drunten in der Sägemühle in Lawrenceville Arbeit zu suchen. Frank hat mir gesagt, er schreibt Bücher, und jetzt will er eine große Geschichte schreiben über die Leute hier oben in den Bergen, seine Vorfahren und Verwandten. »Quellenforschung«, nennt das Frank. Und dann hat Frank gesagt, er und die jungen Leute, »Wissenschaftler« sind das, würden von mir gern was über die alten Sitten hören, und ich soll einfach mit eigenen Worten erzählen, wie das war, früher, wie die Familie hier in den Bergen nach alter Art gelebt hat. Da würde ich ihm helfen, hat Frank gesagt, daß seine Geschichte »anschaulicher und au-then-ti-scher« wird. Frank und die jungen Leute waren so freundlich, und mir wird es ja doch hin und wieder ein bißchen einsam hier oben ganz alleine, also hab' ich gesagt, ich hab' nichts dagegen, mit ihnen zu reden.

Sally und Keith, die hatten dicke Notizblöcke dabei mit lauter Fragen drauf, und die haben sie mir vorgelesen und haben alles aufgeschrieben, was ich gesagt hab'. Die jungen Leute haben mich gefragt, wie das mit dem Seifekochen war und dem Schweineschlachten, und wie wir je nach Stand von Mond und Sternen gesät haben. Meiner Seel, denen sind die Worte nur so rausgepurzelt! Mir ist richtig die Puste ausgegangen, und ganz schwummrig ist mir geworden vom vielen schnellen Reden. Hab' kaum mithalten können.

Irgendwann grinst dann dieser Keith und sagt so ganz verschlagen, eigentlich würd' er ja gern was über Schnapsbrenner hören wollen. Ja, aber da hat die Sally dem Keith flugs gegens Schienbein getreten, und der Frank, der guckt den Jungen ganz grimmig an. Sally und Frank brodeln vor Wut, bis sie ärger dampfen als Kocher und Kupferrohre vom Vater damals, weil sie Angst haben, daß Keith mich kopfscheu gemacht hat. »Nun habt euch bloß nicht so«, sag' ich zu Sally und Frank. »Schwarzbrennen, das war keine Schande. Vater hat selbst einen Kocher gehabt, und die Leute haben geschwärmt, daß er von allen weit und breit den besten Schnaps gebrannt hat.«

Da haben Sally und Frank aufgehört, den Keith zu plagen, und wir haben uns alle zusammen auf die Veranda gesetzt. Ich hab' ihnen erzählt, wie der Vater zur Veranda immer »der Ausguck« gesagt hat, weil hier sind Mutter und ich immer gesessen, wir haben dann Spankörbe geflochten, weil das war eine Arbeit, da mußten wir gar nicht mehr hinschauen, wir konnten also den Hang im Auge behalten und sehen, wenn die Gesetzeshüter zwischen den Hickorybäumen aufgetaucht sind. Sobald die im Anmarsch waren, hat sich die Mutter schnell meinen Korb geschnappt und hat ihn bei sich unter den Stuhl geschoben, und ich bin um die Blockhütte hinten rumgeflitzt und hab Steinchen durchs Reisholz geworfen, womit der Schuppen abgedeckt war. Sobald Vater und mein Bruder Willis die Steinchen gehört haben, haben sie flugs den Kocher abgesperrt und haben sich aus dem Staub gemacht.

Der Frank, der hat wissen wollen, woran wir erkennen konnten, ob jemand zur Durchsuchung kam. Ganz einfach. Die Gesetzeshüter waren Fremde. Den Sheriff und seine Männer haben wir doch alle gekannt, das waren Nachbarn oder Sippschaft. Die haben natürlich gewußt, daß die Brennerei verboten ist. Manchmal haben der Sheriff und seine Leute die Schwarzbrennereien ausheben müssen, aber sie haben es gar nicht gern getan.

Sheriff Luther Cox zum Beispiel, also das war ein feiner

Mann. Wenn der die Axt anlegen mußte und Kocher und Zylinder zusammengekloppt hat, hat er sich die ganze Zeit beim Vater entschuldigt und hat gesagt, er weiß ja, daß der Vater deshalb brennt, damit er seine Familie durchbringt. »Schon gut, Luther, du tust nur deine Pflicht«, hat dann der Vater gesagt. Und dann ist der Vater ins Brunnenhaus gegangen und hat einen von den Krügen rausgeholt, die so bemalt gewesen sind, wie wenn's Buttermilchkrüge sind. Da ist der Krug zwischen dem Vater und dem Sheriff hin und her gegangen, bis der Sheriff schließlich aufgestanden ist. Richtig gewankt hat er und hat sich mit den Worten verabschiedet: »Du machst immer noch die beste Buttermilch in der ganzen Gegend, Jacob.«

Nachdem ich Frank und den jungen Leuten soviel übers Schnapsbrennen erzählt hab', hätt's mich kein bißchen gewundert, wenn plötzlich der Vater und Willis aufgetaucht wärn und Zuckersäcke in den Schuppen geschleppt hätten wie früher, aber dann fiel mir wieder ein, daß der Schuppen nicht mehr da ist, und Vater und Willis sind es auch nicht. Und ich bin nicht mehr das Kind von damals. Im April werd' ich einundsechzig. Das ist hier bei uns in den Bergen eigentlich kein Alter, aber in der letzten Zeit ertapp' ich mich, wie ich öfter mal einnicke, wenn die Gedanken schwer werden, und dann wach' ich erst auf, wenn die Chipmunks auf dem Verandadach das Toben anfangen oder wenn mir die Sonne in die Augen scheint.

Dieser Geschichtenerzähler Frank hat wohl gemerkt, daß ich feuchte Augen bekomme, wie ich von Vater und von Willis spreche, und hat mich dann gefragt, ob ich was von Handarbeiten erzählen kann, von Quilts und vom Stuhlrohrflechten. Die Sally, die ist ganz wild auf so Sachen und fragte mir Löcher in den Bauch, bis schließlich Frank gemeint hat: »Mal langsam. Laß Mrs. Payne ein bißchen mehr Zeit.«

»Miss«, habe ich gesagt, um das klarzustellen. Frank ist knallrot geworden und hat das Stottern angefangen. »Tschuldigung.« Ich wollt ihm aus der Verlegenheit raushelfen und habe darum gesagt: »Sie brauchen sich nicht entschuldigen, Frank. Bin ja nicht Ihre Mutter.«

Da hätt' ich mir glatt die Zunge abbeißen mögen, weil ich ihn vor den jungen Leuten auf den Arm nehm, aber die beiden haben sich bloß gekugelt vor Lachen. Sally und Keith waren kein bißchen schüchtern. Vielleicht ist es gut, daß die jungen Menschen heute in diesen Dingen keine Scheu haben. Frank hat einen Zorn gekriegt auf die beiden, und da fiel mir das Sprüchlein ein, was Tante Sarah Payne immer hergesagt hat, wenn bei uns dicke Luft war. »Mit vollem Magen mag keiner sich schlagen«, hat sie immer gezwitschert mit ihrem sanften Stimmchen. Also hab' ich Frank und die jungen Leute in die Hütte geholt und hab' ihnen Rübenauflauf und doppeltgebakkenes Brot vorgesetzt. Meiner Seel, da hat sogar die spindeldürre Sally ein zweites Mal zugelangt.

Als sie satt waren, ist Sally im Zimmer hierhin und dahin gerannt und hat vor Wonne gejuchzt. Über die Steppdecke auf dem alten eisernen Bettgestell ist sie richtig aus dem Häuschen geraten, da hab' ich ihr gezeigt, wo die Frauen, die die Decke gesteppt haben, ihre Namen aufgestickt haben. Diese Freundschafts-Decke hat Mutter gehört. Mir hat der Vater nie erlaubt, zu den Quiltrunden zu gehen. »Bist eh so langsam bei der Arbeit, Tochter«, hat er immer gesagt. »Träumst mit offenen Augen. Dich kann ich nicht vom Hof lassen. Dich kriegt doch der nächstbeste Kerl gleich rum.«

Vater hat nie Lesen und Schreiben gelernt, aber ich war für den wie ein offenes Buch. Ich hab' wirklich immer nur vor mich hingeträumt: wenn ich Mais enthülst hab', wenn ich Maisbrei gerührt hab' oder wenn ich bei abnehmendem Mond die Birnen eingesammelt hab'. Immer am Träumen. Bis ich sechzehn geworden bin, bis ich das alte Brautkleid von Tante Sarah Payne getragen hab', das Kleid aus weißer Spitze, was sie Mutter gegeben hat, damit wir es bei uns daheim aufbewahren, weil bei ihr die Motten alles gefressen haben. Ja, der Vater hat mich ganz genau gekannt.

Weil ich manches Mal laut denke, hab' ich unversehens zu Sally gesagt: »Was der Mensch sät, das wird er ernten.« Sally hat das Quilt, also die Decke, hingelegt und hat mich komisch angesehen, weil wir hatten gar nicht vom Säen gesprochen. Dann hat sich Frank sehr nett bei mir für die Gastfreundschaft bedankt und hat mich gefragt, ob er mir eine kleine schwarze Maschine dalassen kann, ein Tonbandgerät. Frank hat mir gezeigt, wie ich mit der Maschine reden muß, damit ich meine Gedanken auf Band bringe. Er hat gemeint, er kann verstehen, daß es für mich schwer ist, lauter Fragen zu beantworten ohne Zeit zum Nachdenken. Dann hat er mir die Knöpfe an der Maschine erklärt. Ich glaube, er war ganz überrascht, daß ich lesen konnte, was auf den Knöpfen steht. Sechs Jahre bin ich zur Schule gegangen, eh Mutter das Fieber gekriegt hat und gestorben ist.

Frank hat einen Haufen Fragen auf gelbes Papier aufgeschrieben und hat mir gesagt, ich kann mir Zeit lassen mit den Antworten, weil er erst nächste Woche wiederkommt. Er und die jungen Leute haben mir noch einmal gesagt, wie gut es ihnen bei mir gefallen hat, und dann sind sie fortgegangen.

Sobald sie weg waren, hab' ich mir die Fragen angeguckt und die Maschine. Ich hab' keine Angst gehabt vor der Maschine, aber drei von den Fragen fand ich teuflisch, weil sie böse, peinvolle Erinnerungen wachgerufen haben, die sind mir wie waidwunde Tiere aus dem Gedächtnis gekrochen und haben darum gebettelt, daß ich sie freilasse. Ich wollt' über die drei schlimmen Fragen gar nicht mehr nachdenken, aber sie haben schon in der Falle von meinen Erinnerungen gezappelt. Also hab' ich das kleine Mikrofon genommen, und dann hab' ich die erste von den drei Fragen laut vorgelesen: »Haben Sie je einen Wünschelrutengänger erlebt?«

»Aber sicher, Frank«, hab' ich gesagt. »Sicher hab' ich einen Rutengänger gekannt, aber nur einen.« Und da hab' ich dann davon erzählt, wie wenn ich wieder im großen Schulzimmer sitze und der Frau Lehrerin was aufsage. Ich hab' Frank erklärt, wie der Rutengänger Wasser gesucht hat, wie er die Rute in den Mund genommen hat und das andere Ende auf den Daumen gestützt hat und umhergegangen ist, bis die Rute begonnen hat zu zucken und wild auszuschlagen, wenn sie über eine verborgene Quelle gekommen ist. Aber dann haben meine Gedanken zu wandern angefangen, genau wie die Rute, und zu zukken über den verborgenen Quellen in mir selbst, bis die

Wasser rausgesprudelt sind und die Maschine überschwemmt haben.

Ich habe der Maschine von mir erzählt, von mir mit fünfzehn, als ich dem Rutengänger zugesehen hab'. Vater hatte nach ihm geschickt, damit er eine Stelle findet, wo wir einen neuen Brunnen graben können. Einen Gehrock hat er getragen, der Rutengänger, er sah aus wie ein Prediger. Aber der Rutengänger, das war kein frommer Mann. Weder hat er sich um den Segen des lieben Herrgott geschert beim Suchen, noch hat er ihm gedankt, wenn er eine Quelle gefunden hat, die ja der Herrgott erschaffen hat. Der Rutengänger ist einfach auf der Stelle stehengeblieben, wo die Rute ausgeschlagen hat, bis der Vater aus Zweigen ein Kreuz gelegt hat und ihm vier Buttermilchkrüge gebracht hat voll mit unserem feinsten Schnaps.

Als der Rutengänger da auf den Schnaps gewartet hat, hat er mich mit feurigem Blick durchbohrt, bis mir war, als ob mir Luzifer persönlich glühende Kohlen aufdrückt. Der Rutengänger war nicht alt und war nicht jung. Sein Gesicht hatte tiefe Furchen. Nicht Furchen vom Nachdenken oder vom Kummer. Haßfurchen waren das.

Neben mir hat Tante Sarah Payne gesessen, die kurz vorher ihren Mann begraben hat und eine Zeit bei uns gelebt hat, damit sie sich an die Veränderung gewöhnt und Trost hat. Der haben die rundlichen Glieder gebebt, wie sie der Rutengänger so scharf anguckt. Ich hab' schon gedacht, jetzt kippt sie um: wie bei der Beerdigung von Onkel Fergus, sie war ja so empfindlich und sanftmütig, nicht wie sonst die Frauen in der Familie, aber Tante Sarah hat sich bloß zu mir herübergebeugt und hat geflüstert: »Der Rutengänger hat Kräfte, gute Kräfte und böse Kräfte. Hüte dich vor dem, hörst du?«

Ich hab' es Tante Sarah versprochen, und es war ja auch nicht schwer, ihm aus dem Weg zu gehen, weil kein Mensch kannte seinen Namen oder wußte, wo er wohnt oder wo er herkommt. Mein Bruder Willis hat immer gesagt, der Rutengänger, das ist eine »arme Seele«, ein geplagter Geist vom Friedhof oben auf Weeping Woman Hill, und daß er den Kragen von seinem Gehrock immer hochschlagen muß, damit man die Würgmale am Hals nicht sieht, weil, das hat Willis gemeint, der Rutengänger wär' vor Jahr und Tag von den Leuten gelyncht worden, als er bei einer Dürre von seinen übernatürlichen Kräften nicht Gebrauch machen wollte. Und Gott würd' ihn dadurch strafen, daß er aus dem Grab steigen muß, wann immer jemand einen Brunnen graben will. »Deshalb guckt er so böse«, hat Willis gesagt, »weil er rechtschaffen müde ist und nicht zu seinem Totenschlaf kommt.«

Ich hab' das nicht geglaubt, was Willis vom Rutengänger erzählt hat. Und eines Tages, ich war zum Beerenpflücken in der Nähe vom Weeping Woman Hill, da hab' ich meinen Eimer stehengelassen und bin auf Zehenspitzen auf den Friedhof geschlichen. Die Krähen und Blauhäher haben einen Höllenlärm gemacht mit ihrem Gekrächze, und ich? Lautlos wie ein schlechter Gedanke bin ich dahergekommen, damit die Toten auch wissen, daß ich sie in Ehren halte. Ich bin um den ganzen Friedhof rumgeschlichen und hab' mir die Gräber genau angeguckt. Es war kein einziges dabei, wo die Erde aufgewühlt war oder der Stein verschoben, wie das ja hätte sein müssen, wenn der Rutengänger wirklich ständig aus der Erde gestiegen kam.

Dafür habe ich aber das Zeichen im Staub gesehen am Friedhofstor, das Zeichen, mit dem der Rutengänger gerufen wurde. Immer, wenn ein Farmer einen Brunnen graben wollte, hat er ein großes V in den Staub gemalt, V für die Gabelrute, die der Rutengänger benutzt hat. Einmal haben die Brownell-Söhne, die allerlei Unfug angestellt haben, dem Rutengänger ein Zeichen hingekratzt und den Namen von ihrem Vater darunter, wo doch ihr Vater gar keinen Brunnen gebraucht hat. Da ist dann der Rutengänger wie an jedem Tag zum Friedhof gekommen, um nachzuschauen, hat das Zeichen gesehen und hat darauf gewartet, daß Mr. Brownell kommt und ihn auf seine Farm führt. So um die Mittagsstunde muß der Rutengänger wohl dahinter gekommen sein, daß die Jungs ihm einen Streich gespielt haben, und da hat er sich auf den Weg gemacht und hat die Farm auch ohne Hilfe gefunden.

Der Rutengänger hat kein Wort gesagt, er hat einfach

seine Rute ausgepackt und ist über den Hof und ins Maisfeld hinter der Scheune gegangen. Dort hat die Rute angefangen zu tanzen. Mr. Brownell hat gar nicht gewußt, was der Rutengänger bei ihm zu suchen hat und ist ihm nachgegangen. Als er an der Stelle den Mais zur Seite gebogen hat, hat er seinen Sohn Thaddeus ertappt, das war der Sechzehnjährige, wie der dort mit der kleinen Simpson rumschmust.

Meiner Seel, den hat Mr. Brownell aber ordentlich versohlt! Und dem Rutengänger hat er ganze Gläser Okra und Sülze mitgegeben, zum Dank. Danach hat keiner mehr gewagt, dem Rutengänger ein Zeichen zu geben, wenn er nicht wirklich einen Brunnen gebraucht hat. Ich hab' mich schon vorher vorm Rutengänger gefürchtet, aber als mir Tante Sarah Payne die Geschichte mit dem Brownell-Jungen erzählt hat, ist er für mich zum Alptraum geworden.

»Wie hat denn der Rutengänger gewußt, daß Thaddeus und die kleine Simpson dort im Maisfeld sind, Tante Sarah?« habe ich sie gefragt.

Da hat Tante Sarah einen roten Kopf gekriegt, wie immer, wenn sie von »ungehörigen« Dingen sprechen mußte. Sie hat gesagt: »Der Rutengänger kann ja Wasser finden, Kind, und bei der Rumschmuserei kommt man ins Schwitzen. Und Schweiß ist Wasser, salziges Wasser.«

Ich hab' mir auf der Stelle geschworen, nie rumzuschmusen, und ich hab' mich auch daran gehalten, bis zu dem Abend, wo ich im Mondschein Tante Sarah Paynes weißes Spitzenkleid getragen hab' ...

Naja, jedenfalls haben die Leute nach der Sache mit dem jungen Brownell angefangen, dem Rutengänger auch dann Zeichen am Friedhof aufzumalen, wenn sie nach Vermißten oder Ausreißern gesucht haben. Als die kleine Simpson ihrer jüngeren Schwester gesagt hat, daß sie weglaufen und nach Lawrenceville gehen will, hat Mr. Simpson den Rutengänger kommen lassen, und der hat sie drei Meilen von daheim im Lorbeergestrüpp aufgestöbert. Sie hat geschwitzt und geweint, was ja beides wäßrig ist, also hat der Rutengänger sie wahrscheinlich deshalb gefunden.

Die Gesetzeshüter haben auch vom Spürkönnen vom

Rutengänger gehört und haben ihm ein Zeichen gegeben, damit er ihnen hilft, einen entsprungenen Häftling in den Bergen zu finden, aber der Rutengänger hat sich einfach nicht gerührt. Die Leute haben gemeint, daß der Rutengänger genausowenig mit dem Gesetz zu tun haben will wie sie selbst oder vielleicht, daß Häftlinge nicht schwitzen und nicht weinen.

Meiner Seel, was bin ich weit von Franks Frage abgeirrt und was hab' ich nur alles der Maschine erzählt. Aber es hat mir gut getan, von diesen Dingen zu sprechen, und ich hab' mir vorstellen können, wie dem Stroh zumute ist, wenn es im Frühjahr zum Lüften aus den Matratzen gezogen wird. Der Rutengänger ist für mich auch heut noch ein Alp, und er wirft seinen Schatten auch über die anderen beiden Fragen. Die nächste Frage von Franks Liste, die mir keine Ruhe lassen wollte, war: »Haben Sie je eine weise Frau kennengelernt?«

»Aber sicher, Frank«, habe ich ins Mikrofon gesprochen, »sicher hab' ich eine weise Frau gekannt. Heut würd' man Hebamme sagen. Die Granny Woman war eine gottesfürchtige Frau, sie war weise und gütig. Das war Mrs. Florence Trumbill, und bis ins hohe Alter, bis sie fast siebzig war, ist sie auch von weit her auf ihrem Maultier dahergeritten, um den Frauen beim Kinderkriegen zu helfen. Dann hat Mrs. Florence Trumbill eine saubere weiße Schürze aus ihrer schwarzen Tasche gezogen, und eine weiße Kappe und saubere weiße Leintücher, und dann ist sie an die Arbeit gegangen, hat die Frau gestreichelt, hat ihr Mut zugesprochen und hat mit ihr gelitten und hat ihr die ganze Zeit die Hand gehalten. Über vierhundert Kinder hat Mrs. Florence Trumbill geholt. Nach so einer Geburt hat Mrs. Trumbill für die Familie eine Mahlzeit gekocht, und sie ist mindestens eine Woche noch geblieben, bis alle mit dem neuen Kind zurecht gekommen sind. Heute gehen die Frauen in die Klinik unten in Lawrenceville, wo's die ganzen »modernen Einrichtungen« gibt, aber nichts auf Erden kann die Granny Woman ersetzen.

Die Florence Trumbill, die hat keine besonderen Werkzeuge gehabt, keinen Zauberstab wie der Rutengänger, aber sie hat bestimmt das Zweite Gesicht gehabt und konnte den Menschen tief in die Seele schauen, weil irgendwie hat sie immer gewußt, wenn jemand im innersten Herzen betrübt gewesen ist. Ich weiß noch, wie scharf sie mich angeschaut hat beim Revival Meeting, so einem religiösen Fest, in Carsons Field. Das war sieben Monate, nachdem ich Tante Sarah Paynes weißes Spitzenkleid getragen und ganz für mich im Mondschein getanzt hab', bis der Fremde mit der sanften Stimme und dem hübschen Lächeln aus dem Wald getreten ist und mit mir Walzer getanzt hat, bis wir beide hingefallen sind vom vielen Herumwirbeln.

Bei der Versammlung hab' ich ein bißchen abseits gestanden, der Vater und Willis, die haben auf jeden Ruf vom Prediger mit ihrem Bekennen geantwortet, und ich hab' zum lieben Herrgott gebetet und gehofft, daß das nicht unrecht ist, weil ich hab' gebetet, daß der Fremde zu mir zurückkommt, wie er es versprochen hat, und daß er sich mächtig über das Kindlein freut, wenn ich's ihm erzähl'. Plötzlich faßt mich Mrs. Florence Trumbill am Arm und winkt mir, ich soll ihr unter die Obstbäume folgen.

Die Granny Woman brauchte mich in meinem losen Kittel gar nicht von oben bis unten anzuschauen wie der Vater, als er gesagt hat: »Du ißt zuviel, Mädchen, und arbeitest zuwenig.« Mrs. Florence Trumbill hat mir nur die Haare aus den Augen gestrichen und hat gesagt: »Hast ein spitzes Kinn gekriegt, Kind. Wenn du mich dann brauchst, komm ich zu dir.«

Ich hab' mich bloß bei ihr bedankt und verwundert den Kopf geschüttelt über Mrs. Florence Trumbills Zweites Gesicht und wie sie die Gedanken lesen kann, die in einem festklemmen und nicht heraus können.

Vier Wochen später, als die Schmerzen angefangen haben, bin ich aus der Hütte gelaufen. Der Vater und Willis waren zum Heuen auf der unteren Weide. Ich bin am Ufer vom Reuben Creek gestanden und habe mir gewünscht, daß der Herr die Wasser teilt, so wie er es fürs auserwählte Volk am Roten Meer getan hat, als ich drüben auf der anderen Seite Mrs. Trumbill seh. Sie hat ihre schwarze Tasche dabei und will eben auf den Trittsteinen über den Bach. »Bleib, wo du bist«, hat sie gerufen, »ich komme. Ich habe gestern nacht von dir geträumt, und auf meine Träume geb' ich immer acht.«

Mrs. Trumbill hat mich in die Hütte zurückgebracht und mich ins Bett gepackt. Dann hat sie ihr weißes Käppchen aufgesetzt, hat sich die Schürze umgebunden und wollte grad ein Tuch aus der Tasche holen, als das Kind von selber gekommen ist.

Mrs. Florence Trumbill hat alles mit dem kleinen Wurm versucht, sie hat ihm sogar Butter ins Mündchen geschmiert, damit die Kleine den Schleim hochwürgt, der ihr vielleicht die Luft abschnürt. Hat nichts genützt. Mrs. Trumbill hat mir übers Haar gestrichen und hat sich erst einmal um mich gekümmert, dann hat sie gesagt, ich soll ruhig liegen bleiben, sie geht eben mal zum Holzhaufen vom Vater raus.

Als ich so von Mrs. Trumbill erzählt habe, mußte ich die Maschine eine Weile ausschalten. Sie ist längst dahin, aber hier in den Bergen gibt es zig Leute, die verdanken ihre erste Erfahrung von Mitmenschlichkeit den Händen von der Granny Woman. Um die letzte, die schwerste Frage zu beantworten, mußte ich das Band umdrehen, wie es mir Frank gezeigt hat. Ich bin lange einfach dagesessen und hab' mit mir gerungen, ob ich nun weiterreden soll, aber weil mir irgendwie leichter geworden ist ums Herz, seit ich damit angefangen hatte, hab' ich schließlich doch den Knopf gedrückt und dem Mikrofon vorgelesen: »Können Sie mir etwas von Beerdigungen erzählen?«

»Ja, Frank«, habe ich gesagt, »ich kann Ihnen sagen, wie wir es mit den Beerdigungen gehalten haben.« Und dann hab' ich es dem kleinen Band erzählt. Wie zwar die Seele eines Toten vielleicht schon fortgeflogen war, wie aber alle Leute zu seinen Blutsverwandten gekommen sind, sobald die Glocke geläutet hat, ein Glockenschlag für jedes Jahr, was der Tote gezählt hat. Alle sind gekommen, um in der Blockhütte beim Toten Wache zu halten, und sie haben leise Kirchenlieder gesungen um Mitternacht. Ich habe dem Band erzählt, wie die Leute was zu essen mitgebracht haben für die Sippschaft und wie jeder es für eine große Ehre gehalten hat, wenn er gebeten worden ist, den Sarg zu zimmern oders Grab zu graben. Oma Nesbit fiel mir ein, als ich so von den Sitten erzählt hab'.

Oma Nesbit hat ihr Totenhemd fünfundreißig Jahre aufbewahrt. Sie hat es selbst beizeiten gemacht, und jedes Frühjahr hat sie's raus an die Luft und die Sonne gehängt.

Nachdem ich von Oma Nesbit geredet hatte, haben meine Gedanken wie eine Wünschelrute über tief verborgenen Strömen im Herzen ausgeschlagen, und da hab' ich Frank vom Begräbnis von meinem kleinen Mädchen erzählt. Mrs. Florence Trumbill ist in die Hütte zurückgekommen und hat angefangen, aus Kiefernbrettern einen kleinen Sarg zu hämmern. Die rauhe Holzkiste sah so kümmerlich aus, da bin ich aufgestanden und hab' von Tante Sarah Paynes Kleid etwas Spitze abgeschnitten und hab' damit den Sarg geschmückt, und dann hat Mrs. Trumbill das Kindchen hineingelegt. Mrs. Trumbill hat mich wieder ins Bett geschickt, und sie hat sich mit der Kiste und dem Spaten auf den Weg in die Senke gemacht.

Ich hab' es nicht ausgehalten, einfach dazuliegen, ohne daß der übliche Beerdigungsbrauch eingehalten wird, da bin ich aufgestanden und auf die Veranda hinausgegangen. Eine Weile bin ich neben der großen Essensglocke gestanden, und dann habe ich angefangen zu läuten. Achtmal hab' ich geläutet, weil ich gedacht hab', ich und die Kleine, wir haben uns acht Monate gekannt. Gleich kamen der Vater und Willis von der Weide heimgelaufen, weil sie haben geglaubt, der junge Dillard, der war acht Jahre alt, der ist in den Brunnen gefallen oder im Reuben Creek ertrunken. Der ist nämlich immer bei uns auf der Farm herumgestromert.

Vater und Willis und ein paar Nachbarn haben auf mich eingeredet, ich soll ihnen doch sagen, warum ich geläutet hab', aber ich hab' Angst gehabt, es ihnen zu sagen. Und als ich seh, wie Tante Sarah Payne zur Veranda heraufsteigt, da bin ich reingelaufen, um ihr Brautkleid zu verstecken. Sie ist mir aber hinterhergerannt und hat das Kleid, wo ein großes Loch drin klaffte, an einem Nagel an der Wand hängen sehen. Na, da fing Tante Sarah vielleicht an zu zetern, da hat sie mich einen Satansbraten genannt, daß ich ihr Kleid zerschnitten habe, bis ich ihr schließlich sagen mußte, daß ich den Stoff für etwas ganz Wichtiges gebraucht habe.

Da kriegte Tante Sarah so einen schlauen Ausdruck in

den Augen, wie wenn sie im Kopf zusammenzählt. Nachdem sie die acht Glockenschläge mit dem Dickerwerden zusammengezählt hatte und dazu, daß bei uns ein Kindersarg immer mit weißem Tuch ausgeschlagen wird, da ist sie rot geworden und hat laut geseufzt, wie sie es immer getan hat, wenn sie über »ungehörige« Dinge sprechen mußte. Sie hat sich umgedreht und hat zu Vater gesagt: »Sie hat ein Kind bekommen, Jacob, und es ist gestorben.«

Das Gesicht vom Vater ist röter geworden als reife Erdbeeren. Er hat die Nachbarn gleich heimgeschickt und hat ihnen gesagt, wir müssen mit unserer Schande allein fertig werden. Er und Tante Sarah haben mich in die Mangel genommen. Wer der Vater ist, und wo das Kind ist, bis ich mich ins Bett verkrochen hab' und mir die Decke übern Kopf gezogen hab'. Der Vater hat laut gebrüllt: »Der Rutengänger findet den Nichtsnutz schon. Dem Rutengänger entwischt keiner. Der Rutengänger soll kommen.«

Als der Vater zur Tür herausgestürzt ist, hat er Mrs. Florence Trumbill fast übern Haufen gerannt. Die stand auf der Veranda, mit dem Spaten und der verdreckten Schürze.

»Der Kindsvater war ein Fremder, der ist hier nur durchgezogen, Jacob«, hat sie gesagt. »Den wird der Rutengänger nicht finden. Und das Kindchen ... Die Kleine hat keinen Atemzug getan. Ich hab' sie in der Senke unterhalb von den Kiefern begraben.«

Der Vater hat Mrs. Trumbill den Spaten aus der Hand gerissen und hat ihn mit Wucht in den Holzstoß geschleudert. »Dummes Weib«, hat er gebrüllt, »ein Herumtreiber wie der geht hier so bald nicht fort. Nicht solang es für ihn noch was zu holen gibt. Über diese Familie hat er schon Schande gebracht, aber ich sorg' schon dafür, daß er meinen Nachbarn nicht auch noch Leid antut.«

Als der Vater und auch Mrs. Trumbill weg waren, ist Tante Sarah Payne immer noch am Bett sitzen geblieben, hat sich hin und her gewiegt, das weiße Kleid fest an sich gedrückt, und hat in einem fort geflüstert: »Der Rutengänger kriegt ihn schon. O ja, der Rutengänger kriegt ihn. Denk an den Brownell-Jungen und die kleine Simpson.« Das Geflüster von Tante Sarah Payne war wie ein Hexenzauber, da bin ich eingeschlafen und hab' vom Rutengänger geträumt, von seinem Gehrock, wie der im Wind flattert und wie er sich auf den Brownell-Jungen, auf die kleine Simpson und auf meinen Fremden und mich stürzt wie ein Habicht.

Noch bevor am nächsten Morgen der Rutengänger gekommen ist, ist Tante Sarah aus der Hütte geschlüpft und hat mich alleingelassen. Ich hab' dann gehört, wie er die Verandastufen heraufsteigt. Ich hab' gehört, wie er immer wieder den Buttermilchkrug angesetzt hat, während der Vater von der Schande gesprochen hat, die über die Familie gekommen ist, mit einer gebrochenen Stimme, daß mir die Tränen gekommen sind.

Die Tränen habe ich für ein günstiges Zeichen gehalten, daß der Rutengänger den Fremden findet, meinen sanftmütigen Fremden, der mir gesagt hat, wie hübsch ich ausseh' im Mondschein. Mein Fremder würde jetzt sicher auch weinen, wie er da in den Bergen herumirrte und nichts lieber wollte, als zu mir zurückfinden. Männer weinen nämlich auch. Doch, das tun sie. Ich hab' Männer schon weinen sehen, bei Hochzeiten und bei Beerdigungen. Und mein Fremder würde ja auch schwitzen beim Steigen und Wandern. Weinen und Schwitzen, das ist beides wäßrig, und das würde den Rutengänger zu meinem Fremden hinführen. Mir ist es so schlecht gegangen, daß ich ein Fieber gekriegt hab', das mich niedergeworfen hat bis Neumond.

Der Vater hat mir Sassafrastee gebracht, aber meist hat er einfach auf der Veranda gesessen mit der Flinte auf den Knien und hat gewartet, daß der Rutengänger ihm den Fremden bringt. Der Vater hat nichts mehr gebrannt, er hat den Schnaps, der noch da war, selber getrunken. Willis ist es dann leid geworden, die Arbeit ganz allein machen zu müssen, und da hat er dem Vater gesagt, daß er nach Lawrenceville geht, in die Sägemühle. Der Vater war ein gebrochener Mann, er hat Willis nicht zurückgehalten, und Willis ist fortgegangen.

Sobald das Fieber weg war, hab' ich angefangen, mich hinterm größten Grabstein auf dem Friedhof zu verstekken und dem Rutengänger aufzulauern, wenn er gekommen ist, um nach Zeichen im Staub zu gucken. Ich bin ihm hinterhergegangen. Ich bin ihm heimlich über Berg und Tal gefolgt, weil ich gehofft hab', er führt mich hin zu meinem verirrten Fremden, und ich hab' gedacht, der Fremde und ich könnten den Rutengänger fesseln und knebeln und miteinander fortlaufen. Bis in den Oktober hinein bin ich dem Rutengänger hinterher gepirscht, da war die Luft schon mächtig kalt und der Wind rüttelte in den Bäumen.

Aber der Rutengänger hat meist nichts anderes gemacht, als die Farmen abzuklappern und Kürbisse zu stehlen, außer, er mußte eine Quelle für einen Brunnen suchen. Manchmal hat er Fallen gestellt für kleinere Tiere, aber meist ist er im Unterstand geblieben, den er sich oben auf der Lookout Ridge gebaut hat, und hat schwarzgebrannten Schnaps getrunken, bis ihm die Augen geglüht haben, wie wenn sie versengt wären, weil er zu lange ins Fegefeuer gestarrt hat. Der Rutengänger hat gar nicht gesucht nach dem Fremden. Er hat die Anzahlungen vom Vater einfach genommen, ohne überhaupt dafür was zu tun.

Am letzten Oktober, an Halloween, da stand ich hinterm Schuppen vom Rutengänger. Ich hatte es satt, ständig auf die Lookout Ridge raufzusteigen, und grad hab' ich mir geschworen, daß ich nicht mehr komme, als ich plötzlich im Unterstand Stimmen gehört hab'. Ich bin näher rangepirscht und hab' mich hinter einem dicken Ahornbaumstamm versteckt. Was ich gehört hab', werd ich nie vergessen. Ich kann Wort für Wort wiedergeben, was der Rutengänger und der andere Mann miteinander gesprochen haben.

»Trink aus, Freundchen«, hat der Rutengänger gesagt. »Das ist der beste Stoff weit und breit. Krieg' ich einmal die Woche von einem Hillbilly, der darauf versessen ist, dem Kerl den Garaus zu machen, der seine Tochter verführt hat. Der alte Narr glaubt, daß ich dem Halunken auf der Spur bin.«

Der andere hat gelacht.

»Von dir hab' ich schon im Bau viel gehört«, hat er gesagt. »Du bist der, dem's gelungen ist, auszubrechen.

Jedermanns Held. Dich hab' ich mir zum Vorbild genommen.«

»Darauf trinken wir einen«, hat sich der Rutengänger gefreut.

Dann hat der Besucher vom Rutengänger gemeint: »Die Langjährigen wie Shorty Grenville und Pump Martin haben erzählt, du wärst ein gelehrter Mann.«

»Diplomierter Versager von Marshall Tech«, hat der Rutengänger gespottet. »Bauingenieur. Bis ich mich auf Bankgeschäfte spezialisiert habe, wobei mir bedauerlicherweise ein Kassierer und ein Wachmann in die Quere kamen.«

Der Besucher grunzte, und dann hat er gefragt: »Wieso liefern dich die Leute hier in den Bergen nicht dem Gesetz aus?«

»Die glauben, ich hätte übersinnliche Fähigkeiten. Sie nennen mich Rutengänger, weil ich mit diesem albernen Hickorystock Wasser finde. Mann, hier in den Bergen wimmelt es von Wasseradern. Ich zieh eine ordentliche Show für sie ab, wenn ich die Rute über irgendeiner möglichen Quelle verrückt spielen lasse. Die Hillbillies glauben außerdem, daß ich Vermißte und Ausreißer finden kann, was ja auch stimmt, denn nach sieben Jahren im Bau genieße ich es, frei in den Bergen herumzustreunen. Ich kenne jeden Wildwechsel, und von hier oben aus sehe ich alles, auch die besten Schlupfwinkel für Liebespaare und für Kinder, die von zu Hause weglaufen.«

»Du hast ausgesorgt«, hat der Besucher da gemeint.

Der Rutengänger hat gelacht. »Die Bergleute haben auch ausgesorgt. Ich bin der Schutzengel der Schwarzbrenner in dieser Gegend. Ich will ja nicht, daß meine Quellen versiegen, also beschütze ich meine Klienten vor dem Auge des Gesetzes. Vor neun, zehn Monaten wurden die Gesetzeshüter ganz raffiniert. Sie haben einen jungen Kundschafter hier in die Berge geschickt, einen jungen Kerl, der sich als Wandervogel ausgab.«

»Ach ja?« hat der Besucher vom Rutengänger gesagt. »Und was hast du unternommen?«

Der Rutengänger hat geschnaubt, dann hat er, so wie es klang, einen langen Schluck genommen. Ich hab' neben dem Baum gestanden und hab' Rinde abgeschält und gespannt auf seine Antwort gewartet.

»Ich hab' den jungen Kerl sich erst einmal mit so einer verträumten Farmerstochter austoben lassen, dann hab' ich ihn in eine Schlucht geworfen, tiefer als ein See, nein, tiefer als der Ozean.«

Plötzlich hör' ich das Summen von Hunderten von Bienen, dabei war es schon zu spät im Jahr für Bienen. Die Bienen sind in meinem Kopf umhergeschwärmt mit diesem Flügelschwirren, das sie machen, wenn sie an einem heißen Abend in ihren Bienenstöcken den Honig kühlen. Ich hab' immer wieder den Kopf geschüttelt, aber die Bienen haben nicht aufgehört, mit den Flügeln zu fächeln, deshalb hab' ich nur noch Fetzen von dem Gespräch mitgekriegt: wie der Rutengänger seinem Besucher erzählt hat, er will ihn am Morgen zur Landstraße bringen, und dann hat er noch irgend etwas gesagt davon, daß er dann von der Lookout Ridge weggeht, um die kalte Jahreszeit in einer anderen Hütte – seinem »molligen Winterplatz« oder so ähnlich – zu verbringen. Ich hab' mir auf sein Gerede keinen Reim mehr machen können, wegen der Bienen in meinem Kopf.

Ich bin vom Bergkamm runtergerutscht und geschlittert und bin die Trampelpfade entlang gerannt zum Reuben Creek und bin ins Wasser gesprungen zur Abkühlung für meinen Brummkopf. Ich bin durchs Wasser gewatet, und dann bin ich in die Hütte geschlüpft, um mich abzutrocknen. Davon hab' ich mir eine böse Erkältung geholt, und ich lag zwei Tag fiebrig unterm Freundschaftsquilt von Mutter. Vor der Dämmerung am dritten Tag im November habe ich einen Teller voll Maisgrütze gegessen, damit ich wieder zu Kräften komme. Ich wollte unbedingt zu Tante Sarah und sie bitten, mit mir zum Sheriff zu gehen, damit ich ihm erzähle, was ich vom Rutengänger weiß. Ich hab' mich nicht getraut, allein hinzugehen, falls mich der Rutengänger doch gesehen hat, wie ich von der Lookout Ridge runtergelaufen bin. Ich dachte, vielleicht bewacht er mich schon von seinem Winterversteck aus.

Zum Schutz vor den Teufelsaugen vom Rutengänger hab' ich mich im Dunkeln auf den Weg zur Hütte von Tante Sarah gemacht, und ich hab' gebetet, daß Tante Sarah noch nicht gar zu tief in ihrem Winterkummer steckt und mit mir zum Sheriff gehen kann. Seit Onkel Fergus gestorben war, hat sich Tante Sarah nämlich jedes Jahr den ganzen Oktober lang mit Vorräten eingedeckt, und dann wollte sie bis März niemand von der Sippschaft mehr sehen. Sie hat gesagt, ihr gefriert das Herz so vor Kummer, daß sie mit niemandem reden kann. Onkel Fergus und sie haben ja keine Kinder gehabt, und so hat sie niemand da gehabt als Trost.

Der Mond hat hell geleuchtet, und ich bin bald schon bei Tante Sarah angekommen und hab' mich auf der Veranda einen Moment hingesetzt, zum Verschnaufen. Und da hab' ich mir an einem vermaledeiten Stock die Hand aufgerissen. Als ich den Stock aufheb, fangen die Bienen wieder an, in meinem Kopf herumzuschwirren. Der Stock war gegabelt wie eine Wünschelrute. Da hat mich die Angst gepackt, weil ich geglaubt hab', der Rutengänger hat erraten, daß ich zu Tante Sarah gehe und will mich abfangen, hier, wo mir keiner helfen kann. Da hab' ich rasch die Tür zur Hütte aufgezogen und hab' nach der Ecke getastet, wo Onkel Fergus immer seine Jagdflinte stehen gehabt hat. Ein schwerer Mantel ist von einem Haken gefallen und hat mich schier erstickt. Als ich mich aus den Stoffalten befreit hatte und den Mantel von meinem Kopf gezogen hab', seh' ich im Mondschein die schlafenden Gesichter vom Rutengänger und von Tante Sarah.

Gleich ist mir wieder eingefallen, was der Rutengänger oben auf der Lookout Ridge gesagt hat, als die Bienen mich halbtaub gemacht haben. Der Rutengänger hat gar nicht gesagt, daß er die kalte Jahreszeit in einer Hütte an einem molligen Winterplatz zubringen will, er hat gesagt, daß er die kalte Jahreszeit in einer Hütte bei der molligen Witwe Payne zubringt.

Ganz sacht bin ich an den Herd geschlichen und dann zur Hütte hinaus. Ich hab' gewußt, was ich jetzt tun muß. Weil ja Tante Sarah bestimmt nicht mit mir zum Sheriff gehen würde, mußte ich ihn allein holen. Ich hab' ganz viel Äste von den Kiefern neben der Hütte von Tante Sarah gebrochen, um daraus Fackeln zu machen wie die, die die Suchtrupps nachts anstecken, wenn sie Gesetzesbrecher jagen. Die hab' ich dann zwischen die

Stangen vom Geländer von der Veranda geklemmt. Ich habe mir dabei gesagt, daß ich recht daran tue, denn sobald ich das Streichholz an die Fackeln halten würde, würde der Sheriff den Feuerschein sehen und denken, ein Mörder läuft frei in den Bergen umher. Der Sheriff kannte die Flammenzeichen genauso, wie der Rutengänger sein Zeichen im Friedhofsstaub kannte.

Aber ich konnte nicht bleiben und auf den Sheriff warten. Ich mußte weg. Ehe ich mich versah, hat eine Fackel die andere in Brand gesetzt, und das ganze Wasser von allen Quellen, die der Rutengänger je gesucht und gefunden hat, hätte die Flammen nicht mehr löschen können.

Ich habe Frank auf der Maschine viel von Beerdigungen erzählt, aber es gibt so viele Arten, von denen ich erzählen müßte. Manche Leute wurden auf Weeping Woman Hill begraben, wie's sich gehört, und manche sind in kleinen Kisten in einer Senke begraben worden, mit weißer Spitze drin, und manche sind unter Geröll und Zweigen tief in einer Schlucht begraben worden und manche unter rußschwarzen Balken. Und manche sind unter einer schweren Last von Gedanken begraben worden, auch wenn sie ihrer Arbeit nachgegangen sind und für den Vater gesorgt haben, bis es mit ihm zum Sterben kam.

Ich hab' das Band in eine Schachtel gepackt und hab' Franks Adresse draufgeschrieben und hab' sie dem Postboten gegeben. Dann hab' ich eine Woche lang auf der Veranda gesessen und hab' gewartet, daß mich der Sheriff holen kommt, aber was wunderlich war, ich bin dabei ganz ruhig gewesen.

Als ich heute gesehen hab', wie Frank über die Steine tappt, war ich mächtig überrascht. Er hat wieder von meinem Rübenauflauf gegessen und meinem Doppeltgebackenen, dann erst hat er das Band aus der Hosentasche gezogen und so ganz bekümmert gesagt: »Ich bin Ihnen wirklich dankbar, Miss Payne, aber das Gerät hat wohl nicht einwandfrei funktioniert; das Band war leer. Ich nehme das Gerät lieber wieder mit und lasse es reparieren. Die jungen Leute kommen dann im Frühjahr wieder und unterhalten sich mit Ihnen. Behalten Sie das Band doch als Andenken.«

Geht doch nichts über Blutsbande, da kann man sagen,

was man will, auch bei entfernten Verwandten. Ich hab' den Jungen gern, auch wenn ich ihn bei einer faustdicken Lüge ertappt hab'. Weil ich hab', bevor ich das Band weggegeben hab', den Abspiel-Knopf gedrückt und hab' meinen Gedanken gelauscht, wie sie laut über den furchterregenden Strömen tief innen hin- und hergefahren sind wie eine Wünschelrute. Jetzt haben sich die wilden Wasser beruhigt.

Ich bin von der Veranda gestiegen, um Frank hinterherzuwinken, und da ist mir die erste Schneeflocke in diesem Winter auf die Hand gefallen. Hübsch anzusehen. Wie weiße Spitze. Ich bin noch lange draußen stehengeblieben und habe den Schneeflocken zugesehen, wie sie herunter getanzt kommen, und ich war froh, daß sie eine Decke klöppeln, die auch noch in die tiefste Schlucht hinunterreicht.

Dorothy Salisbury Davis
Alte Freundinnen

Die beiden Frauen waren seit ihrer Kindheit miteinander befreundet; schon ihre Mütter waren Freundinnen gewesen. Beide waren Ende zwanzig; keine von ihnen hatte geheiratet. Amy hatte es nie vorgehabt, auch wenn sie ihre Meinung zu diesem Thema nun nicht mehr ganz so nachdrücklich vertrat wie früher. Virginia sagte noch immer, sie warte, bis ihr der richtige Mann über den Weg liefe. Sie gab zu, altmodisch zu sein. Zu den bedauerlichsten Dingen in ihrem Leben gehörte es, daß die Männer, die ihr am besten gefielen, immer schon verheiratet waren. Wenn Amy sie dann fragte, ob diese Ehen denn auch glücklich seien, wurde Virginia wütend.

»Du denkst wahrscheinlich, ich sollte auch einmal ein Abenteuer wagen«, sagte Virginia.

»Wenn du mich so fragst: Ja, ich glaube, das würde dir guttun.«

»Woher willst du das wissen?«

»Nun ja, ich würde mal so sagen ...«, antwortete Amy dann wie immer in solchen oder ähnlichen Gesprächen. »Das wäre doch besser als eine schlechte Ehe – nach dem Motto: Hauptsache verheiratet.«

»Deiner Meinung nach«, bemerkte Virginia, »gibt es aber doch gar keine guten Ehen.«

»Nicht viele. Jedenfalls weiß ich von keiner einzigen, die mit Garantieschein geschlossen wurde.«

Man hätte glauben können, daß Amy diejenige von beiden war, die aus einem zerrütteten Elternhaus stammte. Dabei hatten ihre Eltern erst vor kurzem ihren fünfunddreißigsten Hochzeitstag gefeiert. Virginias Mutter hingegen hatte drei Scheidungen hinter sich. Und nach jedem der drei Ehemänner war sie finanziell ein bißchen besser gestellt als zuvor. Die Leute hielten sie und Virginia oft für Schwestern. Dasselbe galt für Virginia und Amy. Oder, um Virginia zu zitieren: Man hielt *sie* immer für Amys Schwester.

Sie hatten einmal für denselben New Yorker Verlag

gearbeitet, Virginia als Assistentin des Art Directors, Amy als Assistentin des Cheflektors. Amys Vater, der früher dort in leitender Position tätig gewesen war, hatte für beide Mädchen ein Vorstellungsgespräch arrangiert, nachdem sie das College abgeschlossen hatten. Die Stellen, so betonte er, hatten sie jedoch aus eigener Kraft bekommen. Virginia blieb beim Verlag. Abgesehen vielleicht von einem Ehemann, der sie liebte und achtete, war ihr die Unabhängigkeit von ihrer Mutter das Wichtigste auf der Welt. Um das unerschöpfliche Thema endlich zum Abschluß zu bringen, meinte Amy einmal, daß Virginia genau aus diesem Grund einen Mann brauche, nämlich, damit er sie vor ihrer Mutter beschütze.

»Ich kann sehr gut auf mich selbst aufpassen.«

Aber genau das, so erkannte Amy schon bald, war das Problem ihrer Freundin. Niemand konnte ihr helfen. Sie nahm es übel, wenn jemand es versuchte. – Das machte ihre Sehnsucht nach einem Ehemann so verdächtig: Amy kam zu dem Schluß, daß Virginia in Wirklichkeit ein Baby wollte. Doch so richtig konnte Amy Virginias Charakter längst nicht mehr einschätzen, schon lange vor jenem Wochenende, an dem sie ihre Einladung aufs Land zurücknahm.

Manchmal sahen sie sich monatelang nicht. Amy hatte ein altes Cottage von ihrer Tante geerbt und ihre feste Anstellung aufgegeben, um als freie Autorin und Redakteurin zu arbeiten und das Häuschen wieder instand zu setzen. Obgleich dieses Häuschen nicht weit von der Stadt entfernt und somit nicht abgelegen im eigentlichen Sinne des Wortes war, strahlte es doch eine Atmosphäre der Abgeschiedenheit aus, wie man sie nur selten findet. Es war im Laufe der Jahrzehnte immer tiefer in den Boden eingesunken und wurde vom Gebirgslorbeer so dicht umhüllt wie von einem Schal.

Amy wußte von Virginias Hobby, der Malerei, und dachte jedesmal an sie, wenn sich etwas in der Natur veränderte. Eine solche Veränderung hatte sich in jener Woche zugetragen, als der November die Bäume plötzlich ihr Laub verlieren ließ. Das Licht wandelte sich; das lange Gras auf der Wiese bebte schimmrig-golden in der Sonne und erglänzte silbern im Schein des Mondes. Sie rief Virginia am Donnerstag an.

»Tja, ich würde schon gern kommen«, sagte Virginia und dachte laut über die Einladung nach. »Ich habe nur Allan so gut wie versprochen – ich weiß nicht: Habe ich dir schon von ihm erzählt? Von dem Architekten? – Aber eigentlich habe ich ihm noch nicht fest zugesagt. Danke, Amy. Doch, ich komme gern.«

Amy hätte Virginia fast vorgeschlagen, Allan, den Architekten, mitzubringen. Doch dann kam ihr in den Sinn, daß sie ihn vielleicht nur erfunden hatte, daß er nur wieder einer jener Versuche war, das Gesicht zu wahren, die ihre Freundschaft trübten, wenn sie sich zu oft sahen. Sie wünschte sich schon fast, nicht angerufen zu haben. Trotzdem besprachen sie die Busverbindungen und einigten sich auf eine Zeit für Virginias Ankunft.

»Wenn ich den verpasse, nehme ich den nächsten«, sagte Virginia. Sie ließ sich nie eindeutig festlegen, bewahrte sich immer noch ein Stückchen Unabhängigkeit.

Ausgerechnet an jenem Nachmittag erhielt Amy einen Anruf von Mike Trilling, einem der wenigen Männer, die sie je wirklich geliebt hatte. Mike war Zeitungskorrespondent und ins Ausland geschickt worden, gerade, als sie anfingen, sehr glücklich miteinander zu sein. Wenn er sie gebeten hätte, wäre sie mit ihm gegangen. Aber er hatte es nicht getan, und sie hatte lange gebraucht, die Trennung zu verwinden. Obgleich sie letztlich noch immer nicht darüber hinweg war. Das wußte sie in dem Moment, als sie seine Stimme hörte.

Amy kam immer wieder ins Stocken.

Schließlich sagte Mike: »Hängst du denn immer noch an mir?«

»Du sitzt wohl gar nicht auf dem hohen Roß! Ja, verdammt nochmal.«

»Du brauchst nicht gleich anfangen zu fluchen. Ich hab' das gleiche Problem – einmal in Amy verliebt, immer in Amy verliebt. Ich würde das Wochenende gern zu dir rausfahren, wenn du mich einlädst.«

»Also schön, du bist eingeladen.«

»Ich nehme einen Mietwagen und bin morgen am frühen Abend bei dir. Wir können im Tavern zu Abend essen. Ist die Küche dort immer noch so gut wie früher?«

»Ich mach' uns schon was. So gut ist es da nicht mehr.

Du kannst den Wein mitbringen.« Sie verkniff es sich, ihm zu sagen, daß er auch den Bus nehmen könne. Die Fahrt dauerte nur eine Stunde. Es gab keine bessere Methode, einen Mann zu vergraulen, als ihm beim Geldsparen zu helfen.

Sie zögerte die Entscheidung darüber, was sie Virginia sagen würde, hinaus, und während sie das Haus saubermachte, gab sie sich ganz den Erinnerungen an ihre Zeit mit Mike hin. Sie wusch sich die Haare und ließ sie vor dem Feuer im Kamin trocknen. Mike vergrub so gerne sein Gesicht in ihren Haaren, um darin den leichten Duft des verbrannten Holzes zu entdecken; er ließ so gerne seine Finger hindurchgleiten, wenn sie auf dem Kissen ausgebreitet lagen, und zog dann ihr Gesicht nicht allzu sanft zu dem seinen hoch.

Sie konnte Ginny nicht sagen, daß sie ihren Besuch wegen Mike auf das nächste Wochenende verschieben wollte. Das wäre alles andere als nett. Jeder andere hätte sie wahrscheinlich verstanden, aber Ginny würde sogar mehr daraus lesen, als Amy eigentlich wollte: Virginia würde ihr ganzes Leben noch einmal vor dem Hintergrund dieser Absage überprüfen. Amy rief sie erst am nächsten Morgen an.

»Ginny, mir ist gerade eine fabelhafte Idee für eine Geschichte gekommen. Ich war die halbe Nacht auf, um darüber nachzudenken. Ich hatte Angst, daß sie mir wieder entgleitet oder sich am Morgen nicht mehr so gut anhört. Aber sie *ist* gut, und ich will sie zu Papier bringen, solange ich sie noch frisch im Kopf habe. Könntest du vielleicht erst nächste Woche kommen? Ich weiß, daß du so etwas verstehst ...« Sie zwang sich aufzuhören. Sie hatte schon zuviel Worte verloren.

»Natürlich«, antwortete Virginia, und in ihrer Stimme klang dabei jener leere Tonfall der Entsagung mit, den Amy so gut kannte. »Ich beneide dich.«

»Gott segne dich für dein Verständnis«, sagte Amy. »Nächste Woche um dieselbe Zeit dann. Ich warte auf dich.«

Sobald sie aufgelegt hatte, gab sie sich ganz der Vorfreude hin. Es war fast ein Jahr vergangen, seit Mike und sie das letzte Mal zusammen waren. Sie hatte in der Zwischenzeit ein paar kurze Affären gehabt, aber niemandem war es gelungen, seinen Platz einzunehmen. Sie hatte gearbeitet. Sie hatte viel mehr geschafft, seit Mike nicht mehr da war. Sie hatten einander nicht geschrieben. Er hatte sie am Silvesterabend angerufen. Per R-Gespräch, weil er bei Freunden war und die Briten seine Kreditkarte nicht akzeptierten. Sie hatte ihm keine Fragen über die Freunde gestellt. Und sie wollte auch jetzt keine Fragen stellen.

Anfangs schien alles ganz wie früher, wie sie so mit ihren Martinis vor dem Kamin saßen – Mike zu ihren Füßen, den Kopf auf dem Arm, der auf ihren Knien ruhte. Sein Haar begann, am Hinterkopf licht zu werden. Sie legte ihren Finger auf die Stelle; der Finger war kalt, denn sie hatte gerade noch das Glas in der Hand gehabt.

Mike stand auf und setzte sich auf den Stuhl ihr gegenüber. Er strich sich das Haar zurück, fast zärtlich an der lichten Stelle.

»Ich bin garstig, nicht wahr?« sagte sie und überspielte, so gut sie konnte, den Fehler, den sie offenbar begangen hatte.

»Das mußt du mir genauer erklären«, sagte er, absichtlich begriffsstutzig.

»Ich meine gemein.«

»Ach was. Jedes zweite Wort hier in diesem Land ist ›gemein‹. Bin ich nicht gemein?« Er äffte jemanden nach. »Was für ein abartiges Wort.«

»Wahrscheinlich hast du recht«, sagte Amy.

Er rutschte einen Augenblick lang unruhig hin und her, als wolle er eine bequeme Stellung auf seinem Stuhl finden, stand dann aber auf und versetzte einem der Holzscheite einen Tritt. »Es ist gar nicht so leicht – sich wieder näherzukommen, wenn in der Zwischenzeit so viel passiert ist.«

»Ach?« rutschte ihr heraus, ohne daß sie es wollte.

Er sah an ihr vorbei. »Ich hab' verdammt hart gearbeitet. Fünf Monate in Zypern.«

»Ich weiß.«

»Liest denn niemand in Amerika was über Geschichte?«

»Wahrscheinlich ist das Problem eher, daß niemand auf die hört, die was über Geschichte lesen.«

»Hast du meine Berichte verfolgt?«

»Jedes Wort, Darling.«

Jetzt lief alles ein bißchen besser. Er sah sein Glas an. »Ich vertrag' die Martinis auch nicht mehr so wie früher. Welchen Wermut hast du genommen?«

Das Telefon klingelte, und Amy sagte auf dem Weg zum Apparat: »Versuch's mit mehr Gin.«

Es war ausgerechnet Virginia. »Ich stör' dich nur eine Minute.«

»Ist schon gut. Ich mach' gerade eine Pause.« Sie hatte Angst, daß Mike auf die Idee kam, eine Platte aufzulegen.

»Ich möchte dich um einen Gefallen bitten, Amy. Ich sitze in der Klemme. Allan hat mich vor kurzem angerufen, und weil ich nicht mit ihm reden wollte, habe ich gesagt, ich bin auf dem Weg zu dir und verbringe das Wochenende bei dir. Ich glaube nicht, daß er anruft, aber falls er es doch tut – würdest du ihm dann bitte sagen, daß ich einen langen Spaziergang mache oder so?«

Amy atmete tief durch und suchte nach Worten, die das Ausmaß ihrer Verzweiflung nicht verrieten. Die natürlichste Reaktion wäre eigentlich gewesen: »Ginny, ich wollte nicht, daß du kommst, weil –«

»Ich glaube nicht wirklich, daß er anruft.«

»Gut Ginny, ich sag's ihm.«

»Laß dir seine Nummer geben und sag' ihm, ich ruf' ihn zurück.«

»Das sag' ich ihm«, antwortete Amy. Alles war nur ein Hirngespinst, und irgendwie hielt Virginia das wohl für ihre Rache. Wenn es diesen Allan tatsächlich gab, und wenn er wirklich anrufen würde, dann riefe sie Virginia zurück, um ihr zu sagen, daß Allan sich gemeldet hatte.

»War das Virginia?« fragte Mike.

»Ja.«

»Hat sie sich immer noch keinen Mann geangelt?«

»Du verdammter, eingebildeter –«, explodierte Amy, wahrscheinlich, weil sie sich über ihn und Virginia ärgerte. Aber Virginia, die nicht nur verletzlicher, sondern ja auch nicht anwesend war, wurde in der nun folgenden Auseinandersetzung so glühend verteidigt, daß sie wohl erstaunt gewesen wäre. Vielleicht hätte sich ihre ganze Selbsteinschätzung daraufhin grundlegend geändert.

Mike und Amy legten ihren Streit dann doch noch bei. Schließlich war es seine Erinnerung an Amys frühere

Klagen über ihre Freundin, die ihn zu seiner Bemerkung veranlaßt hatte: Eigentlich mußte sie sich selbst die Schuld geben und nicht ihm. Nach dem zweiten Martini lachten sie und unterhielten sich über alte Vertraulichkeiten und wie sie damals immer den dritten Martini für hinterher kaltgestellt hatten. Diese angenehmen Erinnerungen und die Küsse, die, obgleich nicht so leidenschaftlich wie früher, doch noch besser als die meisten anderen waren, genügten, um sie ins Schlafzimmer zu locken. Doch dort war alles leider gar nicht mehr so wie früher.

»Verflucht«, sagte Mike immer wieder, »das passiert mir sonst nie.«

»Macht nichts«, beruhigte Amy ihn daraufhin, obwohl ihr nicht entgangen war, daß er in der Gegenwart gesprochen hatte.

Später beobachtete sie ihn, wie er sich zum Spiegel ihrer Frisierkommode herabbeugte, um sich die Krawatte zu binden. Dabei sagte er: »Das Bett ist nicht alles.«

»Das stimmt.«

»Aber es bedeutet eine ganze Menge«, fügte sie hinzu und schlug die Decke zurück.

Als sie im Bad fertig war, stand er schon im Wohnzimmer vor dem Kamin und starrte hinein. Ein frisches Scheit fing gerade Feuer, die Flammen züngelten seitlich daran hoch. Er hatte den kaltgestellten Martini nicht aus der Küche geholt.

»Du kannst jetzt nicht heimgehen«, sagte sie.

»Wahrscheinlich hast du recht.« Er hätte ja wenigstens sagen können, daß der Versuch Spaß gemacht hatte. Aber statt dessen meinte er: »Amy, wir sollten uns nicht unsere schönen Erinnerungen verderben.«

»O Gott. Ich kann's nicht glauben, daß du sowas sagst. Doch nicht Mike Trilling.«

»Na schön. Aber ›du kannst jetzt nicht heimgehen‹ war auch nicht gerade originell. Es klappt nicht mehr mit uns, Amy, also wär's doch besser, wenn ich verschwinde, bevor wir wieder anfangen, uns zu streiten. Keine Anschuldigungen, kein ›auf Wiedersehen‹, keine Tränen.«

Die Tränen steckten ihr im Hals wie ein Korken in der Flasche. Sie ging hinauf in den ersten Stock und holte seinen Mantel und seine Reisetasche.

Auf der Veranda gaben sie sich nicht einmal mehr die Hand – eine Drehung des Kopfes, ein eilig abgewandter Blick, damit sich ihre Augen nicht trafen, und ein kurzes Winken, bevor er die Autotür aufmachte. Als er weg war, fiel ihr der Wein ein. Es war ihr nicht unrecht, daß sie nicht mehr daran gedacht hatte. Ein »Dankeschön« für irgend etwas hätte sie nur beide gedemütigt.

Als sie wieder im Haus war, war sie so ernüchtert und klar wie der Mond, und genauso einsam. Das Feuer im Kamin wisperte vor sich hin, und die Seth-Thomas-Uhr ihrer Tante tickte im schweren, langsamen Takt eines müden Herzens. Alles hat einmal ein Ende: Dieser Satz, den sie einmal – sie wußte nicht mehr, wo – gehört hatte, ging ihr nicht aus dem Kopf. Die alte Uhr rasselte kurz und schlug dann einmal. Kaum zu glauben, aber es war erst halb neun.

Sie rief Virginia an.

Ihre Freundin ließ sich Zeit, bis sie an den Apparat ging. »Ich wollte eigentlich nicht abnehmen. Ich dachte, es ist vielleicht Allan. Hat er bei dir angerufen?«

»Bis jetzt nicht, Ginny. Du könntest noch den Bus um halb zehn erwischen und 'rauskommen. Die Geschichte ist noch nicht fertig. Ich fange immer zu früh mit dem Schreiben an. Ich vermurkse schon wieder alles.«

»Danke, aber ich glaube, ich komme lieber nicht, Amy. Ich würde jetzt lieber daheimbleiben und in Ruhe nachdenken. Ich habe mein Leben nicht im Griff, aber das weiß ich auch. Also müßte ich eigentlich in der Lage sein, etwas dagegen zu unternehmen.«

»Du klingst schrecklich niedergeschlagen. Komm doch und besuch mich.«

»Ganz im Gegenteil: Mir geht's gut. Schönes Wochenende, Amy.«

Schönes Wochenende: Das war der *coup de grace.* Amy ging in die Küche und holte den Martini. Sie schloß die Kühlschranktür, hinter der noch ein Acht-Dollar-Steak lag. Die Katze, die auf dem Tisch saß und ihre Pfoten unter sich versteckt hatte, machte die Augen auf, um sie gleich wieder zu schließen.

Amy ging durchs Eßzimmer ins Wohnzimmer zurück. Als sie eintrat, sah sie einen Mann, der ebenfalls gerade hereinkam, und zwar durch den Vorraum. Sie hatte nicht abgeschlossen, nachdem Mike gegangen war.

»Hallo. Ich habe geklopft«, sagte er, »wenn auch nicht sehr laut. Ich wollte Sie überraschen.«

»Das haben Sie. Und jetzt, wo Ihnen das gelungen ist, verschwinden Sie sofort hier, bevor ich meinen Mann rufe.«

»Komisch. Ginny hat mir nichts von ihm erzählt. Sie hat mir sogar gesagt, daß Sie gar keinen wollen.«

»Sie sind Allan.«

Er war stehengeblieben. Amy ebenfalls. Jetzt bewegten sie sich vorsichtig aufeinander zu. Er sah auf merkwürdige Weise gut aus: Sein hastiges Lächeln und seine Augen schienen nicht zusammenzupassen. Sie hätte schwören mögen, daß diese Augen alles im Zimmer wahrnahmen, auch wenn sie nichts direkt anzuschauen schienen, nicht einmal sie selbst, als sie sich schließlich unmittelbar gegenüberstanden.

»Ja, ich bin Allan. Also hat Ginny Ihnen von mir erzählt? Das erstaunt mich, obwohl – warum eigentlich nicht? Sie hat mir auch viel von Ihnen erzählt. Wo ist sie?«

Verdammte Ginny. »Sie macht gerade einen Spaziergang.«

Sie bereute sofort, das gesagt zu haben. Nun war es nur logisch, daß er auf ihre Rückkehr wartete. »Glauben Sie nicht, Mr. –« Sie machte eine Pause und wartete.

»Einfach Allan«, sagte er. Die Vertrautheit gefiel ihr nicht. Nein. Eigentlich war es die Anonymität; genau: Es war eher das, was ihr nicht behagte.

»Mr. Allan, glauben Sie nicht, daß Ginny mit Ihnen was ausgemacht hätte, wenn sie Sie hätte sehen wollen?«

»Es gehören immer zwei dazu, etwas auszumachen, Amy.« Sein Blick, der dem ihren ohnehin nicht richtig begegnete, glitt hinüber zu dem Glas, das Mike hatte stehenlassen. Ihr eigenes war auf dem Beistelltisch neben ihr, den Martinikrug hielt sie in der Hand. Vielleicht hatte Allan noch gesehen, wie Mike das Haus verließ.

Dann sagte er: »Soll ich Ihnen etwas gestehen, Miss Amy? – Wahrscheinlich hätten Sie gerne, daß ich Sie so nenne, auch wenn es nach allem, was Ginny mir über Sie erzählt hat, wirklich merkwürdig klingt. – Lassen Sie mich Ihnen sagen, warum ich hier so hereingeplatzt bin. Ich wollte das Häuschen sehen, und ich war mir nicht so sicher, ob ich jemals eine Einladung bekommen würde, wenn ich die Entscheidung Ginny überließ. Es ist noch aus der Zeit vor der Revolution, nicht wahr?«

»Ja.«

»Könnten Sie nicht einen Architekten brauchen?«

Das entwaffnete sie – wenigstens hatte er Humor. »Wollen Sie einen Drink?« Sie schwenkte den Inhalt des Kruges. »Einen Martini?«

»Danke.«

»Ich hole ein Glas.«

Mit ein paar Schritten war er bei dem Tisch, auf dem Mikes Glas stand. »Wenn das Ginnys Glas war, habe ich nichts dagegen, daraus zu trinken.«

Keine Lügen mehr. Sie wußte inzwischen schon gar nicht mehr so richtig, welche ihre eigenen und welche die von Ginny waren. »Das war nicht Ginnys Glas«, sagte sie.

Er reichte es ihr trotzdem. »Egal, von wem es war, es wird mich schon nicht umbringen.«

Diese Augen, die immer ganz knapp an den ihren vorbeisahen, entdeckten alles, was in ihrem Kopf vor sich ging. Sie wollte ihnen entfliehen, wenn auch nur die kurze Zeit, die nötig war, um ein Glas aus dem anderen Zimmer zu holen. »Das ist doch lächerlich«, sagte sie. »Setzen Sie sich, Allan. Der Stuhl da ist für Sie mit Ihren langen Beinen viel bequemer als der hier.«

Er schien zu dem Stuhl auf der anderen Seite hinübergehen zu wollen, wie sie es vorgeschlagen hatte, aber kaum war sie ins Eßzimmer getreten, als er auch schon hinter ihr stand.

»Was für ein herrlicher alter Raum!«

Von allen sechs Räumen war dieser der einfachste, er zeichnete sich lediglich durch den Blick auf den Garten aus, und den konnte man nachts nicht genießen. Ein Teil war in den zwanziger Jahren abgetrennt worden, um ein Bad einzubauen. Sie nahm ein Glas aus dem Schrank.

»Darf ich die Küche sehen?« fragte er und schenkte ihr ein schnelles, überzeugendes Lächeln.

»Warum nicht?« Diesmal trat sie beiseite und ließ ihn vorgehen. Die Küche war geradeaus, nicht zu verfehlen. Er hatte den Körperbau und den weichen, federnden Schritt eines Athleten, stellte sie fest, als er an ihr vorbeiging.

»Miez, miez, miez«, lockte er, als er die Katze sah. Sie wurde hellwach, erhob sich und putzte sich für ihn.

Amy versuchte sich die ganze Zeit einzureden, daß sie diejenige war, die sich seltsam verhielt, und daß ihre Phantasie mit ihr durchging. Sie versuchte sich Ginny und ihn zusammen vorzustellen. Sie waren sich auf eine Weise ähnlich, die sie nicht festmachen konnte. Dann wußte sie plötzlich, was es war: Ginny schien sich nie ganz festlegen zu können. Er war weiß Gott direkt genug, aber sein Blick glitt immer an dem vorbei, was er vorgab, gerade anzusehen.

Nun, er war jetzt in der Küche, und wenn er sich dort etwas holen wollte – ein Messer oder einen Hammer –, konnte sie ihn nicht daran hindern. Sie trat in den Eingang zu dem Vorraum gleich gegenüber dem Bad, um sich zu vergewissern, daß die Schrotflinte sich an ihrem Platz neben der Verandatür befand, mehr oder weniger hinter ihrem alten Burberry-Mantel und dem Schirmständer versteckt. Sie konnte sie von dem Platz, an dem sie stand, nicht sehen, aber das hieß nicht, daß sie nicht dort war. Einen Augenblick dachte sie daran, schnell zur Haustür zu rennen.

»Amy?«

Sie wären fast zusammengestoßen, denn er kam gerade wieder herein, als sie sich umdrehte.

»Ist der Kamin in der Küche eine Kopie des ursprünglichen?«

»Wahrscheinlich.«

»Später zeige ich Ihnen, wo meiner Ansicht nach der frühere war.« Er nahm ihre Hand wie ein alter Freund und führte sie ins Wohnzimmer zurück. Als sie versuchte, sie ihm zu entwinden, drückte er sie kurz, bevor er sie losließ.

Sie schenkte zittrig die Drinks ein. »Ich hätte mehr Eis holen sollen.«

»Haben Sie Angst vor mir?«

»Natürlich nicht«, sagte sie.

»Ich bin auch ziemlich harmlos. Daß Ginny sich mit mir abgibt, dürfte der beste Beweis dafür sein.«

Sie lachte und dachte, wie recht er doch damit hatte. Wenn sie Ginny richtig einschätzte. Manchmal hatte sie allerdings das Gefühl, Ginny schon so gut zu kennen, daß sie sie eigentlich gar nicht richtig kennen konnte. Vielleicht gab es zwei Ginnies. »Prost.«

Der Drink war ziemlich stark, aber er wurde schon allmählich schal.

»Darf ich mehr Eis holen und die Drinks noch mal umrühren?« fragte er.

»Natürlich.« Sie schürte die Glut unter dem halb verbrannten Scheit. Die Funken barsten prasselnd und verloschen. Ginny hätte kommen sollen, auch wenn sie die Geschichte mit der Geschichte nicht glaubte. Komisch, wie sicher sie sich gewesen war, daß es Allan nur in ihrer Einbildung gab. Außerdem konnte sie sich an nichts erinnern, was Ginny ihr von ihm erzählt hatte. Hatte sie ihr überhaupt etwas erzählt? Oder hatte Amy einfach nicht hingehört, weil sie an der Existenz eines echten, lebendigen Allan zweifelte?

Er kam mit dem Krug und den Gläsern zurück, die er ebenfalls in die Küche mitgenommen hatte. Sie waren jetzt weiß vereist. Er goß die Drinks ein, stieß mit ihr an und fragte: »Was darf ich noch?«

Harmlos? Sie versuchte, sich züchtig zu geben, ohne zu übertreiben: »Nicht allzuviel.«

Er zuckte mit den Achseln. »Nichts für ungut.«

»Nichts für ungut.«

Er wollte zu dem Stuhl hinüberschlurfen, den sie ihm zugewiesen hatte, und wandte sich dann um. »Wieviel ist nicht allzuviel?« Wieder hatte er sie zum Lachen gebracht. Dann küßte er sie, wie er Ginny ziemlich sicher noch nie geküßt hatte. »Absolut harmlos«, sagte er und trottete zu dem Stuhl hinüber, während er das Glas vorsichtig im Gleichgewicht hielt, so daß er keinen einzigen Tropfen verschüttete. »Geht sie oft abends so lange spazieren?«

»Ja, das tut sie.«

»Und wenn ich mich nicht irre, haben wir gerade Vollmond.« Er half ihr dabei, die Lüge glaubwürdiger klingen zu lassen. Bewußt? »Hat Ginny über mich gesprochen?«

»Nun ja«, sagte Amy und vermied so eine direkte Antwort, »ich hätte fast vorgeschlagen, daß Sie dieses Wochenende mit hier herauskommen.«

»Da war es doch geradezu hellseherisch von mir herzukommen.«

»Wahrscheinlich hat Ginny Ihnen alles über mich erzählt?«

»Wir reden tatsächlich eine ganze Menge«, sagte er so verschmitzt und gleichzeitig wehmütig und ohne Hoffnung, daß sie sich wieder amüsierte. »Haben Sie irgendwelche Vorschläge, was ich dagegen unternehmen könnte?«

Sie wußte genau, was er meinte. »Wie wär's mit einem Heiratsantrag?«

»Das ist ein bißchen sehr drastisch.«

»Für sich genommen klingt es ziemlich archaisch – ein Heiratsantrag.«

»Oder wie der Titel eines Gedichtes von Amy Lowell«, sagte er. »Sie sind nicht zufällig nach ihr benannt?«

»Ach Gott, nein.«

»Sie hat nichts gegen eine gute Zigarre gehabt, nicht wahr?« bemerkte er mit todernstem Gesicht.

Amy nippte an ihrem Drink und dachte flüchtig an Mike, das Steak im Kühlschrank, den Haut Brion Jahrgang '61. Und an das zerwühlte Bett in dem Zimmer hinter dem Kamin.

Er stellte sein Glas auf den Tisch und stand mit plötzlichem Überschwang auf. »Soll ich noch ein bißchen Holz hereinholen? Ich habe den Stapel draußen vor dem Haus gesehen.«

»Noch nicht.« Amy legte das letzte Scheit aus dem Korb ins Feuer. Während sie die Rinden- und Ascheblättchen hineinkehrte, stellte er sich neben sie und sah gebückt in die Flammen, während er hin und wieder aus den Augenwinkeln einen schnellen Blick auf ihr Gesicht warf. Er berührte vorsichtig eine Haarsträhne, die sich aus dem Zopf rund um ihren Kopf gelöst hatte. »Ihre Haare müssen wunderbar lang und schön sein.«

»Das habe ich mir sagen lassen.«

»Ginny sagt das jedenfalls.«

»Ich dachte dabei nicht an Ginny.«

»Ich auch nicht. Das war sozusagen nur ein Rettungsanker.«

Als sie beide wieder aufrecht standen, wartete er, bis sie ihm direkt ins Gesicht sah. Dann hob er ihr Kinn mit der Außenseite der Finger, ganz als ob es zu vermessen gewesen wäre, es richtig anzufassen. Er küßte sie. Es war ein langer Kuß, der für sich genommen nichts zu sagen gehabt hätte, wenn sie ihm nicht selbst Bedeutung verliehen hätte. Sie hatte das nicht vorgehabt, aber es war jetzt nicht die rechte Zeit für präzise Überlegungen. Er schmeckte nach Lakritze und Gin.

Er trat ein Stück zurück und sah sie an. Aus der Nähe schienen seine Augen nicht jene beunruhigende Unschärfe zu haben. Trotz dieser kleinen Annäherungsversuche war er fast schmerzlich schüchtern: Diese Erkenntnis schoß ihr unvermittelt durch den Kopf. Irgend jemand – möglicherweise ein Psychiater – hatte ihm gewisse Dreistigkeiten empfohlen, um seine Schwäche zu überspielen. *Miss* Amy: Das sah ihm eher gleich.

Er wich ihrem Blick wieder aus und sagte: »Ginny meinte, wir würden uns mögen ... auch wenn Sie eigentlich keine Männer mögen.«

»Was?«

»Sie glaubt, daß Sie sich nicht viel aus Männern machen.«

»Für was für eine Art von Frau hält sie mich denn? Eine, die Geld dafür nimmt?«

Die Röte stieg ihm ins Gesicht. Er zog sich zurück, drehte sich um und begann wieder, in seinem charakteristischen Trott zu seinem Stuhl hinüberzuschlurfen. – Er hatte den Gang eines Clowns, jene Attitüde des »Schaut nicht mich an, sondern das, was ich mache«, die sie in ihrem Glauben an seine Schüchternheit bestärkte.

»Ich will nichts mehr trinken«, sagte sie, »aber bedienen Sie sich ruhig, wenn Sie noch etwas wollen. Ich sage, was ich denke, Allan. Die Menschen, die mich besser kennen, gewöhnen sich allmählich daran. Und es sieht ganz so aus, als ob Ginny gelegentlich auch ihre Meinung sagt. Obwohl ich nie diesen Eindruck von ihr hatte.«

»Ich hätte das nicht ausplaudern sollen.«

»Nein, das hätten Sie nicht.« Sie bewegte sich in Richtung Tür und dachte dabei: Gott schütze mich vor pubertierenden Männern mittleren Alters.

»Wo gehen Sie hin?«

»Erst mal ins Bad. Danach sehen wir weiter.«

Sie war noch nicht bei der Tür, als er sie einholte, von hinten packte, sie hochhob und eng an sich drückte. Ihre Arme waren dabei an ihren Körper gepreßt. Er küßte ihren Nacken, zog ihr dann mit den Zähnen einzeln die Plastikhaarnadeln aus den Haaren und ließ sie auf den Boden fallen. »Bitte sei nicht so streng«, sagte er, den Mund an ihrem Kopf. Sie spürte seine Zunge in ihrem Ohr, aber so vorsichtig, als folge er den Anweisungen eines Handbuches.

»Laß mich 'runter, deine Gürtelschnalle tut mir weh.«

Als sie die Beine wieder auf dem Boden hatte, sah sie ihm ins Gesicht. »Ich hab' keinen Grund, streng zu sein«, sagte sie, löste ihre Zöpfe und schüttelte ihr üppiges braunes Haar aus.

Er fuhr mit der Zunge über seine Lippen. »Wie schade, daß Ginny jeden Moment hereinkommen kann.«

»Das kann sie nicht.«

»Nicht?« wiederholte er. Sein Gesichtsausdruck veränderte sich, was bei einer solchen Nachricht gewiß kein Wunder war. »Ich glaube dir nicht«, sagte er, lächelte und wurde wieder ernst.

Sie zeigte ihm mit einer Bewegung des Fingers an, daß er warten solle, ging zum Telefon und wählte Virginias Nummer. Bei jedem Klingeln wurde Amy unsicherer – unsicherer über sich selbst und über Ginny. Dann, nach dem vierten Klingeln, war endlich ein sanftes, bedächtiges »Hallo« zu hören.

Amy hielt Allan den Telefonhörer hin. Er starrte einfach nur mit gesenktem Kopf vor sich auf den Boden. Es konnte höchstens eine Sekunde gedauert haben, auch wenn es länger schien. Dann wiederholte Ginny noch einmal deutlicher: »Hallo?«

Er wollte gerade den Hörer nehmen. Doch Amy drückte auf die Gabel und legte auf.

»Ich verstehe das nicht«, sagte er.

»Sie hat es sich anders überlegt, das ist alles.«

»Und es hat nichts mit mir zu tun?«

»Mein Lieber, ich war mir ja nicht einmal sicher, ob es dich tatsächlich gibt.«

»Vielleicht gibt es mich ja wirklich nicht«, sagte er und versuchte ein Lächeln. Es wirkte kokett.

Amy warf den Kopf in den Nacken. »Es gibt eine Methode, das herauszufinden.«

Ein kleiner, merkwürdiger Schauer durchlief seinen Körper wie ein Frösteln. Oder besser: wie ein Beben erotischer Spannung. Er machte einen Finger naß und hielt ihn in die Luft, wie, um die Windrichtung zu prüfen. Und treffsicher deutete er dann auf die geschlossene Tür des Schlafzimmers hinter dem Kamin. Er zeigte ihr mit einer Handbewegung an, daß sie vorausgehen solle. Hatte er sie und Mike vielleicht durch einen Spalt im Vorhang beobachtet? Oder hatte Virginia ihm erzählt, daß Amy im Erdgeschoß schlief? Es schien nicht allzuviel zu geben, was sie ihm nicht erzählt hatte. Einschließlich ihrer eigenen Deutungen.

»Laß das Licht aus«, sagte er.

Amy war nicht überrascht. »Wir können es doch später wieder ausmachen.«

»Nein.« Und dann: »Ich kann dich auch im Dunkeln sehen.«

Ein guter Trick. Sie sagte nichts. Es begann sie zu ärgern, daß Ginny gesagt hatte, sie möge keine Männer. Sicher, es war ein Unterschied, ob man Sex oder Männer mochte. Aber sie traute Ginny diese Unterscheidung eigentlich nicht zu. Und sie hatte Mike geliebt. Das hatte sie wirklich. Jetzt war es aus und vorbei. Und nichts war im Entstehen begriffen, kein Neubeginn kündigte sich an. Aber eigentlich konnte man das nicht so sicher sagen. Genau das war so wunderbar an einer Begegnung wie dieser: Man konnte es nicht so sicher sagen.

Sie bückte sich, um ihre Hausschuhe auszuziehen. Sie spürte seine Hand leicht auf ihrer nackten Schulter, spürte, wie er ihre Haare zurückstrich. Dann zuckte plötzlich ein Schmerz durch ihren Hinterkopf. Und darauf folgte Leere.

Als sie aufwachte, hörte sie Stimmen und spürte einen Schmerz im Kopf, wie sie ihn noch nie zuvor erlebt hatte. Eine Frauenstimme sagte, sie komme zu sich. Den Teufel werd' ich, wollte sie sagen; nicht, wenn es nach ihr ging, nicht, wenn ihr alles so weh tat. Sie spürte noch einen anderen Schmerz als den in ihrem Kopf, und als ihr das bewußt wurde, wurde ihr auch allmählich klar, was passiert war. Sie versuchte, die Hand zwischen die Schenkel zu schieben. Jemand zog sie sanft weg.

»Amy?«

Sie schlug die Augen auf und sah den vertrauten Dachbalken mit der alten knorrigen Verwachsung, das Auge des Hauses. Sie drehte den Kopf weit genug, um Virginias rundes, besorgtes Gesicht zu sehen. »Was machst du denn hier?«

Eine Frau in weißer Schwesterntracht machte sich neben Ginny zu schaffen. Sie zog gerade eine Spritze mit Flüssigkeit auf. Als Ginny zu ihr hochsah, ging sie weg.

»Ich konnte am Telefon nur die Uhr hören«, sagte Ginny, »aber ich würde ihr Ticken unter Tausenden erkennen. Weißt du noch, als wir Kinder waren: ›Nimm ein *Bad*, nimm ein Bad, nimm ein *Bad*, nimm ein Bad ...‹ Ich dachte mir, ich fahre lieber mit dem nächsten Bus zu dir 'raus.«

Amy drückte schwach ihre Hand. An der Tür standen zwei uniformierte Polizisten. Sie glaubte sich zu erinnern, daß sie einen von ihnen einmal davon hatte abbringen können, ihr wegen einer Geschwindigkeitsübertretung einen Strafzettel zu verpassen. »Und wieso sind *die* da?«

»Ich habe den Notarzt gerufen«, sagte Ginny. Dann beugte sie sich nahe zu Amy herunter und flüsterte: »Du bist« – sie brachte das korrekte Wort nicht über die Lippen – »belästigt worden.«

»Das habe ich mir fast gedacht«, meinte Amy.

Einer der Polizisten sagte: »Wenn Sie wieder bei Kräften sind, Miss, brauchen wir die ganze Geschichte. Haben Sie den Eindringling erkannt?«

Den Eindringling. Natürlich war er das in gewissem Maße. Sie nahm sich lange Zeit für die Antwort. »Kann ich sicher sein, daß er in psychiatrische Behandlung kommt?«

Die Polizisten sahen einander an. »Zuerst müssen Sie ihn identifizieren, damit wir ihn festnehmen können.«

»Und dann muß ich Anzeige gegen ihn erstatten, nicht wahr?«

»Wenn Sie es nicht tun, Ma'am, hat vielleicht eine andere Frau nicht mehr die Möglichkeit, es zu tun.«

»In gewisser Hinsicht war es meine eigene Schuld«, sagte sie, kaum lauter als mit einem Flüstern.

Der Polizist gab ein zustimmendes Geräusch von sich. Weder er noch sein Kollege schienen überrascht. »Trotzdem ist es besser, wenn wir ihn erst einmal verhaften, bevor wir entscheiden lassen, was weiter mit ihm passiert. In Ordnung?«

Sie dachte daran, ihnen die Geschichte erst von dem Zeitpunkt an zu erzählen, wo sie den Schlag über den Kopf bekommen hatte, und entschied sich dann fürs erste dagegen. »In Ordnung«, sagte sie.

»Können Sie ihn beschreiben? Rasse, Alter, Größe, Augenfarbe –«

»Ginny, es tut mir leid. Es war dein Freund Allan.«

»Oh.«

Es war ein kurzer Aufschrei, kaum mehr als ein Wimmern.

»Würdest du ihnen bitte seinen Namen und seine Adresse geben? Sonst brauchst du nichts zu machen.«

»Aber Amy, das kann ich nicht. Ich meine, ich habe Allan doch nie gesehen. Er ruft mich an, und dann unterhalten wir uns einfach am Telefon.«

Helen Nielsen
Entscheidung

Ruth war niemals zuvor in einem Gerichtssaal gewesen. Es war aufregend – wie im Kino oder im Fernsehen. Sie zögerte, die Wärterin an ihrer Seite, etwas in der Tür, und als sie dort stand, gingen die Blitzlichter los, und alle Leute im Raum wandten den Kopf, um sie anzustarren. Einen Moment lang war sie verblüfft, und es war ihr peinlich. Mit der einen Hand zupfte sie automatisch am Vorderteil ihrer blauen Kostümjacke; die schob sich immer hoch, seit sie zugenommen hatte. Nicht, daß Ruth pummelig gewesen wäre. Ihre Figur war gut – besser, als es ihr lieb war, denn Ruth war extrem schüchtern, auch wenn sie gelernt hatte, dies zu verbergen. Aber sie war auch ein wenig eitel. Sie zupfte an der Jacke und strich sich eine Strähne blonden Haares aus der Stirn – dabei verbarg sie so wohlgeübt ihre Erregung, daß die Überschriftenredakteure sicher Schlagzeilen wie »versteinerte Raubkatze« und »eiskalte Mörderin«, passend zu den Bildern in der Nachmittagsausgabe, zu Papier bringen würden. Nun waren die Blitzlichter erloschen, und ein Polizist bahnte ihr einen Weg.

Ruth ging zu dem Tisch vor, an dem Mr. Jennings auf sie wartete. Er zog ihren Stuhl heran und lächelte.

»Guten Morgen, Miss Kramer. Sie sehen heute morgen gut aus.«

Ruth antwortete nicht. Sie setzte sich. Mr. Jennings nahm neben ihr Platz und begann in einigen Papieren in seiner Aktentasche herumzukramen. Mr. Jennings war selber ziemlich schüchtern – und nervös. Ruth hatte gehört, wie jemand sagte, daß dies sein erster wirklich großer Fall sei, was seine Nervosität erklärte. Gesetzlicher Verteidiger. Sie ließ sich das Wort durch den Kopf gehen. Das klang gut. Dieser Mann würde sie gegen das Gesetz verteidigen. Nein, das war es nicht, was die Worte wirklich bedeuteten. Ruth wußte das. Sie hatte eine Menge gelernt in ihren dreißig und ein paar mehr Jahren, und sie wußte, was die meisten Wörter bedeuteten. Aber in ihrem Kopf klangen sie anders.

Sie mochte Mr. Jennings. Er erinnerte sie an Allan. Jünger und ernsthafter, aber genauso ordentlich. Das war wichtig. Sein Hemd war frisch gewaschen, seine schmale Krawatte saß korrekt, und sein Anzug mußte frisch gebügelt sein. Er war glatt rasiert und roch nach einem Rasierwasser, das die Werbeleute herb und maskulin nannten.

Aber wenn sie Mr. Jennings anstarrte, würde ihn das nur noch nervöser machen. Ruth schaute sich im Gerichtssaal um. Die Geschworenen saßen in der Ecke auf ihren Bänken. Ihre verschiedenartigen Gesichter waren mehr oder weniger konzentriert. Ruths ausdrucksloses Gesicht verbarg ihr inneres Lächeln. Die Geschworenen schienen noch nervöser als Mr. Jennings zu sein. Man hätte fast meinen können, sie säßen auf der Anklagebank. Dann drehte sie sich um und schaute die Zuschauer an. Kein Gericht, seit die Römer den Löwen ein lebendiges Abendessen vorgesetzt hatten, war je ohne sie vollständig gewesen. Die Öffentlichkeit – die Gesellschaft. Ein Wort, das sie sogar noch mehr amüsierte als die Gesichter der Geschworenen. Dort saß sie in ihrer versammelten Macht, weder Angst einflößend noch in besonderem Maße selbst ängstlich wirkend. Neugierig war ein besseres Wort. Die neugierige Gesellschaft wartete auf ihr Stichwort, um sie freizusprechen oder zu verdammen, denn die Gesellschaft wußte nie, was sie tun sollte, bis man es ihr sagte. Sie war wie ein großer Spiegel, in welchem nicht nur eine Reflektion zu sehen war, sondern die einer ganzen Menge.

»Wenn ich lächeln würde«, dachte Ruth, »würden sie zurücklächeln. Wenn ich mit meiner Hand winken würde, würden sie ebenfalls winken. Sie tun niemals etwas von alleine. Sie agieren nicht, sie reagieren nur.«

So war die Gesellschaft, und sie stand jetzt außerhalb, weil sie das erste Gesetz gebrochen hatte. Sie hatte eine Entscheidung getroffen ...

Jeder in der Nachbarschaft hätte sagen können, was für eine liebevolle Tochter Ruth Kramer ihren Eltern war. Ein gutes Mädchen. Und so fleißig. Eine große Unterstützung, seit der arme alte Mr. Kramer nicht mehr arbeitete. Es gab keine Mutter in der Nachbarschaft, die nicht Mrs. Kramer wegen des guten Verhältnisses zu ihrer Tochter beneidete. Nicht viele junge Leute waren so rücksichtsvoll. Nicht viele kümmerten sich so sehr. Jeder in der Nachbarschaft hätte einem alles, was er wußte, über Ruth Kramer sagen können – eben nichts.

Ruth konnte sich nicht erinnern, wann sie angefangen hatte, ihren Vater zu hassen. Vielleicht damals, als sie fünf war und ihn beobachtet hatte, wie er die Welpen umbrachte. Sie waren gerade geboren, und möglicherweise war es das einzige, was man tun konnte, da die Zeiten hart und das Essen knapp war, aber es war grauenhaft, zu beobachten, wie er ihre Körper, die noch warm waren und sich noch bewegten, in die Löcher für die Pfosten, die er für den hinteren Zaun gegraben hatte, warf. Noch grauenhafter war es aber, zu hören, wie er später damit angab.

»Sechs Löcher für die Pfosten, sechs Welpen darunter. Ich habe mir die Arbeit, Gräber zu graben, gespart.«

»Otto, sprich nicht darüber. Nicht vor dem Kind«, hatte Anna Kramer gesagt.

»Warum nicht darüber sprechen? Sie muß lernen zu sparen – Arbeit ist Geld. Niemand kann es sich leisten, irgend etwas im Leben zu verschwenden.«

Otto Kramer hatte eine einfache Philosophie. Nie stellte er das Leben in Frage, nie haderte er damit. »Ein Bett, um zu schlafen, einen Tisch, um zu essen, einen Herd, um zu kochen – was braucht man mehr?« Eine sehr einfache Philosophie. Sorge und Furcht gehörten in die Welt einer Frau, für beides hatte er kein Verständnis. Mitleid hatte er für keines von beiden. Wenn Ruth nach Weinen zumute war, so konnte sie dies in den dünnen Armen ihrer Mutter tun. Es gab keine andere Wärme in der Welt.

Und es gab kein Geld, das verschwendet werden konnte für die Dummheit des Schmerzes.

»Eine Frau soll Kinder kriegen. Das ist es, wofür sie gemacht ist. Ich habe kein Geld, um es für Krankenhausrechnungen aus dem Fenster zu werfen. Das ist sowieso alles nur Quatsch, die Einbildung einer Frau.«

Otto Kramer sprach, und es war Gesetz. Anna stritt sich nie mit ihrem Mann. Sie wurde nur dünn und blaß und weinte viel, wenn er fort war. Als es dann soweit war, konnte man wirklich nicht von Einbildung reden. Versteckt hinter der Tür der Speisekammer hörte das Kind alles.

»Ihr dickköpfigen Hinterwäldler gehört ausgepeitscht!« sagte der Doktor. »Wegen Ihres Geizes haben Sie einen Sohn verloren und beinahe auch Ihre Frau! Sie lassen sie in Ruhe, bis sie ihre Kraft wieder hat, verstanden? Lassen Sie sie in Ruhe, oder ich kümmere mich selber darum!«

Zusammengekauert in der Dunkelheit hinter der Speisekammertür, verstand Ruth nichts, außer daß ihre Mutter irgendwie in Gefahr war – durch den Mann, auf den ihr Haß wuchs – und daß sie Schutz benötigte. Sie vergaß es nie.

Es gab eine Menge Dinge, welche die Nachbarn nicht über Ruth wußten. Sie wußten zum Beispiel nicht, daß sie, seit sie vierzehn war, mit einem Messer unter dem Kopfkissen schlief. Niemand wußte das. Nicht einmal ihre Mutter. Aber Ruth hatte aufgepaßt und lange Zeit über sie gewacht, und zu der Zeit hatten der Streit und die nächtlichen Geräusche hinter der papierdünnen Wand eine fremde und bedrohliche Bedeutung bekommen. Das Messer war für ihre Angst – eine namenlose Angst, die zur Stille verdammt war.

Anna Kramer mochte über solche Dinge nicht sprechen.

»Vergiß das dumme Zeug, das du hörst, Kind. Darum mußt du dich nicht kümmern.«

Aber Ruth war kein Kind. Sie war vierzehn. Mit vierzehn glaubt man noch, es müsse ein Ende des Elends geben.

»Warum läßt du dich nicht scheiden?« fragte sie.

Scheidung! Ein schockierendes Wort. Wie kam sie nur auf so eine Idee? Scheidung war eine Sünde. Endloses Unglücklichsein schien Ruth eine noch größere Sünde zu sein, aber sie hatte keine Möglichkeit, ihre Ansichten vorzubringen. Die dünnen Arme umfingen sie wieder, schlossen die Welt aus. Sie durfte an solche Dinge nicht denken; sie mußte sich auf die Schule konzentrieren und das Stipendium ...

Ruth bekam kein Stipendium. Sie erlitt einen Zusammenbruch und konnte nicht einmal das Halbjahr beenden; aber irgendwie hatte ihre Krankheit etwas Gutes. Sie gab ihr Zeit nachzudenken. Es mußte einen Grund für all dieses Unglück geben, und es mußte einen Ausweg geben. Wenn sie nur nicht so arm wären. Wenn sie nur etwas zusätzliches Geld hätten, um das Haus in Ordnung zu bringen und um Freunde zu haben und um so zu leben, wie andere Leute auch lebten. Ruth durchdachte alles und legte das Messer zurück in die Besteckschublade. Es war ja albern, mit einem Messer rumzurennen, auch wenn es ein Zeichen der Rebellion war. Sie wußte einen besseren Weg.

Es war natürlich klar, daß Ruth nicht wieder zur Schule ging. Schule war ein Luxus und eine Verschwendung für eine Frau. Arbeit war gut. Arbeit hielt junge Leute davon ab, Dummheiten zu machen.

»Ich ging arbeiten, als ich zwölf Jahre alt war«, sagte Otto Kramer. »Fünfzehn Stunden am Tag und eine Strohpritsche hinten im Geschäft. Ich hatte keine Zeit, in alten Autos herumzurasen und die ganze Nacht Jazzplatten zu spielen wie die jungen Leute heutzutage. Halbstarke! Nichts als Halbstarke!«

Ruth sagte nichts. Die alten Autos und die Jazzplatten waren nicht Bestandteil ihres Lebens. Dafür hatte sie keine Zeit. Tagsüber arbeiten und abends lernen, weil ihr Vater Unrecht hatte, was Ausbildung betraf. Er hatte Unrecht in vielen Dingen, aber sie sagte nichts dazu. Diskussion und Streit waren Zeitverschwendung. Sie lernte, sich von ihnen zurückzuziehen – die Stimmen nachts hinter der Wand leise zu drehen, genauso wie sie die Musik im Radio auf ihrem Nachttisch lauter drehte. Aber sie hörte immer mit halbem Ohr mit, und nie vergaß sie, zu beobachten. Und nie vergaß sie ihren Plan. Zu jedem Problem mußte es eine Lösung geben, und sie würde einen Weg für ihr Glück finden. Otto Kramers Haus blieb nach außen eine Festung; aber nach innen begann es sich zu verändern. Auf den Fußboden kamen Teppiche, an die Fenster Gardinen, ein Klempner installierte eine neue Spüle, und der Eismann mußte nicht mehr bei ihnen Halt machen, nachdem der neue Kühlschrank gebracht worden war. Der Plan begann zu funktionieren. Anna

Kramers Gesicht lernte zu lächeln, aber Otto Kramers Gesicht blieb finster.

»Blödsinn! Verdammter Blödsinn! Geld so aus dem Fenster zu werfen, es wird dir noch leid tun.«

Und als ob er Recht behalten wollte, verlor er seine Arbeit und schaffte es nie, sich nach neuer umzusehen.

Vielleicht hatte Ruth damals begonnen, ihren Vater zu hassen, aber in den nächsten Jahren war sie zu beschäftigt, um darüber nachzudenken. Jedes Problem mußte eine Lösung haben. Sie dachte positiv und besuchte einen weiteren Kurs in der Abendschule. Danach bekam sie eine bessere Arbeit, bei der sie eine längere Arbeitszeit hatte. Das Problem war immer noch da, aber sie hatte nicht viel Zeit, darüber nachzudenken. Und überhaupt, was war das, Glück? Wieviele Leute kannten es überhaupt? Wenn der Streit besonders schlimm war und die Tränen zu schwer – Ruth konnte es nicht ertragen, ihre Mutter weinen zu hören –, konnte sie das Gleichgewicht durch Blumen, als Überraschung geschickt, wiederherstellen, oder durch ein neues Stück für das Regal mit den Porzellanminiaturen, die Anna Kramer so liebte. Und man konnte immer noch die Musik lauter drehen, so daß die Nachbarn nichts hörten. Von außen war alles so wunderschön. Niemals kam jemand in das Haus außer den drei Menschen, die in ihm wohnten und sich gegenseitig erduldeten, während die Jahre sich aufhäuften wie ein Stapel unbezahlter Rechnungen. Und alles im Leben mußte früher oder später bezahlt werden. Weit hinten in ihrem Kopf, der nun mit mehr Wissen vollgestopft war, als sie jemals gebrauchen konnte, wußte Ruth dies.

Die Rechnungen wurden fällig, als sie Allan traf.

Sie hatte niemals an Männer gedacht. Es gab sie in ihrer Welt, aber sie waren nur Namen an Bürotüren oder Stimmen am Telefon. Sie saßen hinter ihren Schreibtischen, auf denen immer ein Foto von Frau und Kindern stand; und manchmal machten sie Komplimente oder gaben Gehaltserhöhungen.

»Ich wünschte, wir hätten mehr Angestellte wie Sie, Miss Kramer, ich muß mich nie darum kümmern, wie Sie ihre Arbeit erledigen.« ... Diese Art von Kompliment –

nichts über ihre Frisur, die streng und ordentlich war, oder über ihre Kostüme, die so geschnitten waren, daß sie verbargen, wie dünn sie war, und sie fülliger wirken ließen. Männer waren Hände auf Tastaturen und Stimmen am Telefon und Unterschriften auf den Gehaltsanweisungen. Sie waren der Bürowolf, der ignoriert werden mußte, der Kunde von außerhalb, mit dem man scherzte, und der ernsthafte junge Mann, der seine Mutter vermißte und sanft zur Seite geschoben werden mußte. Und der mürrische alte Mann, der nun zu Hause saß in seinem Sessel in der Ecke wie ein Haufen alter Lumpen.

Aber Allan Roberts war nichts von alldem. Allan war eine fällige Rechnung. Wenn sie dies gewußt hätte, hätte sie sich nicht so gefreut, als er sie an jenem ersten Tag ins Büro rief.

»Ich mag Ihre Art zu arbeiten, Miss Kramer. Sie arbeiten sicher schon lange für die Firma.«

Allan war ein neuer, erstklassiger Ingenieur, und er hatte sie unter all den Büroangestellten bemerkt. Ruth fühlte sich geschmeichelt.

»Zwölf Jahre«, gab sie zu, sich aus irgendeinem Grund wünschend, daß es nicht so lange klang.

»Gut. Sie wissen mehr über die Abläufe als ich. Sie sind genau die Assistentin, die ich für diesen Hotelauftrag brauche.«

So hatte es angefangen – rein geschäftlich. Aber es war ein großer Auftrag – ein wichtiger Auftrag. Das bedeutete lange Arbeitszeit mit späten Abendessen in kleinen dunklen Restaurants, mit einer heulenden Musicbox und mit einer Menge Reden und Lachen, um die Spannung der harten, anstrengenden Arbeit zu erleichtern. Es bedeutete Sonntagsarbeit mit dem Hupen von Allans Cabriolet an der Biegung und Ruth, die herauskam, bevor er Zeit hatte, zur Tür zu kommen. Und schließlich bedeutete es Gespräche zu Hause.

»Du bist mit diesem Mann eine Menge zusammen«, sagte Anna Kramer.

»Er ist nett«, gab Ruth zu. »Und klug. Ich lerne eine Menge bei dieser Arbeit.«

»Er sieht gut aus. Er zieht sich gut an.«

»Er hat eine verantwortungsvolle Position. Er muß sich gut anziehen.«

»Dein Vater zog sich früher auch gut an. Ich vergesse nie, wie ich ihn traf – Seidenhemd, Melone und Spazierstock.«

»Mein Vater?«

»Auch gutaussehend. Ich erinnere mich, daß ich dachte, ich hätte niemals einen besser aussehenden Mann gesehen – und so große Zukunftspläne.«

So hatten sie vorher nie geredet. Anna Kramers Augen schweiften in die Ferne, dann traf sich ihr Blick mit Ruths, und sie wechselten das Thema.

»Ich nehme an, du arbeitest Sonntag.«

»Wahrscheinlich«, sagte Ruth.

»Wir werden wieder die Messe verpassen.«

»Ich sage dir immer, du solltest dir Freunde unter den Nachbarn suchen und mit ihnen gehen.«

Anna seufzte. Ihr Blick fiel auf die Miniaturen im Regal.

»Du weißt, was Vater über die Nachbarn denkt. Ich mag kein Theater machen und dich damit auch noch aufregen, wo wir nun ein so schönes Zuhause haben.«

Ruth arbeitete sonntags. Sie arbeitete viele Sonntage, aber eines Tages, wie sie immer befürchtet hatte, war der Auftrag erledigt.

»Wir sind zur Eröffnung eingeladen«, sagte Allan. »Wann soll ich dich abholen?«

Damit hatte sie nicht gerechnet. Arbeit mit Allan war Spaß. Essen in den kleinen Restaurants war Spaß. Aber eine Hoteleröffnung war nicht wie ein Konzert, ein Vortrag oder ein Kurs in der Abendschule.

»Ich nehme an, es ist eine sehr feierliche Angelegenheit«, wich sie aus.

»Ich hoffe es. Du wirst in einem Abendkleid umwerfend aussehen.«

Er zog sie auf, natürlich. Allan war ein großer Spaßvogel. Trotzdem, sie mochte nicht ablehnen. Es könnte sogar ihre Arbeit gefährden. Sie nutzte eine Mittagspause für den Einkauf, denn sie hatte bislang kein Abendkleid besessen. Da wurde – als letzter – auch ihr klar, wie sie sich in all den Jahren unter ihren Schneiderkostümen verändert hatte. Allan zog sie nicht auf.

Aschenputtel ging zum Ball. Armes Aschenputtel, das immer alles verlor. Eine Tanzfläche war nichts für einen Bachliebhaber, aber Allan war galant.

»Ich will gleich mit der Sprache rausrücken«, sagte er. »Man kann es nicht sehen, weil ich maßgeschneiderte Schuhe trage, aber ich habe zwei linke Füße. Laß uns mal einen Blick riskieren, wie die Terrasse bei Mondlicht aussieht.«

Die Terrasse sah aus wie alle Terrassen bei Mondlicht. Ruth zitterte, als sie ihm auswich. So etwas hatte sie nicht in der Abendschule gelernt. Aber es war ihr auch peinlich. Das konnte er sich doch denken. Womöglich ging er ins Büro zurück, mit einer neuen Klatschgeschichte auf Lager, wie er die prüde Miss Kramer geschreckt hatte, die doch sonst so tüchtig war.

»Du lebst bei deinen Eltern?«

Sie hatte es erwartet. Sie antwortete erst gar nicht. Sie fühlte sich bereits allein.

»Ich meine, hast du keine anderen Bindungen, die dich hier halten?«

Das hatte sie nicht erwartet.

»Mich hier halten?«

»Es gibt da ein neues Projekt in Mexiko. Ein großes – sechs Monate, vielleicht ein Jahr. Ich bekomme den Auftrag, und ich möchte, daß du mitkommst. Ich denke, wir werden gut zusammenarbeiten.«

Das hatte sie nun überhaupt nicht erwartet. Mexiko. Ein lateinamerikanischer Rhythmus war von der Tanzfläche hinter ihnen zu hören, ein tief pulsierender Rhythmus, den Ruth zum ersten Mal wahrnahm. Ihn zu hören, ihn zu fühlen, mit einem Aufwühlen und Wirbeln, das in ihr begann, als ob etwas geboren würde.

Und sie konnte fühlen, wie Allans Augen in der Dunkelheit auf sie herablächelten.

»Ich denke, dir würde Mexiko gefallen«, sagte er. »Ich denke auch, daß die Abwechslung dir gut tun wird. Jedenfalls hast du noch ein paar Wochen, um dich zu entscheiden.«

Es war weit nach Mitternacht, als Aschenputtel vom Ball nach Hause kam. An der Haustür hörte sie auf zu summen und ging leise hinein, aber sie hätte nicht vorsichtig sein müssen. Als sie das Licht anmachte, sah sie ihre Mutter im Ohrensessel kauern.

»Du hättest nicht aufbleiben sollen...«, begann sie, doch dann sah sie das Gesicht ihrer Mutter. »Was ist los? Was ist passiert?«

Das Gesicht eines Märtyrers, der sein Kreuz auf sich nimmt.

»Nichts«, sagte Anna. »Nichts, weshalb du dir Sorgen machen müßtest.«

»Nichts? Warum bist du dann nicht im Bett?«

Verschreckte Augen schauten sie an. Die dünne Hand klammerte sich an den Kragen des abgetragenen Morgenmantels; der Ärmel fiel zurück und zeigte einen häßlichen Bluterguß.

»Mutter...!«

»Geh ins Bett«, sagte Anna. »Du hattest einen schönen Abend, oder? Geh ins Bett, und kümmere dich nicht um mich.«

»Aber du hast dir weh getan.«

»Es macht nichts. Es ist nicht das erste Mal.«

»*Er* hat es getan!«

Eine Wut flackerte in ihr auf, so alt wie das Messer, das sie einst unter das Kissen gesteckt hatte.

»Sprich nicht so laut. Er schläft jetzt.«

»Aber das brauchst du dir nicht gefallen zu lassen. Du mußt doch nicht mit ihm leben!«

Annas Blick überflog das Zimmer. Ein schönes Zimmer – vollkommen, wie die Miniaturen auf dem Regal. Ein Zuhause, wie sie es sich immer gewünscht hatte. Manche Wünsche wurden doch wahr.

»Vielleicht ist er krank«, sagte Ruth. »Vielleicht sollte er zum Arzt...«

»Du weißt, was dein Vater von Ärzten hält.«

»Aber wenn er doch gewalttätig ist –«

Anna lächelte traurig.

»Ich habe dir gesagt – es ist nichts. Es war nicht das erste Mal. Du hättest es bemerkt, wenn du nicht so beschäftigt wärst. Er ist ein alter Mann, das ist alles. Ein alter Mann wird wütend, wenn – wenn er nicht mehr das tun kann, was er früher tat.«

Anna wurde stumm. Scham trat in ihre Augen, weil

sie fast über das verbotene Thema gesprochen hätte. Sie stand aus ihrem Sessel auf und ging in Richtung Flur.

»Du gehst doch jetzt nicht zu ihm zurück?«

Das traurige Lächeln kehrte wieder.

»Ich sagte dir doch – es ist nichts. Ich hätte nichts sagen und dir deinen Abend nicht verderben sollen. Geh jetzt ins Bett. Es ist alles in Ordnung. Solange ich dich habe, ist alles in Ordnung.«

Ihre Arme schlossen sich in einer Umarmung um Ruths Schultern. Nichts ... Nichts ... Ruth schaltete das Licht aus, nachdem sie gegangen war, und saß alleine in der Dunkelheit. Nichts ... Sie begann zu zittern.

Ruth ging nicht nach Mexiko. Im Büro schob man ihren Zusammenbruch auf Überarbeitung durch den Hotelauftrag. Als sie zurückkam, war Allan fort. Er kehrte nie zurück. Eine kurze Zeit lang gab es einen leeren Platz, dort wo er gesessen hatte. Für Ruth eine Art Fallstrick mit dem Schild davor: »Halt – Gefahr!« Dann füllte sich die Leere mit diversen Dingen: Überstunden, Büchern, einem Töpferkurs und einem Abonnement für das Symphonieorchester. Zu Hause drehte sie die Musik lauter, um die endlosen Streitereien zu übertönen und sie lernte, Wörter wie Scheidung oder Arzt zu vermeiden, ebenso wie sie es vermied, irgend etwas zu tun.

An ihrem dreißigsten Geburtstag kaufte Ruth ihre erste Flasche Whisky. Sie stellte sie in den Schrank, wo ihre Mutter sie nicht sehen würde. Anständige Leute, die nichts Schlechtes taten – wie den Problemen aus dem Weg gehen –, tranken nicht. Die Flasche half an langen Abenden, wenn sie nicht schlafen konnte. Wenig später ging sie nicht mehr zum Töpferkurs, er interessierte sie nicht mehr, und die Arbeiten verdreckten ihr Zimmer. Sie ging auch nicht mehr in Konzerte, denn die machten sie nervös. Aber sie konnte auch nicht zu Hause sitzen und auf den langsam kommenden Tod warten. Sie fuhr nachts herum und fand eine Kneipe, in der eine dreiköpfige Combo im dunklen Nirgendwo spielte und ein trauriger Sänger den Jammer der Schattenmenschen herausschluchzte, von denen, die keinen Schmerz fühlen und alte Träume träumen, die niemals wahr werden, weil sie in einem Land der Entschlußlosigkeit leben.

Natürlich stieß sie auch auf Einwände.

»Ich wünschte, du würdest nicht soviel allein ausgehen«, sagte Anna Kramer, »besonders nachts.«

Ruth lachte. In letzter Zeit lachte sie viel.

»Allein? Wie denn sonst?«

Der verletzte Blick, und dann:

»Früher haben wir sonntags so schöne Ausflüge gemacht.«

»Ich nehme dich am Sonntag mit.«

»Aber du gehst jede Nacht aus. Wirklich. Ich verstehe dich nicht mehr. Als ob ich nicht schon genug Ärger mit deinem Vater hätte!«

»Mein Gott ...!«

Dann wurde eine Tür zugeschlagen, die Musik laut gedreht, und sie nahm die Flasche aus dem Schrank.

Der Ärger im Büro kam allmählich. Es war nicht ihr Fehler. Alles ging drunter und drüber. Jüngere kamen: fröhlich und ehrgeizig und neunmalklug. Es hatte keinen Sinn, ihnen etwas zu erklären. Sie wußten schon alles. Es entwickelte sich so, daß Ruth kaum noch mit jemandem sprach, außer mit dem Komiker im Verkauf, der dreckige Witze erzählte und sie zum Lachen brachte, obwohl sie nicht wußte warum. Der Ärger kam langsam, aber plötzlich war er da. Natürlich zwischen den Zeilen gesprochen. Zuviel Arbeit. Zuviel Verantwortung. Keine Zurückstufung, verstehen Sie, aber weniger Stunden und deshalb natürlich weniger Geld. Ruth verstand es. Das Seltsame war, wie wenig es ihr ausmachte.

Nach der Arbeit ging sie nicht nach Hause. Ein paar Stunden fuhr sie mit dem Wagen herum und landete schließlich in der Kneipe, in der die Schattenmenschen seufzten, sie verkroch sich und wartete. Jetzt schien es, als ob sie auf sie gewartet hätten – daß dies das ihr bestimmte Schicksal war, die logische Folge aus dem Verstecken hinter der Speisekammertür und dem Zittern in der Dunkelheit mit einem Messer unter dem Kissen. Sie wußte nun, woher das ganze Unglück kam. Sie konnte es nicht länger unter Büchern vergraben oder es am Boden einer leeren Flasche versenken. Es kroch in ihrem Innern wie ein Wurm des Entsetzens, und es gab nur eine Möglichkeit, es zu beenden. Sie bestellte einen Whisky, um ihre Nerven zu beruhigen.

Die Schattenmenschen mit ihren gierigen Gesichtern bewegten sich um sie herum. Am Anfang war sie nur hergekommen, um sie zu beobachten, nun gehörte sie dazu. Sie mußte es nur zeigen. Sie warteten auf sie. Ganz besonders einer, ein dunkler, schmutziger, unrasierter Mann.

Sie gingen zusammen hinaus. Sie fuhren in eine dunkle Straße – eine Sackgasse. Es schien der richtige Ort.

Kein Vorspiel. Dies war kein Schulball. Er wußte, was sie wollte. Sein Mund schloß sich über ihrem, und seine Hände begannen an ihrer Bluse zu reißen. Schauer überliefen sie. Die Erregung, die mit Allans Kuß begonnen hatte, stürmte hoch wie ein aufgewühltes Meer. Eine hohe Mauer, ein hoher Turm ...

Aber ihre Hände schoben ihn fort.

Er zog sie wieder an sich – leise fluchend. Sie stieß ihn zurück gegen die Tür.

»Du mieses Weibsstück!«

Er drängte sich wieder an sie, häßlich und brutal. Nur dunkel sah sie sein Gesicht – unrasiert, lüstern, nach Alkohol und Schmutz riechend. Mit all ihrer Kraft stieß sie zu. Er fiel zurück, gegen den Türgriff. Die Tür öffnete sich, und er fiel raus auf die Straße. Bis er auf die Füße gekommen war, hatte sie den Motor angelassen. Für einen verrückten Moment, als sie zurücksetzte, erfaßten ihn die Scheinwerfer – einen wütenden und verwirrten Mann, der Flüche brummelte und an seiner Hose fummelte.

Sie fuhr blindlings, halb schluchzend. Als sie weit genug entfernt war, hielt sie an und saß allein in der Dunkelheit. Die Mauer hatte zu bröckeln begonnen, und wenn eine Sache einmal in Gang gekommen war, mußte sie auch zu Ende gebracht werden. Im Geiste zerschlug sie das Gefahrenschild und starrte tief in die Leere, die Allan hinterlassen hatte. Allan war fort. Allan würde nie zurückkehren. Sie würde nie wieder sein Lachen hören oder sehen, wie sich um seine Augen Fältchen bildeten, oder den zweiten Kuß spüren, der alles verändert hatte. Aber die Welt war nicht untergegangen. Es gab ein anderes Lachen und andere Augen, und es hatte sich etwas verändert! Unbedingt!

Aber bevor sie genau rausfinden konnte, was, gab es etwas, was sie erledigen mußte. Allem voran eine Sache.

Sie fuhr heim und registrierte zum ersten Mal, wie schäbig die Hecken geworden waren und wie braun der Rasen. Es gab vieles zu erledigen, und nie hatte jemand Zeit. Sie ging ins Haus. Ihr Vater saß in seinem Sessel in der Ecke wie ein Haufen dreckiger Lumpen. Ihre Mutter schaute mit ängstlichen Augen auf. Sie rannte an ihnen vorbei in ihr Zimmer. Eine Sache, die sie erledigen *mußte* ...

»Ruth! Was machst du? Wohin gehst du?«

Ein Koffer war genug. Die Möbel, die Lampen, die Bücher spielten keine Rolle. Laß die Toten die Toten begraben. Ein Koffer und die Zukunft waren genug.

»Warum packst du? Was ist passiert? Was ist los?«

Keine Antworten. Keine Erklärungen. Kein Ärger. Ruth schloß den Koffer und ging in Richtung Tür. Dort standen sie, beide. Die Frau und der alte Mann. Verwirrt, ängstlich. Sie versuchte, durch die Tür zu gehen, ohne mit ihnen zu sprechen, aber sie verstellten ihr den Weg.

»Ich gehe«, sagte sie.

»Du gehst? Auf eine Reise? Geschäftlich?«

»Für immer«, sagte Ruth.

»Aber warum? Was habe ich getan?«

Tränen traten in die Augen der Frau. Ruth konnte Tränen nicht ertragen. Sie versuchte, sich vorbeizuschieben. Ihr Vater stand ihr im Weg.

»Was glaubst du, wer du bist?« fragte er, »antworte gefälligst deiner Mutter!«

»Da gibt es keine Antwort.«

»Sieh dich nur vor! Du bist nicht so klug, wie du denkst. Du bist auch nicht besser als wir! Du wirst noch in der Gosse landen, wie ich immer gesagt habe!«

Er hätte das nicht sagen sollen – nie, aber besonders jetzt nicht. Ein häßlicher, schmutziger, unrasierter, alter Mann. Sie sah ihn an und zitterte, und dann fing alles wieder an – das Schaudern und Wühlen tief da drinnen.

»Laß mich gehen!« stieß sie hervor.

Er versuchte, sie in den Raum zurück zu schieben. Er schlug sie ins Gesicht, und die Mauer bröckelte wieder.

Sie hatte den Koffer in der Hand. Sie schwang ihn mit all ihrer Kraft. Sie hörte ihn fallen, und das häßliche, böse Gesicht war verschwunden ...

»Ruth – was hast du getan?«

Er lag auf dem Boden – still und blutend.

»Deinen eigenen Vater! Du hast deinen eigenen Vater zusammengeschlagen!«

Anna kniete neben ihm und wiegte seinen blutenden Kopf in ihren Armen.

»Otto! Otto, lebst du? *Darling* ...«

Ruth starrte sie an. Die Frau schluchzte, ihr Kopf war gebeugt, und ihre harten dünnen Arme wiegten seinen Kopf näher und näher an ihrer Brust. Ihr Kind. Ihr gebrochenes Kind, gefangen in ihrer großen Mutterliebe, der sanften Vergewaltigung, aus der es kein Entkommen gab, außer ...

Und die Mauer bröckelte, so daß Ruths Atem in großen, leisen Schluchzern hervorstieß. Was begonnen wurde, muß auch zu Ende gebracht werden, so oder so. Sie bewegte sich langsam auf ihre Mutter zu.

Das Murmeln der Stimmen im Gerichtssaal verstummte, und alle standen auf, als der Richter zum Tisch trat. Ein gutaussehender, ehrwürdiger Mann, der an den Schläfen grau wurde. Streng und väterlich. Er setzte sich und alle anderen ebenfalls. Gleich würde es beginnen. Aufregend. Genau wie im Kino.

Und dann kam ein Mann durch den Saal und beugte sich herab, um Mr. Jennings etwas ins Ohr zu flüstern. Mr. Jennings sah zufrieden aus. Er drehte sich zu Ruth.

»Gute Neuigkeiten!« sagte er, »Ihr Vater ist wieder bei Bewußtsein. Er ist bereit auszusagen, daß er sie zuerst schlug – und daß sie in Notwehr zurückschlugen.«

»Natürlich«, dachte Ruth. »Jemand muß sich ja um ihn kümmern.«

»Das gibt uns die Möglichkeit, sie ganz frei zu bekommen. Wir dürften keine Schwierigkeiten haben nachzuweisen, daß der Tod Ihrer Mutter ein Unfall war. Jeder wußte, was für eine liebende Tochter sie waren.«

Einen kurzen Augenblick lang verspürte Ruth Panik; dann fühlte sie wieder Gelassenheit, und sie setzte sich still zurück. Die Geschworenen – nur Gesichter im Spiegel. Sie würde nicht zulassen, daß man sie freisprach. Niemand würde sie wieder in das Haus zurückschicken, jetzt, nachdem sie ihre Entscheidung getroffen hatte.

Esther Wagner
Fräulein Seltsam

Michael Harkers Bildung und Erziehung waren etwas altmodisch. Das war häufig für ihn ein Grund, sich zu schämen. Als seine Frau gestorben und er mit seinem kleinen Sohn in eine andere Stadt gezogen war, fühlte er sich in seiner Einsamkeit dazu bewogen, sich ein Haus zu suchen und seinen Hausstand so einzurichten, wie er es ein Leben lang ersehnt hatte – mit einer Sehnsucht, der er sich nun nicht mehr zu erwehren vermochte. Deshalb kaufte er ein riesiges altes Haus mit einem Grundstück, das fast die Ausmaße eines Parks hatte.

Das Haus war eines der letzten seiner Art in der Stadt – oder sogar im ganzen Land, dachte Harker. Jedes Mal, wenn er durch die langen Gänge schritt, in die großen Zimmer und zu den hohen Decken hinaufblickte, wenn er sich die dunklen Ecken, das weitläufige Dachgeschoß und das Souterrain mit seinen vielen Räumen vorstellte, empfand er eine pikante Mischung aus Scham und Vergnügen.

Arm war Harker niemals gewesen, und nun konnte er fast als reich gelten. Aber sein Leben als Erwachsener hatte sich in Häusern abgespielt, die von diesem hier ganz verschieden waren. Seine Frau hatte es gerne gehabt, wenn sich Eßecke, Speisezimmer und Schlafräume auf dem selben Stockwerk wie die Wohnräume befanden. Sie war für Parterrewohnungen und für Veranden. Ihrer Meinung nach waren es die Fenster, die einem Haus Großzügigkeit verliehen. Harkers Häuser hatten alle in die Welt hinausgeblickt. Die nach innen gewandten, nach außen hin abgeschlossenen Häuser seiner Kindheit waren in seinem Bewußtsein gleichbedeutend mit Rückständigkeit und Unaufgeklärtheit.

Er stellte eine möglichst altmodische Haushälterin ein, eine rundliche, freundliche Frau namens Mrs. Poole, die im dritten Stock wohnte. Harker fühlte sich auch wegen dieser Bequemlichkeit schuldbewußt. Denn während seiner Ehejahre hatte er nur Putzfrauen, Babysitter und Bedienungspersonal gekannt, das bei besonderen Gelegenheiten angeheuert wurde. Alles in allem erinnerte auch das zu sehr daran, wie es bei seiner Mutter und Großmutter gewesen war. Er hatte das Gefühl, rückfällig zu werden, und dies erfüllte ihn mit einem wollüstigen Empfinden von Sünde.

Wenn sich irgendeine Möglichkeit zur Wiedergutmachung bot, nützte er sie aber nur zu gerne. Er engagierte ein junges Mädchen als Babysitter, die in ihrem Leben noch keine andere Arbeit getan hatte. Harker fühlte sich mit ihr vertraut, denn sie war wie die Hilfe, die seine verstorbene Frau eingestellt hatte. Sie tat auch nicht mehr. Durch die Bezahlung der geringen Summe, die sie als wöchentliches »Taschengeld« verlangte, und die Überlassung des kleinen Zimmers im Souterrain – es war die frühere Gärtnerunterkunft – konnte er sich nicht nur einreden, daß er damit dem Mädchen zu einer Collegeausbildung verhalf, sondern auch, daß er tat, was man von ihm erwartete, nämlich einen Babysitter einzustellen.

Überdies störte das Mächen den liebevoll kultivierten Geist seines Hauses nicht. Zwischen der Mahagonivertäfelung und der blauen Grastapete des Eßzimmers schien sie ganz heimisch zu sein. Sie hatte es vorgezogen, in das schaurige kleine Zimmer im Souterrain zu ziehen, statt in ein anderes oben. Auf eine geheimnisvolle Weise paßte sie in das alte Haus, und Harker schätzte das.

Das Mädchen wirkte so jung, daß die Vorstellung schwerfiel, sie könnte, abgesehen von ihrer eigentlichen Kindheit, irgendwann einmal noch jünger ausgesehen haben. Allmählich erkannte Harker aber, daß es auch schwer war, sich vorzustellen, sie könne in späteren Jahren einmal irgendwie älter aussehen. Sie war außergewöhnlich blaß, von einer Art durchscheinender Blässe, die Harker sofort als die gerade herrschende Make-up-Mode ausmachte. Sie war nicht nur groß und schlank, wie es die Mode verlangte, sondern so mager, daß man unwillkürlich denken mußte, »sie ist krank gewesen!« – bis man sich an das Aussehen der heutigen Mannequins erinnerte.

Aber auf ihrer blassen Haut lag ein seltsamer, jugendfrischer Glanz, der über das bleiche Make-up triumphierte; ebenso wie das siegverheißende tiefe Rot ihrer Lippen, das satte Rotbraun ihrer Augen, der Glanz auf ihrem schwarzen, glatten Haar und die unbekümmerte Kraft ihres schnellen Schritts. Harker wußte, daß dies alles nicht von der Kunstfertigkeit irgendeines Kosmetikinstituts oder einer Mannequinschule herrührte. Sie hatte auch die naive Geistlosigkeit an sich, die seiner Ansicht nach den zeitgenössischen Wesenszug lieferte, den er in seinem Haushalt brauchte. Sie wußte von nichts etwas. Sie konnte lediglich Erdnußbutterbrote und Instantschokoladenmilch für David machen. Mrs. Poole erschien dies ungenügend, weswegen sie auf ihren eigenen Gerichten für den Jungen bestand.

Harker wußte, daß sie ganz den gängigen Maßstäben entsprach und daß es eigentlich Mrs. Poole war, die einer Umerziehung bedurfte. Er mußte jedoch zugeben, daß ihm das Mädchen ein dumpfes Gefühl von Unbehagen einflößte. Es gefiel ihm nicht, wenn er sah, wie sie sich über David beugte. Der lange Körper, der lange Nacken, das lange, schwarze Haar... nun, Harker wußte, daß er sich lächerlich benahm. Schuldbewußt war er sich auch darüber im klaren, daß er, wie seine Frau sich ausdrückte, einfach zuviel gelesen hatte. Immer wieder tauchten in seinem Kopf Bilder auf, die von seiner lesebegierigen Jugend und seiner fast schon an Besessenheit grenzenden Liebe zu alten Büchern herstammte. Diese Liebe empfand er als Zeichen einer Entwicklungshemmung. Daß man nach dem College all das vergessen haben sollte, wußte er. Aber er konnte es nicht. Das Mädchen erinnerte ihn an die blutbefleckten Münder der Borgias und an die tödlichen Grazien und phosphoreszierenden Schönheiten, in die sich die Opfer des großen Grafen Dracula und die ihm Verfallenen verwandelten.

Harker fand diese alten Gruselgeschichten sehr vergnüglich. Er hatte sogar mit Sympathie an den Grafen gedacht, als er das alte Haus kaufte, wobei er sich den Herrn des dunklen Schlosses als Besucher in den großen Räumen vorstellte. Aber allmählich empfand er diese Vorstellungen in Zusammenhang mit dem Babysitter als unangenehm. Er vermied es, mit ihr zusammenzutreffen, denn schließlich lag es ja nicht an *ihr*. Sie kam erst am frühen Abend aus dem College nach Hause, und er sah sie auch nie am Morgen rausgehen. So konnte er ihr leicht aus dem Weg gehen.

Eines Abends aber erschien sie gerade in dem Augenblick in der vorderen Eingangshalle, als er sich zu einem abendlichen Geschäftstermin fertigmachte. Sie war durch einen wenig benutzten Eingang, der zu den Vorratskammern führte, eingetreten. Nervös, wie immer in ihrer Gegenwart, fragte er, ob ihr das Abendessen geschmeckt habe. Sie starrte ihn an.

»Abendessen?« fragte sie. »Ach so. Ich habe noch nicht gegessen. Aber ich wollte Sie um einen Gefallen bitten.«

Harker ermunterte sie.

»Ich sah diesen kleinen Brennofen in Ihrer Werkstatt unten«, sagte sie mit ihrer süßen, zarten, dümmlichen Stimme, die für jemand, der so groß und bemerkenswert aussah, zu dünn und zu hell war. »Ich *liebe* solche Dinge. Ich hatte einen eigenen, aber ich habe ihn bei meinen Versuchen ruiniert. Er brannte völlig aus und stank. Aber falls Sie mich diesen kleinen Ofen benutzen lassen, würde ich ihn ganz bestimmt nicht kaputt machen. Ich sehe, daß ihn sonst niemand benutzt.«

»David hat kein Interesse daran«, sagte Harker schnell. »Bitte nehmen Sie ihn ruhig.«

Sie lächelte ihn kurz mit ihren leeren Augen an – es war kein wirkliches Lächeln, da sie dabei niemals die Lippen öffnete; sie zog nur ihre Mundwinkel etwas nach oben.

»Danke«, antwortete sie und wollte schnell weggehen.

»Warten Sie!« rief Harker und versuchte, sachkundiges Interesse zu zeigen. »Versuche? Sind Sie wissenschaftlich tätig?«

»Was?« fragte sie und zog ihre dünnen Augenbrauen zusammen. »Ah, wissenschaftlich! Sie meinen auf dem College. Nein, ich mache Hauswirtschaft.«

»So, so«, sagte Harker. Da hatte er sich nun in seiner ausschließlich akademischen Erfahrung verfangen, unfähig, auch nur die geringste Bemerkung über Hauswirtschaft zu machen. Es fiel ihm nichts anderes ein als: »Ich schätze, das ist das, was die Mädchen zu meiner Zeit in der High School machten und ›häusliche Wissenschaft‹ nannten.«

»Schätze ich auch«, echote sie mit ihrer süßen, leeren Stimme.

»Gut«, meinte er, »sprechen Sie mit Mrs. Poole, wenn Sie von irgendwelchen revolutionären Gerichten träumen.« Dann fürchtete er aber sofort, daß sie seine Worte als sarkastische Bemerkung über ihre mangelnden Bemühungen in der Küche auffassen könnte. Aber sie lächelte wieder ihr Beinahe-Lächeln, blinzelte in der hellen Halle und verschwand geräuschlos durch ihre Tür.

Allmählich fühlte er sich durch sie verunsichert. Sogar im Büro dachte er noch an sie. War das eine Folge seiner mangelnden Kontakte und seiner altmodischen Art, daß ihn dieses Mädchens wegen, das nun wirklich nichts Besonderes war, so seltsame Gefühle überkamen? Oder *war* wirklich etwas faul an ihr?

Er hatte eine gute Freundin in der Stadt, eine Sozialarbeiterin, die eine Studienfreundin seiner Frau gewesen war. Hilda Grose hatte viel mit »schwierigen« jungen Menschen gearbeitet. Harker rief sie an, und es dauerte nicht lange, da saß er in ihrer kleinen Wohnung. Während er in einem dickbauchigen Glas Eiswürfel herumwirbelte und schüttelte, vertraute er sich ihr an.

»Nun, hast du alles überprüft?« fragte Miss Grose in ihrer ausgesprochen nüchternen Art und Weise und klang dabei genau wie seine Frau, wenn es galt, ein häusliches Problem zu lösen, gelangweilt zwar, aber bereit, die Sache in den Griff zu bekommen. »Hat sie Referenzen?«

»Natürlich habe ich im College angerufen. Sie sagten, es sei alles in Ordnung mit ihr; sie hat zwar nie dort gewohnt, aber sie erhält etwas Geld von einem Verwandten im Ausland – irgendwelche Verbindungen zum Kontinent. Sie ist aber im Land geboren und verdient sich den Rest mit diesen Teilzeitjobs. Mit ihren Studien kommt sie gut voran. Wirklich gar nichts Beunruhigendes.«

»Gut, Mike!« sagte Miss Grose. »Es ist auf jeden Fall nett, daß du hereingeschaut hast.« Sie grinste ihn mit freundlichem Spott an. Dann hatte sie Mitleid mit ihm.

»Schau mal«, meinte sie, »kannst du nicht etwas mehr

auf dem Boden der Tatsachen bleiben mit dem, was dich an dem Mädchen stört? Nach allem, was du mir erzählt hast, gibt es keinen Ärger mit einem Freund, sie klaut nicht, sie ist nicht zu laut, und auch in Bezug auf David gibt es nichts, worüber du wirklich klagen könntest. Sie schaut seltsam aus – welches Mädchen tut das nicht, wenn sie es mit Kleidern, Haltung, Haaren, Make-up drauf anlegt? Was genau –«

»Nun«, sagte er zaghaft und zugleich entschlossen, »warum *will* ein Mädchen wie sie eigentlich in unserem Haus wohnen? Du hast es selbst gesehen, bevor ich es kaufte, und du sagtest, ich sei verrückt. Erinnerst du dich noch an das Souterrain und das kleine Gärtnerzimmer? Genau dies ist das Zimmer, das sie haben wollte! Und es war *sie*, die wegen des Jobs zu mir kam, weißt du. Was ist, wenn sie jemand durch eine dieser Kellertüren hereinläßt? Was ist, wenn sie weggeht, die ganze Nacht ausbleibt, und ich weiß nichts davon? Was ist, wenn sich dort unten jemand versteckt?«

»O Gott! Du hast wohl zuviele Schauergeschichten im Fernsehen gesehen. Aber warum wirfst du sie nicht einfach hinaus?«

»Das kann ich nicht!« Harker meinte das ernst.

»Okay, okay! Wenn also irgend etwas passiert – ich meine wirklich passiert –, ruf mich an. Du fragst dich, ob mit dem Gör etwas nicht stimmt; mein Lieber, bei denen, mit denen ich täglich zu tun habe, bräuchtest du dich nicht mehr zu fragen. Da wette ich doch mit dir, daß dein kleines Fräulein Seltsam für *dieses* alte Mädchen hier keine Überraschung wäre.«

Dann verschwanden nacheinander Harkers Hund und der Hund seines Nachbarn. David hatte schlimme Alpträume, über die er nichts erzählte. Mrs. Poole klagte über einen seltsamen Geruch, der durch die Rauchklappen heraufkam. Harker fand eine tote Katze in der Mülltonne.

Einer unbestimmten Regung folgend, weil er sich einfach noch einmal »vergewissern« wollte, rief er wieder im College an. Die Vorsteherin der Studentinnen gab ihm diskret zu verstehen, daß sie diese unklaren, lästigen Telefonate von Leuten schon kannte, die nicht recht wußten, weswegen sie eigentlich anriefen. Er bemühte sich sehr, das Problem Babysitter aus seinem Bewußtsein zu verbannen. Da sah er sie eines Tages, unglaublich vital und leichenblaß aussehend, die Haupttreppe hinunterhuschen. Er sprach sie in ziemlich scharfem Ton an.

»Miss Graves!« sagte er, und wie sie so herabkam, sah sie wirklich wie dem Grab entstiegen aus.

»Gehen Sie nicht aus? Ich, äh, dachte, in Ihrem Alter ginge man – haben Sie Freunde im College?« Diese plumpe, kleinkarierte Neugierde klang ihm in den eigenen Ohren ganz fremd.

»Was denn, klar«, erzählte sie ihm ganz ruhig. »Ich bin gerade zum Tanzen unterwegs.«

»Ihr Kleid ist sehr hübsch«, meinte Harker verlegen. Tatsächlich war es ein phantastisches schwarzes Seidenkleid mit einem breiten roten Band, das wie bei einem Ritterorden diagonal über die Vorderseite lief. Vielleicht war *hübsch* nicht ganz das passende Wort, aber...

»Danke, Mr. Harker«, sagte das Graves-Mädchen zurückhaltend und ging an ihm vorbei.

Harker las noch bis spät in die Nacht. Er war entschlossen, einigen Dingen auf die Spur zu kommen, einige genaue Beobachtungen zu machen und sich auf andere Gedanken zu bringen. Er ließ mehrere Türen offen, auch die Tür, die zum Souterrain führte, damit er alles richtig überwachen konnte. Sie kam ziemlich spät, aber nicht allzu spät nach Hause. Sie ging durch den Garten, jedoch durch eine Tür, von der er nicht wußte, daß sie einen Schlüssel dazu hatte.

Plötzlich hörte er einen wilden Schrei aus dem Obergeschoß. David schrie zwar gewöhnlich im Traum, aber dieser Schrei war anders. Wie durch eine seltsame Eingebung getrieben, ging Harker jedoch nicht nach oben, sondern nach unten. Als er ins Souterrain rannte, hörte er, wie Mrs. Poole den oberen Flur entlang in Davids Zimmer tappte.

Miss Graves war nicht in ihrem kleinen Zimmer. Die Tür stand offen; er konnte ihre Tagesdecke aus Chenille, ihren Schreibtisch mit dem Brennofen in der Mitte und eine Anzahl glänzender Glasgefäße sehen. Sie selbst aber war offenbar in dem kleinen Badezimmer am Ende des Gangs.

Harker war aufs höchste über sich selbst erstaunt, als er sich an die Badezimmertüre trommeln sah. Er hörte von innen das übliche Spritzen von Wasser, das aus dem Hahn in ein Becken lief. Aber niemand reagierte auf sein Pochen. Er knirschte mit den Zähnen, fluchte und stieß schließlich die unverschlossene Tür auf.

Miss Graves stand vornübergebeugt und putzte ihre Zähne. Sie richtete sich auf und griff hastig nach einem Handtuch, das sie sich sofort vors Gesicht hielt. Harker starrte sie an. Sie drückte ihr Gesicht in das Handtuch, wischte und tupfte. Als sie den Kopf hob, um ihn anzublicken, waren ihre rotbraunen Augen eher rot als braun.

Hatte er sie zum Weinen gebracht? Voller Entsetzen starrte er dann aber auf das rot gefleckte Handtuch, mit dem sie sich den roten Schaum abgewischt hatte, den er rund um ihren Mund gesehen hatte. Er starrte auch auf die verschmierte Zahnbürste, die sie noch immer in der Hand hielt, und auf die dünnen roten Rinnsale und Flekken im Waschbecken, die das Wasser noch nicht weggespült hatte.

Miss Graves mußte selbst das Schweigen brechen.

»Was gibt es denn?« fragte sie und drehte sich weg, um ihre Zahnbürste aufzuräumen, das Becken auszuwischen und das Wasser abzudrehen. Harker war noch immer sprachlos. Als sie sich ihm zuwandte, sanken ihre sonst so sanft geschwungenen Mundwinkel herab, und auf ihrem Gesicht erschien der Ausdruck eines eigenartigen, verborgenen Kummers.

»Mr. Harker!« sagte sie und hob ihre leise, schwache Stimme. Harker deutete auf das Handtuch.

»Ich *weiß*«, entgegnete sie traurig und ließ ihren Kopf sinken. »Es ist schrecklich. Es war schon immer so *schrecklich,* schon seitdem ich ein Kind war! Niemand kann etwas dagegen tun, was auch immer in den Anzeigen stehen mag. Mr. Harker, ich muß mich einfach mit der roten Zahnbürste und dem empfindlichen Zahnfleisch abfinden. Es blutet und blutet. Es tut mir leid, daß Sie –« Ihre Stimme wurde immer leiser.

Mit einem schmerzlichen und zugleich erleichterten

Gefühl der Selbstbestrafung empfand Harker, daß er etwas Unerhörtes getan hatte. Er wußte, wie sehr solch kleine Schönheitsfehler das Selbstbewußtsein eines Mädchens beeinträchtigen können. Sie konnten ihr ganzes Selbstwertgefühl ruinieren und ihnen das Gefühl des Lächerlichseins einflößen.

»Das vergeht schon mit der Zeit«, murmelte er unbeholfen. »Es tut mir schrecklich leid ... ich sollte nicht, ich werde nicht wieder so hereinplatzen. Aber ich muß Sie wegen David fragen. Er macht uns Kummer. Sie hörten mich nicht rufen –«. Er fühlte, wie er rot wurde und hörte sich selbst stottern.

»Die Alpträume?« fragte sie wieder mit ihrer leisen, glasklaren Stimme. »Ich hörte durch die Rauchklappe, daß er schrie. Als ich einmal zu ihm hineinging, wachte er auf und hätte beinahe einen Schreikrampf bekommen. Mrs. Poole meinte, ich solle lieber nicht wieder zu ihm hineinschauen. Hat sie Ihnen das nicht gesagt?«

»Nun, ich dachte, Sie – Wissen Sie vielleicht, ob er irgendwelche Geschichten gehört oder Filme gesehen hat – irgend etwas, das der Grund dafür sein könnte?«

Sie schüttelte den Kopf. Harker zog sich zurück und murmelte noch einige Entschuldigungen. Als er sich aber umwandte, erstarrte er aufs Neue. Denn vor ihm im Kellerflur stand ein mit einem Flanellbademantel bekleidetes Mädchen, das er noch nie gesehen hatte, mit nackten Füßen auf dem Linoleum. Er schrie sie an: »Wer sind Sie denn?« Er war zugleich überrascht und empört durch ihr bleiches, dickhäutiges, grobschlächtiges Gesicht und ihren dummen Gesichtsausdruck. Miss Graves eilte sogleich an seine Seite. Die Fremde schwieg.

»Oh, das ist Celia«, erklärte Miss Graves. »Celia Graves. Meine Cousine. Sie ist auch auf dem College. Ich dachte, Sie hätten nichts dagegen, Mr. Harker. Sie war mit mir auf der Party. Ich weiß, ich hätte Sie fragen sollen, aber es war schon zu spät. Ich dachte nicht, daß Sie –«. Das andere blasse Mädchen gab nichts als den stummen Anflug eines Lächelns von sich.

»Ist schon recht«, entgegnete Harker verlegen. Er eilte vorbei und ging zu David und Mrs. Poole hinauf.

Am nächsten Tag rief er Miss Grose an und verabredete sich mit ihr zum Abendessen.

»Nun ist wirklich etwas passiert.«

»Du meinst also, daß das Gör Parodontose hat?« fragte Hilda Grose. Harker freute sich über ihr Lächeln, denn er hatte schon eine Weile kein richtiges Lächeln mehr gesehen.

»Ich habe dir das nur erzählt, weil ich dachte, du würdest dich über mich erheitern. Ich meine das andere Mädchen. Diese Celia. Ich hatte also recht, daß noch jemand anderes aus- und eingeht. Sie sieht sonderbar aus, noch sonderbarer als meine Miss Graves, wenn du mich fragst.«

»Wie ist das denn möglich?«

»Also. Ich habe im College angerufen. Diese verdammte Vorsteherin. Sie sagte mir, es sei keine andere Graves am College – nur meine, Cynthia Graves. Sie hat also gelogen.«

Miss Grose mußte sich eingestehen, daß sie sich allmählich für die Sache interessierte.

»Gut, Mike«, sagte sie. »Irgendwelche seltsamen Familienverhältnisse – das ist es gewöhnlich. Paß auf: Schick deine Cynthia morgen Nachmittag mit irgendeinem Auftrag zu mir. Ich kann mit diesen jungen Leuten ganz gut reden. Ich wette um eine weitere Einladung zum Abendessen, daß ich dir nachher eine ganze Menge über diese Celia erzählen kann.«

Als er an diesem Abend heimkam, bereitete es ihm keine Schwierigkeit, Miss Graves zu finden. Sie war nämlich in der Küche und erhitzte Wasser. Harker fragte, was sie mache.

»Instant«, sagte sie heiter.

»Hat Mrs. Poole das für Sie besorgt?« fragte er hastig in nervösem Ton. Mrs. Poole servierte so etwas nie, und er hatte den Eindruck, daß sie dieses Produkt überhaupt nicht kannte. Er hatte es bisher auch nicht vermißt.

»Was? Oh! Nein, ich trinke keinen Kaffee. Ich mache so'n anderes Zeug, eine Art Suppe, in diesem Brennofen, den Sie mir gegeben haben. Ich komme nur rauf, um das Wasser zu holen.«

Er berichtete ihr von dem Gefallen, um den er sie bitten wollte. Als sie davon hörte, daß sie zu Miss Grose gehen sollte, warf sie ihm einen skeptischen Blick zu.

»Um wieviel Uhr?«

»Am späten Nachmittag. Ich weiß, daß Sie am Abend noch einige Unterrichtsstunden haben. Gehen Sie einfach, wann es Ihnen paßt.« Sie nickte. Offensichtlich war nur der Gedanke, ihren Stundenplan ändern zu müssen, der Grund für ihren skeptischen Blick gewesen. Harker, selbst ein Mann, der seinen Stundenplan nicht gerne umstellte, fühlte sich dadurch beruhigt.

»Was hab' ich dir gesagt?« meinte Miss Grose während des Abendessens, zu dem er sie am nächsten Tag einzuladen hatte. »Es ist meistens die Familie. Dieses arme Kind! Beide kommen aus zerbrochenen Familien. Cynthia hat Celia gegenüber eher das Gefühl, ihre Schwester als ihre Cousine zu sein. Sie kümmert sich um sie und sieht zu, daß sie zu Collegeparties eingeladen wird. Dabei gibt sie dann vor, daß sie auch Studentin sei; sie arbeitet jedoch irgendwo in der Stadt. Der einzige Verwandte, den sie haben, ist ein schrecklicher alter Onkel, der in irgendeiner entlegenen Gegend Europas lebt. Er schickt Cynthia jedes Jahr etwas Geld, ignoriert aber Celia. Cynthia hilft Celia, und es ist doch klar, daß sie dadurch gewissermaßen voneinander abhängig sind. Die Lüge war einfach ein Reflex. Ignorier die ganze Sache doch einfach. Mike! Diese Kinder haben schwere Zeiten hinter sich. Laß sie doch Celia mitbringen, wenn sie will. Was berührt dich denn das? Gib ihr keinen Anlaß für Lügen und Ausflüchte, und die Lügen und Ausflüchte hören auf. So ist das in der Regel. Komm, ich mach' dir zu Hause noch einen Drink und spiel' dir einige neue Schallplatten vor. Dann kommst du immer noch früh genug nach Hause.

Dieses Mädchen liebt dein Haus, Mike. Du hast ihr etwas Gutes getan. Sie können einfach nie ihre Dankbarkeit zeigen, aber *ich bin* dir dankbar, Mike, stellvertretend für die Mädchen.« Er erwiderte ihr freundliches Lächeln herzlich.

Er kam aber dann doch nicht früh nach Hause. Mrs. Poole rief bei Miss Grose an und erzählte ihm, daß sich etwas Schreckliches ereignet habe, das Haus sei voller Polizei. Ein Polizeioffizier sprach mit ihm und berichtete, daß man in seiner Gasse die Leiche eines Mädchens gefunden habe. Der Polizist wollte nicht die Haushälterin bitten, sie anzuschauen; sie sei zu alt: Schockgefahr. Ein Nachbar habe die Leiche gefunden. Der Polizeinotarzt sei da, und ob er zu ihnen ins Leichenschauhaus kommen könne?

Hilda Grose ging mit, denn sie fürchtete ernsthaft, daß er durchdrehen würde. Reue und Schrecken bewirkten, daß Harkers rotwangiges Gesicht ganz grau wurde. Sie kannte ihn gut genug, um zu wissen, daß er schon einen Grund finden würde, um sich selbst die Schuld zu geben.

Im Auto begann er vor sich hin zu murmeln.

»Armes Kind, armes Kind! Du *weißt* einfach nicht, Hilda! Du weißt nicht, wie ich ... Nun, es hat mich *amüsiert*, mir vorzustellen, daß das, was ich an ihr wahrnahm, daher rührte, daß sie ein Vampir oder ein Werwolf oder etwas dergleichen ist! Weißt du, ich konnte stundenlang dasitzen und vor mich hinlachen, wenn ich mir vorstellte, daß das Instantzeug, das sie sich aufbrühte, Instantblut sei und daß ihresgleichen heute durch die moderne Wissenschaft nicht mehr zu saugen brauchten ... Glasgefäße ... Katzen und Hunde ... frisches Blut für das Instantgetränk ... Weißt du, ich dachte immer, sie kann wohl gar kein Vampir sein – sie geht den ganzen Tag zur Schule, und jedermann weiß doch, daß sie sich nicht im Tageslicht aufhalten können ... Die *Vorsitzende* kennt sie, sie ist den ganzen Tag dort ... So lachte ich vor mich hin: Ich dachte mir, sie ist wohl ein neuartiger Typ von Vampir. Jedenfalls interessiert sie sich nicht für David, ist mehr daran interessiert, im Haus zu wohnen, würde ihre Wohnung nicht aufs Spiel setzen ... schließlich haben sie Wohnprobleme; sie haben gelernt, sich anzupassen ... Dann lachte ich. Ja, ich *lachte* ... dieses arme Kind mit seinen elenden Familienverhältnissen und seiner rosaroten Zahnbürste ... und ich, ich lachte darüber!«

Miss Grose wußte nicht, was sie tun sollte. Sie konnte nicht einmal glauben, daß er gelacht hatte, wie er behauptete. Er war jetzt zu aufgewühlt. Irgendwie merkte sie, daß nach alldem sogar sie überrascht war. Sie hatte wirklich nicht gewußt, daß Michael so sein konnte.

Sie blieb bei ihm, als sie eintraten, um die Identifizierung vorzunehmen. Denn nun machte sie sich echte Sorgen wegen Harkers Zustand. Sie hatte angenommen, daß das eine ziemlich scheußliche Angelegenheit sein würde. Aber als das Leichentuch zurückgeschlagen wurde, schreckte weder sie noch Harker durch den Anblick einer zerrissenen Kehle und verletzter junger Schultern zurück; sie waren zu überrascht von dem Gesicht, so unbefleckt, bleich und blutleer.

»Das ist sie nicht!« sagte Miss Grose.

»Nein«, sagte Harker, dem beinahe die Stimme versagte und dessen Gesicht ebenfalls blutleer war. »Das ist Celia.«

Der Offizier war sehr rücksichtsvoll. Die veränderte Sachlage bereitete ihm keine Mühe. Er versicherte Harker, daß eine Fahndung eingeleitet würde. Zuviel Hoffnung wollte er ihnen nicht machen, meinte er, aber schließlich gäbe es keinerlei Hinweise, daß das tote Mädchen mit ihrer Cousine zusammengewesen sei, als die Tat geschah. Es bestünde durchaus die Möglichkeit, daß sich Cynthia in völliger Sicherheit befinde.

»Wir müssen zum Haus zurückgehen«, sagte Harker mit trockenem Mund.

»Ich habe eine Patrouille dort zurückgelassen«, erklärte der Offizier.

»Hilda«, sagte Harker mit heiserer Stimme.

»Natürlich komme ich mit dir, Michael«, antwortete sie.

Sie konnte nicht die Faszination unterdrücken, die Harkers so unerwartetes komplexes geistig-seelisches Problem in ihr auslöste. Als sie mit ihm in seinem Auto saß, begann sie ihn auszuforschen.

»Also, Mike! Solche Dinge passieren nun mal. Wir hatten einen ganz schönen Anstieg der Jugendkriminalität in dieser angeblich so heilen Stadt. Dieser Fall wird einer mehr in dieser Statistik sein. Obwohl ich zugeben muß, daß ich, wie du, die Teenager-Vampir-Geschichte bevorzugen würde.«

Harker antwortete nicht.

»Erzähl mir doch – nur so zum Zeitvertreib –, wie du diese Entwicklung in deine private Gruselgeschichte einbauen könntest.«

Harker warf ihr einen kurzen nervösen Blick aus ausdrucksleeren Augen zu.

»Das Mädchen Celia wäre in dem Fall nicht ihre Cousine gewesen,« murmelte er, »sondern irgendein armes, geistesschwaches Geschöpf, das sie irgendwo aufgelesen hätte. Dumm, aber natürlich nicht zu dumm, um aufs College zu gehen, sich einzuschreiben, dazusitzen und darauf zu achten, daß jemand da ist, der für Cynthia Graves gehalten wird. Die Vorsitzende wird sagen, daß ich mich irre und daß dies *wirklich* Cynthia Graves *ist.* Du und ich und Mrs. Poole werden etwas anderes sagen müssen. Dieses Mädchen hat meines davor bewahrt, bei Tageslicht das Haus verlassen zu müssen. Und außerdem war sie, äh, so etwas wie ein Reservoir ...«

Miss Grose kicherte hilflos.

»Welch eine Vorstellung, Mike! Wenn sie aber Katzen und Hunde für ihr Instantgetränk benutzte, warum brauchte sie dann Celia?«

»Man kann nicht nur von Instant allein leben«, antwortete Harker mit tiefer, trauriger Stimme. Miss Grose war wirklich sehr aufgeregt. Es war gewiß mehr dran an Michaels Fall, als sie je gedacht hätte. Seine Frau Helen hatte ihr immer erzählt, daß er in keinen geordneten Verhältnissen aufgewachsen war, weil er in solch großen, altmodischen Haushalten mit einer Menge Dienstboten und sich ständig verändernden Generationsstrukturen gelebt hatte. Und das viele Lesen ... nun, man wußte doch, wie sich diese altkluge Sorte von Jungen im Normalfall entwickelte. Seine Labilität war durch die Heirat mit Helen für eine Weile zur Ruhe gebracht worden; aber Helens Tod hatte wohl mehr Stützen zum Einsturz gebracht, als ihm überhaupt bewußt war. Und jetzt ...

»Hilda«, sagte er, »ich muß dir etwas sagen. Nach dieser Sache kann ich das Mädchen, auch wenn es zurückkommen sollte, nicht mehr im Haus behalten.«

»Natürlich«, beruhigte sie ihn. Für sich dachte sie jedoch, daß Michael auf diese Weise niemals auf einen grünen Zweig käme, wenn er stets auswich und sich weigerte, den Tatsachen ins Auge zu blicken.

»Ich kann dir dabei helfen, Mike. Ich habe schließlich etwas zu sagen in dem Heim, weißt du, dem Wohnheim für junge Leute aus zerrütteten Familien. Das Haus ist in Ordnung, ganz angenehm, mit einer Menge Gemeinschaftsaktivitäten und fachmännischer Beratung.«

»Falls sie heute abend kommt, würdest du sie dann gleich in dieses Heim mitnehmen?«

»Natürlich, Mike.«

Ein Polizist wartete an der Tür auf sie. Es war aber weder eine Miss Graves da, noch gab es irgendeine Nachricht. Mrs. Poole hatte David zu Bett gebracht und schlief nun im Zimmer des kleinen Jungen.

»Hilda«, fragte Harker, »würdest du etwas für mich tun? Ich werde heute Nacht nicht zu Bett gehen. David hat dich gerne. Ich würde mich wohler fühlen, wenn er bei dir wäre, so lange, bis wir mehr Klarheit in die Sache gebracht haben. Ich gehe jetzt nach oben und hole ihn, und dann fahre ich euch zurück. Morgen werde ich ihn abholen, bevor du los mußt.«

Miss Grose tat das sehr gerne, denn sie mochte David und kam gut mit ihm zurecht.

Harker ging hinauf, um seinen Sohn aus dem Schlafzimmer zu holen. Er bemerkte die schwache Nachtbeleuchtung, die seit den Alpträumen jede Nacht brannte. Die alte Haushälterin lag in tiefem Schlaf mit friedlich entspannten Zügen. Ihr Atem ging regelmäßig; ihr Haar war ordentlich mit einem feinen grauen Haarnetz zusammengehalten. Der Anblick dieses Netzes rührte Harker plötzlich. Es erinnerte ihn an andere Haarnetze, die er gesehen hatte und die in den Zeiten, in denen es noch kein Synthetik gab, aus echtem Haar gemacht waren. Er beschloß, Mrs. Poole nicht zu wecken. Sie sollte wenigstens einmal ihren ungestörten Schlummer haben. Dann hob er den schlafenden Jungen aus seinem Kinderbett.

David wachte kaum auf, und er wurde ohne viel Getue bei Miss Grose untergebracht. Harker fuhr langsam nach Hause zurück.

Auf der zweiten Etage seines Hauses hörte er eine schwache Bewegung. Er ging zu Davids Zimmer, weil er dachte, daß Mrs. Poole, da sie wohl doch aufgewacht war, über Davids Abwesenheit informiert werden mußte. Der Raum war aber dunkel. Als er den Flur entlangging, tauchte plötzlich die schöne Gestalt von Miss Cynthia Graves in der Tür auf.

Harker verbannte diszipliniert jeden morbiden Gedanken aus seinem Kopf.

»Da sind Sie ja«, sagte er. »Sie haben von Ihrer Cousine gehört. Ich habe aber eine gute Nachricht für Sie.« Er ging näher zu ihr hin, wobei er an ihr vorbei auf die Türfüllung, die Tapete, alles andere, bloß nicht in ihr Gesicht schaute. »Ich habe etwas viel besseres für Sie arrangiert. Miss Grose, die Sie heute nachmittag kennengelernt haben, wird sich darum kümmern, daß Sie in das Heim für junge Leute, in dem sie viel beschäftigt ist, aufgenommen werden. Das wird für Sie besser sein, jetzt, da Ihre Cousine gestorben ist.«

»Celia ist nicht gestorben.«

»Sie ist tot, Miss Graves.«

»Ich weiß. Aber sie wird trotzdem noch dasein. Der Tod ist nur ein Vorspiel.«

Harker war gerührt durch die unerwartete Enthüllung von Miss Graves festem Glauben. Doch er beharrte uneinsichtig auf seiner vorgefaßten Meinung.

»Miss Grose wird Sie morgen früh abholen.«

»Morgen früh«, antwortete Cynthia ruhig. »Ich werde mich fertig machen müssen. Aber ich werde noch etwas mehr brauchen.«

»Miss Graves«, begann Harker, ohne von der letzten Bemerkung Notiz zu nehmen. Aber er verstummte, als er an Miss Graves vorbei in das dunkle Zimmer schaute und in dem schwachen Licht aus dem Flur eine große dunkle Lache sah.

Sein Blick schweifte umher, bis er endlich auf dem Gesicht des Babysitters verharrte.

Die wunderbare Schönheit des Mädchens berührte ihn plötzlich zutiefst, und er wurde von heftiger sinnlicher Wonne ergriffen. Die dünnen Lider sanken über ihre Augen herab, als sie sich in der offenen Tür hin- und herbewegte.

»Sie haben sie getötet«, sagte ein Teil von ihm.

»Ich *mußte* mehr haben«, beruhigte ihn die dünne, silberhelle Stimme. »Bitte. Ich mußte.«

Er legte seine Hände auf ihre Schultern.

»Mr. Harker. Ich bin krank. Ich habe Miss Grose nicht alles erzählt. Als unsere Familie zerbrach, war meine Mutter – sie war so krank, Mr. Harker.« Die helle Stimme wurde dunkler und sprach weiter, rhythmisch, langsam, lyrisch, wie bei einer Beschwörung. »Ihr Geist war krank, ihr Geist und mein Geist, so krank, so krank, so krank ...«

Harker riß sie an sich, genauso wie es in den alten Geschichten erzählt wird. Er schloß die Augen und sah deshalb nicht das schimmernde Lächeln und die langen Fangzähne, die sich zum ersten Male, seitdem er Miss Graves kannte, voll und offen zeigten. Aber er wußte es, denn er sah es vor seinem geistigen Auge; er wußte es insgeheim in seinem kultivierten Herzen. Dann gab er sich ihr, vor Freude schier ohnmächtig, mit wollüstiger Erwartung hin. Er machte sich mit allen Fasern seines Körpers und unter Aufgabe seines Geistes bereit für den allerletzten, durchdringenden Kuß.

Joyce Harrington
Kleine Baby Jenny

Hab' nie 'ne Mutter gehabt, jedenfalls keine, wo ich mich dran erinnern könnt'. Muß mal eine gehabt haben, bin wahrscheinlich aus keinem Ei nich rausgeschlüpft. Aber sogar Küken können sich 'n bißchen an die alte Henne kuscheln, bevor sie sie aus dem Nest schmeißt. Ich hab' aber nie 'ne Henne zum Ankuscheln gehabt oder eine, wo mir das Gefieder gestutzt hätt', wenn ich was falsch gemacht hab'.

Nich, daß ich irgendwann was falsch gemacht hätt'. Jedenfalls nich, wenn ich gewußt hab', daß es falsch is. Gibt viele Sachen, wo ich überhaupt nich kapier' und wo ich richtig von falsch nich auseinanderhalten kann. Weiß zum Beispiel noch, wie Ace – das is mein ältester großer Bruder, der hat auf uns alle aufgepaßt, wie Pop weg is – immer mit dem Bierlaster alle Läden in der Stadt abgeklappert hat. Da war dann der Keller immer voll mit Sechserpacks. Hab' einmal zu ihm gesagt: »Ace, wenn du den ganzen Keller voller Bier hast, wieso kann ich den Keller dann nich voller Coca Cola haben? Ich mag kein Bier nich.« War wahrscheinlich so neun oder zehn damals und hab' nie genug kriegen können vom Coca Cola.

Tja, und Ace, der hat bloß gelacht und gesagt: »Kleine Baby Jenny« – so haben sie alle zu mir gesagt, sogar, wie ich schon erwachsen war – »Kleine Baby Jenny, wenn ich 'n Colalaster fahren tät', könntst 'n ganzes Meer davon haben und darin baden. So mußt halt das Bier trinken und dich dran gewöhnen, dann schmeckt's dir schon irgendwann.«

War nich auf den Kopf gefallen, auch wenn's in der Schule nich so doll gelaufen ist. Also hab' ich schon bald gemerkt, daß Ace fast soviel Bier in den Keller transportiert hat wie zu Big Jumbo's Supermarkt drunten an der Hauptstraße. Deswegen war's auch nich fair, wie sie mich im Laden mit 'nem Lippenstift in der Tasche erwischt haben und er mich vor dem talggesichtigen Geschäftsleiter zusammengestaucht und zur Minna gemacht hat. Bin bloß dagestanden und hab' ihn groß angeschaut, bis wir draußen beim Laster waren. Da hab' ich dann gesagt: »Was issen der Unterschied zwischen so 'nem popeligen Lippenstift und 'nem Keller voll Bier?«

Da sagt er zu mir: »Soll das 'n Rätsel sein?«

Und ich sag': »Nee, würd's wirklich gern wissen.«

Und er sagt: »Der Unterschied, Kleine Baby Jenny, is, daß sie dich erwischt haben.«

Was sagen Sie dazu.

Aber es war natürlich was ganz andres, wie sie ihn erwischt haben. Da hat er geflucht und gegen die Veranda getreten, bis sie runtergekracht is. Und dabei haben die Jungs von der Bierfirma das ganze Bier aus 'm Keller geholt und wieder auf 'm Laster verstaut. Wie die weg waren, frag' ich ihn mit zuckersüßer Stimme: »Ace, warum machst du denn so 'n Zirkus?«

Und er antwortet: »Verdammt, Jenny, die haben mir mein Bier genommen. Mir is der Job piepegal, war sowieso 'n Job für Volltrottel, aber ich hab' mir das Bier hart erarbeitet, und die hätten's mir nich wegnehmen dürfen.«

»Aber Ace«, sag' ich zu ihm, halt dabei seine Hand und laß sie rumpendeln wie 'n Springseil, »stimmt doch, daß du das Bier geklaut hast und daß sie dich erwischt haben und daß du's wieder zurückgeben hast müssen, genau wie ich den Lippenstift.«

Tja, da hat er mir einen solchen Stoß versetzt, daß ich gegen die alte Waschmaschine geflogen bin, wo im Hof rumgestanden is, damit jemand sie richtet. Und er hat gebrüllt: »Ich hab' nich gestohlen, sag das ja nie wieder! Das Bier war sowas wie 'ne Sonderleistung, nur daß die nix davon gewußt haben. Die zahlen mir doch nich mal genug Geld, daß ich dir Haarbänder und mir auch noch ab und zu mal 'n Bier kaufen kann. Hab' mir bloß genommen, was mir zusteht.«

Na ja, da hat er wohl recht gehabt. Hab' nie 'n Haarband oder sowas gehabt. Hab' meine Zöpfe immer mit der Schnur von Deucys alten Bull Durham Beuteln zusammengebunden.

Deucy – das haben Sie sich wahrscheinlich schon gedacht – is mein zweitältester großer Bruder und 'n fauler Nichtsnutz, auch wenn manche Leute denken, er sieht gut aus und würd' als Filmstar was taugen. Ace heißt laut Familienbuch eigentlich Arthur und Deucy Dennis. Dann gibt's noch Earl, Wesley und Pembrook. Und mich – Jennet Maybelle. Das is der letzte Name auf der Geburtenseite. Drüben auf der Sterbeseite is der letzte Name Flora Janine Taggert. Steht in schwarzen, spitzen Buchstaben da, wie wenn der Stift aufs Papier eingestochen hätt'. Is bloß 'nen Monat oder so nach meinem Geburtsdatum eingetragen worden. Ich weiß, das is meine Mutter, obwohl's mir nie jemand gesagt hat. Und mir hat auch niemand gesagt, wie sie gestorben is. Und Pop – na ja, im Stammbuch gibt's keine Seite für Leute, wo einfach abhauen.

Deucy spielt Gitarre und singt und hält sich für 'nen zweiten Conway Twitty. Sagt, er fährt nach Nashville und kommt mit 'nem Cadillac mit Leopardenfellsitzen wieder. Tät' ich gern sehen, obwohl ich nich glaub', daß das irgendwann passiert. Deucy is so stinkig faul, daß er nich mal von der Schaukel auf der Veranda aufsteht und sich 'n Glas Waser holt. Heißt bloß immer: »Kleine Baby Jenny, hol mir das oder jenes.« Bloß zum Essen kriegt er seinen Hintern hoch.

Aber die Mädchen kommen trotzdem in Scharen, bringen ihm Geschenke und streichen ihm um 'n Bart. Die hoffen und beten alle, daß sie mit ihm nach Nashville fahren und im Cadillac wieder heimkommen. Und er macht sich nich die Mühe, daß er ihnen das ausredet. Sie sollten mal hören, wie die Verandaschaukel in der Nacht quietscht. Die sind ja alle so beschränkt.

Earl und Wesley versuchen's wenigstens. Schaun nich so sonderlich gut aus, obwohl sie die schwarzen Taggert-Haare und die Taggert-Nase haben. Ich weiß noch, Pop hat mal gesagt, daß er Cherokee-Blut hat und daß man das an seinen Söhnen sieht. Ace und Deucy schaun tatsächlich aus wie Indianerhäuptlinge, aber Earl schielt, und Wesley hat sich die Nase gebrochen, wie er von 'nem Kastanienbaum gefallen is, und außerdem sind ihm beinah alle Haare ausgegangen, wo er Scharlach gehabt hat. Wie gesagt, sie versuchen's wenigstens. Und sie versuchen's immer gemeinsam.

Einmal haben sie 'nen Eierhandel angefangen, da sind

hier lauter Hühner rumgerannt. Sie haben gesagt, sie verkaufen ihre Eier billiger als alle andern und machen ein Vermögen. Dann gehn wir zusammen nach Kalifornien und wohnen in 'nem großen Hotel, und wir brauchen bloß mit den Fingern schnippen, und schon bringen die Kellner jedem 'nen Hamburger. Na ja, Earl und Wesley haben die Eier schon verkauft, aber irgendwie haben sie vergessen, daß zweihundert Hühner 'ne ganze Menge Hühnerfutter verdrücken. Sie haben nie rausgekriegt, wie sie in dem Laden, wo sie das Futter gekauft haben, in die schwarzen Zahlen kommen. Ich hätt' ihnen sagen können, daß sie den Preis für die Eier erhöhen und sie als was ganz Besonderes verkaufen müssen, damit alle das Gefühl haben, sie müssen Taggerts Frische Landeier haben, egal, was sie kosten. Aber Earl und Wesley haben mich einfach weggeschoben und gesagt: »Kleine Baby Jenny, du bist bloß 'n Mädchen, und du hast keine Ahnung vom Geschäft. Geh raus jetzt, gib den Hühnern was zu fressen und sammel die Eier ein. Dann essen wir was von deinem guten alten Pfirsich-Cobbler. Arbeit macht hungrig.«

Tja, dann hat der Laden ihnen irgendwann den Kredit gestrichen, und da haben sie nix mehr gehabt für die Hühner. Deswegen haben wir so viele davon essen müssen wie möglich, bevor sie eingegangen sind, und das war dann das Ende vom Hühnerlied. Earl und Wesley haben 'n weiches Herz, und außerdem waren sie furchtbar niedergeschlagen, also haben sie's nich fertiggebracht, auch nur 'n einziges Huhn umzubringen. Hab' mir fast den Arm ausgekugelt, wie ich den ganzen Hühnern den Hals umgedreht hab'. Früher mal hab' ich Brathühnchen gern gegessen, jetzt nich mehr.

Pembrook is der mit dem meisten Grips in der Familie. Der klaut nich, singt nich und macht auch keine Geschäfte nich. Der studiert auf 'm College und will Rechtsanwalt werden. Hat als einziger immer mit mir geredet, deswegen vermiß ich ihn. Wollt' ihn immer fragen, was mit unsrer Mutter passiert is, wie sie gestorben is, und warum Pop einfach so abgehauen is. Aber ich hab' nie den Nerv dazu gehabt.

Pembrook schreibt mir immer 'n paar Briefe im Monat und erzählt, wie's im College is. Klingt wirklich gut.

Redet die ganze Zeit auf mich ein, ich soll wieder auf die Schule, 'n Abschluß machen und dann aufs College und lernen, wie man's zu was bringt. Tja, tät' mir schon irgendwie gefallen, aber was wird dann aus den Jungs? Bin bloß deswegen in der Schule nich so gut gewesen, weil ich keine Zeit zum Lernen nich gehabt hab'. Hab' mich ja schließlich um sie kümmern müssen wie ihre Mutter, nich wie die kleine Baby Jenny, wie sie zu mir sagen. Bloß Pembrook hat nie so zu mir gesagt.

Hab' Pembrook auch immer fragen wollen, warum ich wie 'n Kanarienvogel im Kuckucksnest ausschau'. Aber irgendwie hab' ich dann doch nie gefragt. Pembrook schaut ungefähr so aus wie die andern Jungs, auch wenn er sich die schwarzen Haare immer wäscht und auf seiner spitzen Taggert-Nase 'ne Brille sitzt. Seine Augen sind dunkelbraun, genau wie die von den andern, und im Sommer wird er schön braun. Aber bei mir werden im Sommer bloß die Sommersprossen mehr, und dazwischen werd' ich rot. Meine Haare sind sonst dreckig blond; in der Sonne werden sie immer heller und kringeln sich in kleinen Locken, wenn ich mir keinen Zopf mach'. Mit meinen Augen is das auch so 'ne Sache. Die sind überhaupt nich wie die von den Jungs. Grün-blau oder blau-grün – kommt ganz drauf an, wie's Wetter is. Und meine Nase is genausowenig 'ne Taggert-Nase wie 'n Pumpenschwengel. Hab' nämlich 'ne kleine, häßliche Himmelfahrtsnase.

Könnt' sein, daß ich nach meiner Mutter geh', aber da bin ich mir nich sicher, weil ich sie nie gesehen hab' und auch kein Bild von ihr nich.

Pembrook sagt, ich bin hübsch, aber das sagt er bloß, weil er mich mag. Pembrook meint, ich schau fast so aus wie Miss Claudia Carpenter, und die is angeblich das hübscheste Mädchen in der ganzen Gegend. Aber ich hab' sie noch nie gesehen, also kann ich auch keinen Vergleich nich machen. Das is die Tochter von seiner Heiligkeit, dem Bankpräsidenten vom Ort. Is 'n Jahr oder so älter wie ich und is nich oft da. Geht woanders auf die Schule und fährt die ganze Zeit irgendwo in der Gegend rum. Macht wahrscheinlich nich sonderlich viel Spaß, wenn man nie daheim ist. Pembrook sagt, unsre Mutter hat früher ab und zu bei den Carpenters im Haushalt geholfen, wenn die 'n Fest gefeiert haben oder wenn das Hausmädchen krank war. Vielleicht krieg' ich auch so 'n Job und kann 'n bißchen Geld sparen, bloß für den Fall, daß ich wirklich mal mach', was Pembrook sagt.

Aber an eins erinner' ich mich noch, bevor Pop weg is. Er hat mir immer Geschichten erzählt. Hat sich in seinen großen kastanienbraunen Sessel gesetzt, mich auf den Schoß genommen und gesagt: »Hör mir gut zu. Ich erzähl' dir jetzt 'ne Geschichte von 'nem bösen kleinen Mädchen.« Die Geschichten waren alle verschieden, aber es is immer 'n Mädchen mit dem Namen Böse Penny drin vorgekommen. Die war häßlich und gemein und gehässig, und keiner hat sie gemocht. Hat immer irgendwas angestellt und is dann am Schluß bestraft worden. Manchmal haben die Schweine sie gefressen, und manchmal is sie im Bach ertrunken. Einmal hat die Rundegge sie in lauter kleine Stücke zerhackt. Und dann is sie auch mal in den Kornspeicher gefallen und unterm Weizen erstickt. Aber sie is immer wieder zurückgekommen, genauso gemein und hinterhältig wie vorher. Deswegen hat sie auch die Böse Penny geheißen. Nach der Geschichte hat Pop mich dann meistens rauf in mein Zimmer und ins Bett gebracht.

Hab' die Geschichten gemocht, auch wenn sie mir Angst eingejagt haben. Hab' gewußt, daß Schweine keine kleinen Mädchen nich fressen, hab' aber trotzdem im Schweinekoben lieber aufgepaßt. Haben jetzt keine Schweine mehr, aber früher haben wir welche gehabt, und da hab' ich ihnen immer das Futter rausgebracht.

Tja, is alles ganz schön schlimm geworden, wie Ace die Tankstelle drunten an der Kreuzung ausgeraubt hat und von Junior Mulligan erkannt worden is, weil der grad seinen Lieferwagen aufgetankt hat und Ace seit der Zeit nich sonderlich hat leiden können, wo die zwei zusammen zum Jagen sind und Ace behauptet hat, daß es sein Reh is und Junior in den Dead Man's Gully gestoßen hat und der sich dabei das Bein gebrochen hat. Also is Junior zur Polizei, und dann haben die Ace aus dem Red Rooster Café rausgeholt, wo er grad' Bier und hartgekochte Eier für alle ausgegeben hat.

War traurig und einsam, wo Ace nich 'n bißchen Leben in die Bude gebracht hat und die Gitarre von Deucy verpfändet war und er vor lauter Kummer keinen einzigen Ton singen hat können. Earl und Wesley haben versucht, den Leuten Versicherungen anzudrehen, aber von unsern Bekannten hat sich keiner eine leisten können, und die andern wollten keine. Also isses wieder mal an mir gehängt.

Hab' mir noch mal durch den Kopf gehen lassen, daß ich wie unsere Mutter als Hausmädchen gehen könnt'. Hab' nix dagegen gehabt, bei jemand anders im Haus zu arbeiten, auch wenn Deucy gesagt hat, daß sich das für eine Taggert nicht gehört. Soweit ich das verstanden hab', hat Deucy jede Arbeit für unschicklich gehalten, außer vielleicht das ewige Hin- und Herschwingen auf der Verandaschaukel. Also hab' ich mich eines Morgens ganz gewaschen – auch die Haare – und mir die Zehennägel geschnitten, damit ich Schuhe hab' anziehen können. Dann hab' ich ein Kleid von meiner Mutter vom Speicher geholt, mich fertiggemacht und bin zu Mrs. Carpenter gegangen. Das Kleid hat mir ganz gut gepaßt, war bloß 'n bißchen lang und hat merkwürdig ausgeschaut zu meinen Turnschuhen. Aber was andres hab' ich nich gehabt, also hat's langen müssen.

Bin in den Ort gegangen und hab' mir dabei mit dem Kleid Luft zugefächelt und ab und zu mal draufgeblasen, damit man die Schweißflecken auf den grün-weißen Tupfen nich so sieht. War beim Haus von den Carpenters, bevor die Sonne halb droben am Himmel war, ungefähr zu der Zeit, wo Deucy sich immer aus dem Bett wälzt und sich die Seele aus 'm Hals schreit, damit er 'n Kaffee kriegt. An dem Morgen hat er sich sein Frühstück mal selber zusammensuchen müssen. Bin 'ne Weile mit der Hand auf dem Eisentor dagestanden und hab' zum Haus hochgeschaut. War groß und hat weiß geglänzt wie 'ne Hochzeitstorte, und auf der Vorderseite allein war schon ungefähr ein Dutzend Fenster. War von der Straße zurückversetzt auf 'nem riesigen Grund mit dem grünsten Gras, das ich je gesehen hab'. Und das Gras hat bis zu 'ner Reihe von stacheligen Büschen vor der Veranda gereicht.

Hab's früher schon mal gesehen, wie Ace mich im Bierlaster mitgenommen hat. Da hat er mir immer erzählt, daß er bloß die Bank ausrauben braucht, dann könnten wir auch da wohnen, gleich neben den reichen Leuten. Aber ich hab's nie so ganz genau angeschaut, weil ich immer gedacht hab', er macht bloß Witze. Jetzt hab' ich's dafür so lang angeschaut, bis mir fast schwindlig geworden is und ich mir gedacht hab', soll ich einfach zur Vordertür raufmarschieren oder mich hintenrum schleichen. Bin so lang dagestanden, daß mir fast die Füße am Boden angewachsen sind. Wenn ich sie jemals wieder wegkriegen würd', tät' ich heimrennen und nich mehr weggehen.

Aber dann is mir eingefallen, daß nich mal mehr 'n halbes Pfund Kaffee übrig war und bloß noch genug Mehl für einmal backen. Also hab' ich das Eisentor aufgezogen und mich auf den Weg zu der großen Eingangstür gemacht. Is mir fast wie 'ne Stunde vorgekommen, wie ich da den Weg hochgegangen bin. Die Füße waren wie große alte Flöße, und die Haare sind aus den Zöpfen rausgestanden, obwohl ich sie so ordentlich gekämmt und geflochten hab'. Trotzdem bin ich weiter bis zur Veranda, hab' auf die Klingel gedrückt und drinnen das Ding-Dong gehört. Aber niemand hat die Tür aufgemacht.

War 'ne hübsche Tür, weiß wie das restliche Haus. Hab' jedes einzelne Brett daran und den großen Messingtürknauf und den Briefkasten daneben studiert, während ich gewartet hab'. Vielleicht war niemand daheim. Vielleicht war der ganze Weg umsonst. Wahrscheinlich wollten sie mich auch gar nich als Hausmädchen, selbst wenn sie daheim waren. Das grün-weiße Kleid is mir übers Schienbein gelabbert, und meine Turnschuhe waren voll mit Staub von der Straße. Vielleicht sollt' ich einfach heimgehen und warten, bis mir was Besseres einfiel.

Hab' mich umgedreht und wollt' grad die Verandastufen runter, wie ich hör', daß die Tür hinter mir aufgeht und 'ne schrille Vogelstimme fragt: »Ja?«

Hab' mich umgedreht und gesehen, wie 'ne große, dünne Frau mich anstarrt mit 'nem Stirnrunzeln, wo ich trotz der Hitze 'ne Gänsehaut von krieg'. »Miz Carpenter?« sag' ich.

»Ja, ich bin Mrs. Carpenter«, sagt sie. »Wer bist du? Was willst du? Ich habe viel zu tun.«

Hab' 'nen ganz trockenen Hals gekriegt und hab' nich mehr schlucken können. Wie ich gesagt hab', »möcht' Ihr Hausmädchen machen«, hab' ich mir gedacht, vielleicht kann sie mich nich hören, weil ich mich doch selber nich hab' hören können.

»Was?« sagt sie. »Sprich lauter. Was murmelst du da von einem Hausmädchen?«

»Will bei Ihnen Hausmädchen machen«, sag' ich. »Wenn Sie mich wollen.«

»Ja, wer hätte das gedacht!« sagt sie und zeigt ihre ganzen gelben Zähne. »Da hat Gott doch tatsächlich mein Gebet erhört. Wo bist du her, und wer hat dir gesagt, daß du herkommen sollst? Nein, laß ruhig, das ist ja egal. Komm herein und fang gleich an. Du siehst kräftig aus. Ich hoffe nur, daß du auch wirklich arbeiten willst.«

»Ja, Ma'am«, sag' ich, und da schleift sie mich schon durchs Haus und in die Küche und gleich zum Waschbecken. Und da is mehr Geschirr drin, wie ich in meinem ganzen Leben gesehen hab', und es is alles dreckig.

»Fang gleich an«, sagt sie. »Die Spülmaschine ist da drüben. Ich komme in ein paar Minuten wieder.«

Tja, hab' zwar schon Spülmaschinen im Katalog von Sears Roebuck gesehen, aber ich bin noch nie vor einer richtigen gestanden. Hab' gewußt, wozu sie gut is. Aber ich war mir nich so sicher, was ich bei der ganzen Sache zu tun hab'. Und eigentlich vertrau' ich bloß dem, was ich mit meinen eigenen zwei Händen machen kann. Also hab' ich versucht, das Geschirr so sauber wie möglich zu kriegen, bevor ich's in die Maschine geräumt hab' – bloß für den Fall, daß ich was falsch verstanden hab'. War das hübscheste Geschirr, wo ich je gesehen hab', sogar noch mit der ganzen trockenen Bratensauce drauf.

Mrs. Carpenter is nach 'n paar Minuten mit 'nem Paar schwarzen Schuhen und 'nem weißen Kleid zurückgekommen. Hat sich auf 'nen Küchenstuhl fallen lassen und mich angelächelt. »Wie heißt du, mein Kind?«

»Jennet Maybelle.«

Hat mich gar nich mehr erst sagen lassen, daß ich auch noch Taggert heiß', hat einfach weitergeredet.

»Schön, ich werde dich Jenny nennen. Diese Marcelline hat mich gestern abend einfach mitten in einer Abendeinladung im Stich gelassen, und ich wollte mich gerade ein wenig umhören, als du hier aufgetaucht bist. Ich zahle dir fünf Dollar pro Tag und dazu Essen und Uniform, aber du mußt alles ersetzen, was du kaputtmachst, also paß lieber auf mit dem Geschirr. Jeder Teller davon kostet nämlich zwanzig Dollar.«

Hab' sofort den Teller weggelegt, wo ich grad' in der Hand gehalten hab' und hab' mir überlegt, aus was der wohl sein könnt'. Hat nich wie reines Gold ausgesehen. Unsre Teller daheim sind alt und haben Sprünge und sind da, so lang ich mich erinnern kann. Keine Ahnung, was die mal gekostet haben. Wenn einer kaputtgegangen is, haben wir 'n einfach zu dem ganzen andern Abfall in den Bach hinterm Haus geschmissen.

Mrs. Carpenter hat immer noch geredet. »Du kannst die Turnschuhe hier im Haus nicht tragen, deshalb habe ich dir ein Paar alte Schuhe von Claudia gebracht. Vielleicht passen sie. Und die Uniform ist dir wahrscheinlich ein bißchen zu groß, du bist so klein und dünn, aber du kannst ja einfach einen Gürtel dazu anziehen.«

War mir nich so recht, daß sie mich dünn nennt, wo sie doch selber fast wie 'ne Bohnenstange ausschaut. Hab' aber nix gesagt. Die Schuhe waren hübsch, haben schwarz geglänzt und 'n kleinen Absatz dran gehabt. Und die Uniform war ganz sauber und frisch gestärkt.

Jetzt hat sie mal 'n bißchen mit reden aufgehört und mich von oben bis unten angeschaut. Dann sagt sie: »Habe ich dich nicht schon einmal gesehen? Ich könnte schwören, daß mir dein Gesicht bekannt vorkommt. Woher kommst du?«

Hab' in die Richtung von mir daheim gedeutet und gesagt: »Von draußen an der Clinch Valley Road.« Wollt' ihr grad' erzählen, daß meine Mutter mal als Hausmädchen für sie gearbeitet hat, aber so weit hat sie's gar nich kommen lassen. Is einfach aufgerumpelt, hat die Schuhe auf 'm Boden und das Kleid auf 'm Stuhl gelassen und den Kopf geschüttelt.

»Ich kenne niemanden da draußen. Du kannst dich hinten im Dienstbotenzimmer umziehen.« Dabei hat sie auf eine Tür auf der andern Seite von der Küche gedeutet. »Und wenn du mit dem Geschirr fertig bist, kommst du nach oben. Dann zeige ich dir, wie du die Schlafzimmer machst.«

Is so weitergegangen an dem Tag. Hab' keine Teller kaputtgemacht und hab' sogar allein rausgekriegt, auf welchen Knopf ich drücken muß, damit die Maschine läuft. Bin ganz schön erschrocken, wie's hinter der geschlossenen Tür zu rumpeln und rumoren angefangen hat, und hab' gebetet, daß da drin keiner von den Zwanzig-Dollar-Tellern kaputtgeht und ich dann schuld dran bin. Mrs. Carpenter hat mir das ganze Haus gezeigt und gesagt, was ich machen muß. Am Mittag hat sie mir gezeigt, was ich zum Essen machen soll. Haben das gleiche gegessen – kaltes Roastbeef vom vorigen Abend und dazu Kartoffelsalat, aber sie war dabei im Eßzimmer und ich in der Küche.

Hab' zwei Gläser eiskalte Milch getrunken und hätt' noch mehr davon vertragen können, aber ich wollt' nich, daß sie denkt, ich bin gierig. Am Nachmittag hat sie gesagt, ich soll die Fenster putzen. War keine harte Arbeit, war daheim schlimmer. Und außerdem war's schön, weil ich dabei hinterm Haus auf die Rosen und vorm Haus auf das grüne Gras rausschaun konnt', wie ich die Fenster poliert hab', bis man sie gar nich mehr gesehen hat.

So um vier hat sie mich dann in die Küche zurückgescheucht und mir gesagt, was Mr. Carpenter zum Abendessen will. »Er liebt Brathähnchen, aber anscheinend kann niemand es so zubereiten, wie er es gern mag. Ich kann es jedenfalls nicht. Und er ist ganz verrückt nach süßen Sachen. Ich esse selbst keinen Nachtisch, aber er muß immer noch etwas Süßes haben.«

Na ja. Da hab' ich also angefangen, meine Spezialitäten zu machen. Hab' ja genügend Erfahrung mit Hühnchen gehabt, und mein Pfirsich-Cobbler is – will ja nich angeben – so gut wie perfekt. Mrs. Carpenter is aus der Küche, weil sie sich 'n bißchen hinlegen wollt', und hat gesagt, daß Mr. Carpenter sein Essen pünktlich um halb sieben auf 'm Tisch haben will.

Pünktlich um halb sieben hab' ich das Brathähnchen serviert, und Mr. Carpenter hat die Serviette auf 'n Schoß gelegt und reingehauen. Hat mich nich mal angeschaut, aber ich hab' ihn angeschaut. War 'n blonder Mann mit Sommersprossen, 'ner Brille mit Goldrand und 'nem engen Kragen. Hat noch alle Haare auf 'm Kopf gehabt, aber die sind langsam irgendwie ganz rosa-gelblich-wuschlig geworden. Die Augen waren blau, oder vielleicht auch grün, hat man hinter der Brille nich so genau gesehen, und dazwischen 'ne Himmelfahrtsnase.

Hab' 'n bißchen Gemüse zu dem Hühnchen dazu gemacht, und das hat er auch in sich reingestopft. Dabei sind ihm die Tropfen das Kinn runtergelaufen, und er hat sie sich mit der feinen Serviette abgewischt. Mrs. Carpenter hat in ihrem Essen bloß rumgestochert und geschaut, wie's ihm schmeckt.

Wie ich den Pfirsich-Cobbler gebracht hab', hat er sich zurückgelehnt und geseufzt. »Das ist das beste Essen, das du seit Jahren gemacht hast, Marcelline.«

»Das ist nicht Marcelline«, hat Mrs. Carpenter gesagt. »Marcelline hat gestern abend gekündigt. Das ist Jenny.«

Da hat er mich angeschaut. Zuerst mit der Brille und dann ohne. Und dann hat er sie mit der Serviette geputzt, wieder aufgesetzt und 's noch mal probiert. »So, so«, hat er gesagt. »Jenny. Schön. Sehr schön.« Danach is er vom Tisch aufgestanden und gegangen und hat nich mal mehr meinen Pfirsich-Cobbler gegessen.

Mrs. Carpenter is ihm nach wie 'n geölter Blitz und hat gebrüllt: »Paul! Paul! Was ist denn mit deinem Nachtisch?«

Doch das is mir egal gewesen. Pfirsich-Cobbler is warm am besten, aber man kann ihn genausogut auch noch am nächsten Tag essen. Hab' ihn in die Küche zurückgebracht, saubergemacht und mich wieder für den Heimweg angezogen. Und hab' gehofft, daß Mrs. Carpenter mir wirklich fünf Dollar zahlt, damit ich Deucy und Earl und Wesley was zeigen kann. Also bin ich noch 'n bißchen dageblieben und hab' gewartet.

Aber dann is nich Mrs. Carpenter in die Küche gekommen, sondern er. Is an der Tür stehengeblieben, hat an seinem Ohr rumgezupft und hat mich angeschaut, wie wenn er mich zum Teufel wünscht. Danach isser in die Küche gekommen, wo ich mit dem Rücken zum Kühlschrank gestanden bin, und hat mich am Kinn gepackt. Hat mein Gesicht so gehalten, daß ich ihn hab' anschaun müssen. Hab' zwar 'ne halbe Minute oder so die Augen zugemacht, aber dann hab' ich sie wieder aufgemacht, weil ich langsam Angst gekriegt hab'. Dann hat er mir die Hand auf die Schulter gelegt und den Kragen von meinem Kleid befingert. Endlich hat er auch was gesagt.

»Du bist eine Taggert, nicht wahr, Mädchen?«

»Ja. Ich bin Jennet Maybelle Taggert.« Hab's laut und deutlich gesagt, weil ich in der kurzen Zeit in der Schule gelernt hab', daß viele Leute nich viel von den Taggerts halten. Und da kann man bloß mit fertig werden, wenn man sich nich schämt.

Dann hat er was gesagt, wo ich nich verstanden hab'. »Werde ich denn die Taggerts nie los? Werden mich die Taggerts bis ins Grab verfolgen?«

»Sie schaun doch ziemlich gesund aus«, hab' ich gesagt, und dann noch »Sir«, damit er nich denkt, ich werd' frech.

Darauf hat er nix gesagt, hat nur seine Brieftasche rausgezogen und aufgemacht. Hab' gedacht, jetzt zahlt er mir meine fünf Dollar, also wollt' ich mich grad bedanken und verabschieden, aber da hat er ein Foto rausgeholt und mir in die Hand gedrückt.

»Was denkst du, wer das ist?« hat er mich gefragt.

Na ja, hab's angeschaut, hab' aber nich gewußt, wer's is. War 'n Farbfoto mit 'nem Mädchen ungefähr in meinem Alter – blonde, lockige Haare und 'n breites Grinsen. Hat 'n wirklich hübsches Kleid angehabt, blau und mit lauter Rüschen, wie für 'ne Party oder 'n Tanzabend. Hab' ihm das Bild wieder zurückgegeben.

»Is hübsch, das Mädchen, aber ich weiß nich, wer das is.«

»Das ist meine Tochter Claudia.«

Hab' nich gewußt, was ich drauf sagen soll, also hab' ich noch mal gesagt: »Is hübsch.«

»Nein, das ist sie nicht«, hat er gesagt. »Sie ist ein verzogener Fratz. Sie hält sich für das schönste weibliche Wesen, das je auf Gottes Erdboden gewandelt ist. Aber sie ist so nichtsnutzig und eitel, daß man sie nicht gern haben kann. Und das ist alles meine Schuld.«

Hab' nich gewußt, warum er mir das alles erzählt hat, aber bin wie auf heißen Kohlen gesessen. War nämlich Zeit, daß die Jungs daheim ihr Abendessen kriegten. Die waren wahrscheinlich sowieso schon ganz schön aus der Fassung, weil ich so spät dran war. »Tja«, hab' ich gesagt, »ich glaub', ich muß jetzt los.«

»Geh nicht.« Hat mich am Arm gepackt und vor den Spiegel gezerrt. »Sieh dir das an«, hat er gesagt. »Wen siehst du da?«

»Na ja, mich halt.« Hab' versucht, mich loszumachen, aber er hat nich losgelassen.

»Das ist eine hübsche junge Frau«, hat er gesagt. »So soll eine junge Frau sein: anständig und sauber und bescheiden. Ich wünschte, du, Jenny Taggert, wärst meine Tochter, statt dieser Hexe, die nicht zu Hause bleibt, wo sie hingehört, und sich so aufführt, daß kein Mann sie je heiraten wird, wenn er nicht völlig verrückt ist. Wie würde dir das gefallen? Würdest du gern hier wohnen und meine Tochter sein?«

Tja, hab' da so 'n ganz heißes Gefühl im Nacken gekriegt. Ace hat mir nämlich gesagt, wenn 'n Mann anfängt, Komplimente zu machen, hat er's bloß auf eins abgesehen. Und Deucy hab' ich oft genug gehört, wie er seinen Mädels auf der Verandaschaukel Honig um den Mund geschmiert hat.

»Tut mir leid, Mr. Carpenter«, hab' ich gesagt, »aber ich muß jetzt heim, und könnten Sie mir bitte meine fünf Dollar zahlen, damit ich den Jungs was zum Essen mitbringen kann?« Weiß, daß das ziemlich frech war, aber er hat mich nervös gemacht, und da is mir das einfach so rausgerutscht.

Hat mich losgelassen und noch mal seine Brieftasche rausgezogen. »Das zahlt Clemmie dir also? Fünf Dollar? Das ist nicht genug. Da, nimm das und das und das auch noch.«

Die Scheine sind bloß so aus der Brieftasche rausgequollen, und er hat sie mir in die Hand gestopft. Bis ich geschaut hab', hab' ich schon drei Zehn-Dollar-Scheine gehabt. Und nich bloß das – hat auch noch das übrige Hühnchen wieder rausgeholt und in 'ne Papiertüte gesteckt.

»Nimm ruhig auch den Pfirsich-Cobbler«, hat er gesagt, »und was du sonst noch möchtest. Nimm alles.«

»Kann ich doch nich machen. Was sagt denn Miz Carpenter dazu?«

»Ich sage ihr, ich habe später noch mal Hunger bekommen und alles aufgegessen.« Hat gelacht, wie er das gesagt hat, aber das hat sich nich sonderlich glücklich angehört. Eher, wie wenn irgendwas in ihm drin kaputtgeht.

»Danke, Sir«, hab' ich gesagt und hab' mich durch die Hintertür verzogen, bevor er sich noch was Neues ausdenkt und mich in Schwierigkeiten bringt.

Hat mir nachgerufen: »Du kommst doch morgen wieder, oder?«

»Klar«, hab' ich zurückgerufen. Aber da war ich mir gar nich so sicher.

Den ganzen Weg heim hab' ich über Mr. Carpenter und sein komisches Verhalten nachgedacht. Hab's aber einfach nich verstehen können. Hab' mir nur gedacht, der hat so viel Geld, daß er ganz wirr im Kopf is. Und dann hab' ich Gott gedankt, daß ich arm bin und mir's nich leisten kann, verrückt zu sein.

Hab' aber alles vergessen, wie ich bei dem Weg war, wo zu uns nach Haus führt. Der Mond is grad' über dem alten Fliederbusch am Rand von unserm Grundstück gewesen, und sein Licht hat 'n bißchen das Häßliche weicher gemacht, wo man am Tag sofort sieht. Das Haus hat richtig einladend ausgeschaut mit dem Licht in den Fenstern, und draußen im Vorhof is das schnuckelige Auto von Pembrook gestanden. Bin die Verandastufen rauf und ins Haus gelaufen und hab' seinen Namen gerufen.

Waren alle in der Küche, und ich hab' ihnen an ihren dunklen Taggert-Gesichtern angesehen, daß ich in 'nen Streit reingeplatzt bin. Aber das war mir egal. Hab' das Essen von den Carpenters auf den Tisch gestellt und gesagt: »Da ist das Abendessen, Jungs. Haut rein.« Deucy und Earl und Wesley haben das auch gleich gemacht. Haben sich nich mal die Mühe gemacht, 'n Teller zu nehmen, haben das Hühnchen gleich mit den Fingern gegessen.

Dann hab' ich mich hingesetzt, den linken Turnschuh ausgezogen und das Geld rausgeholt. »Da und da und da«, hab' ich gesagt, wie ich die Scheine auf den Tisch gezählt hab'. Deucy sind fast die Augen rausgefallen, und Earl und Wesley haben »Mensch« geschrien, so gut's mit 'nem halben Hühnerschenkel im Mund halt geht.

Pembrook hat unglücklich ausgeschaut.

»Wo hast du das ganze Geld her, Jenny?« hat er gefragt.

»Bin als Hausmädchen gegangen«, hab' ich ihm gesagt.

»Bei wem bist du als Hausmädchen gewesen?«

»Bei Miz Carpenter.«

»Und sie hat dir das ganze Geld gegeben?«

Wollt' eigentlich lügen und ja sagen, aber ich hab' noch nie besonders gut lügen können. Da läuft mir dann immer die Nase. »Nein, er.«

»Du wirst da nicht mehr hingehen«, hat Pembrook gesagt.

Tja, auf den Trichter war ich selber auch schon fast gekommen, aber wollt' mir von Pembrook nich sagen lassen, was ich zu tun oder zu lassen hab', auch wenn ich ihn noch so gern hab'. »Doch mach' ich das, wenn ich Lust dazu hab'«, hab' ich gesagt. »Und wann bist du heimgekommen, und wie lang bleibst du?«

»Für immer, wenn's sein muß, um dich aus Schwierigkeiten rauszuhalten.«

»Das sind mir schöne Schwierigkeiten«, hat sich Deucy eingemischt. »Dreißig Dollar für 'nen Tag Arbeit und dann noch das ganze Essen. Lang doch auch zu, Pem.«

»Halt den Mund, du Trottel!«

Hab' Pembrook noch nie zuvor so wütend gesehen. Taggert-Blut kommt leicht in Wallung, aber bis dahin hat's Pembrook immer geschafft, sich im Zaum zu halten. Hat sich mit funkelnden Augen und hinterhältigem Blick zu mir umgedreht, wie 'n Hühnerhabicht vorm Zustoßen.

»Du wirst nicht mehr zu den Carpenters gehen, nie mehr. Du wirst dir das sofort aus dem Kopf schlagen. Und morgen werde ich das Geld zurückschicken. Basta.«

Darauf hab' ich bloß noch ein Wort gesagt: »Warum?«

»Das ist völlig unwichtig.«

Tja, da isser zu weit gegangen. Hab' hart gearbeitet für das Geld. Egal, ob das fünf Dollar waren oder dreißig –

jedenfalls waren's meine. Das erste Geld, wo ich je verdient hab'. Und Pembrook hat kein Recht nich gehabt, mir das wegzunehmen. Hab' nix Verkehrtes gemacht, nich daß ich wüßte, und 's war nich fair, mich zu bestrafen. Hab' mich in meinen Stuhl zurückgelehnt, ihm direkt in die Augen geschaut und den Mund aufgemacht.

»Pembrook Taggert, falls du das noch nich gemerkt hast: Ich bin nich mehr die Kleine Baby Jenny. Bin 'ne erwachsene Frau und kann für mich selber entscheiden. Du kannst mir nich einfach sagen, was ich machen soll, und mir dann auch noch verbieten zu fragen, warum. Hab' mir das von Pop gefallen lassen und von Ace und von den dreien da, wie du auf 'm College warst und gelernt hast, wie man aus der Scheiße hier rauskommt. Und jetzt laß ich mir das nich mehr gefallen.«

Da ist die Härte und die Verbitterung aus seinen Augen verschwunden, und er hat meine zwei Hände in seine genommen.

»Du hast recht, Jenny«, hat er gesagt. »Es gibt ein paar Dinge, die du wissen solltest. Komm mit hinaus auf die Verandaschaukel, dann erzähle ich sie dir.«

»Macht nich so lang«, hat Deucy uns nachgerufen. »Ardith Porter kommt heut' abend vorbei, und wir müssen uns noch über 'n paar Sachen unterhalten.«

Aber es war trotzdem 'ne lange Geschichte, wo Pembrook mir dann erzählt hat. Hat noch vor der Zeit angefangen, wo ich auf die Welt gekommen bin. Die Jungs haben die Story alle gekannt, aber Pop hat sie auf die Bibel schwören lassen, daß sie mir nie was davon sagen. War 'ne Erklärung für alles, wo ich mich immer gewundert hab', aber mich nie getraut hab' zu fragen. Wenn ich gefragt hätt', hätten sie's mir nich gesagt, auch wenn Pembrook gemeint hat, daß er immer wieder mal drauf und dran war, weil's doch mein Leben war und ich das Recht gehabt hab', Bescheid drüber zu wissen.

Hat mir erzählt, daß Pop gar nich mein richtiger Vater gewesen is, sondern Mr. Carpenter. Hat mir erzählt, daß unsre Mutter Pop ungefähr 'nen Monat nach meiner Geburt die Wahrheit gesagt hat. Dann hat sie ihre Siebensachen zusammengepackt und gemeint, sie geht jetzt zu Mr. Carpenter. Da hat sie 'n schöneres Leben und muß nich mehr hier auf dem alten, dreckigen Bauernhof rumwerkeln. Hat mir erzählt, daß Pop ihr die Luft abgedreht hat im Schlafzimmer und daß ich gleich daneben in der Wiege gelegen bin und mit meinen blinden Babyaugen zugeschaut hab'. Danach is Pop zu Mr. Carpenter gegangen und hat ihm alles gesagt und ihn dazu gebracht, daß er's vertuscht, weil der Skandal allen bloß geschadet hätt'. Haben überall erzählt, daß unsre Mutter an Kindbettfieber gestorben is.

Die Tränen sind mir das Gesicht runtergelaufen, aber ich hab' noch rausgebracht: »Wie habt ihr denn dann noch hier weiterleben können, wie er das gemacht hat?«

»Tja«, hat Pembrook gesagt, »Ace war der älteste von uns, und er war auch erst zwölf. Wir konnten nirgends sonst hingehen. Und schließlich war er unser Vater.«

»Was is dann passiert?« hab' ich gefragt. »Warum is Pop abgehauen?«

»Ist er gar nicht«, hat Pembrook gesagt. »Er liegt unter Mr. Carpenters Rosengarten begraben.«

Hat mir weiter erzählt, wie die Jahre vergangen sind und Pop mit Trinken angefangen hat und die Farm noch mehr runtergekommen is, bis alles ganz verkommen war. Dann hat Pop sich eines Tages gedacht, daß Mr. Carpenter doch eigentlich was für sein Kind, also mich, zahlen müßt'. Da isser voller Wut und Schnaps zum Haus von den Carpenters und hat tausend Dollar verlangt. Pembrook und Ace sind hinterhergezockelt und haben draußen am Fenster von 'nem Zimmer gehorcht, wo lauter Bücher und 'n großer Schreibtisch und 'n Jagdgewehr überm Kamin waren.

»Hab' das Zimmer selber gesehen«, hab' ich gesagt. »Miz Carpenter nennt's sein Arbeitszimmer.«

Pembrook hat genickt. »Genau da hat's Pop erwischt.«

Hat erzählt, wie er und Ace sie im Zimmer streiten gehört haben. Mr. Carpenter hat geschrien, das is Erpressung und das läßt er sich nich gefallen. Dann war 'n großes Hin und Her, und Pop hat geschrien, er bringt Mr. Carpenter um, weil er ihm sein Leben ruiniert hat. Und dann hat's plötzlich 'nen Schuß gegeben. Bloß einen, aber der hat gereicht. Da haben sie übers Fensterbrett reingeschaut und Pop auf 'm Teppich liegen sehen, wo er zu Tode geblutet is. Und Mr. Carpenter is mit 'm Gewehr in der Hand wie 'n Ölgötze dagestanden.

Pembrook und Ace wollten grad' heimrennen, da hat Mr. Carpenter sie gesehen und reingerufen. Haben ihm helfen müssen, Pop raus in den Rosengarten tragen. Dann haben die drei das Rosenbeet umgegraben, Pop in den Boden gelegt und die Rosen wieder drüber gepflanzt. Und Mr. Carpenter hat gesagt, sie sollen heimlaufen und den Mund halten, sonst läßt er den Polizeichef kommen, verjagt uns alle von der Farm und steckt uns in die Besserungsanstalt.

Und da haben sie eben bis jetzt den Mund gehalten.

»Wahrscheinlich«, hat Pembrook gesagt, »wahrscheinlich ist Ace deshalb so wild, aber das ist nicht der richtige Weg. Deshalb will ich Anwalt werden. Eines Tages werde ich wissen, wie ich Mr. Carpenter ganz legal beikommen kann. Und deshalb will ich, daß du nicht mehr dorthin gehst, Jenny. Sonst machst du vielleicht meine Pläne zunichte, und es ist nicht gut für ihn, wenn er daran erinnert wird, daß du existierst. Sobald ich genug gelernt habe, erwische ich ihn, wenn er nicht damit rechnet.«

Hab' mir die Augen abgewischt und die Nase geputzt und gesagt: »Danke Pembrook, daß du's mir erzählt hast. Jetzt kapier' ich's.«

»Und du gehst nicht mehr hin.«

»Ich geh' ins Bett.«

Und das hab' ich auch gemacht. Bin dagelegen, hab' über das nachgedacht, was Pembrook mir erzählt hat und hab' versucht rauszufinden, was richtig und was falsch ist. Unsre Mutter hat vielleicht was Falsches getan, weil sie sich mit Mr. Carpenter 'ne schöne Zeit gemacht hat, aber wenn sie's nich getan hätt', wär' ich gar nich auf der Welt. Pop hat was Falsches gemacht, weil er meine Mutter umgebracht hat, aber seiner Meinung nach hat sie ihm Grund dazu gegeben. Mr. Carpenter hat was Falsches gemacht, weil er Pop umgebracht hat, aber Pop als heißblütiger Taggert hat ihn wahrscheinlich zuerst angegriffen. Am schwersten ist mir der Gedanke daran gefallen, daß ich Mr. Carpenters Tochter bin. Wenn das stimmt und er's gewußt hat, wie hat er mich da die ganzen harten Jahre als Kleine Baby Jenny leben lassen können, wo doch das andre Mädchen, diese Claudia, alles gekriegt hat, was sie wollte, und noch 'n bißchen mehr?

Kurz vor Sonnenaufgang hab' ich beschlossen, was ich mach'. Die Jungs, sogar Pembrook, haben noch tief geschlafen. Ich bin mäuschenstill aufgestanden und hab' das grün-weiß getupfte Kleid und dazu die hohen Turnschuhe angezogen und hab' mich in die Scheune rausgeschlichen. Früher isses da ziemlich lebhaft zugegangen, aber an dem Morgen war's ruhig und leer. Keine Kühe mehr, wo muhen, damit ich sie melk' und auch keine Pferde mehr, wo mit traurigen Augen 'n Apfel oder 'ne Karotte anschaun. Ganz hinten, hinter dem ganzen verrotteten Pferdegeschirr, hab' ich dann unter Spinnweben das gefunden, was ich gesucht hab'.

War 'ne Dose mit dem Zeug, wo Pop immer die Ratten umgebracht hat, wo sich in der Scheune durchs Winterfutter gefressen haben. War nich mehr viel drin in der Dose, und der Rest hat auch ganz trocken und verkrustet ausgeschaut. Vielleicht war's schon so alt, daß es gar nich mehr gut war. Aber ich hab' trotzdem 'n bißchen was mit 'nem Teelöffel rausgeholt, in einen von Deucys Bull Durham Beuteln gesteckt und mich auf den Weg gemacht.

Hab' 'n ganz ordentliches Tempo draufgehabt, weil ich hinkommen wollt', bevor Mr. Carpenter in die Bank geht und bevor die Jungs aufwachen und mir in Pembrooks Auto nachfahren. War 'n frischer, kühler Morgen, hab' kein bißchen nich geschwitzt.

Wie ich zum Haus der Carpenters gekommen bin, is der Milchmann grad' weggefahren. Bin ums Haus rum zur Hintertür, hab' die zwei Viertelflaschen Milch genommen und geklopft. Mrs. Carpenter hat aufgemacht. Hat verschlafen ausgeschaut, aber ganz erfreut, daß sie mich sieht.

»Ja, Jenny«, hat sie gesagt, »du bist ja früh auf den Beinen. Komm herein. Komm herein.«

»Ja, Ma'am«, hab' ich gesagt. »Bin zum Frühstückmachen gekommen.«

»Wunderbar. Mr. Carpenter rasiert sich gerade. Er kommt in ein paar Minuten herunter. Er ißt zwei Vierminuteneier – mir gelingen sie nie so richtig –, zwei Scheiben Toast und viel starken schwarzen Kaffee. Wenn du schon hier bist, kann ich ja noch mal ins Bett gehen und mir einen kurzen Schönheitsschlaf gönnen.« Hat gekichert wie 'n albernes Mädchen, hat mir zugewinkt und is dann rausgetanzt.

Hab' die Milch weggestellt und angefangen mit Kaffeemachen. War 'n elektrischer Kaffeekessel da, aber mein Kaffee is gut, weil ich ihn noch ganz auf die alte Art mach'. Hab' Wasser aufgesetzt, und wie's gekocht hat, hab' ich jede Menge gemahlenen Kaffee reingetan, damit er schön stark wird. Dann hab' ich den Herd runtergeschaltet zum Warmhalten und hab' 'n Ei aufgeschlagen und 'ne Eierschale dazugetan, damit er schön klar wird. Und ich hab' das Zeug aus dem Tabaksbeutel direkt in den Kessel geschüttet.

Wie ich seine Schritte auf der Treppe gehört hab', hab' ich noch 'n Topf für die Eier aufgesetzt. Dann isser mit 'nem Lächeln und süßem Rasierwassergeruch in die Küche gekommen.

»Jenny«, hat er gesagt, »du bist also zurückgekommen. Das freut mich, denn du und ich, wir werden gut miteinander auskommen. Du wirst glücklich sein hier. Dafür werde ich sorgen.«

Hab' 'ne Tasse und 'nen Unterteller geholt.

»Hab' da 'n paar Sachen gehört, Mr. Carpenter«, hab' ich gesagt. »Sachen, wo ich mir nie hab' träumen lassen.«

Hat die Stirn gerunzelt. »Was hast du gehört, Jenny?«

Hab' den Kaffee in die Tasse gegossen.

»Hab' gehört, Sie sind mein Daddy.«

Is auf einen Küchenstuhl gesunken. »Ja«, hat er gesagt, »das stimmt wohl.«

Hab' die Tasse und den Unterteller auf die Theke gestellt, damit der Kaffee 'n bißchen abkühlt und Mr. Carpenter 'n schönen großen Schluck davon nehmen kann.

»Hab' gehört, Sie haben unsern Pop erschossen und bei Ihnen im Rosengarten vergraben. Sind tolle Rosen, die Rosen da draußen.«

Hat den Kopf in die Hände gelegt. »Sie haben geschworen, es dir nie zu sagen. Die Jungen haben das geschworen.«

»Pembrook hat's mir erzählt, weil er Angst hat, daß

mir hier im Haus was passiert.« Hab' die Tasse und den Unterteller vor ihn auf den Tisch gestellt.

»Nein, Jenny, liebe Baby Jenny, ich würde dir nie etwas tun. Ich würde viel lieber all die Jahre gutmachen, in denen ich versucht habe, dich zu vergessen. Ich würde mich freuen, wenn du zu mir kommst und als meine Tochter hier im Haus lebst und wenn ich dir alles kaufen dürfte, was dir eigentlich zugestanden wäre.«

»Sagen Sie nicht so zu mir. Bin kein Baby mehr.«

»Nein, das bist du nicht. Du bist eine hübsche Frau, genau wie deine Mutter. Mein Gott, wie habe ich diese Frau geliebt! Sie war das einzig Schöne, das mir im Leben widerfahren ist. Ich wollte mit ihr fortgehen. Wir hatten schon alles vorbereitet. Wir hätten in einen anderen Ort oder in eine große Stadt fahren können, wo uns niemand gekannt hätte. Wir hätten dich mitgenommen. Und wir wären glücklich gewesen. Aber statt dessen ist sie gestorben.«

»Pop hat sie umgebracht. Wegen Ihnen.«

»Das weißt du also auch.« Er seufzte. »Ja. Er hat sie umgebracht, und ich habe ihn getötet, und seitdem quält mich das schlechte Gewissen. Ich kann mit niemandem darüber sprechen. Clemmie weiß nichts von der ganzen Angelegenheit. Manchmal wünsche ich mir, daß ich tot wäre.«

»Trinken Sie Ihren Kaffee.«

Das Wasser für die Eier hat gekocht. Hab' die zwei Eier vorsichtig in den Topf rollen lassen und zwei Scheiben Toast in den Toaster gesteckt. Mr. Carpenter is vom Tisch aufgestanden und zu mir rübergekommen.

»Jenny.« Hat mir die Hände auf die Schultern gelegt und mich zu sich rumgedreht. »Wie kann ich das alles wiedergutmachen? Ich tue alles, was in meiner Macht steht, und glaub' mir, das ist nicht wenig. Sag mir, was du willst. Du bekommst es.«

Hab' 'ne Minute nachgedacht. War's richtig oder falsch, was von dem Mann anzunehmen? Hab' wieder mal Probleme gehabt, den Unterschied zu erkennen. War's richtig oder falsch, ihm den Kaffee zu geben?

Dann hab' ich gesagt: »Könnten Sie Pembrook das Jurastudium zahlen?«

»Schon passiert.«

»Und Earl und Wesley – können Sie ihnen 'nen Job besorgen? Arbeiten gut, haben bloß kein Glück.«

»Sag ihnen, sie sollen in die Bank kommen.«

»Und was is mit Deucy? Können Sie ihm 'ne neue Gitarre und 'n Ticket nach Nashville kaufen? Singt nämlich wirklich gut.«

»Nicht nur das. Ich kenne Johnny Cash persönlich. Wir werden etwas für ihn arrangieren.«

»Und jetzt was Schwieriges. Können Sie Ace aus 'm Gefängnis holen und wieder auf 'n rechten Weg bringen?«

»Der Wärter ist ein Vetter von Clemmie. Und ich habe eine Ranch in Wyoming. Dort kann er hinfahren und seine überschüssige Energie loswerden. Aber was ist mit dir, Jenny? Was kann ich für dich tun?«

Hab' mit den Achseln gezuckt. »Ach, glaub', ich werd' mal 'ne Weile hier wohnen bleiben. Kann Mrs. Carpenter helfen und 'n Auge auf alles haben.«

Hat mich umarmt und mir 'nen dicken Schmatz auf die Backe gedrückt. »Gutes Mädchen«, hat er gesagt. »Ich habe gehofft, daß du das sagen würdest. Du wirst es nicht bereuen. Mmm, der Kaffee riecht gut.«

Is wieder zum Tisch und seiner Kaffeetasse zurückgegangen. Aber ich bin schneller gewesen und hab' sie ihm unter der Nase weggezogen.

»Der Kaffee is kalt«, hab' ich gesagt. »Und wenn ich's recht bedenk', is sowieso die ganze Kanne bitter. Hab' ihn probiert, bevor Sie runtergekommen sind. Mach frischen.«

Hab' den ganzen Kaffee in den Ausguß geschüttet und ihm seine Eier und seinen Toast auf den Tisch gestellt. Haben den frischen Kaffee zusammen getrunken, und dann isser in die Bank.

Und so isses jetzt. Pembrooks Methode is wirklich besser, und er lernt hart. Jetzt, wo er nich mehr arbeiten muß, kann er seinen Abschluß früher machen. Earl und Wesley gefällt's als Kassierer in der Bank, und Deucy hat seinen Cadillac mit den Leopardenfellsitzen und so viele Mädchen, wie er will, obwohl er sagt, daß ihm die Schaukel auf der Veranda abgeht. Ace hat 'n Foto geschickt, wo er mit ’m großen alten Cowboyhut auf ’m Pferd sitzt. Schaut komisch aus, aber er sagt, ihm geht’s gut.

Und ich? Wenn die Rosen blühn, schneid’ ich jeden Tag ’n paar ab und stell’ sie ins Haus. Mrs. Carpenter liebt sie. Und ich warte. Eines Tages graben wir Taggerts den Rosengarten doch noch auf.

Raleigh Bond
Athalia Goode oder Die Best Detective Agency

Ich war mit der Einnahme von Fort Henry fast fertig, als der Bote kam. Er brachte ein großes braunes Kuvert, wartete aber respektvoll, bis ich meinen Satz zu Ende getippt hatte.

»Best?« fragte er.

»Nein. Goode«, sagte ich und hielt den Daumen Richtung Treppe. »Best ist eins höher.«

Er zögerte einen Augenblick, prüfte die Adresse auf dem Umschlag und lauschte dem Klappern der Schreibmaschinentasten. Als er dann endlich raufging, drückte ich den Summer an der Unterseite des Schreibtisches, um Athalia zu signalisieren, daß etwas im Anmarsch war. Sie muß aber wohl schon im Bild gewesen sein, denn das Lämpchen der Sprechanlage leuchtete nicht auf. Ich tippte also weiter.

Wenn hier von »Best« die Rede ist, so ist damit die Best Detective Agency gemeint, in Alleinregie und -verantwortung von meiner Frau geführt. Athalia ist kein Neuling in der Branche; Ratschläge und Tips von mir nimmt sie zur Kenntnis, mehr nicht. Mir käme es umgekehrt ja auch nicht in den Sinn, ihre Beobachtungen anders denn als Anteilnahme aufzufassen, wenn sie ihre Nase in meine Angelegenheiten steckte.

Was könnten wir auch gegenseitig schon groß beitragen zu unserer jeweiligen Arbeit? Meine Zeitromane über amerikanische Geschichte verkaufen sich recht gut, der Name Byron Goode erfreut sich selbst in akademischen Kreisen – Kreise, die ich nicht frequentiere – eines gewissen Ansehens.

Schon als Kind habe ich historische Romane geradezu verschlungen, und während meiner ganzen Jahre als Zeitungsreporter hatte ich immer das eine Ziel vor Augen: Standardwerke zu bestimmten Epochen und Kriegen vorzulegen, die zugleich eine unterhaltsame Lektüre darstellten. Das gelang mir, zum Erstaunen meiner Kollegen, mit dem epischen Geschichtspanorama ›Die Schlacht ruft‹, der ersten faktengetreuen und dennoch dramatischen Rekonstruktion des Quebec-Feldzugs von Arnold seit Kenneth Roberts. Ich erwähne das hier lediglich, um klarzustellen, daß ich längst daran arbeitete, als ich Athalia kennenlernte.

Sie behauptet schließlich auch nicht, daß sie ihren Erfolg mir zu verdanken hätte. Wir begegneten uns, als ich für die Zeitung über einen Mordfall in New York berichtete, an dessen Aufklärung sie im Auftrag der Versicherungsgesellschaft beteiligt war. Davor hatte sie für verschiedene Detekteien gearbeitet, und sie war kurzzeitig sogar als Ermittlungsbeamtin für einen Senator tätig gewesen. Beide waren wir also in unseren jeweiligen Berufen erfolgreich, bevor wir uns ineinander verliebten und heirateten.

Sobald die Verkaufszahlen von ›Die Schlacht ruft‹ dies vertretbar erscheinen ließen, schmiß ich den Zeitungsjob hin, um mich voll und ganz dem Schreiben widmen zu können; sie kündigte bei ihrer Versicherungsgesellschaft, um einen eigenen Laden zu gründen, den sie Best Detective Agency taufte, weil das, wie sie witzelte, eben besser klang als Goode.

Wir entschieden uns für einen Tapetenwechsel, zogen nach Kalifornien und fanden in Los Angeles ein kleines Haus am Melrose Place, ein Stück von der Straße zurückgesetzt, efeuberankt und durch hohe Bäume abgeschirmt. Die beiden vorderen Zimmer benutzten wir als Büros, die hinteren Räume bilden den Wohnbereich. Da ich um jede Ablenkung froh bin, wenn ich an der Schreibmaschine sitze, habe ich das Zimmer im Erdgeschoß übernommen, das noch dazu größer ist und meinen voluminösen Nachschlagewerken und vielen Unterlagen ausreichend Platz bietet, während sie es sich oben eingerichtet hat.

Mich zieht es selten nach oben: Die Ausstattung straft meine Vorstellung eines anständigen Privatdetektivbüros Lügen. Keine abgewetzte Hutablage, kein rissiger Putz, keine leeren Ginflaschen. Zwar handelt es sich unverkennbar um ein Büro, doch der Glasnippes und die Topfpflanzen, die Pastelldrucke und die zartrosa getönten Wände beschwören weiß Gott keinen Sam Spade oder Philip Marlowe herauf. Immerhin habe ich sie dazu bewegen können, ihren Zeitschriftenständer mit etwas reichhaltigerer Kost als nur ›Cosmopolitan‹ und ›Ms.‹ zu bestücken, was allerdings den Nachteil hat, daß ich meine historischen Fachzeitschriften in aller Eile sichten muß, ehe sie auf Nimmerwiedersehen nach oben entschwinden.

Wie dem auch sei; da ich selbst kein Detektiv bin, weckte die Frage, was der Umschlag des Boten wohl enthalten mochte, bei mir keinerlei Neugierde. Ich begnügte mich mit der Feststellung, daß den Absender das Firmenzeichen der Versicherungsgesellschaft zierte, für die Athalia früher gearbeitet hat. Vermutlich baten sie ihre Ex-Arbeitgeber mal wieder um ihre Mithilfe. Das kam vor.

Ich konnte ohnehin davon ausgehen, daß ich es spätestens am Abend erfahren würde, denn wir haben die Angewohnheit, einander bei einem gepflegten Essen und einem Gläschen Wein vom Tage zu berichten – als gegenseitige Respektbezeugung unter Profis gewissermaßen. Ich gebe mich da keinen Illusionen hin: Das Buch, das ich derzeit in Arbeit habe, über die Tennessee-Kampagne General Grants, interessiert sie ebensowenig wie mich die Frage, wer was woher entwendet hat. Dagegen interessieren wir uns sehr wohl füreinander. Also hören wir uns gegenseitig zu.

»Eine Veruntreuungssache. Bei einer Bank«, berichtete sie, während sie ihr ausgezeichnetes Zitronenhuhn servierte und ich eine Flasche Auslese entkorkte. Sie kocht gern, und das finde ich nur recht und billig, da ich schließlich ihre Klienten weiterleite und sie annehmen lasse, ich sei Athalias Empfangssekretär.

»Es geht um dreihunderttausend Dollar, für die Versicherungsgesellschaft ein Taschengeld, also scheuen sie sich, ihre Topleute darauf anzusetzen. Sie haben mich gebeten, der Sache auf den Grund zu gehen, obwohl es einen Schuldigen gibt, dieser gestanden und dann Selbstmord verübt hat. Vielleicht.«

»Vielleicht?«

»Naja, das ist die eine Lesart«, sagte sie nachdenklich von ihrem Platz mir gegenüber und nippte an ihrem Glas. »Ende der Woche stand eine Bankrevision an; am Tag nach der Ankündigung wird ein Mitarbeiter tot aufgefunden, und seine Bücher weisen einen Fehlbetrag auf.«

»Und weshalb wollte er sich nicht einfach mit dem nächsten Flieger mit unbekanntem Ziel absetzen?«

»Das eine schließt das andere nicht aus.«

Ich seufzte und blickte zu ihr hoch, wohl wissend, daß sie mich dazu verleiten wollte, weiterzubohren. Ich mache es auch nicht anders, wenn ich merke, daß ihr Interesse nachläßt. Ich ködere sie dann mit kryptischen Bemerkungen wie »Ich frage mich allmählich, ob Stonewall Jackson nicht vielleicht schwul war.«

Sie ließ den Blick offenbar als Frage gelten, denn sie fuhr fort: »Sein Name ist Ralph Swann. Er war stellvertretender Leiter der Merchant's Bank in Encino. Man hat in vorgestern abend tot in seiner Garage gefunden. Auf dem Rücksitz seines Wagens lagen zwei Reisekoffer, und wie sich später herausstellte, hatte er einen Flug nach Bombay gebucht, über Paris.«

»Aber du sagtest doch, er habe sich umgebracht – vielleicht.«

»Er saß hinterm Steuer. Sein Fuß lag auf dem Gaspedal. Seine Frau war die ganze Woche bei Verwandten zu Besuch gewesen und wurde an diesem Abend gegen elf Uhr zurückerwartet. Sie wunderte sich, als ihr Mann sie nicht wie versprochen am Flugplatz abholte. Als sie nach Hause kam, fand sie einen Brief mit der Nachricht: ›Entschuldige, Liebling. Verzeih mir –‹ und die Garage voll Kohlenmonoxyd.«

»Das ergibt keinen Sinn. Wenn er schon die Koffer gepackt hatte, wieso sich umbringen?«

»Gute Frage«, sagte sie anerkennend, und ich kam mir vor wie ein richtiger Detektiv. »Die Polizei geht davon aus, daß Swann beschlossen hatte, sich aus dem Staub zu machen, ehe seine Frau zurückkehrte, weil er fürchtete, bei der bevorstehenden Revision aufzufliegen. Also schreibt er den Brief, steigt in seinen Wagen, wird von Reue übermannt und vergiftet sich.«

»Und was sollst du tun?« fragte ich. »Beweisen, daß dem nicht so war?«

»Der Versicherungsgesellschaft ist es vollkommen schnuppe, wie er umgekommen ist. Sie interessieren nur die fehlenden dreihunderttausend Dollar. Das Geld war nicht in Swanns Gepäck, und die Polizei hat es bislang nicht finden können.«

Da Athalia den Auftrag offenbar angenommen hatte, war klar, daß ich mich am nächsten Vormittag nicht mit Fort Henry herumschlagen würde. Wie gesagt: mir ist – wie vielen Schriftstellern – jede Ausrede recht, die mich vom Schreiben abhält, und eine solche liefert mir einer der seltenen Momente, da Athalia eine gewisse Feigheit an den Tag legt. Sie hat nämlich fürchterlichen Horror davor, den Führerschein zu machen. Da sie in New York nie einen brauchte, könnte ich vorgeben, ich spielte ihren Chauffeur sozusagen als Wiedergutmachung dafür, daß ich sie in die mobilitätsbesessene Kultur Kaliforniens entführt habe, doch um der Wahrheit die Ehre zu geben, tue ich's, weil wir gern zusammen sind.

Ich saß im Wagen und ließ den Motor warmlaufen. Sie mußte noch schnell telefonieren, dann kam sie. Als sie sich näherte, hatte ich Gelegenheit, ihre schlanke Figur im eleganten Hosenanzug zu bewundern, ihren forschen, selbstbewußten Gang und aus der Nähe dann ihre wunderschönen, klugen Augen hinter den Gläsern der dicken Hornbrille, und mir wurde mal wieder bewußt, wie glücklich ich mich schätzen darf. Sie glitt auf den Beifahrersitz und sagte, daß sich ein Problem zumindest inzwischen erledigt habe.

»Es war kein Selbstmord. Man hat mir gerade die Ergebnisse der Autopsie durchgegeben. Er ist an einem Herzinfarkt gestorben. Swann war höchstwahrscheinlich kaum zwei Sekunden nach dem Durchtreten des Gaspedals tot.«

»Kann seine Frau bestätigen, daß er ein schwaches Herz hatte?«

Wie sich herausstellte, konnte sie das. Mrs. Swann war eine farblose, verbrauchte Frau, die älter wirkte, als sie es war. Sie wohnte in einem dieser kleinen, weiß verputzten Häuser, aus denen fast ganz Burbank zu bestehen scheint und deren Interieur irgend jemand unter großem Aufwand ebenso nichtssagend gestaltet hat wie ihr Äußeres.

»Ich habe immer darauf geachtet, daß Ralph regelmäßig zum Arzt ging«, versicherte sie uns in dünnem Jammerton. »Er hatte in den letzten zwei Jahren drei Herzanfälle.«

Für mein Empfinden schwang da ein unterschwelliger Vorwurf mit, doch Athalia stellte weiterhin mit scheinbar aufrichtigem Mitgefühl Fragen an Mrs. Swann.

»Ist Ihnen an seinem Verhalten in den vergangenen fünf Monaten irgend etwas besonders aufgefallen? Meines Wissens wurde er während dieser Zeit zum stellvertretenden Leiter der Bank ernannt.«

»Das stimmt«, bestätigte Mrs. Swann. »Er hat dadurch mehr verdient, aber wir haben uns kaum noch gesehen. Er hat endlose Überstunden gemacht bei der Bank und oft bis spät in die Nacht gearbeitet. Aber am Wochenende, wenn er zu Hause war, wirkte er fröhlicher, und er hat auch öfter im Haushalt mitgeholfen.«

»Ich hoffe, es ist für Sie nicht allzu schmerzlich, von der Nacht zu sprechen, in der Sie ihn gefunden haben, aber man sagte mir, daß die Polizei die Koffer inzwischen herausgegeben hat, die im Wagen waren. Wenn Sie gestatten, würde ich Sie mir gerne kurz ansehen.«

Mrs. Swann führte uns ins Schlafzimmer. Die beiden Koffer lagen auf dem Bett. »Ich bin noch nicht dazu gekommen, auszupacken. Sie sind noch genau so, wie er sie im Wagen hatte. Sie sehen, was für ein unordentlicher Mensch er war. Hat die Sachen nie richtig zusammengelegt, nie so gepackt, wie es sich gehört. Das mußte immer ich für ihn tun.«

Während Athalia den Inhalt der Koffer untersuchte, überlegte ich, weshalb Ralph bloß so lange gewartet hatte mit der Flucht. Beide Koffer waren abgenutzt. Im größeren fand Athalia Unterwäsche, Socken und ein Hemd, einen praktisch zum Knäuel zusammengerollten Anzug, Rasierzeug, ein paar Taschentücher und zwei Paar Schuhe. Das zweite Gepäckstück, ein kleiner Bordkoffer, enthielt ein weiteres Paar Schuhe, Wäsche, Manschettenknöpfe, einen Schlüsselbund und eine Zahnbürste.

»Die Schlüssel gehören alle hier zum Haus«, erklärte Mrs. Swann Athalia, als diese sie in die Hand nahm und studierte. »Schränke, Türen, eine Kommode. Die Polizei hat sie alle durchprobiert, ehe sie sie wieder aushändigte.«

Wir bedankten uns bei Mrs. Swann und drückten ihr nochmals unser Beileid aus, während sie uns zum Wagen begleitete. Sie hatte sich offenbar dreingefunden, daß er schuldig war, und schlug das seinem Konto von Verfehlungen zu, die, wie seine Unordentlichkeit und seine Unbekümmertheit, allesamt nur dazu angelegt waren, ihr Kummer zu bereiten.

»Weißt du, ich habe nachgedacht«, sagte ich zu Athalia, als wir Burbank hinter uns ließen. Ich wartete, um ihr Gelegenheit zu einer sarkastischen Bemerkung zu geben, doch sie schien wirklich gespannt, was ich zu sagen hätte. »Der Flug. Ist es nicht reichlich umständlich, über Paris nach Bombay zu fliegen? Von Kalifornien aus geht's doch viel schneller, wenn man die Pazifikroute nimmt.«

»Ach«, meinte sie und schien leicht enttäuscht. »Ich nehme an, Swann war es egal, wohin er flog, wenn es nur weit genug war und so schnell wie möglich. Der Flug wurde erst gegen halb elf am betreffenden Abend gebucht, und der Angestellte der Fluggesellschaft, der den Anruf entgegennahm, erinnert sich, daß nach dem ersten Flug ins Ausland gefragt wurde. Der ging zufälligerweise nach Paris. Dann wurde er nach dem ersten Anschlußflug nach Osten gefragt, und der ging eben nach Bombay, wenn auch erst nach einer dreistündigen Wartezeit. Aber eines wird dadurch klar.«

»Was denn?«

»Der Flug wurde Hals über Kopf gebucht, er war nicht im voraus geplant. Was nicht weiter verwunderlich ist, denn Swann hatte am selben Tag erst von der bevorstehenden Revision erfahren.«

Sie blickte aus dem Fenster und fügte etwas geistesabwesend hinzu: »Ich dachte, du meintest etwas anderes.«

Den Rest des Weges legten wir schweigend zurück.

Leiter der Merchant's Bank war ein gewisser Walter Hallward. Da wir am Telefon erfahren hatten, daß er wegen einer plötzlichen Erkrankung seiner Frau nicht zur Arbeit erschienen war, fuhren wir zu seiner Privatadresse in Los Feliz. Das Haus war eine dieser klotzigen alten Residenzen, die ganz nach uraltem Geldadel aussahen, erbaut wahrscheinlich noch zu Zeiten, als Los Angeles Sommerkurort für Jahrhundertwende-Millionäre war.

Ein Butler führte uns in ein getäfeltes und mit Erstausgaben und erstklassigen Skulpturen reich bestücktes Arbeitszimmer. Hallward, ein leicht ergrauter Fünfziger mit dicken Tränensäcken unter den Augen und dickem Altherrenbauch, saß hinter seinem Schreibtisch. Er blickte auf wie ein gehetzter Beagle und deutete auf ein paar Stühle. Athalias Anwesenheit schien ihm Rätsel aufzugeben. Mit Verzögerung besann er sich, erhob sich halb von seinem Stuhl, verharrte so, bis sie Platz genommen hatte, ließ sich dann zurückfallen und wandte sich mir zu.

»Sie müssen entschuldigen, wenn ich mich kurz fasse. Ich bin heute morgen erst von einer Geschäftsreise zurückgekehrt. Und nun kommt zu der Tragödie bei der Bank hinzu, daß meine Frau erkrankt ist.«

Das schien er ebenso persönlich zu nehmen wie Mrs. Swann die Verfehlungen ihres Mannes.

»Es war zweifelsfrei Swann, der das Geld eingesteckt hat?« fragte Athalia, und ich sah förmlich, wie sich ihr das Gefieder sträubte, als Hallward seine Antwort an mich richtete.

»Ohne jeden Zweifel. Er als einziger hatte Einsicht in die betreffenden Bücher, und die fraglichen Vermerke wurden in seiner Handschrift gemacht.«

»Wie lange ging das schon so?« Athalia sprach jetzt deutlich lauter als beim ersten Mal.

Und wieder an mich gerichtet: »Soweit uns bekannt –«

»Mrs. Goode stellt die Fragen«, unterbrach ich ihn sanft und nahm eine Zeitschrift vom Beistelltisch. Die ›Cosmopolitan‹ war es nicht.

Sehen konnte ich seine Reaktion nicht, doch die Temperatur im Raum fiel plötzlich um zehn Grad ab. Als er schließlich weitersprach, klang seine Stimme äußerst kühl, völlig emotionslos, aber etwas gedämpfter, da er ja nun Athalia anredete.

»Seit etwa vier Monaten. Ich gestehe ganz offen, daß ich zutiefst erschüttert und enttäuscht bin. Ich hatte größtes Vertrauen in Ralph. Er vertrat mich, wenn ich zu Verhandlungen oder Konferenzen wegmußte. Er war Gast in diesem Haus. Er war mir wie ein Sohn ...«

Er wurde unterbrochen: Die Tür ging auf, und ein Hausangestellter drückte sich ängstlich um den Türpfosten.

»Mrs. Hallward geht es besser, Sir. Sie bittet Sie zu sich.«

»Sagen Sie ihr, ich hätte zu tun«, knurrte er. »Ich komme, sobald ich mich freimachen kann. Und sorgen Sie dafür, daß sie liegenbleibt.«

Der Hausangestellte blickte bei diesen Worten leicht schockiert drein, zog sich aber wortlos zurück. Was immer Hallward zu tun haben mochte, mit uns hatte es nichts zu tun, denn er erhob sich jetzt und gab uns zu verstehen, daß uns, falls wir weitere Fragen hätten, seine Sekretärin in der Bank jederzeit behilflich sein würde. Wir verabschiedeten uns, nicht ohne zu registrieren, daß Hallward an seinen Schreibtisch zurückkehrte und keineswegs dem Ruf seiner Frau folgte. Er machte sich an irgendwelchen Unterlagen zu schaffen.

»Vermutlich entgeht mir mal wieder das Wesentliche«, sagte ich, als wir im Auto saßen, »aber ist der alte Kasten hier nicht ein klein wenig zu protzig für den Leiter einer Bank?«

»Nein, du hast ganz recht, das ist nicht unwesentlich. Ja, das Haus ist allerdings eine Nummer zu protzig. Als Leiter einer Bank verdient man zwar nicht schlecht, aber wir haben es auch nicht gerade mit der Chase Manhattan zu tun.«

Das hatten wir wahrlich nicht, denn die Merchant's Bank entpuppte sich als kleine, einstöckige Klitsche, die ungefähr so viel architektonisches Flair hatte wie ein Banksafe.

Hallwards Sekretärin aber, Karen Allenby, konnte sich sehen lassen: eine stattliche Blondine, die Athalia um einiges überragte. Sobald sie begriffen hatte, daß Athalia mit der Untersuchung des Falls befaßt war, bedachte sie mich mit der gleichen Ratlosigkeit, die Hallward meiner Frau entgegengebracht hatte, und ich hätte wetten mögen, daß sie, hätte ich ihr eine Frage gestellt, ihre Antwort an Athalia gerichtet hätte. Allerdings wäre sie bei ihr dann auch abgeblitzt. So halten wir beide das.

Doch Miss Allenby war, wie sich herausstellte, weit

mehr daran interessiert, lange schwelenden Ärger loszuwerden, und sie antwortete überraschend bereitwillig, als Athalias Fragen sich von den Büchern auf das Privatleben Hallwards verlagerten.

»Mrs. Hallward ist die Tochter von Addison Quincy«, eröffnete sie uns, und mir fiel wieder ein, daß Quincy, letzter Geschäftsführer und Vorstandsvorsitzender der Quincy Orange Juice Company, vor etwa drei Jahren gestorben war. »Er hat alles ihr vermacht, ein Millionenerbe. Sie heiratete Mr. Hallward gegen den Willen ihres Vaters. Er hielt Mr. Hallward nicht für gutsituiert genug für seine kleine Prinzessin, obwohl er innerhalb von nur zehn Jahren vom Kassierer zum Leiter der Bank aufgestiegen war.«

»Ungewöhnlich, daß er bei der Bank geblieben ist. Weshalb ist er nicht in die Quincy Company eingetreten oder hat das Vermögen seiner Frau für die Gründung eines eigenen Bankhauses genutzt?«

Miss Allenby schien empört ob der bloßen Vorstellung. »Weil er ein viel zu anständiger Mann ist, um vom Reichtum seiner Frau zu profitieren.« Prompt überkam mich ein schlechtes Gewissen. Ich hatte es vergangenes Wochenende nicht mehr zur Bank geschafft und mir deshalb von Athalia fünf Dollar gepumpt, die ich immer noch nicht zurückgezahlt hatte. »Und überhaupt«, fügte sie bitter hinzu, »Mrs. Hallward kommt an ihr Geld nicht ohne weiteres ran. Dazu kannte ihr Vater sie schließlich zu gut, er wußte, was für ein verwöhntes Biest sie ist und daß sie in ihrem ganzen Leben selbst noch nie einen Finger gerührt hat. Sie hat immer die eine Hälfte ihres Monatswechsels verspielt und die andere für extravagante Kleider und für Schmuck ausgegeben. Also hat er in seinem Testament verfügt, daß sie einem Treuhänderausschuß über jeden Cent Rechenschaft ablegen muß, und das benutzt sie als Ausrede dafür, daß sie ihrem eigenen Mann nichts von dem Geld gönnt – jedenfalls nicht für geschäftliche Zwecke.«

Fast kamen ihr die Tränen, als sie nun angesichts der Ungerechtigkeit des Ganzen den Kopf schüttelte. »Ich arbeite schon seit vielen Jahren für Mr. Hallward. Ich regele auch nach wie vor eine ganze Reihe seiner Privatangelegenheiten: organisiere seine Geschäftsreisen, suche teils sogar seine Anzüge aus. Es ist ein Trauerspiel, mit ansehen zu müssen, wie ein Mann seines Formats vor einer solchen Frau katzbuckelt.«

Ich konnte mich des Eindrucks nicht erwehren, daß sie es vorgezogen hätte, selbst diejenige zu sein, vor der Hallward katzbuckelte. Athalia schien jedoch mit anderen Überlegungen beschäftigt.

»Was hielten Sie von Mr. Swann?«

Miss Allenbys Mundwinkel drückten Verachtung aus. »Nicht viel. Er war eine Null. Angeblich stellvertretender Bankleiter, aber in meinen Augen war er nie mehr als der Laufbursche Mr. Hallwards, der immer brav parierte. Ich habe ihn – und das gilt übrigens auch für die anderen – kaum zur Kenntnis genommen.«

Nachdem sie sich die frisierten Bücher angesehen hatte, wanderte Athalia eine Zeitlang scheinbar ziellos in der Bank umher, sprach mal hier, mal da ein paar Worte mit den Angestellten, studierte ein paar Notizen Hallwards, die ihr Miss Allenby überließ.

»Ich glaube, ich weiß, was du wolltest«, sagte ich auf der Heimfahrt.

»Was denn?«

»Du wolltest Hallwards Handschrift studieren. Er konnte dreihunderttausend Dollar ebenso gut brauchen wie Swann, will mir scheinen. Vielleicht um Miss Allenby eine neue Garderobe zu kaufen.«

»Und wieso sollte dann Swann die Koffer packen, sobald er von der Revision erfuhr?«

»Typ ›Laufbursche‹. Hast du doch gehört. Folgte den Anweisungen Hallwards. Er hätte den Kopf hingehalten, und Hallward hätte ihn später dafür entschädigt, wenn er sich erst einmal seiner Alten entledigt und des ganzen Orangensaftvermögens bemächtigt hätte. Na, ist das keine detektivische Leistung?«

Sie antwortete nicht. Mehr noch, sie sprach den ganzen Abend kaum ein Wort, nicht einmal beim Essen. Ich versuchte es mit meiner üblichen Taktik: sie mit Details meiner Arbeit so zu langweilen, daß sie aus lauter Verzweiflung begann, von der ihren zu erzählen.

»Ich komme jetzt zur Schlacht um Fort Donelson.

Weit interessanter als die von Fort Henry. Ein Beispiel: Nach dem Angriff der Konföderierten fiel Grant auf, daß viele der Gefallenen Proviant im Tornister mitgeführt hatten. Er zerbrach sich den Kopf darüber, weshalb Soldaten wohl Verpflegung mit in die Schlacht trügen, und schließlich wurde ihm dann klar, daß es aus Not geschah, daß ihr Angriff eine kaschierte Flucht aus dem Fort war und daß sie den Proviant brauchen würden, wenn es ihnen gelingen sollte zu entkommen. Da wurde ihm klar, wie geschwächt der Feind in Wirklichkeit war; er trieb die Belagerung energisch voran und siegte.«

Doch selbst diese Demonstration deduktiven Schlußfolgerns lockte sie nicht aus der Reserve, und sie klimperte den ganzen Abend auf der elektrischen Orgel, die ihr irgend jemand mal als Honorar überlassen hatte.

Als ich am nächsten Morgen meine Darstellung des Grantschen Siegs meiner Schreibmaschine anvertraute, schellte es. Hallward stand vor der Tür. Er wirkte noch gehetzter als am Abend zuvor, und ich fragte mich, wie Athalia ihn wohl dazu bewegt haben mochte zu kommen. Gleichzeitig empfand ich eine ungeheure Genugtuung. Hatte ich also doch recht gehabt.

Er gab mir zu verstehen, er sei bei meiner »Vorgesetzten« angemeldet, woraufhin ich ihm sagte, ich sei so damit beschäftigt gewesen, Kaffee zu kochen, daß ich noch gar nicht dazu gekommen sei, den Terminkalender zu prüfen. Ich ließ ihn aus reiner Bosheit zehn Minuten warten und sagte dann, er könne raufgehen. Als er verschwand, piepste ich Athalia kurz an. Das Lämpchen der Gegensprechanlage leuchtete auf; sie wünschte also, ich solle mithören. Da jedoch umgekehrt in ihrem Büro das Klappern meiner Schreibmaschine ebenfalls zu hören wäre, wenn ich weitertippte, machte ich es mir bequem und lauschte geduldig. Ich hörte ihre Bürotür auf- und wieder zuklappen.

»Mrs. Goode, ich habe Ihre Nachricht erhalten. Sie wissen tatsächlich, wo die dreihunderttausend Dollar sind?«

»So ist es, Mr. Hallward. Bitte, setzen Sie sich doch.« Ich hörte den Ledersessel knarzen, und dann fuhr Athalia fort: »Also, zunächst mal kann kein Zweifel daran bestehen, daß Mr. Swann das Geld entwendet hat.«

»Meines Wissens bestand daran nie irgendein Zweifel.«
»Ihres Wissens.«
Ich lehnte mich zurück. Und das war der Grund, weshalb ich mithören sollte?
»Doch sind sehr wohl Zweifel angebracht, was die vermeintliche Flucht von Mr. Swann angeht.«
»Vermeintliche?«
»Ganz genau. Mir kam die Sache schon komisch vor, als ich den Inhalt seiner Koffer prüfte. Irgend etwas stimmte da nicht. Mir war nicht sofort klar, daß alles darauf hindeutete, daß Mr. Swann zu keiner Zeit die Absicht hatte, das Land zu verlassen. Erst gestern abend wurden mir durch ein sehr aufschlußreiches Beispiel aus der Geschichte hinsichtlich dessen, was jemand auf die Flucht mitnehmen würde, die Augen geöffnet.« Aha, dann war ich doch irgendwie von Nutzen gewesen. »Schlüssel zum Beispiel.«
»Schlüssel?«
»Mr. Hallward, wenn Sie die Absicht hätten, ihr bisheriges Leben für immer hinter sich zu lassen und zu neuen Ufern aufzubrechen, kämen Sie dann auf die Idee, Ihre Hausschlüssel einzupacken?« Sie wartete, erhielt aber keine Antwort. »Oder zwei Anzüge, aber keine einzige Krawatte?«
»Der Mann hatte panische Angst. Er war nicht in der Lage, klar zu denken.«
»Er hat immerhin daran gedacht einen Flug zu buchen, mit Zwischenlandung in Paris nach einem langen transatlantischen Flug und der Aussicht auf viele weitere Flugstunden, ehe er in Bombay ankäme. Sie waren doch sicher schon in Europa, Mr. Hallward. Nun sagen Sie mir, fänden Sie es naheliegend, Ihr Rasierzeug in den Koffer zu packen, den Sie aufgeben und bis Bombay durchchecken würden, oder würden Sie es nicht viel eher im Handgepäck verstauen, das Sie mit an Bord nähmen? Meinen Sie, daß Swann keinen Gedanken daran verschwendete, wie er bei der Ankunft in Paris beziehungsweise Bombay aussähe, nach etlichen Stunden in der Luft und des Wartens auf dem Flughafen? Seine Frau sagte, er sei ein unordentlicher Mensch gewesen. Und doch hat er seine Zahnbürste griffbereit gehabt.«

»Und das beweist?«

»Die schlichte Tatsache, daß Swann seine Koffer nicht selbst gepackt hat und somit nie die Absicht hatte, zu fliehen. Irgend jemandem aber lag daran, diesen Eindruck zu erwecken. Wem?«

»Sie wollen doch nicht sagen, daß ich –?«

»Nein. Ein Mann würde nicht die Koffer eines Geschlechtsgenossen packen und Krawatten vergessen oder das Rasierzeug unzugänglich verstauen. Ein Mann würde niemals einen Anzug in der Art zusammenknüllen oder drei Paar Schuhe einpacken. Für einen Mann ist immer noch der Anzug das wichtigste Kleidungsstück und wird entsprechend pfleglich behandelt. Auf Schuhe dagegen legen Männer längst nicht so viel Wert wie Frauen. Es war eine Frau, die Swanns Koffer gepackt hat. Allerdings eine Frau, die noch nie für einen Mann gepackt hatte.«

Der Ledersessel knarzte; Hallward wurde offensichtlich unruhig. Athalia sprach weiter.

»Mrs. Swann kommt deshalb nicht in Frage. Selbst wenn sie früher zurückgekehrt sein sollte, als sie angegeben hat, Swann nach einem Infarkt tot aufgefunden hätte und auf die Idee verfallen wäre, einen Fluchtversuch zu simulieren, ist es doch so, daß sie die Unordentlichkeit ihres Mannes verabscheute und immer für ihn packte, wenn er geschäftlich unterwegs war, was dem abgenutzten Zustand der Koffer nach zu urteilen recht häufig der Fall war. Sie hätte an Krawatten gedacht, hätte sein Rasierzeug griffbereit eingepackt, hätte den Anzug sorgfältig zusammengelegt und eher zusätzliche Paar Socken als Schuhe eingepackt.

Und was Miss Allenby angeht, selbst wenn sie alleinstehend ist, so lernen die meisten Chefsekretärinnen doch sehr rasch, worauf es den Männern ankommt – was das Packen angeht, meine ich. Sie sind fast ebenso routiniert wie Ehefrauen, und Miss Allenby erzählte uns, daß sie sich oft um die Vorbereitung Ihrer Geschäftsreisen gekümmert hat, was man, soweit ich informiert bin, von Ihrer Frau nicht sagen kann.«

Wieder eine Pause. Ich meinte, jemanden schwer atmen zu hören.

»Ich habe erfahren, daß Ihre Frau zeitlebens Luxus gewöhnt ist, will heißen, immer Personal gehabt hat, das ihr alles abgenommen hat. Eine solche Frau kann nicht wissen, daß einem Mann auf einer langen Reise sein Rasierzeug wichtiger ist als Manschettenknöpfe. Für eine solche Frau müßte das, was ihrem Gefühl nach Schmuck darstellt, stets griffbereit sein, ebenso wie die Zahnbürste. Dagegen Krawatten? Würde sie an Krawatten denken, wenn sie packte? Sie, die es gewohnt ist, alles abgenommen zu bekommen?«

»Was sollte meine Frau mit jemandem wie Swann zu tun haben?«

»Nicht mit Swann, aber mit dreihunderttausend Dollar, die er ihr beschaffen konnte. Ja, ich weiß, sie ist Millionärin, doch muß sie über jeden Dollar, den sie ausgibt, Rechenschaft ablegen, so daß sie ebensogut bettelarm sein könnte oder so abhängig wie viele Ehefrauen vom Taschengeld ihrer Männer. Das untergräbt auf Dauer den Stolz, Mr. Hallward. Vor allem, wenn man eine Spielerin ist und sich gern Extravaganzen leistet, an das eigene Geld aber nicht herankommt.

Und da taucht so jemand wie Swann auf, von dem Sie ja erzählten, er sei häufig bei Ihnen zu Gast gewesen. Ein Langweiler mit einer farblosen Ehefrau, ein Mann, den Frauen wie Miss Allenby mit Verachtung strafen. Für ihn muß es berauschend gewesen sein, die Aufmerksamkeit Mrs. Hallwards zu erregen. Seine eigene Frau berichtete, er sei in der letzten Zeit fröhlicher gewesen und habe im Haus mitgeholfen – typisches Verhalten bei Schuldgefühlen.« Das würde ich mir merken und das nächste Mal nicht gleich die Waschmaschine reparieren. »Nur zu gern versorgte er sie mit Geld als Gegenleistung für ihre Gefälligkeiten an den Abenden, an denen er angeblich bis spät in die Nacht in der Bank zu tun hatte oder wenn Sie geschäftlich verreist waren.«

»Das ist doch wohl –! Was erlauben Sie sich eigentlich!«

»Am Abend des Tages, als er von der bevorstehenden Bankrevision erfuhr, rief er sie an, wohl wissend, daß Sie unterwegs waren. Praktischerweise war auch Mrs. Swann verreist, so daß er Ihre Frau zu sich bat und drohte, Ihnen alles zu erzählen, wenn sie ihm nicht half, den Fehlbetrag auszugleichen. Es blieb ihr nichts anderes übrig, als seiner Aufforderung nachzukommen. Vermutlich schlug sie vor, er solle mit zu ihr nach Hause fahren, damit sie ihm Schmuck geben könnte, zum Verpfänden. Er kritzelte eine Nachricht für seine Frau hin, die er jeden Moment zurückerwartete, und bat um Verzeihung, daß er sie nicht würde vom Flughafen abholen können. Noch während er schrieb, erlitt er einen Herzinfarkt. Ich habe mir zunächst gar nichts dabei gedacht, daß auf dem Zettel die Unterschrift fehlte. Ehemänner unterschreiben selten Mitteilungen an ihre Frauen. Nachrichten vom Typ ›Entschuldigung Liebling, verzeih mir‹ hinterläßt mir mein Mann, wenn er in meiner Abwesenheit plötzlich mit dem Auto weg muß.«

Geschliffene Formulierungen hebe ich eben für meine Bücher auf.

»Als Ihre Frau begriff, daß er tot war, kam sie auf die Idee, eine Flucht zu simulieren, um zu verhindern, daß man ihr vielleicht bei der Revision irgendwie auf die Schliche kommen könnte. Sie rief am Flughafen an und buchte den nächstbesten Flug, um eine Flucht vorzutäuschen. Nur beim Packen der Koffer beging sie nahezu jeden Fehler, den eine Frau mit ihrem Hintergrund machen konnte – einschließlich Hausschlüssel. Irgendwie schaffte sie ihn ins Auto, klemmte ihn hinters Steuer, startete den Wagen und ging – in der Hoffnung, wir würden die Situation so interpretieren wie wir es dann ja auch taten.«

»Nichts von alledem können Sie beweisen.«

»Ich denke doch. Es gibt ein schwaches Glied in der Kette. Das haben Sie sofort begriffen, als Sie zurückkehrten und Ihre Frau völlig aufgelöst vorfanden. Eine Frau, die ihr Leben lang verwöhnt worden ist, hat nicht die Kraft, so etwas allein durchzustehen. Sie hat gebeichtet und um Ihre Hilfe gebeten. Da Sie dafür sorgen mußten, daß sie mit niemandem sprach, gaben Sie vor, sie wäre krank, und blieben zu Hause, um sie im Auge zu behalten.

Sie haben es natürlich getan, weil Sie keinen Skandal wollen, weil Sie nicht als Leiter der Bank verantwortlich gemacht und als gehörnter Ehemann verlacht werden wollen. Aber es gibt noch einen anderen Grund. Jeder, mit dem ich in der Bank sprach, bestätigte mir, daß Sie sich wegen Ihrer schlechteren Position Ihrer Frau gegenüber stets sehr unterwürfig verhalten haben und ›katzbuckelten‹, um es mit den Worten Miss Allenbys auszudrücken. Als wir jedoch neulich morgens bei Ihnen waren, klangen Sie alles andere als unterwürfig. Das war auch nicht mehr nötig. Sie hätten sie fortan unter der Knute halten können, und das hätte auch bedeutet, daß Sie ihr Geld und ihre Macht endlich hätten nützen können. Männer Ihres Schlags, Mr. Hallward, kennen nur zwei Verhaltensweisen: Kriechen oder Treten.«

Wenn Athalias Charakterisierung stimmte, dann verstand ich nicht, weshalb er das alles widerspruchslos hinnahm. Auf die Erklärung brauchte ich nicht lange zu warten.

»Sie sehen also«, fuhr Athalia fort, »daß ich der Polizei einige interessante Hinweise geben kann. Wie lange, meinen Sie, wird Mrs. Hallward den Verhören standhalten? Was ist, wenn man ihre Rechnungen mit ihrem Monatswechsel vergleicht? Was ist, wenn man in gewissen Etablissements nachforscht, in denen bekanntermaßen gespielt wird? Deshalb habe ich Sie kommen lassen. Um Ihnen Gelegenheit zu geben, die Sache zu regeln.«

Ein Poltern. Der Ledersessel war umgestürzt. Ich hörte ihn zorn- und haßerfüllt zischen: »Verdammt! Sie glauben doch nicht etwa, daß ich tatenlos zusehe, wie Sie mir alles vermasseln? Wo ich sie endlich in der Hand habe? Warum sollte ich Rücksicht auf sie nehmen? Sie hat mich mit diesem Schwein betrogen. Aber es war nicht seine Schuld, sie hat ihn dazu gebracht! Ihr Frauen seid alle gleich – alle!«

Ich hörte schwere Schritte und ein bösartiges Knurren. Dann Stille. Athalias ruhige Stimme ertönte über die Sprechanlage:

»Byron?«

»Ja.«

»Schalte das Tonbandgerät bitte noch nicht ab. Vielleicht hat Mr. Hallward noch etwas hinzuzufügen.«

»Ist gut«, sagte ich und verdrehte die Augen. Deshalb hatte ich also mithören sollen. Ich wußte, daß sie nicht in

Gefahr war. Es gibt ein anderes verabredetes Zeichen für den Fall, daß sie Hilfe braucht. Sie muß selten darauf zurückgreifen. Und ein Tonbandgerät gibt es nicht.

»Würdest du wohl so lieb sein und die Polizei rufen?« bat Athalia. »Ich habe nur eine Hand frei.«

Das Schrappen, was dann folgte, war die Schreibtischschublade, die sie jetzt aufzog. Darin liegt die rostverstopfte automatische Pistole, die wir nie laden, weil wir beide Waffen verabscheuen.

Ich bestätigte, daß ich anriefe, schaltete die Gegensprechanlage aus und tippte erst einmal die letzten drei Buchstaben eines unvollständigen Wortes.

Die Zeitungen berichteten nicht groß über den Fall. Und die beiden waren natürlich auch einflußreich genug, um einer Verhaftung zu entgehen, besonders, da Mrs. Hallwards Treuhänder sich bereit erklärten, die Dreihunderttausend zu erstatten. Selbst Hallward, der als Begünstigter eventuell mit strafrechtlicher Verfolgung hätte rechnen können, kam ungeschoren davon – das heißt, abgesehen von der Scheidung, die nicht lange auf sich warten ließ. Doch es heißt, er und die neue Mrs. Hallward, geborene Allenby, seien einigermaßen glücklich verheiratet.

Eine kleine Meldung fand ich dann im hinteren Teil der ›New York Times‹, die ich las, als ich in New York meinen Verleger aufsuchte. Er lud mich mit einigen Verlagskollegen zum Essen in ein Bar-Restaurant ein, und während wir dort in einer der Nischen saßen, warf ich einen Blick in die Zeitung. Die Merchant's Bank, hieß es, sei nach der Veruntreuung durch Swann dank guter Polizeiarbeit und dank der Nachforschungen der Versicherungsgesellschaft inzwischen wieder vollkommen liquide. Es wurden keine Namen genannt, was nur recht und billig ist, da ja die Gesellschaft schließlich auch die Rechnung bezahlt, aber für einen, der da so unter Männern in der Bar sitzt und liebend gern die Meldung rumreichen würde mit dem stolzen Hinweis »Meine Frau«, für den ist das schon ein bißchen hart.

Florence V. Mayberry
Es klang nach Abschied

»Hör auf damit, Joe«, sagte ich. »Du langweilst mich.«

Joe sah aus, als würde er gleich anfangen zu weinen. Ich kann weinerliche Männer nicht ausstehen. Und Joe ist so einer.

»Tja –« Er räusperte sich mit einem häßlich flatternden Geräusch. Es war schrecklich; ich wußte, daß ich ihm Unrecht tat, aber Joe brachte mich schon zur Weißglut, wenn er nur tief durchatmete. »Warum kannst du mich nicht genauso anschauen wie alle andern? Mich vielleicht auch mal nett anlächeln. Wie die Typen da drüben. Dabei kennst du sie gar nicht. Die warten auf einen Tisch, du hast sie noch nie im Leben gesehen, schaust einfach zufällig in ihre Richtung. Und dann lachst du sie an, wie wenn dir die ganze Bude hier gehört.« Ein Zögern. »Oder vielleicht kennst du sie ja doch.«

»Ob ich sie kenne oder nicht, geht dich nichts an. Hör mal, Joe, du liegst mir jetzt schon seit Monaten in den Ohren, daß ich mit dir ausgehen soll. Also geh' ich aus. Mit dir. Aber dann reiß dich auch ein bißchen zusammen, und tu nicht die ganze Zeit so, als ob du mich verhörst.«

»Klar, okay, Lolly.«

»Laura!«

»Okay, Laura.«

Was soll eine Frau bloß mit so einem Mann anfangen? *Leg dich hin und stell dich tot, Joe; sitz und mach Männchen, Joe; hol mir meine Pantoffeln, Joe.*

»Bestell dir, was du willst, Süße, heut' abend liegt dir die Welt zu Füßen.«

»Ich hätte gern die Prime Ribs.«

»Ja genau, die sind gut, das beste auf der ganzen Karte. Du kannst jeden Tag, jeden Abend Prime Ribs haben, Süße, wenn du's nur willst. Ich hab' grad' 'nen Vertrag über 'ne Viertelmillion an Land gezogen, Lol – Laura. Dein Alter –« Er verschluckte den Rest von dem, was er sagen wollte, und versuchte zu lachen. »Will sagen, dein alter Exmann macht jetzt jede Menge große Verträge. Hab' mich so lang abgerackert, bis ich's geschafft hab'.«

»Vielleicht sollte ich jetzt noch mal vor Gericht gehen und es mit einer Unterhaltsklage versuchen. Beim erstenmal war's, wie wenn ich einem Vierjährigen die Groschen aus der Tasche ziehe.« *So ist's recht, verdirb ihm den Spaß, sei richtig schön gemein, du böses Weibsstück.*

»Ich hab' dir damals gesagt, wenn du's noch ein bißchen mit mir aushältst und mir das Gefühl gibst, daß ich auch jemand bin, schaff' ich's.« Er versuchte wieder zu lachen, aber es klang so, als verstecke sich das Lachen hinter einer Tür und traue sich nicht herauszukommen. »Stimmt schon, ich bin ein bißchen langsam, Süße. Aber wahrscheinlich weiß ich einfach auch nicht, wie man aufgibt.«

Da hatte er recht. Aber warum erzählte er das mir? Zwei Jahre nach der Scheidung ruft Joe immer noch pünktlich wie die Uhr jede Woche an: *Süße, probieren wir's doch noch mal miteinander, Lolly, komm. Geh zum Essen mit mir, dann können wir uns ein bißchen unterhalten. Ich bin manchmal furchtbar einsam, und du mußt doch sowieso was essen. Süße, brauchst du Geld, ich hab' ein paar Dollar auf der hohen Kante, das Geschäft läuft jetzt langsam. Süße, Süße* die ganze Zeit. Ab und zu gab ich nach, wie man einem Hund einen Knochen hinwirft. Zum Teufel mit solchen Männern. Wer braucht schon sein Geld? Ich verdien' genug als Kosmetikerin.

»Die Prime Ribs für die Dame. Rosa gebraten, wie immer, Süße? Baked potatoes, alle Beilagen. Für mich das gleiche. Die Dame kriegt den Kaffee erst später, zum Nachtisch. Stimmt das noch, Süße?«

Ein Schauer kroch mir den Rücken hoch bis in die Kinnlade. Meine Zähne fingen an zu klappern. Wie vor einem Nervenzusammenbruch.

Das Essen wurde serviert, wunderbare Sachen, weil wir bei Eugene's waren, dem wahrscheinlich besten Lokal von ganz Reno. Aber ich schaute es an wie Gift. Das passierte mir jedesmal, wenn Joe dabei war. Er macht das nicht absichtlich, aber er war einfach so. Ich bin schon immer schlank gewesen, aber als Joe und ich uns trennten, war ich nur noch Haut und Knochen. Vielleicht war das sowas wie eine chemische Reaktion. Oder vielleicht bin ich auch bloß gemein. Aber ich glaube, es steckt mehr dahinter. Ich bin und bleibe eben auf einen einzigen Mann fixiert.

Ich hätte Joe nie heiraten sollen. Das war natürlich meine Schuld, weil ich es wußte, er aber nicht. Deshalb hab' ich's drei Jahre mit ihm ausgehalten und ihn jetzt noch mal zwei Jahre ertragen. Eine Frau sollte einfach nicht heiraten, wenn sie einen anderen liebt, den sie nicht haben kann.

»Joe, du schmatzt ja immer noch bei jedem Bissen. Da gehst du in so ein Superlokal wie hier, und dann benimmst du dich nach wie vor wie in einer Truckerkneipe.«

»Tut mir leid, Lol – Laura. Süße, das sag' ich dir doch die ganze Zeit: Ich brauch' einfach 'ne nette Frau, die mich auf Vordermann bringt, was aus mir macht. Ich häng' doch bloß noch mit den Kumpels rum. Ehrlich, Laura, du bist die einzige. Ich hab's mit andren Frauen versucht, aber das hat keinen Zweck. Nicht nach dir.«

Verstehen Sie jetzt, was ich meine? Mir wär's lieber gewesen, er hätte mit seiner Pranke über den Tisch gelangt, mir eine gedonnert und wär' abgehauen. Und hätte nie wieder angerufen. Ich sag' Ihnen, das wäre wirklich eine Erleichterung gewesen. Nicht mehr jede Woche wissen, daß er irgendwann anruft. Nicht jedesmal eine andere Ausrede suchen müssen.

»Na komm schon, Süße, greif zu, iß was von dem Fleisch. Sonst wirst du wieder so spindeldürr wie nach –«

»Ich will nicht drüber reden, Joe.«

»Du hättest das Baby behalten sollen, Laura. Vielleicht bist du deswegen so bitter geworden. Mir hätt's nichts ausgemacht, daß es nicht von mir war. Für mich gehört alles, was dir gehört, auch mir. Du hättest nie –«

»Halt die Klappe!« Geflüstert, damit die Nachbartische es nicht mitbekamen. »Du begriffsstutziger sturer Ochse, du glaubst also immer noch, ich hab's umgebracht – absichtlich! Mein süßes Baby, mein armes, verlorenes Baby! Wie oft soll ich dir noch sagen, daß ich das Baby *wollte?*«

»Egal, Süße, mir hätt's nichts ausgemacht, daß es nicht von mir war. Ich hab' dir das gleich gesagt, wie du's mir erzählt hast. Du bist ehrlich gewesen zu mir, und ich hab' gesagt, solang's dein's ist, mag ich's, egal, wem's gleichsieht.«

Vielleicht halten Sie mich inzwischen nicht mehr für eine Hexe, wie Sie's wahrscheinlich am Anfang getan haben. Wer würde da nicht zur Hexe werden, wenn er jeden Tag dran erinnert wird, daß er jemanden liebt, den er nicht haben kann? Und abgesehen davon soll ich auch noch mein ungeborenes Kind umgebracht haben. Es war ein Abgang, keine Abtreibung. Joe wollte das nicht glauben, vielleicht, weil er hoffte, daß ich absichtlich meine letzte Verbindung mit Chris abgebrochen hatte. Tja, da täuschte er sich. Es war ein Abgang. Die alberne Mutter von meinem Baby hat zuviel geweint.

»Ich mag Chris ja auch, Laura, das hätte mir nichts ausgemacht. Weil ich verstanden hab', warum du so auf den Kerl geflogen bist – du warst ja noch ein Kind, und er weiß genau, wie man Frauen anpacken muß. Bloß, wie du erfahren hast, daß er verheiratet ist, hättest du Schluß machen sollen. Aber das ist genau das Problem: Frauen lassen sich durch schöne Worte um den Finger wickeln, und wenn einer Geld hat. Ein ganz normaler Typ hat da keine Chance.«

»Joe, ich muß weg. Ich fühl' mich nicht gut.«

»Och, Süße, wir haben doch grad' erst mit dem Essen angefangen –«

»Bleib du ruhig da, Joe. Iß deine Portion und die meine auch noch. Und ruf mich nicht mehr an. Nie mehr. Laß mir meinen Frieden.« Ich stand auf und eilte an den Tischen und Kellnern vorbei hinaus.

Es war ein schönes Gefühl, draußen an der frischen Luft zu sein, in der warmen Nacht, unter dem großen, hellen Mond. Sein weißes, sauberes Licht schien alles von mir abzuwaschen, was Joe in mir aufgerührt hatte, und plötzlich hatte ich nicht mehr das Bedürfnis zu weinen. Der Mond über Nevada ist sicher der schönste auf der Welt, so strahlend, so weiß. Ich wollte in seinen Glanz eintauchen, darin schwimmen.

»Du bist süchtig nach dem Mond«, sagte Chris immer zu mir. Und dann redete er weiter mit seiner sanften, weichen Stimme, die der dänische Akzent ein wenig undeutlich klingen ließ: »Genau wie ich, kleine Laura, wenn ich dich im Mondlicht sehe und dich in den Armen halte.« Wieviele Millionen Männer haben sich wohl schon bei wievielen Millionen alberner Mädchen mit den gleichen albernen Worten eingeschmeichelt? Also konnten es nicht die Worte selbst sein, es mußte die Art und Weise sein, wie Chris sie sagte.

Ein Taxi fuhr heran, bereit, einen Fahrgast aufzunehmen. Ich machte die Tür auf und stieg ein. Aber ich konnte sie nicht schließen, weil Joe mit seinen ganzen hundert Kilo sich dagegenstemmte. »Süße, warum nimmst du denn ein Taxi, wenn ich ein Auto hab'? Ich zahl' dem Mann den Fahrpreis, dann macht er keinen Verlust. Süße, du mußt was essen – Hören Sie, ich nehm' Ihnen nicht Ihre Fuhre weg, da sind ein paar Dollar. Komm, Lol – Laura.«

Zwei Paare, die gerade ins Lokal gingen, starrten uns an. Eine der Frauen sah wie eine Kundin aus meinem Kosmetiksalon aus. Wie blöde, sich direkt vor der Tür zu Eugene's herumzustreiten. Also stieg ich aus und ließ mich von Joe zu seinem großen Wagen führen. Nicht schlecht, aber ganz schön staubig; hinten eine Rolle Seil und eine Kanne Öl, dazu Kaugummi- und anderes Papier und Steinchen unter den Vordersitzen.

»Ich weiß schon, was du denkst, Laura: Hat den Wagen nicht saubergemacht, bevor er sich mit mir getroffen hat. Weißt du, Süße, ich bin draußen auf Tour, abseits von den asphaltierten Straßen, mitten im Schlamm. Deshalb muß ich einen Ersatzkanister mit Öl und ein Seil mitnehmen, falls irgendwas ist. Und außerdem hätt' ich's heut' abend fast nicht geschafft, ich bin gerast wie ein Blöder, wollte dich nicht enttäuschen, hahaha!«

Der arme Kerl. O Gott, der arme Kerl.

»Wie wär's mit 'ner kleinen Spritztour nach Virginia City, Süße? Ist heiß hier heut' abend. Da oben ist's wahrscheinlich kühler – die alten Geister lassen dort ein kühles Lüftchen wehen, hahaha!«

»Na schön.«

Warum nicht. Ich würde Joe genausowenig loswerden, wie man eine Bulldogge dazu bringt, etwas loszulassen, indem man sie verdrischt. Ich schaltete das Autoradio an und spürte den körnigen Staub an den Knöpfen. Ich drehte es so laut auf, daß Joe schreien mußte, um sich verständlich zu machen. Und niemand kann ewig schreien.

Schöne Musik, ein tolles »Schmuse«programm, bittersüß, schwermütig. Sie übertönte Joe, und ich ließ mich davon wegtreiben, weit weg. Es fiel mir leicht zu vergessen, daß Joe neben mir saß. Er war lediglich eine breitschultrige männliche Gestalt. Aber schon bald wurde er zusammen mit meinen Träumen zur Musik mehr als das. Er war Chris.

Chris neben mir, während wir dahinsausten, nicht nach Virginia City, sondern nach Carson City und zum Lake Tahoe. Vor fünf Jahren. Damals kannte ich Joe noch kaum – er war nur einer der Männer, die für Chris arbeiteten. Ab und an liefen wir ihm und anderen Angestellten von Chris in irgendwelchen Nachtlokalen über den Weg. Dann scharten sie sich alle um Chris wie Eisenspäne um den Magneten. Genau wie ich.

Ich versuche immer wieder zu verstehen, warum Chris auf alle eine so große Anziehung ausübte. Aber es gelingt mir nie, es in Worte zu fassen. Er hatte einfach diese Ausstrahlung. Wenn ich neben ihm saß, fühlte ich mich wie auf einer weichen, sanften Wolke, die aber gleichzeitig fest und sicher war. Seine Stimme klang so zärtlich. Ich hörte ihn einmal sprechen, als er zornig war. Er redete nicht mit mir, sondern mit einem Fremden, der mit mir tanzen wollte. Selbst dann war seine Stimme noch zärtlich – wie eine samtbezogene Stahlfalle, die sich sanft, aber unaufhaltsam um den Mann schloß.

Er war nicht so groß wie Joe. Aber er wirkte wie ein Berg, wie ein grasbewachsener, sonnenüberfluteter Berg. Aus der Sicht einer albernen, verliebten Frau? Richtig. Völlig richtig.

Joe übertönte die Musik und vertrieb Chris und meinen Traum. »Wie wär's, wenn du und ich es noch mal miteinander probieren? Was meinst du, Laura? Du schaust aus, wie wenn du irgendwo ganz weit weg wärst. Konzentrier dich doch mal ein bißchen auf mich, Süße.«

»Joe, dreh um. Ich will nicht nach Virginia City. Morgen ist viel los im Kosmetiksalon, und wir haben nicht genügend Leute. Bieg bei Steamboat Springs wieder nach Reno ab.«

»Ach komm, Süße! Grad', wenn's mir ein bißchen besser geht, wenn du neben mir sitzt. Hör zu, nimm dir doch morgen frei. Ich zahl' dir das, was du an Lohn verlierst.«

»Ich brauch' dein Geld nicht, Joe.«

»Bitte.« Seine Stimme klang unsicher und zittrig. »Ich muß auch ab und zu mal das Gefühl haben, daß ich glücklich bin.«

Also sagte ich okay, okay, und wir fuhren die steile Straße aus dem Tal hinauf, um die letzte Kurve herum und nach Virginia City hinein. Touristen schlenderten die lange Hauptstraße auf und ab, gafften in die Schaufenster, gingen in die auf alt gemachten Saloons und kamen wieder heraus, lachten, als wär's das höchste Vergnügen, der tollste Spaß. Und dabei war's nur eine tote alte Stadt, die man für jede Menge Dollars wieder zum Leben erweckt hatte. Ich bekam eine Gänsehaut. Wie wenn man Leute in der Leichenhalle beobachtet, die sich über einen aufgedonnerten altmodischen Sarg lustig machen.

Wir stiegen aus und ließen uns mit der Menge mittreiben. Joe hängte sich dabei an meinen Arm. Doch trotz der ganzen Menschen, dem Klaviergeklimper, das aus einer Bar drang, und trotz Joes Versuchen, ein Gespräch zuwegezubringen, war ich in Gedanken immer noch bei Chris. Sein Bild wollte nicht verschwinden. Es löschte Virginia City, Joe, einfach alles, aus.

Chris, Schatz, werden wir heiraten? Irgendwann, meine ich.

Mädchen, mach dir darüber keine Gedanken, das nehme ich schon in die Hand. Zerbrich dir deswegen nicht dein hübsches Köpfchen. Ich habe Probleme. Und ich muß zuerst diese Probleme lösen.

Tut mir leid, wenn ich dir ständig damit in den Ohren liege, Chris, aber ich lieb' dich doch so. Wahrscheinlich sollte eine Frau einem Mann nicht immer wieder sagen, wie sehr sie ihn liebt. Aber es ist eben so. Ich bin eine ganz schlechte Lügnerin.

Daraufhin hatte er zärtlich meine Hand getätschelt, fast

wie ein Vater die Hand seiner Tochter, und gesagt, daß er mich gerade deshalb so liebte. – Weil meine Augen so tief und ehrlich waren; sie konnten einfach nicht lügen, genausowenig wie diese süßen Lippen –

»Willst du in einen von den Schuppen rein, Lol – Süße? Ein bißchen Spaß haben?«

»Verdammt!« antwortete ich. »Da könnte ich gleich auf einem Grab tanzen.«

Joe fielen die Mundwinkel herunter, und seine Augen bekamen einen feuchten Schimmer. Armer Kerl, armer Kerl. Warum konnte er sich nicht einfach in Luft auflösen, mich alleinlassen?

»Es ist Chris«, sagte er schließlich. »Ich merk's doch. Du denkst wieder an Chris. Wann wirst du ihn bloß endlich los? Nach allem, was er dir angetan hat.«

»Hat er nicht! Ich war einundzwanzig. Ich war selber schuld.«

»Süße, du warst doch noch ein Kind, kaum einundzwanzig und von nichts 'ne Ahnung. Was sind schon einundzwanzig Jahre – da wird man auch nicht mit einem Schlag erwachsen. Und dann der clevere Chris mit seinen fast vierzig. Macht Geschäfte mit den ganz Großen von Nevada, weiß genau, wo's langgeht in der Welt.«

»Bring mich heim!«

»Na schön, Süße, wie du willst. Aber ich find's immer noch verdammt schade. Verdreht dir den Kopf, daß du außer ihm niemanden mehr lieben kannst.«

»Hör auf damit, Joe!« *Hör auf, hör auf, hör auf. Warum erzählst du mir, was ich selber nur zu gut weiß?* Ich bin wie meine Urgroßmutter, und die war Indianerin, ein richtiges Vollblut. Ich bin blond wie eine Skandinavierin, aber innen drin bin ich Indianerin. Und Indianer bleiben einer Sache ihr Leben lang treu; wenn sie sich was in den Kopf gesetzt haben, sind sie nicht mehr davon abzubringen. Nie mehr. Das habe ich mir wenigstens sagen lassen. Und ich bin so. Für mich gibt's nur Chris, und es wird auch nie einen andren geben.

Joe tat, was ich ihm sagte, und hörte auf zu reden. Er brachte mich wieder zum Auto, und dann machten wir uns auf den Weg zurück nach Reno. Der Mond tauchte die Nacht in dämmrig-schimmerndes Licht, genau wie an dem Abend, an dem Chris und ich nach Tahoe fuhren. Unsere letzte gemeinsame Nacht. Ich erinnerte mich, daß ich mich weit zur Windschutzscheibe vorgebeugt hatte, das Gesicht im Mondlicht badete, Chris anlächelte. Er bog auf eine Nebenstraße ab und nahm mein Gesicht in seine Hände. »Mein hübsches kleines Mädchen«, sagte er.

»Ja, Chris.«

Er küßte mich und zog mein Gesicht wieder nach vorne zur Windschutzscheibe, zurück ins Mondlicht. »Kein Wunder, daß du das Licht des Mondes liebst, Laura. Du bist selbst wie ein Mondstrahl. So will ich dich im Gedächtnis behalten. Immer.«

Irgend etwas daran, wie Chris das sagte, stimmte nicht. Ein merkwürdiger Unterton – es klang nach Abschied. Als hätte er einen Kieselstein in einen vermeintlich gefüllten Brunnen geworfen, aus dem man aber kein Platschen hörte. Verloren. Dahin. Es klang wie Abschied.

Ich schluckte und hielt die Frage zurück, die ich eigentlich vorgehabt hatte zu stellen, denn ich wußte, daß ich die Antwort nicht hören wollte. Ich habe mir auch sagen lassen, daß Indianer übersinnliche Kräfte haben. Jedenfalls fragte ich nicht. Statt dessen lächelte ich. Wenn tatsächlich etwas Verrücktes passierte, wenn ich Chris tatsächlich verlor, sollte er sich an nichts Häßliches erinnern.

Chris fuhr auf die Landstraße zurück, und in jener Nacht schauten wir in fast alle Nachtlokale am Lake Tahoe. Joe tauchte in einem der Klubs auf und folgte uns von Bar zu Bar wie eine Klette. Chris schien ihn noch dazu zu ermutigen. Das mußte er auch, denn sonst wäre Joe nicht geblieben. Chris wußte genau, wie er Leute loswerden konnte, an deren Gesellschaft ihm nichts lag.

Einmal flüsterte ich ihm zu: »Sag Joe, er soll verschwinden.« Aber Chris tätschelte nur meine Hand und sagte: »Wer kann es ihm schon verdenken? Er ist verliebt in dich. Wer wäre wohl nicht verliebt in dich?«

Es rutschte mir heraus, ohne daß ich darüber nachgedacht hätte: »Vielleicht du, Chris.« War das meine indianische Urgroßmutter, die sich da zu Wort meldete mit jenem instinktiven Wissen aller primitiven Völker?

Wir tanzten die ganze Zeit, und Chris schwieg. Schließlich sagte er: »Kleines Mädchen, du hast es schon gespürt, was ich dir heute nacht sagen muß. Nicht alles, aber einen Teil davon. Ich liebe dich wirklich. Aber heute müssen wir uns trennen. Es ist unser letzter Abend zusammen. Deshalb will ich mich an dein Gesicht erinnern, an alles. Liebling, es muß sein. Die Trennung, meine ich.«

»Warum?« Es klang schwach und erstickt.

»Ich habe im Geschäftsleben gelernt, daß Erklärungen keinen Sinn haben. Stell dich dem Ende, bring es schnell und hart hinter dich und dreh dich nicht mehr um. Ich habe einfach zu viele Verpflichtungen, geschäftlich und überhaupt. Es kann nicht funktionieren.« Er beugte sich zu mir herab und küßte mich auf die Stirn.

Mein Kopf trieb hinauf zu den bunten Lichtpunkten, mein Körper blieb wie ein gefühlloser Automat unten auf der Tanzfläche zurück. Dann fiel mein Kopf wieder auf meinen Körper herunter, und nun war alles gefühllos, zu gefühllos, um darüber erstaunt zu sein, daß mein Gesicht zu einer lächelnden Maske erstarrt war. Wer erinnert sich schon gern an ein tränenüberströmtes Gesicht?

»Tanz mit Joe, Kleines, er wartet schon den ganzen Abend darauf«, sagte Chris, als wir wieder an unseren Tisch zurückgingen.

Joe stand auf und sah Chris an, als wolle er ihm vor Dankbarkeit die Hand lecken. Das starre Lächeln war noch immer nicht aus meinem Gesicht gewichen, als Joe mich auf die Tanzfläche führte. Über seine Schulter beobachtete ich Chris, wie er den Kellner rief und mit ihm sprach. Dann warf er mir einen Blick zu, lächelte, nickte anerkennend, drehte sich um und ging. Ging einfach. Das war alles.

Plötzlich fiel die Gefühllosigkeit von mir ab, und ich begann, in eine schwarze Grube zu fallen. Dabei klammerte ich mich an Joe, und er erwiderte meine Umarmung. »Hey, Süße, was ist los? Hm? Magst du mich 'n bißchen?«

Ich schüttelte den Kopf.

»Ich würd' mich aber wirklich drüber freuen, Baby. Bloß ein bißchen, weißt du, du brauchst ja nur nett zu mir sein.«

»Chris hat mich verlassen«, sagte ich. »Ich fühle mich

wie tot. Macht's dir was aus, Leichenwagen zu spielen und mich heimzubringen?« Meine Stimme klang flach und weit, weit weg, als spreche da eine völlig andere.

Joe sah unvermittelt zu unserem Tisch hinüber. »Du meinst, er ist weg?« Ich nickte. Ein glückliches Grinsen breitete sich auf seinem Gesicht aus. »Weg«, sagte er befriedigt. »Ja, dann laß uns allein ein bißchen Spaß haben. Das macht uns doch nichts aus, wenn –«

»Mir macht's was aus«, erwiderte ich. »Bitte bring mich heim.«

Joe führte mich an unseren Tisch zurück. Der Kellner kam und sagte: »Der Herr, der mit Ihnen gekommen ist, meint, Sie sollen sich bestellen, was Sie wollen. Es geht alles auf seine Rechnung.«

»Laura, Süße, es ist noch früh am Abend. Und das erste Mal, wo wir zusammen sind, tut Chris das für uns. Das ist wie ein Traum, laß mich ein bißchen träumen.«

»Bring mich heim, Joe. Sonst ruf' ich mir ein Taxi.«

Und jetzt, all die Jahre später, sagte ich wieder zu ihm: *Bring mich heim, Joe.* Die Zeit hatte nichts verändert.

Wir folgten den Kurven, die von Virginia City herunterführten, sahen das lichtübersäte Tal und Reno als Neonschimmer im Norden.

»Süße, hast du gehört, was heut' passiert ist? Aber sicher, sonst wärst du nicht die ganze Zeit so in dich selbst versunken.«

»Ob ich was gehört habe?«

»Chris hat sich heut' scheiden lassen.«

Das konnte nicht stimmen. Das war nur ein verrückter Tagtraum, ein Hirngespinst, daß Märchen wahr würden.

»Seine Frau hat's endlich geschafft. Hat ihn ganz schön ausgenommen.«

Gut. Nimm ruhig jeden Pfennig. So kann ich wenigstens beweisen, daß ich Chris will und nicht das Geld.

»Es tut mir wirklich leid, Lol – Laura. Ehrlich. Du hast dir wahrscheinlich immer gedacht, ich scher' mich bloß um Sachen, die ich will. Zum Beispiel, daß ich mit dir zusammensein wollte. Aber ehrlich, ich hab' die ganze Zeit mit dir mitgelitten, so wie du Chris mit Haut und Haaren verfallen bist. Das war er nicht wert. Soll nicht heißen, daß er kein toller Kerl ist. Aber eben bloß den

Kumpels gegenüber. Jedenfalls ist er den ganzen Kummer, den du dir machst, nicht wert.«

»Tja, jetzt mußt du nicht mehr mit mir mitleiden, Joe.« Die ganzen fünf traurigen Jahre des Wartens auf etwas, das eigentlich ohne Hoffnung war! Denn da war es endlich, das Gold am Ende des Regenbogens. Lachen sprudelte aus mir hervor – es war das erste Mal, daß ich wieder so lachte, seit Chris mich verlassen hatte. »Nicht mehr, Joe!«

»Mensch, Süße, das ist toll. Wirklich toll.« Ich sah Joe liebevoll an. Es war nett, einfaß süß, daß er sich mit mir freute.

»Weißt du, ich hab' Angst gehabt, daß du ganz am Boden zerstört bist. Ich hab' gedacht, du hoffst immer noch, irgendwann wieder mit ihm zusammenzukommen. Weil er sich doch heut' hat scheiden lassen und gleich danach das verrückte Mädel aus New York geheiratet hat. Gleich heute. Ich hab' gedacht, da bist du bestimmt ziemlich fertig.«

Die Lichter im Tal gingen aus. Gingen aus, wie man eine Öllampe ausbläst. Als sie wieder aufleuchteten, waren sie ganz verschwommen, und mir war schwindlig.

»Aber jetzt, wo du alles so leicht nimmst, hab' ich ja vielleicht doch noch 'ne Chance bei dir.«

Red weiter, Joe, damit ich nichts sagen muß.

»Süße, ich werd' nie aufhören, dich zu lieben. Du bist so schön. Wenn ich dich von der Seite anschau' wie jetzt, bist du wie eine wunderschöne Statue oder sowas. Ehrlich, wie ich dich das erste Mal zusammen mit Chris gesehen hab', ist's mir ganz schön dreckig gegangen, weil du doch so jung und klein und hübsch warst.«

Wenn man eine Wunde desinfizieren will, öffnet man sie am besten weit und streut Salz hinein. Vielleicht sterbe ich daran, aber wenigstens ist die Wunde dann sauber.

»Joe, ist das wirklich wahr? Oder denkst du dir das bloß aus, damit ich Chris vergesse?«

Er sah verblüfft aus. »Warum sollte ich mir sowas ausdenken? Außerdem könntest du's nachprüfen, oder? Oje, also nimmst du's doch nicht so leicht. Aber irgendwann hättest du's sowieso erfahren müssen. Ehrlich, ich hab' gedacht, du hättest das schon gehört.«

»Woher weißt du's denn?«

»Meine Güte, ich mach' halt Geschäfte mit Chris. Seh' ihn die ganze Zeit. Heut', gleich nach der Arbeit, bin ich zu ihm ins Büro, weil ich irgendwas von ihm wollte. Und da hat Chris mich auf die Party eingeladen, die er heut' gibt. Er hat mich sogar der Kleinen vorgestellt, die er grad' geheiratet hat. Sie war auch da. Deswegen weiß ich, daß sie irgendwie verrückt ist. Sie kichert die ganze Zeit und hängt ständig an Chris dran.«

»Wo ist die Party?«

»Ich geh' nicht hin. Mensch, Süße, glaubst du vielleicht, ich bring' dich heim und fahr' dann gleich auf die Party?«

»Ich geh' zu der Party. Joe, bring mich hin.«

»Hör zu, das ist keine gute Idee, du klingst irgendwie ... du willst doch nicht –«

»Bring mich zu der Party, Joe.«

»Verdammt!« sagte Joe.

Die Party fand in einer Privatsuite im Mapes Hotel statt. Die Tür stand offen, nur alle hereinspaziert, also gingen wir hinein. Überall Blumen, in Körben und in Vasen, und in den Sträußen steckten Glückwunschkarten. In dem Raum roch es wie bei einer Beerdigung. Als mein Vater starb, roch es in der Leichenhalle genauso wie bei diesem Hochzeitsfest.

Die Gäste lachten und liefen hin und her. Auf mich wirkten sie wie verschwommene Farbpunkte, die sich bewegten. Und mittendrin stand Chris, gestochen scharf. Neben ihm ein kleiner verschwommener Punkt, der auf und ab hüpfte und kicherte und an seinem Arm hin und her schwang. Chris sah genauso aus wie früher. Er lächelte, und seine Augen waren blau wie der Himmel nach einem reinigenden Regenguß. Stämmig und stark. Und er sah mich. Als Joe und ich hereinkamen, schaute er gerade zur Tür.

Chris schüttelte den verschwommenen, tanzenden Punkt von seinem Arm ab und kam zu uns herüber. Er lächelte dabei. Aber ein Lächeln, das wußte ich noch aus der Zeit vor fünf Jahren, bedeutet letztlich nichts. »Hallo, kleines Mädchen«, sagte er. »Es ist lange her.« Zärtliche, liebevolle Stimme. Ich mußte mir auf die Lippen beißen, damit sie nicht anfingen zu zittern. »Ich hatte gehofft, daß du kommen würdest, um mir Glück zu wünschen.«

Der kleine verschwommene Punkt hüpfte zu uns herüber und packte Chris am Arm. Der Punkt schüttelte sich die zotteligen Locken aus dem kleinen, herzförmigen Gesicht, bekam allmählich scharfe Konturen, schürzte die Lippen zu einem Schmollmund und fragte: »Willst du denn nicht deine kleine Frau vorstellen, mein Männilein?«

Männilein stellte uns vor. »Valerie, das sind ganz besondere Freunde, Laura und Joe Walker. Du hast Joe schon gesehen, erinnerst du dich? Im Büro. Joe hat früher für mich gearbeitet, aber jetzt macht er mir Konkurrenz. Er ist einer von den Großen.«

Joe trat einen Schritt vor und grinste stolz. »Glückwunsch, ihr zwei. Ja. Auf daß ihr an eurem fünfzigsten Hochzeitstag immer noch so gut ausseht.«

»Ah, super, Liebling, Chrissy, einfach super!« flötete Valerie.

Chris nahm meine Hand. Eigentlich hätte mich das nicht unter Spannung versetzen dürfen. Aber das tat es. »Und die kleine Laura ist eine ganz besondere junge Dame, die ich schon lange kenne. Eine reizende junge *Dame.*« Betonung auf *Dame.*

Valeries große braune Augen wurden klein, als sie mich von oben bis unten musterte. »Ahh, reizend, einfach reizend – reizend. Chrissy, mein Engel, gib mir einen Kuß, ich hab' schon ganze fünf Minuten keinen Kuß mehr gekriegt, m-m-m!« Sie stellte sich auf die Zehenspitzen und streckte ihm das Gesicht und ihre Schnute entgegen. Chris beugte sich zu ihr herab und küßte sie. Dabei stieg ihm die Röte ins Gesicht. »Mm-mm-mm, nicht so, mein Großer, einen richtigen großen Schmatz!«

Er küßte sie wieder, und sie schmiegte sich an ihn. Dann noch einmal, von sich aus – ein langer, fester Kuß. Das hätte er nicht machen müssen. Er hätte damit warten können, bis ich es nicht mehr sehen würde.

Ich fing an, die Stimme zu hören. Keine wirkliche Stimme. Nicht meine eigene und auch nicht die eines anderen. Einfach eine Stimme in meinem Kopf. Sie sagte: *Ich bringe Chris um, und dann mich selbst.* Ganz ohne Emotionen, ohne Zorn, eine nüchterne Feststellung.

Ich stritt mich nicht mit der Stimme. Warum sollte ich mit dem Unvermeidlichen hadern? Aber ich begann zu überlegen, wie. Sollte ich die Fingernägel benutzen? Den Absatz meines Schuhs? Ihm mit dem Schminktäschchen eins überziehen, ihn mit dem Lippenstift erstechen, ihn mit einem Fünf-Dollar-Schein ersticken? Das waren meine einzigen Waffen.

Joe packte mich am Arm und führte mich zum Büffet. »Iß was, Süße, du siehst gar nicht gut aus, du mußt was essen.«

»Vielleicht ein bißchen Wasser.«

»Ist gar nicht gesund, wenn du nichts ißt.«

Keine Messer auf dem Büffet, nur Gabeln, aber kann man mit einer Gabel so fest zustechen, daß es tödlich ist? Vielleicht das Kuchenmesser? Alles zu stumpf.

Mir wurden die Knie weich, und ich ging zu einem Stuhl und setzte mich. Ein Standaschenbecher neben dem Stuhl. Leichtes Metall, innen hohl. Damit richtete man nichts aus, höchstens eine Beule am Kopf. Ich versuchte zu überlegen, was meine indianische Urgroßmutter wohl getan hätte. Hätte sich wahrscheinlich Pfeil und Bogen eines tapferen Kriegers geschnappt oder einen Tomahawk. Oder eine Schrotflinte, wenn eine zu greifen war. Aber ihre Urgroßenkelin hätte nicht einmal dann gewußt, wie man abdrückt, wenn ein Gewehr auf ihrem Schoß gelegen hätte.

Chris beobachtete mich über Valeries kleinen Zottelkopf hinweg. Er lächelte immer noch, aber es war ihm nicht gerade wohl zumute. Er war unsicher. Ich hatte Chris noch nie zuvor unsicher gesehen. Er wandte den Blick ab, zu schnell. Schuldbewußt.

Joe berührte meine Schulter, beugte sich zu mir herunter und flüsterte: »Süße, starr Chris nicht so an, der kriegt ja das kalte Grausen. Schließlich ist das seine Hochzeitsnacht, das Glück sollte man ihm doch gönnen.«

Warum, wollte ich fragen, warum nur? Aber das hätte Kraft erfordert. Und ich wollte mir meine ganze Kraft für das aufsparen, was ich tun mußte, bevor Chris ging. Er und Valerie verabschiedeten sich bereits von den Gästen, und Valerie kicherte dabei und schmiegte sich an ihn. Chris bewegte sich schnell, als wäre er in Eile, und die

Leute rissen Witze darüber. Schließlich kamen sie in meine Richtung.

»Verschwinde, Joe«, sagte ich. »Das geht nur Chris und mich etwas an.«

»Aber Lol – Laura –«

»Verschwinde.«

Er trottete unglücklich davon. Dann näherte sich das Brautpaar mir, der letzten im Raum. Ich stand auf, die Waffe bereit. Sag's laut, schrei's heraus. *Chris, du hast unsern Sohn nie gesehen. Ich hab' um ihn und um seinen Vater getrauert. Er hat nie die Luft dieser Welt geatmet, aber glaubst du nicht, daß er sich irgendwo in einer anderen Welt fragt, was wohl aus seinem Vater geworden ist und warum seine Mutter soviel geweint hat?*

»Gute Nacht, Laura. Bitte wünsch uns nur das Beste.«

Ich machte den Mund auf. »Wie – « *Wie denkt unser Sohn wohl über uns?* Ich schluckte. »Wie – wie schön, dich wieder zu sehen, Chris.«

Es war nicht einfach, aber ich lächelte. Ein Lächeln hat nichts zu sagen, aber es ist auch nichts Häßliches daran. Niemand soll sich an etwas Häßliches erinnern. »Ich wünsch' dir alles Gute.«

Sie wandten sich ab, gingen weg, aus dem Zimmer, aus meinem Leben. Weg. Wäre das wohl so wie der Tod?

Joe schlurfte wieder zu mir herüber. »Komm, Süße, laß uns gehen, du siehst ganz kaputt aus. Hey, vielleicht kannst du jetzt 'nen Hamburger oder sowas essen. Du weißt, daß ich mir Sorgen mach' um dich, Lol – Laura.«

»Joe, verschwende deine Zeit und deine Gefühle nicht an mich.«

Er verzog das Gesicht wie ein häßliches Baby, das nicht weiß, ob es weinen soll oder nicht. »Ich wünschte, ich könnt' aufhören damit. Aber gegen manche Sachen kann man eben nicht an.«

Das wußte ich. Das verstand ich.

»Okay, Joe. Spendier mir 'nen Hamburger.«

Also gingen Joe und ich hinunter in den Coffee Shop und aßen Hamburger. Wie bei einem Leichenschmaus.

Quellenhinweise

Margery Allingham wurde am 20. Mai 1904 in London geboren und stammt aus einer Schriftstellerfamilie. Bereits vor ihrem 20. Lebensjahr begann sie zu schreiben und veröffentlichte bis zu ihrem Tode am 30. Juni 1966 (in Colchester/Essex) eine große Zahl vorwiegend psychologischer Kriminalromane und -geschichten. Die Erzählung ›Schaumbad Nr. 3‹, deutsch von Anette Grube, erschien erstmals 1962 unter dem Titel ›Bluebeard's Bathtub‹ (© 1962 Margery Allingham Carter) und wird hier mit freundlicher Genehmigung der Nachlaßverwalter Margery Allinghams abgedruckt.

Charlotte Armstrong wurde 1905 in Vulcan, Michigan, geboren. Nach Studien an der University of Wisconsin und am Barnard College versuchte sie sich zunächst als Dramatikerin. 1942 wandte sie sich der Kriminalliteratur zu und schrieb weit über zwanzig Romane, zahlreiche Kurzgeschichten und Fernsehskripte für Alfred Hitchcock. Ihre Erzählung ›Vom Garten herein‹, deutsch von Anne Vogt, erschien unter dem Titel ›From Out of the Garden‹ erstmals im März 1968 in der Nr. 292 des ›Ellery Queen's Mystery Magazine‹ (© 1968 Charlotte Armstrong) und wird hier mit freundlicher Genehmigung der Agentur Brandt & Brandt Literary Agents, Inc., abgedruckt.

Kelly H. Blau stammt aus North Carolina, wuchs – wie sie selbst sagt – als »Armeebalg« auf, veröffentlichte mit dreißig ihre erste Geschichte und lebt als Ehefrau und Mutter dreier Kinder und einer »Neigung für Verbrechen aller Art« in Pittsfield, Massachusetts. Ihre Erzählung ›Was hast du bloß den ganzen Tag gemacht?‹, deutsch von Uda Strätling, erschien unter dem Titel ›What Have You Been Doing All Day?‹ erstmals im Oktober 1973 in der Nr. 359 des ›Ellery Queen's Mystery Magazine‹ (© 1973 Kelly H. Blau) und wird hier mit freundlicher Genehmigung der Autorin abgedruckt.

Raleigh Bonds Erzählung ›Athalia Goode oder Die Best Detective Agency‹, deutsch von Uda Strätling, erschien unter dem Titel ›Meet Athalia Goode‹ erstmals im Januar 1982 in der Nr. 462 des ›Ellery Queen's Mystery Magazine‹ (© 1981 Raleigh Bond) und wird hier mit freundlicher Genehmigung der Autorin abgedruckt.

Barbara Callahans Erzählung ›Verborgene Quellen‹, deutsch von Uda Strätling, erschien unter dem Titel ›Hidden Springs‹ erstmals im Juni 1980 in der Nr. 440 des ›Ellery Queen's Mystery Magazine‹ (© 1980 Barbara Callahan) und wird hier mit freundlicher Genehmigung der Autorin abgedruckt.

Carol Clemeau (Esler), geboren 1935, schreibt nicht nur Kriminalromane und -erzählungen, sondern ist auch – wie ihre Heldin Antonia Nielsen – Professorin für Altphilologie. Ihre Erzählung ›Flüche‹, deutsch von Claudia Rackwitz, erschien unter dem Titel ›Curses‹ erstmals im Januar 1983 in der Nr. 474 des ›Ellery Queen's Mystery Magazine‹ (© 1982 Carol Clemeau) und wird hier mit freundlicher Genehmigung der Autorin abgedruckt.

Dorothy Salisbury Davis wurde 1916 in Chicago geboren, machte den B. A. am Barat College, arbeitete in der Werbebranche und als Bibliothekarin, bis 1949 ihr erster Krimi erschien. 1985 erhielt sie für ihr Lebenswerk den Grandmaster Award der Mystery Writers of America. Ihre Erzählung ›Alte Freundinnen‹, deutsch von Sonja Hauser, erschien unter dem Titel ›Old Friends‹ erstmals im September 1975 in der Nr. 382 des ›Ellery Queen's Mystery Magazine‹ (© 1975 Dorothy Salisbury Davis) und wird hier mit freundlicher Genehmigung der McIntosh & Otis, Inc., abgedruckt.

Miriam Allen DeFord wurde 1888 in Philadelphia geboren, lebte später vorwiegend in Kalifornien, wo sie als Reporterin bekannt wurde, und verfaßte eine Reihe Bücher über historische Verbrechen sowie eine größere Zahl von Kriminal-Kurzgeschichten. Sie starb 1975. Ihre Erzählung ›Achtung – Frauen am Werk‹, deutsch von Sonja Hauser, erschien unter dem Titel ›Danger – Women at Work‹ erstmals im Dezember 1956 in der Nr. 47 des ›Ellery Queen's Mystery Magazine‹ (© 1956 Miriam Allen DeFord) und wird hier mit freundlicher Genehmigung der Nachlaßverwalter Miriam Allen DeFords abgedruckt.

Joyce Harrington wurde 1930 in Jersey, New Jersey, geboren, studierte am Pasadena Playhouse in Kalifornien und hat schon in den verschiedensten Berufen gearbeitet. Ihre Erzählung ›Kleine Baby Jenny‹, deutsch von Sonja Hauser, erschien unter dem Titel ›Sweet Baby Jenny‹ erstmals im Mai 1981 in der Nr. 453 des ›Ellery Queen's Mystery Magazine‹ (© 1981 Joyce Harrington) und wird hier mit freundlicher Genehmigung der Autorin und der Scott Meredith Literary Agency, Inc., abgedruckt.

Patricia Highsmith wurde am 19. Januar 1921 in Fort Worth, Texas, geboren, ist deutscher und englisch-schottischer Abstammung, studierte am Barnard College und an der Columbia University in New York und lebt seit langem in Europa. Seit 1945 ist sie freie Schriftstellerin und wurde als Verfasserin glänzend gebauter psychologischer Kriminalromane bekannt. Ihre Erzählung ›Die Heldin‹, deutsch von Barbara Heller, erschien erstmals unter dem Titel ›The Heroine‹ in ›Harper's Bazaar‹ (© 1945 Patricia Highsmith) und wird hier mit freundlicher Genehmigung der Autorin und des Diogenes Verlags abgedruckt.

Dolores Hitchens war Amerikanerin. Sie wurde 1907 in Texas geboren, arbeitete nach dem Studium zunächst als Lehrerin, begann dann Ende der 30er Jahre zu schreiben und verfaßte im Laufe ihres Lebens (unter den verschiedensten Pseudonymen) über fünfzig Kriminalromane. Sie starb 1973. Ihre Erzählung ›Wenn Sie diese Frau sehen‹, deutsch von Anne Vogt, erschien erstmals unter dem Titel ›If You See This Woman‹ im Januar 1966 in der Nr. 266 des ›Ellery Queen's Mystery Magazine‹ (© 1966 Dolores Hitchens) und wird hier mit freundlicher Genehmigung der Nachlaßverwalter Dolores Hitchens' abgedruckt.

P(hyllis) D(orothy) James wurde am 3. August 1920 in Oxford geboren und war, bevor sie sich der Schriftstellerei zuwandte, im Gesundheits- und Polizeiwesen tätig. Sie gilt als eine der herausragendsten Kriminalautorinnen Englands. Ihre Erzählung ›Das Mädchen, das Friedhöfe liebte‹, deutsch von Keto von Waberer, erschien erstmals unter dem Titel ›The Girl Who Loved Graveyards‹ in ›Winter's Crimes 15‹ (MacMillan 1983, © 1983 P. D. James) und wird hier mit freundlicher Genehmigung der Autorin und Elaine Greenes abgedruckt.

Florence V. Mayberrys Erzählung ›Es klang nach Abschied‹, deutsch von Sonja Hauser, erschien erstmals unter dem Titel ›A Goodbye Sound‹ im Mai 1974 in der Nr. 366 des ›Ellery Queen's Mystery Magazine‹ (© 1974 Florence V. Mayberry) und wird hier mit freundlicher Genehmigung der Autorin abgedruckt.

Ruth McKenney wurde am 18. November 1911 in Mishawka, Indiana, geboren, wuchs in Ohio auf, begann mit vierzehn Jahren in einem »Print Shop« zu arbeiten, studierte an der Ohio State University und arbeitete als Reporterin für das ›Beacon Journal‹, später für die ›New York Post‹. Ihr Buch ›My Sister Eileen‹ (1938) wurde dramatisiert, verfilmt und diente als Vorlage für ein Musical. Ruth McKenney starb am 25. Juli 1972 in New York. Ihre Erzählung ›Der fesche Johnny Brown‹, deutsch von Sonja Hauser, wurde unter dem Titel ›Dapper Johnny Brown‹ erstmals in ›The New Yorker‹ veröffentlicht.

Helen Nielsen wurde 1918 in Warren County, Illinois, geboren, ging in Chicago zur Schule, zog 1942 nach Kalifornien und hat dort eine stattliche Zahl Kriminalromane, -geschichten und Filmskripte verfaßt. Ihre Erzählung ›Entscheidung‹, deutsch von Jutta Hillebrand, erschien unter dem Titel ›Decision‹ erstmals 1958 in ›The Bloodhound Anthology‹ (ed. Scott and Sidney Meredith; © 1957 Helen Nielsen) und wird hier mit freundlicher Genehmigung der Ann Elmo Agency, Inc., abgedruckt.

Ruth Rendell wurde 1930 in London geboren, wuchs in Essex auf und arbeitete nach dem Schulabschluß als Journalistin für verschiedene Zeitungen. Seit dem Erscheinen ihres ersten Buches im Jahre 1964 schreibt sie fast jährlich einen Krimi und Kurzgeschichten, die zum Teil unter dem Pseudonym Barbara Vine veröffentlicht und mit zahlreichen Preisen ausgezeichnet wurden. Ihre Erzählung ›Die Wahrheit will ans Licht‹, deutsch von Anette Grube, erschien unter dem Titel ›Truth Will Out‹ erstmals im Dezember 1978 in der Nr. 421 des ›Ellery Queen's Mystery Magazine‹ (© 1978 Ruth Rendell) und wird hier mit freundlicher Genehmigung der Autorin abgedruckt.

Craig Rice (Pseud. von Georgiana Ann Rudolph) wurde 1908 in Chicago geboren, arbeitete in der Werbebranche und für den Rundfunk, war angeblich vier- bis siebenmal verheiratet und begann 1939 mit großem Erfolg Krimis zu schreiben. Sie starb im Jahre 1957. Ihre Erzählung ›Ein ruhiger Tag im Bezirksgefängnis‹, deutsch von Sonja Hauser, erschien unter dem Titel ›A Quiet Day in the County Jail‹ erstmals in ›Cream of the Crime‹ (Mystery Writers of America, Inc., 1962; © 1958 Craig Rice) und wird hier mit freundlicher Genehmigung der Scott Meredith Literary Agency, Inc., abgedruckt.

Esther Wagner wurde in Chicago geboren, studierte u. a. in Paris und Poitiers und unterrichtete – neben ihrer Tätigkeit als Kriminalschriftstellerin – als Englischlehrerin am College of Puget Sound in Tacoma, Washington. Ihre Erzählung ›Fräulein Seltsam‹, deutsch von Anne Vogt, erschien unter dem Titel ›Miss Weird-O‹ (ursprünglich: ›Contemporary Gothic‹) erstmals im April 1961 in der Nr. 99 des ›Ellery Queen's Mystery Magazine‹ (© 1961 Esther Wagner) und wird hier mit freundlicher Genehmigung der Autorin abgedruckt.

dtv Crime Ladies

Amanda Cross:
Albertas Schatten

Kate Fransler, Literaturprofessorin und Amateurdetektivin, neugierig und intellektuell, scharfzüngig und durch nichts aufzuhalten, setzt sich auf die Spuren von Alberta Ashby, der auf mysteriöse Weise verschwundenen Nichte einer bekannten englischen Schriftstellerin.
dtv 11203

Li Ang:
Gattenmord

»Am ... ermordete die 20jährige Chen-Lin Shi in der Hafenstadt Lucheng ihren 40jährigen Ehemann mit dessen Schlachtermesser.« Diese kurze Zeitungsnotiz veranlaßte die Schriftstellerin Li Ang, die Hintergründe der Tat mit literarischen Mitteln zu untersuchen.
dtv 11213

Suzanne Prou:
Die Freunde des Monsieur Paul

Wer ist Monsieur Paul, zu dem sich der junge, etwas naive Buchhändler Pierre so unwiderstehlich hingezogen fühlt? Hat er wirklich mit dem ungeklärten Mord an Pierres Onkel zu tun? Ein Psycho-Thriller der klassischen französischen Schule.
dtv 11251

Amanda Cross:
Gefährliche Praxis

Als Kate Fransler von einer Studentin nach einem Psychoanalytiker gefragt wird, nennt sie ihren Ex-Liebhaber und jetzigen guten Freund Bauer. Eines Tages findet man die Studentin erstochen auf seiner Analysecouch ...
dtv 11243

dtv Crime Ladies

Amanda Cross:
In besten Kreisen

Unter den Fittichen der Literaturprofessorin Kate Fransler fühlen sich die New Yorker »Stadtratten« auf dem Lande ausgesprochen wohl. Der ländliche Friede wird jedoch jäh gestört, als tödliche Schüsse eine Bauersfrau aus der Nachbarschaft niederstrecken.
dtv 11348

Rosamond Smith:
Der Andere

Molly Marks muß erfahren, daß ihr Geliebter einen Zwillingsbruder vor ihr verheimlicht. Fasziniert und schockiert versucht sie, das Geheimnis der beiden Brüder zu ergründen, und wird dabei zum Opfer eines grausamen Spiels.
dtv 11370

Joan Smith:
Schmutziges Wochenende

Kaum ist Loretta in Paris, gibt es Trouble: Erst wird sie von einem abscheulichen Typ angemacht, dann findet sie in der Wohnung, wo sie übernachten will, einen schlafenden Fremden. Schließlich entdeckt sie einen Haufen blutbesudelte Laken. dtv 11387

Suzanne Prou:
Die Schöne

In der Nähe eines kleinen südfranzösischen Dorfes wird die unbekleidete Leiche eines jungen Mädchens gefunden. Ihre Identität wird nie aufgeklärt, ihr Mörder nie gefunden. Da taucht eines Tages eine junge Frau auf, die der Toten auf fatale Weise ähnelt.
dtv 11349

Frances Fyfield:
Schatten im Spiegel

Die rothaarige Sarah hat nichts gegen Männer, aber sie hat was gegen Charles Tysall. Irgendwie machen ihr seine Annäherungsversuche Angst. Tatsächlich scheint seine Bekanntschaft gerade rothaarigen Frauen schlecht zu bekommen ...
dtv 11371

Marguerite Duras im dtv

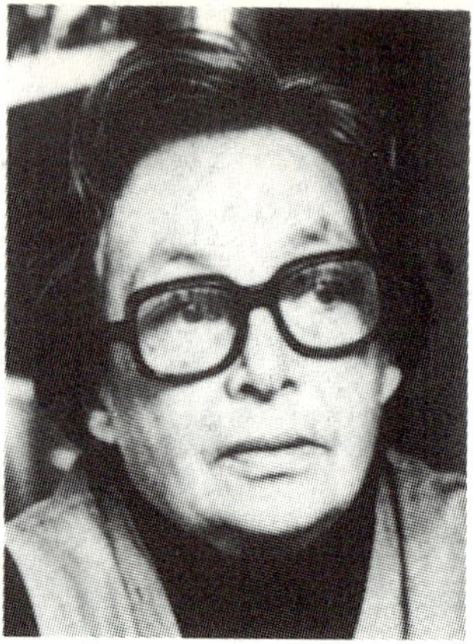

Foto: Hélène Bamberger

Die Englische Geliebte

Den bestialischen Mord an der taubstummen Marie-Thérèse Bousquet kann sich in Viorne niemand erklären. Man findet Teile ihrer Leiche in Eisenbahnwaggons überall in Frankreich. Nur der Kopf bleibt verschollen. Die Kriminalpolizei besucht das örtliche Cafe, stellt Fragen, versucht dem Mörder auf die Spur zu kommen. Hauptleidtragende sind Claire und Pierre Lannes. Marie Thérèse war die Kusine von Claire und hat dem Ehepaar den Haushalt geführt. Obwohl noch kein Verdacht auf sie gefallen war, gesteht Claire überraschend den Mord. Ein Motiv scheint sie nicht zu haben, und sie scheint auch keine Reue zu empfinden ... dtv 10730

India Song

›India Song‹ ist eine Melodie aus der Zeit zwischen den Kriegen und die Geschichte einer Liebe, erlebt im Indien der dreißiger Jahre in einer übervölkerten Stadt am Ufer des Ganges. Im Mittelpunkt steht Anne-Marie Stretter, die schöne und elegante Frau des französischen Botschafters. dtv 10996

Zerstören, sagt sie

In einem abgeschiedenen Hotel, das umgeben ist von einem rätselhaften, undurchdringlichen Wald, erholt sich Elisabeth Alione von einer Fehlgeburt – und wird zum Objekt der Begierde. Die achtzehnjährige Alissa und ihre beiden Liebhaber, ein Pariser Professor und der Jude Stein, beobachten sie, verfolgen sie, wollen sie besitzen, vielleicht auch zerstören. Die Identitäten verschmelzen ... dtv 11063

Die grünen Augen

Kino ist für Marguerite Duras mehr als nur Kino. Wenn sie über Filme spricht oder schreibt, reflektiert sie das ganze heutige Leben: den Schrecken über die erste Atombombe, die Veränderungen der Welt durch das Fernsehen, die Revolte von '68, ihre eigenen Filme und Bücher, ihre Gefühle beim Schreiben und ihre Ansichten über Kollegen. dtv 11185

Fay Weldon im dtv

Die Teufelin

Die loyale, aber leider ziemlich unattraktive Ruth erträgt lange die sexuellen Eskapaden ihres Mannes. Irgendwann ist sie allerdings mit ihrer Geduld am Ende. Sie dreht den Spieß um und plant einen Rachefeldzug. Das erste, was in Rauch aufgeht, ist das Eigenheim. dtv 11132

Herzenswünsche

Was Helen und Clifford aus der großen Liebe machen (natürlich eine Scheidung und diverse andere Dinge und noch eine Scheidung und die eine oder andere Karriere) und wie ihre verlorene Tochter Nell viel schöner und klüger wird, als es ihre Eltern verdient haben. dtv 11197

Du wirst noch an mich denken

Ein Mann und drei Frauen, die Geschiedene, die Neue und die Halbtagssekretärin – aus dieser nicht ungewöhnlichen menschlichen Konstellation macht Fay Weldon eine rasante psychologische Studie über Schein und Sein; mit einer Komik, die manchmal mörderisch ist. dtv 11225

Kleine Schwestern

Zusammen mit dem Antiquitätenhändler Victor, ihrem zwanzig Jahre älteren Liebhaber, fährt Elsa für ein Wochenende aufs Land. Der Besuch bei Victors reichen Freunden wird für Elsa zu einer Tour de force durch Liebe, Lügen, Sex und andere Ungeheuerlichkeiten. Aus Prinzen werden Frösche, und nichts bleibt, wie es war. dtv 11305

Frau im Speck

Aus einer von Wohlstandsspeck, Diätkuren und den üblichen Midlife-crises-Affairen bedrohten Ehe hat sich Esther in eine schmuddelige Souterrainwohnung geflüchtet. Was sie dort tut? Sie ißt, und zwar alles, was fett macht. Eine »beste Freundin« taucht auf und spielt den »rettenden Engel«... dtv 11378

Sterndame

Sandra geht mit ihrem Ehemann auf eine Party und verläßt diesselbe mit einem anderen. Das Pikante am vorliegenden Fall: Die Dame ist eine prominente Fernseh-Astronomin, der Gatte ein bekannter Anwalt, und der »Neue« Boss einer Jazz-Band, übrigens ebenfalls verheiratet. dtv 11426 (August 91)

Leonardo Sciascia im dtv

›Der Tag der Eule‹

In der Via Cavour liegt ein Toter. Mehr als ein Dutzend Menschen waren dabei, als er starb. Aber niemand will etwas gesehen haben, keiner will reden ... dtv 10731

›Tote auf Bestellung‹

Der Apotheker der sizilianischen Kleinstadt erhält einen anonymen Drohbrief. Bald darauf wird er, zusammen mit einem Freund, auf der Jagd erschossen. dtv 10800

›Tote Richter reden nicht‹

Als die Ermittlungen über die brutale Ermordung eines Staatsanwalts an einem toten Punkt angekommen sind, beschließt der Polizeiminister, Inspektor Rogas einzusetzen, den scharfsinnigsten Untersuchungsbeamten der sizilianischen Polizei. dtv 10892

›Sizilianische Verwandtschaft‹

Vier frühe Erzählungen des großen sizilianischen Autors, in denen er mit den Traditionen der Ausbeutung vom 19. Jahrhundert bis zum Faschismus und der Nachkriegszeit abrechnet. dtv 11082

Todo Modo
oder das Spiel um die Macht

Alljährlich treffen in einer Einsiedelei Topmanager von Industrie und Kirche auf Politiker und Bankiers, um unter dem Deckmantel geistiger Exerzitien Absprachen auszuhandeln. Da wird einer der Teilnehmer ermordet aufgefunden. dtv 11168

Candido
oder ein Traum in Sizilien

Candido wächst nach Kriegsende bei Palermo auf. Seine Erziehung wird in die Hände eines klugen Priesters gelegt, der ihm auf dem Weg der Wahrheitssuche weiterhilft. Dabei stoßen sie rasch auf Zweideutigkeiten und Widersprüche der italienischen Gesellschaft. dtv 11231

Schwarz auf schwarz

Notizen aus den Jahren 1969 bis 1979 zu Wirtschaft und Mafia, Kultur und Kirche, kleine philosophische Betrachtungen, kurze Essays sowie Gedanken zur Literatur. dtv 11328

1912 + 1

Die Ehefrau eines Hauptmanns der Bersaglieri hat im Schlafzimmer den Burschen ihres Mannes erschossen. Der Mordprozeß enthüllt pikante Details. dtv 11337